Jonathan Stroud

Scarlett & Browne

Die Berüchtigten

JONATHAN STROUD

Aus dem Englischen von
Katharina Orgaß und Gerald Jung

Für Sam, Roy und Robin

Penguin Random House Verlagsgruppe FSC® N001967

1. Auflage 2024
Erstmals als cbt Taschenbuch Juli 2024

Die englische Originalausgabe erschien 2022 unter dem Titel:
»The Notorious Scarlett & Browne« bei Walker Books Ltd., London

Übersetzung: Katharina Orgaß & Gerald Jung
Umschlagkonzeption: semper smile, München
unter Verwendung der Abbildungen von © Shutterstock
(ilolab; Michal Sance; Brocreative; Tintapix; SergeyBitos;
HappyPictures; dwph; Phatthanit)
MP · Herstellung: AnG
Satz: Uhl + Massopust GmbH, Aalen
Druck: GGP Media GmbH, Pößneck
ISBN 978-3-570-31596-5
Printed in Germany

www.cbj-verlag.de

Inhalt

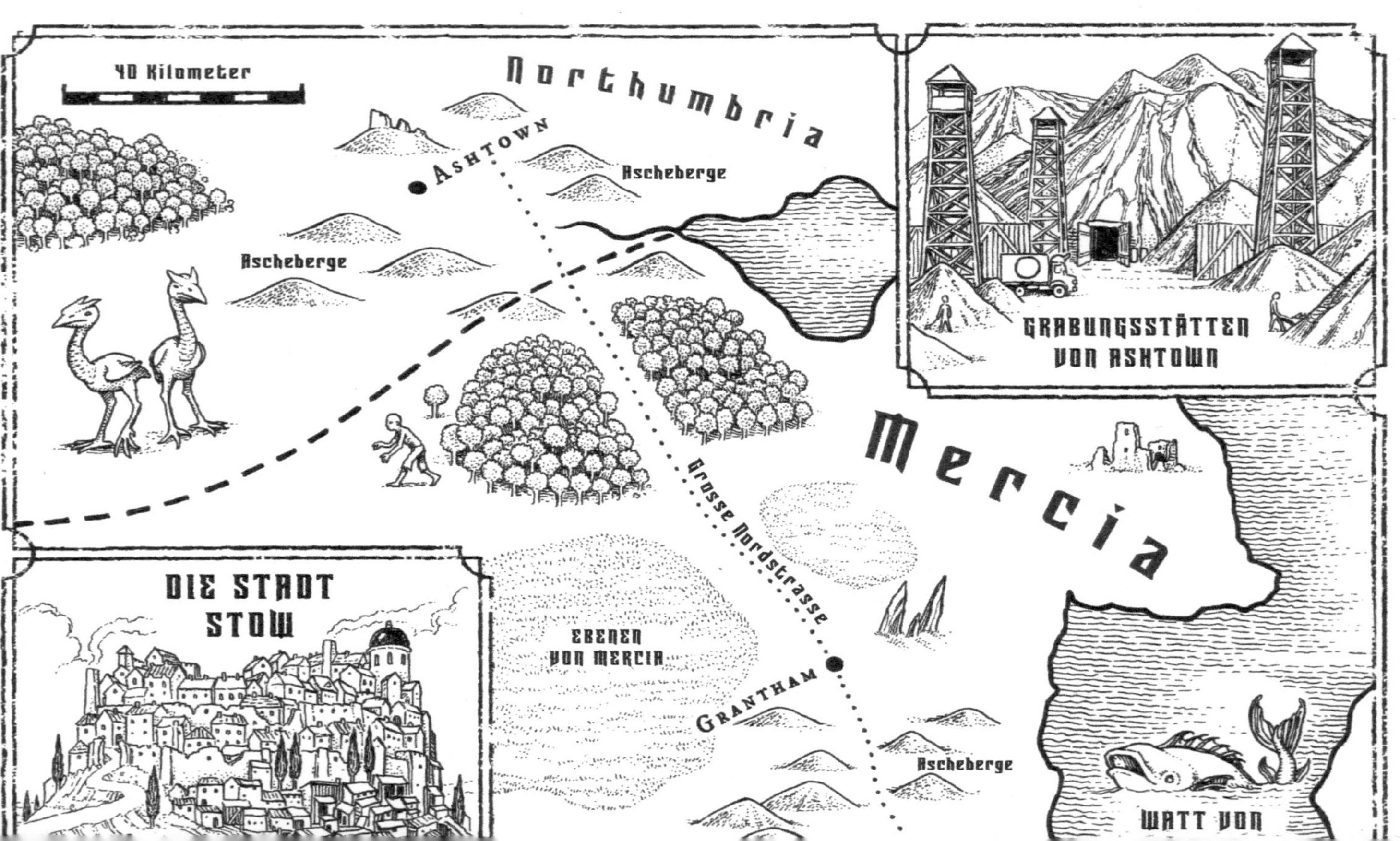

40 Kilometer
Northumbria
Ashtown
Ascheberge
Ascheberge
Grabungsstätten von Ashtown
Mercia
Grosse Nordstrasse
Die Stadt Stow
Ebenen von Mercia
Grantham
Ascheberge
Watt von

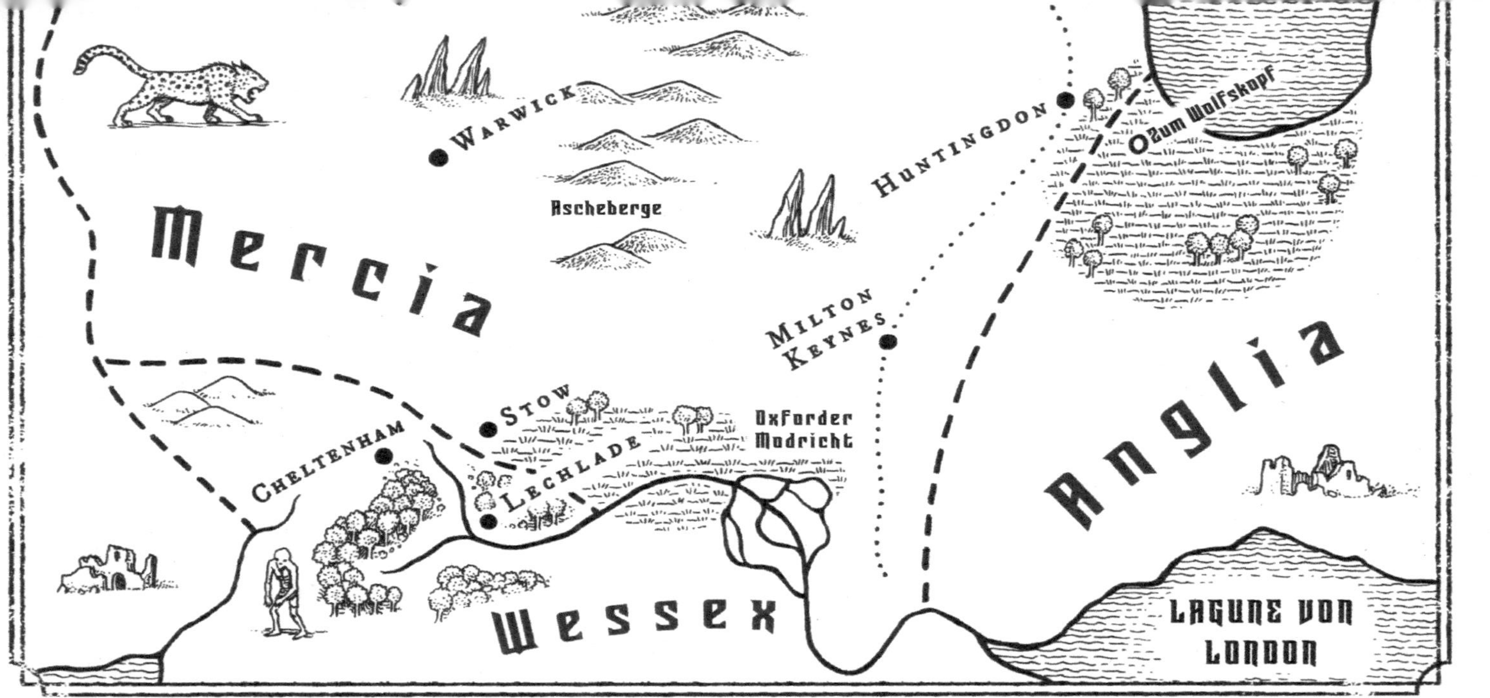

Die Große Nordstraße

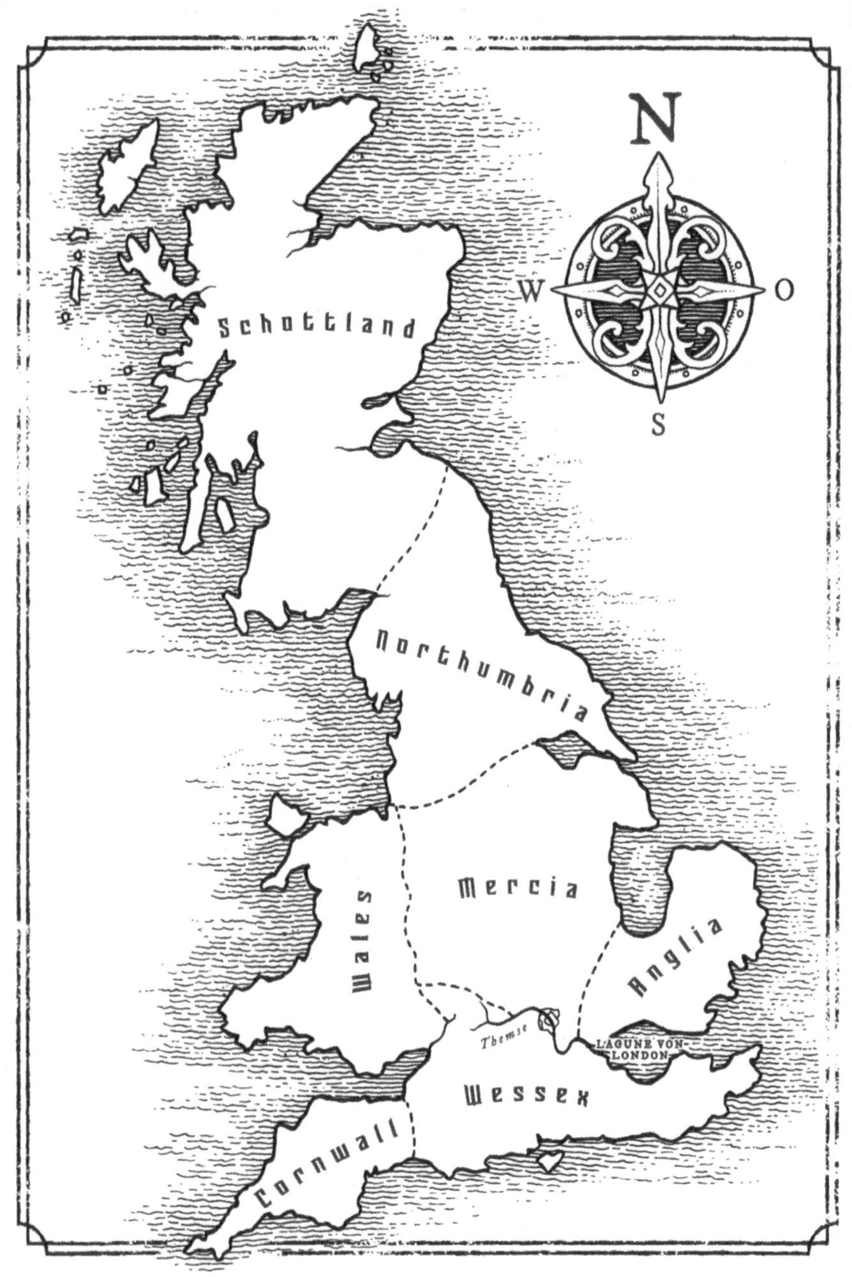

DIE SIEBEN KÖNIGREICHE

I.
DER RAUBZUG

Kapitel 1

Als die Sonne an diesem Abend über den Aschefeldern unterging und die Glocken der Städte die Ausgangssperre einläuteten, trafen sich an einer Kreuzung drei Mörder. Sie hielten sich nicht lange mit Begrüßungen auf. Der jüngste kletterte auf den an solchen Wegstellen üblichen Turm, um die Umgebung zu sondieren, der älteste legte sich in einer Ruine auf die Lauer. Der dritte, seines Zeichens Anführer der Bande, schlenderte zu einem Steinquader hinüber, der zwischen wuchernden Salbeisträuchern und schwarzem Fingerhut am Straßenrand lag. Dort zündete er sich seine Pfeife an, machte es sich bequem und wartete auf die Reisenden, die da kommen würden.

Diese Kreuzung war eine gute Stelle für einen Hinterhalt. Genau deshalb hatten die Männer sie ausgesucht. Die eingestürzten Mauern des alten Wachhauses boten Deckung, und von dem noch einigermaßen erhaltenen Turm hatte man nach allen Richtungen freie Sicht. Hier war man noch nah genug an zwei der Städte, dass ausreichend Fußgängerverkehr herrschte, aber doch so weit entfernt, dass sich die Banditen unbehelligt von den Stadtwachen mit ihren Opfern würden »unterhalten« können. Außerdem gab es ganz in der Nähe eine Schlucht, in der man anschließend deren Körper entsorgen konnte.

Der Banditenhauptmann liebte seinen Beruf, und das Warten gehörte mit zum Vergnügen. Er verglich sich gern mit einem Angler, der am Flussufer saß, die Wasseroberfläche beobachtete und wusste, dass die fetten, glänzenden Forellen nicht weit sein konnten. Mit aufgeknöpftem Ledermantel streckte er ein Bein lang aus und zog an seiner Pfeife. Aus halbgeschlossenen Augen beobachtete er den zarten Rauchfaden, der sich himmelwärts kräuselte. Man musste nur Geduld haben … Die Fische kamen von ganz allein.

Und tatsächlich – schon stieß Lucas oben auf dem Turm einen leisen Pfiff aus. Der Anführer der Banditen spähte zur Brüstung empor, wo der Junge den Arm nach Osten ausstreckte. Die Straße aus Corby also. Vermutlich Händler, die sich beeilten, noch vor Anbruch der Dunkelheit Warwick zu erreichen. Der Anführer rieb sich das bärtige Kinn und warf einen flüchtigen Blick auf die Pistole in seinem Gürtel. Corby konnte Gewürze bedeuten, Pelze, Schmuck mit schwarzen Tektitsteinen … Die Ausbeute war so gut wie immer lohnend.

Wie mochten die Händler unterwegs sein? Zu Fuß? Oder per Lastwagen? Man hörte kein Motorengeräusch.

Der Anführer erhob sich gemächlich, nahm die Pfeife aus dem Mund und legte sie bis zu seiner Rückkehr auf den Steinquader. Dann stapfte er durchs Gestrüpp und baute sich am Straßenrand auf.

Die Aschefelder sahen im Abendlicht wie mit schwarzem Puderzucker bedeckt aus. Die Kiefern hinter den Ruinen warfen lange dünne Schatten, spitz wie Sargnägel. Der Schatten des Turms weiter östlich glich einem schwarzen Schrägstrich auf der rotbraunen Erde.

Und nun kamen zwei Fahrräder in Sicht und hielten auf die Kreuzung zu.

Der Banditenhauptmann hob leicht erstaunt die Augenbrauen. In den Sicherheitszonen waren Radfahrer nicht unüblich, aber die Straße von Corby her war lang und unwegsam und ihr Zustand hatte sich in der Regenzeit noch verschlechtert. Das erste Fahrrad wich gerade geschickt einem Schlagloch aus, das zweite wurde erst im letzten Augenblick herumgerissen, schwankte bedenklich, fing sich wieder und rollte weiter.

Beide Radfahrer waren mit Rucksäcken und anderen Gepäckstücken schwer beladen. Trotzdem erkannte der Banditenhauptmann sogar auf diese Entfernung, wie dünn sie waren. Sollten sie außerdem noch jung sein – umso besser. In Warwick gab es einen Sklavenmarkt, mit dessen Aufseher er auf gutem Fuß stand.

Er wartete ab, bis er die Räder schon deutlich scheppern hörte. Dann trat er ins ersterbende Tageslicht hinaus und baute sich breitbeinig mitten auf der Straße auf. Er schlug den Mantel zurück und hakte den Daumen so in den Gürtel, dass sich der Pistolengriff in seine Handfläche schmiegte.

Dann strich er seine glänzenden langen Haare zurück und hob die Hand.

Das erste Rad bremste so abrupt, dass am Vorderrad ein rötliches Aschewölkchen aufstieg. Das zweite Rad wäre beinahe von hinten kollidiert. Der Fahrer konnte gerade noch ausweichen und kam mit einem vorwurfsvollen Ausruf ebenfalls zum Stehen. Der Rucksack hing ihm schief wie ein betrunkener Affe auf dem Rücken.

Die beiden waren tatsächlich jung. Ein verdattert blinzelnder

Junge mit schwarzen Haaren und ein Mädchen mit breitkrempigem Hut.

Der rote Staub um sie herum legte sich langsam wieder.

Solche Szenen mochte der Anführer am liebsten, weil sie so schön theatralisch waren. Zum einen er selbst, wie er die Straße versperrte. Und dann die bestürzten Gesichter, in denen allmählich Furcht aufdämmerte.

»Augenblickchen, verehrte Reisende!«, rief er. »Auf ein Wort!«

»Ein Bandit«, sagte der Junge.

»Echt jetzt?« Das Mädchen legte den Kopf schief. »Wär ich nicht drauf gekommen.«

Ihr Gesicht lag im Schatten, doch der Banditenhauptmann sah, dass sich unter dem schief sitzenden Hut rote Locken hervorringelten. Sie trug eine abgewetzte braune Lederjacke und eine dunkelblaue Jeans voller Ascheflecken. Über ihrem Rücken hing ein Gewehr, außerdem ein Rucksack, an dem diverse Bündel und Behältnisse baumelten. Unter der Jacke steckte in einem locker auf der Hüfte sitzenden Waffengurt eine Pistole.

»Nur ein kleiner Plausch«, fuhr der Anführer fort. »Auf mehr bin ich gar nicht aus. Wobei ich nicht unerwähnt lassen möchte, dass uns meine Leute im Blick haben. Sie sind bewaffnet. Deshalb muss ich euch höflich bitten, eure Waffen abzulegen und von euren Fahrrädern abzusteigen.«

Er wartete. Die beiden Radler rührten sich nicht.

»Hut«, sagte der Junge dann.

Das Mädchen hob langsam und lässig eine Hand, aber nicht, um die Pistole zu ziehen, wie der Banditenhauptmann erwartet hätte. Nein, sie nahm den Hut ab und hängte ihn an den Fahrradlenker. Dann richtete sie sich wieder im Sattel auf, einen Fuß auf dem Pedal, den anderen am Boden. Eine Mähne aus langen, roten, schweißverklebten Locken umgab ihr blasses, gelangweiltes Gesicht. Der Hauptmann schätzte sie auf nicht älter als siebzehn. Siebzehn und gesund. Sie am Leben zu lassen, würde sich lohnen.

Doch sie war bisher weder abgestiegen, noch hatte sie ihre Waffe abgelegt. Ebenso wenig wie der Junge. Der trug eine alte graue Milizjacke, die unförmig von seinen mageren Schultern hing. Dunkle Augen in einem schmalen Gesicht. Seine Züge hatten etwas Mädchenhaftes, und er sah den Banditenhauptmann unverwandt an. Vielleicht war er ein Einfaltspinsel, ein bisschen zurückgeblieben. Entscheidend war, dass er keine Waffe trug, weshalb ihn der Hauptmann nicht weiter beachtete.

Er wandte sich wieder dem Mädchen zu. »Hast du nicht gehört, was ich gesagt habe?«

»Doch.« Sie klang erstaunlich gelassen. »Ich soll meine Waffen hergeben.«

»Dann bitte.«

»Wir würden lieber verhandeln.«

»Das verstehe ich gut.« Der Hauptmann lächelte freundlich und deutete schwungvoll auf die Ruinen. »Leider steht das nicht zur Debatte, Schätzchen. Ich würde dir raten zu tun, was ich sage. Da drüben verstecken sich fünf meiner Männer. Alles Meisterschützen. Und alle zielen auf dein Herz.«

Das Mädchen rümpfte missbilligend die Nase. Sie sah ihren Begleiter an. »Albert?«

»Zwei Männer«, entgegnete der Junge. »Einer auf dem Turm, der andere am Fenster der Ruine.«

»Waffen?«

»Pistolen.«

Die Miene des Anführers verfinsterte sich. »Schluss mit dem Gequatsche. Es sind fünf, und alle –«

Doch das Mädchen blickte zur Ruine hinüber.

»Weiter links und ein Stückchen höher«, sagte der Junge. »Ja, das ist er. Und der andere ist ganz oben.« Seltsamerweise richtete er dabei die dunklen Augen weder auf das Mädchen noch auf den Turm, sondern weiter auf den Banditenhauptmann.

»Ja, ich sehe beide«, bestätigte das Mädchen. »Welchen soll ich zuerst erledigen?«

»Den auf dem Turm. Er ist der Schnellere. Der Bursche unten taugt nichts.«

»*Ey!*«, kam es empört aus der Ruine.

»Meinst du den?«

»Er *war* mal ganz gut, aber er hat nicht mehr die Nerven dafür. Trinkt zu viel.«

Bevor der Anführer unter die Straßenräuber gegangen war, war er Kneipenwirt gewesen. Irgendwann war ihm sein Jähzorn zum Verhängnis geworden, und er hatte bei einem Streit jemanden umgebracht. Auch jetzt juckte es ihn in den Fingern, und er spürte, wie es immer heftiger in ihm brodelte, je mehr ihm die Unterhaltung entglitt. Allein der Anblick des Jungen mit seinem dümmlichen, ausdruckslosen Gesicht machte ihn wütend. Das und seine irritierend zutreffenden Bemerkungen. Der Banditenhauptmann hatte das unbehagliche Gefühl, dass ihm irgendetwas entging, und das machte ihn noch wütender. Wäre das Mädchen nicht gewesen und die Aussicht, auf der Auktion einen guten Preis für sie zu erzielen, hätte er längst die Pistole gezogen und die beiden über den Haufen geschossen.

»Wenn ich kurz unterbrechen darf«, wandte er sich wieder an das Mädchen, »wir waren uns doch einig, dass mehrere Schusswaffen auf euch gerichtet sind, oder nicht? Soll heißen, sobald du deine Waffe zückst, knallen wir euch ab. Wenn ihr weglaufen wollt – ebenso.«

»Wegfahren«, sagte der Junge.

»Wie bitte?«

»Wir laufen nicht, wir fahren. Wir sitzen ja auf Rädern.«

»Da hat er recht«, sagte das Mädchen.

»Ihr Götter über uns! Das spielt doch überhaupt keine Rolle!« Der Banditenhauptmann stampfte mit dem schweren Stiefel auf. »Ob ihr fahrt, lauft oder mit den Armen wedelt und davonfliegt wie zwei Spießvögel, das Ergebnis ist dasselbe.«

Ein Windstoß wehte dem Mädchen eine Locke in die Stirn. Sie strich sie zurück. Ihre grünen Augen waren hell und kalt wie Glas. Der Hauptmann hatte Schwierigkeiten, ihrem Blick standzuhalten. »Na schön«, sagte sie gedehnt, »regen Sie sich ab, Mister. Kein Grund, auszurasten. Angenommen, wir steigen ab und lassen unsere Waffen fallen – was passiert dann?«

Der Banditenhauptmann schnippte gereizt ein Ascheflöckchen von seiner eng sitzenden schwarzen Jeans. Es ärgerte ihn, dass er die Beherrschung verloren hatte. Lucas hatte es bestimmt mitbekommen und Ronan auch. Nachher würden sie ihn damit aufziehen. »Dazu kann ich nur sagen«, knurrte er, »dass wir Straßenräuber unseren eigenen Ehrenkodex haben. Wir durchsuchen euer Gepäck und erleichtern euch vielleicht um ein paar Kleinigkeiten, die uns besonders gefallen …« Er zuckte die Achseln. »Das ist schon alles.«

»Und dann?«

»Dann lassen wir euch laufen.«

»Albert?«

»Sie bringen uns um«, sagte der Junge.

Der Hauptmann machte große Augen. »Ich versichere euch –«

»*Mich* auf jeden Fall. Erst erschießen sie mich oder schneiden mir die Kehle durch, dann lande ich in einer Schlucht, wo mich die Wölfe fressen. Dich lassen sie am Leben, Scarlett. Verhökern dich vielleicht an die Sklavenhändler. Wenn du Glück hast.«

»Ach herrje.« Das Mädchen sah den Anführer mit ihren leuchtend grünen Augen an.

Als er merkte, dass sein eigener Blick mittlerweile hektisch hin und her huschte, stellte er sich noch breitbeiniger hin. »Dein Schicksal, wie es auch aussehen mag, liegt in unseren Händen«, sagte er mit rauer Stimme. »Wirf die Waffe weg und steig ab. Ich sag's nicht noch mal.«

»Sehr schön«, sagte das Mädchen. »Das freut mich. Hier mein Gegenvorschlag. Es ist schon spät. Der Himmel färbt sich rot. Wir sind heute schon meilenweit durch schwieriges Gelände geradelt. In den Hügeln war eine Brücke eingestürzt und wir mussten durch einen reißenden Fluss waten. Wir hatten mit Aschewirbeln und Treibsand zu kämpfen, und ein Rudel gefleckter Hochlandkatzen hat uns ewig lang über die Hänge verfolgt. Dann hatte Albert auch noch einen Platten und ist in einen Sumpf geplumpst. Wir sind müde, unsere Hintern sind wundgescheuert und wir wollen in Warwick sein, ehe die Stadttore geschlossen werden. Wir haben dort morgen etwas zu erledigen. Wir können keinen Ärger mit euch ehrbaren Straßenräubern gebrauchen, und unsere Kugeln möchte ich auch nicht vergeuden. Also mach Platz und lass uns durch.«

Wieder hatte der Anführer das unbestimmte Gefühl, dass irgendetwas nicht stimmte, dass die Dinge nicht ganz wie gewünscht liefen. Er stellte sich vor, wie Lucas mit schussbereiter Pistole hinter der Turmbrüstung kauerte und von dort oben alles mit kalten grauen Augen verfolgte. Wie er das Mädchen und die prallen Rucksäcke musterte und darauf wartete, dass das Geplänkel zu Ende ging. In letzter Zeit widersprach er dem Banditenhauptmann immer öfter und freute sich, wenn dieser schwächelte. Obendrein hielt sich der kleine Mistkerl für den besseren Schützen, und wohl auch für schlauer, was natürlich bloß die Arroganz der Jugend war …

»Er hört dir nicht zu, Scarlett«, sagte der Junge auf dem Fahrrad.

Das Mädchen nickte. »Sag mir Bescheid, wenn er wieder so weit ist.«

Der Hauptmann richtete sich hoch auf und schloss die Hand um den Pistolengriff.

»Letzte Chance«, sagte er.

»Gut erkannt«, bestätigte das Mädchen.

Normalerweise lief es so ab: Erst zog der Anführer seine Waffe, schoss und gab damit das Zeichen, dann eröffneten Lucas und Ronan das Sperrfeuer. Die Reisenden hatten keine Chance. Vor allem Lucas kam ihnen immer zuvor. Doch diesmal war der Hauptmann irgendwie verunsichert. Nichts lief wie gewohnt. Aus unerfindlichen Gründen zögerte er. Plötzlich musste er an seine Pfeife denken, die auf dem Steinquader auf ihn wartete.

»Du kannst jederzeit zu ihr, John«, sagte der dunkelhaarige Junge. »Der Tabak glimmt noch.«

Der Anführer riss die Augen auf. Er fühlte sich überfordert, die natürliche Ordnung der Dinge stand Kopf. Ein jäher Schreck durchfuhr ihn und gerann zu Angst – und Hass.

Das Lächeln des Jungen erlosch. Sein Blick wurde kummervoll.

Der Bandit sah erst ihn an und dann das Mädchen.

Das Mädchen sagte nichts.

Die drei standen einander auf der leeren Straße schweigend gegenüber.

»Jetzt«, sagte der Junge schließlich.

Drei Schüsse.

Dann war wieder alles still.

Was den Banditenhauptmann in seinen letzten Augenblicken am meisten ärgerte, was ihn wirklich in seiner Ehre kränkte, war, dass der Junge noch *vor ihm selbst* gewusst hatte, dass er gleich schießen würde.

Sein Leben lang hatte der Banditenhauptmann bei Panikanfällen oder Zornesausbrüchen wie eine Maschine reagiert. Wenn genug Knöpfe gedrückt wurden, handelte er. Nachgedacht hatte er immer erst hinterher.

Auch jetzt hatte er in seiner Angst und Verwirrung die Waffe gezogen, noch ehe ihm sein Verstand die Handlung befohlen hatte – und trotzdem hatte der Junge es vorhergesehen. Nicht nur das – es waren bereits zwei Schüsse abgefeuert worden, während er die Waffe noch hochgerissen hatte. Und keine der beiden Kugeln stammte von ihm. Ein dritter Schuss folgte – und auch der kam nicht von ihm.

Er konnte es nicht begreifen, genauso wenig wie den Umstand, dass sein Finger den Abzug nicht betätigen wollte … Er spürte mehr, als dass er es sah, wie die Pistole seiner gefühllosen Hand entglitt. Dann trafen seine Knie auf etwas Hartes und er merkte, dass er auf dem Boden kniete.

Unerklärlicherweise konnte er die Augen nicht bewegen. Aus dem Augenwinkel sah er eine schwarze Gestalt vom Turm stürzen. Der Anführer hörte den Aufprall, dann einen abgerissenen Schrei aus dem Fenster der Ruine.

Er sah direkt auf die Fahrräder, den Jungen und das Mädchen, die sich nicht von der Stelle gerührt hatten, er sah den Staub auf ihren Stiefeln, die Asche auf den Felgen der Räder. Das Mädchen schob die Pistole wieder in den Gürtel. Er konnte sich nicht mehr auf die beiden konzentrieren. Erst jetzt wurde ihm klar, dass er seitlich auf der Straße lag, die Wange im Staub. Eigenartig, dass er von dem Übergang nichts mitbekommen hatte. Er hatte nicht gemerkt, dass er vornübergekippt war.

Der Geruch des Schießpulvers ließ ihn wieder an seine Pfeife denken.

Dann spürte, sah und roch er nichts mehr.

Kapitel 2

Es war Mitternacht im Städtchen Warwick. Sogar noch um diese Stunde stieg die verbliebene Hitze des Tages geisterhaft dampfend vom Straßenpflaster auf. Die Cafés auf der gegenüberliegenden Seite des Marktplatzes machten gerade zu. Die letzten Gäste blieben noch sitzen und beobachteten, wie die Sklavenmädchen den Abfall zwischen den leeren Buden zusammenfegten. Schwache Düfte hingen in der Luft. Vor dem Revier der Stadtwache erhellte der flackernde Schein der Feuerschalen die Plakate an der Steckbriefwand und ließ die Gesichter der Outlaws darauf fast lebendig erscheinen.

Hinter der Mauer zum Park des Glaubenshauses waren Glockenläuten und beschwörender Singsang zu vernehmen. Die Besucher der Abendandacht strömten durchs Tor auf den Platz hinaus und zerstreuten sich. Scarlett McCain saß etwas abseits an einem Tisch, trank einen Schluck Kaffee, rückte ihre getönte Brille zurecht und sah ihnen nach. Noch zehn Minuten. Alles lief wie am Schnürchen. In zehn Minuten wurde das Tor verriegelt, und der große Raubzug konnte beginnen.

Volle vier Tage hatten sie und Albert das Glaubenshaus observiert. Es war die älteste dieser Einrichtungen in ganz Mercia und für die Schätze berühmt, die in seinen Kellergewölben lagerten. Niemand hatte sie erkannt. Dank ihrer Tarnung war niemandem aufgefallen, dass sich zwei der berüchtigtsten Outlaws sämtlicher Sieben Königreiche in der Stadt aufhielten. Heute Abend trug Scarlett ein knielanges grünes Baumwollkleid, weiße Pumps nach der hiesigen Mercia-Mode sowie eine kinnlange blonde Perücke. Sie hatte die Beine übereinandergeschlagen, eine Tasse Kaffee vor sich – und zu ihren Füßen einen großen Stoffbeutel voller Waffen. Mit ihrem eleganten, gepflegten Äußeren sah sie wie eine typische wohlhabende junge Dame aus Warwick aus. Niemand hätte bei ihrem Anblick an eine gewisse abgerissene rothaarige Kriminelle gedacht, deren Fahndungsplakat nur wenige Meter entfernt an der Mauer prangte. Scarlett fand das Kleid scheußlich und die Perücke juckte höllisch, aber beides hatte dafür gesorgt, dass sie vier Tage lang inkognito geblieben war.

Von den Passanten schnappte sie einzelne Gesprächsfetzen auf: *Die Versorgungszüge hatten sich verspätet. Ein Konvoi auf der Großen Nordstraße war von Gezeichneten überfallen worden. Sie hatten mehrere Lastwagen umgestürzt, die Wachen getötet und die Waren gestohlen. Doch es gab auch gute Neuigkeiten. Morgen würden zwei Sklaven und ein religiöser Abweichler vor dem Glaubenshaus ausgepeitscht werden. Der Oberpate würde eine Rede halten, es würden Tee und Kuchen gereicht …*

Als die Auspeitschung erwähnt wurde, verengten sich Scarletts Augen hinter der dunklen Brille, doch ihre Miene blieb unbewegt. Sie wartete. Jetzt schlug das zweiflügelige Tor zum Anwesen des Glaubenshauses scheppernd zu, die Riegel wurden für die Nacht vorgeschoben. Zwischen den sich entfernenden Gläubigen tauchte eine schlaksige Gestalt auf. Sie spazierte an den Schaufenstern entlang, als wollte sie die Auslagen betrachten. Dann schlenderte sie an Scarlett vorbei und verschwand in der schmalen Gasse neben der Mauer zum Glaubenshausgelände.

Scarlett trank ihren Kaffee aus, schob eine Pfundnote unter die Tasse, bückte sich nach dem Stoffbeutel und verließ den Marktplatz. Dann betrat auch sie die stille Gasse. Der Beutel war schwer, und sie ging in Gedanken noch einmal den Inhalt durch: ihr Waffengurt, ein kleiner Rucksack mit Schnur und Seilen, ein Brecheisen, Wattepfropfen, Dietriche, Taschenlampen … Ja, sie hatte alles dabei. Der Rest der Ausrüstung lag zusammen mit den Rädern in dem trockenen Flusslauf vor der Stadt versteckt. Sie hatten nichts vergessen. Jetzt galt es nur noch, die Sache cool und professionell durchziehen.

»Yo, Scarlett!«

Eine schlaksige Silhouette löste sich aus dem Schatten, und Scarlett wich erschrocken zurück. Auch Albert Browne hatte sich getarnt. Er war nach der einheimischen Warwicker Mode gekleidet: zerknitterter Leinenanzug, weißes Hemd, blaue Stoffschuhe. Keine Perücke, aber immerhin hatte er sich frisch gekämmt. In der Hand hatte er einen Packen Hochglanzbroschüren sowie eine klebrig aussehende Papiertüte.

»Überfall mich nicht so!«, schimpfte Scarlet. »Und brüll meinen Namen nicht durch die Gegend!« Sie drehte sich um, aber ringsum blieb es ruhig. »Alles in Ordnung? Anscheinend hast du den Abend überlebt.«

»Nicht nur überlebt.« Er lächelte so unschuldig wie immer. »Ich fand ihn sogar hochinteressant.«

»Das glaube ich. Wie ich sehe, haben sie dir einen Schwung religiöser Schriften in die Hand gedrückt. Was ist in der Tüte?«

»Zwei richtig große Rosinenbrötchen. Die wurden nach dem

Gottesdienst verteilt. Eine nette Patin hat sie mir beim Rausgehen praktisch aufgedrängt. Willst du mal probieren? Schmecken total gut.«

»Nein danke. Hast du die Infos, die wir noch brauchen?«

»Ja. Ich musste eine Menge Gedanken auslesen, bis ich jemanden gefunden hatte, der das Geheimnis kannte.«

»Sehr gut. Und wo ist –«

»Offenbar hat nur die Hälfte aller Paten Zutritt zum Allerheiligsten«, redete Albert einfach weiter. »Nur die älteren wissen, wo die Geheimtür ist. Der betreffende Pate war ein kleiner, pickliger Typ, aber bis ich ihn entdeckt hatte, musste ich in den Pausen zwischen den Zeremonien mit allen anderen plaudern. Oh Mann, habe ich viele Gedanken gelesen – und literweise Tee getrunken. Deshalb habe ich jetzt auch ordentlich Druck auf der Blase, und von dem ganzen Weihrauch ist mir ein bisschen schwindlig. Ich musste ein Sikh-Ritual, ein muslimisches Salah, eine christliche Messe und eine hinduistische Puja über mich ergehen lassen. Ganz schön viel für einen Abend.« Er unterbrach sich. »Du siehst irgendwie ungeduldig aus.«

»Ich habe mich nur gefragt, ob du irgendwann zum Schluss kommst«, erwiderte Scarlett betont ruhig.

»Jetzt. Obwohl, warte – es gab noch einen animistischen Tanz. Der war super. Die Damen der Stadt haben tüchtig die Hüften geschwungen.«

Nach einem halben Jahr beherrschte Scarlett die Kunst der Geduld und Ausdauer, die Albert gegenüber nötig waren. Sie nahm die Sonnenbrille ab, rieb sich die Augen und unterdrückte den Drang, ihm eine runterzuhauen. »*Albert.* Wo befindet sich die Geheimtür zum Gewölbe?«

»Gleich in der Haupthalle. Hinter einem Vorhang.«

»Ist sie mit Sprengsätzen gesichert?«

»Ja.«

»Sonst noch was?«

»Nur, was wir schon wissen. Giftgas, Fallgruben …« Er zuckte die Achseln. »Ich habe alles bildlich vor mir, es dürfte also kein Problem sein. Ach ja, und ich konnte sogar einen Blick in das Gewölbe werfen. Gold, Juwelen, bündelweise Geld … Alles, was du gern magst.« Er zog ein Brötchen aus der Tüte und biss hinein. »Bleibt es bei unserem Plan?«

Scarlett spürte das altbekannte Kribbeln, die grimmige Vorfreude darauf, dass es gleich losging. »Klar bleibt es dabei. Sonst noch was?«

»Ja. Heute Nacht ist der Eingangsbereich mit zwei Wachen besetzt. Ein weiterer Pate patrouilliert im Park. Ich habe mich vorhin persönlich mit ihm unterhalten, und er hatte viel dazu zu sagen, wie ich mich in religiöser Hinsicht noch optimieren könnte. Er meinte, ich soll mir für den Anfang zwei Glaubensrichtungen aussuchen – zum Beispiel das Judentum und den Schintoismus – und ein Jahr lang ausprobieren, ob sie mir etwas geben. Anschließend kann ich darauf aufbauen und –«

Scarlett unterbrach ihn mit erhobener Hand. »Alles sehr spannend, aber mir geht es um ihn in seiner Wächterfunktion. Was kannst du mir darüber erzählen?«

Albert überlegte kauend. »Er ist groß und behaart und heißt Bert.«

»Irgendwelche *wichtigen* Infos?«

»Unter seinem Gewand trägt er eine Schusswaffe. Und ein Zeremonienschwert. Er hat eine Kampfausbildung. Und eine gewalttätige Vergangenheit. Ich habe seine Gedanken zwar nur ein paar Minuten gelesen, aber momentan interessiert er sich vor allem für Reiswein, Poker und die Mädchen im Viertel Kenilworth.« Versonnen setzte Albert hinzu: »Ehrlich gesagt fand ich ihn für einen Paten nicht besonders spirituell veranlagt.«

»Natürlich nicht!«, sagte Scarlett verächtlich. »Das sind sie alle nicht. Aber egal. Super gemacht, Albert. Jetzt können wir loslegen. Komm.«

Gemeinsam gingen sie tiefer in die Gasse hinein. Scarlett lief voraus, Albert folgte ihr und futterte dabei sein Rosinenbrötchen. Das Mondlicht fiel schräg über sie hinweg, versilberte die gegenüberliegende Wand, ließ aber ihre Seite der Gasse in schwärzester Dunkelheit. Scarletts Sinne waren hellwach. Sie war in Hochstimmung. *Dafür* lebte sie. *Jetzt* fühlte sie sich lebendig. *Gerade jetzt* nahm sie die sonst so eintönige Welt überdeutlich wahr. Die Schattenpfützen waren dunkler, der Mondschein gleißender, sie spürte jeden Millimeter ihrer Kleidung auf der Haut. Jedes Geräusch, jeder Geruch, sogar der Geschmack der Luft war mit Bedeutung aufgeladen. Jede Kleinigkeit konnte Gefahr oder Erfolg verheißen.

Scarlett hatte die Mauer um das Gelände im Voraus ausspioniert und einen Abschnitt entdeckt, wo der bröckelige Mörtel zwischen den Ziegeln vielversprechend aussah. Um die Stelle wiederzufinden, hatte sie ein Steinchen in den Rinnstein gelegt. Als sie dort ankamen, blieb sie stehen, sah sich um und horchte. Die Geräusche der Stadt waren leiser geworden, zumindest leiser als Alberts Mampfen. Mondlicht und Schatten. Sie öffnete den Stoffbeutel, holte den Pistolengurt heraus und schnallte ihn um. Zum ersten Mal seit vier Tagen hatte sie das Gefühl, vernünftig angezogen zu sein.

Sie legte die Hand auf die Mauer – und hielt inne.

»Kannst du ein bisschen leiser essen, Albert? Du machst einen

Lärm wie ein Hochlandochse. Wenn du weiter so kaust und schmatzt, hetzt du uns noch die Miliz auf den Hals.«

»'tschuldigung. Das sind wohl die Nerven.«

»Quatsch. Wir haben schon sechs Banküberfälle zusammen durchgeführt. Das hier ist nichts anderes. Pack das Brötchen weg.«

»Ein bisschen anders ist es schon, Scarlett. Du kennst doch die Geschichten, die man sich über das Schatzgewölbe erzählt.«

»Ja, klar. Und ich halte sie alle für Humbug. Bis auf die Geschichten über die Berge von Gold.«

»Wenn du meinst ...« Ein letztes geräuschvolles Schlucken. Die Broschüren fielen auf den Boden, Albert wischte sich die Hände am Leinenjackett ab. »So. Ich bin fertig.«

»Gut. Der kleine Rucksack ist im Beutel. Setz ihn auf und warte, bis du mich pfeifen hörst. Dann kommst du nach.«

Die Mauer war ungefähr vier Meter hoch. In elf Sekunden hatte Scarlett sie erklommen. Sie schwang ein Bein über die Mauerkrone, duckte sich und ließ den Blick über das Gelände gleiten. Der baumbestandene Park des Glaubenshauses bildete inmitten des Meeres der zahllosen Lichtpunkte der Neustadt ein großes schwarzes Rechteck. Nach Norden hin schimmerten die zerstörten Torbögen und Fachwerkhäuser der viel weitläufigeren Altstadt wie bleiche Knochen im Sternenlicht.

Im Nebengebäude hinter den Bäumen, wo der Schlafsaal untergebracht war, brannten ein, zwei Lichter. Die meisten Paten begaben sich um diese Zeit zur Ruhe. Das Glaubenshaus selbst war ein mondbeschienener grauer Klotz, der unter seinen Türmchen und Minaretten schlummerte. Noch nie hatten Räuber seinen Frieden gestört. Sogar die berühmt-berüchtigten Kriminellen der »Bruderschaft der Hand« – Scarletts ehemalige

Arbeitgeber – hatten sich angeblich daran die Zähne ausgebissen. Der Ruf der Schatzkammer war, sowohl was das enthaltene Gold als auch die ausgeklügelten Sicherheitsvorkehrungen anging, bis in sämtliche Ecken der Königreiche vorgedrungen. Das Gewölbe galt als uneinnehmbar.

Aber nur, wenn man Albert Brownes außergewöhnliche Fähigkeiten nicht in Betracht zog, dachte Scarlett grinsend.

Sie stieß einen leisen Pfiff aus. Sogleich hörte sie es unter sich gewaltig schnaufen und ächzen. Ein nach Atem ringender Albert erschien und hievte sich auf die Mauer hoch. Nicht mal ein einarmiger Ertrinkender, der in ein Rettungsboot kletterte, hätte ein derartiges Theater veranstaltet.

»Was zum Teufel ist denn los?«, fragte Scarlett ärgerlich.

»Der viele Tee. Ich höre, wie er in meinem Bauch herumschwappt.«

»Raubzüge unternimmt man immer mit leerem Magen. Regel Nummer eins.«

Er kauerte sich linkisch neben sie. »Müssen wir da jetzt runterspringen? Ich glaube, dann platze ich.«

»Echt? *Das* würde ich gern mal sehen.« Scarlett drehte sich um und ließ sich geschickt von der Mauer herunter. Als ihre nackten Beine den kalten Stein streiften, zuckte sie zusammen. Tarnung hin oder her, Damenkleider waren keine geeignete Arbeitskluft. Sehnsüchtig dachte sie an ihre treue alte Lederjacke und die Jeans, die zusammen mit den Rädern außerhalb der Stadt versteckt waren.

Kurz blieb sie so hängen, dann ließ sie sich in die Dunkelheit hinabfallen. Es ging nicht tief hinunter, und sie landete auf weicher, trockener Erde. Ringsum duftete es intensiv nach Blumen. Sie stand auf und lauschte reglos dem eigenen Herzklopfen, kostete den Augenblick aus wie jedes Mal, wenn sie Feindesland betrat. Jetzt gab es kein Zurück mehr.

Geräusche von oben. Sie trat einen Schritt von der Mauer zurück. Erst war ein leises Quieken zu hören, dann ein kurzes Rascheln, und zu guter Letzt ein dumpfer Aufprall dort, wo sie eben noch gestanden hatte. Seufzend wandte sie ihre Aufmerksamkeit dem Pistolengurt zu. Alle Laschen und Zusatztaschen waren dort, wo sie hingehörten: Munition, Messer, Dietriche … Hinter sich hörte sie, wie sich Albert unbeholfen aufrappelte und Erde von seiner Kleidung und dem Rucksack klopfte.

Dann kam er zu ihr. »Der arme Anzug wird nie wieder derselbe sein.«

»Na und? Wir lassen uns sowieso nicht mehr in Warwick blicken.«

»Stimmt auch wieder. Das wäre unklug. Ein bisschen traurig macht es mich trotzdem.«

Scarlett huschte schon lautlos weiter, zwischen den Bäumen hindurch. Der helle Mond übergoss die Erde mit seinem silbernen Schein. »Traurig? Wieso?«

»Überall, wo wir unsere Raubzüge durchführen, ist es das Gleiche. Hier gibt es so viel aus alter Zeit zu entdecken … unheimliche Ruinen, sonderbare Bräuche … Und manche Leute sind richtig nett.«

Scarlett schnaubte verächtlich. Sie staunte immer wieder über Albert. Obwohl er jetzt schon ein halbes Jahr ein Leben als Outlaw führte, hatte er sich seine unverbesserlich positive Einstellung bewahrt. »Albert. Du hast die Steckbriefe doch gesehen. Wir sind die Staatsfeinde Nr. 1. Wenn sie uns schnappen und rauskriegen, wer wir sind, werden wir auf dem Marktplatz gehängt. Erst werden wir gefoltert und dann brutal hingerichtet. Alle wünschen uns den Tod.«

»Weiß ich ja … Trotzdem.«

»Es gibt kein *trotzdem*. Die Leute hier sind Städter. Sie sind grausam, rachsüchtig und hasserfüllt, wie oft muss ich dir das noch erklären? Und die Paten sind die Allerschlimmsten. Siehst du den Pfahl da drüben? Der sagt ja wohl alles.« Die Bäume lichteten sich, und sie blieb stehen. Ein Kiesweg und ein breiter, silbrig glänzender Rasenstreifen führten zum Glaubenshaus. Der Weg gabelte sich und lief um einen kreisrunden, tintenschwarzen Teich herum. Die Einfassung aus weißen Bodenfliesen symbolisierte den allumfassenden Kreis sämtlicher Glaubenshäuser, der jede zulässige Religion willkommen hieß. Es gab dort aber auch ein Podest, von dem ein schlanker Holzpfahl aufragte – der Schandpfahl. Scarletts Augen funkelten. Morgen würden die Paten hier drei weitere Opfer auspeitschen.

Doch mit etwas Glück hatten sie und Albert dann schon anderes zu bedenken.

Eine ganze Weile blieben sie reglos stehen und beobachteten den Park. Bei Raubzügen war von Eile immer abzuraten. Im Hauptgebäude selbst rührte sich nichts. Die imposante weiße Stuckfassade wies hier und da dem Alter geschuldete Narben und Flecken auf. Weil durch ein kleines Fenster über der Tür Licht fiel, konnte man die geschwungene Backsteintreppe erkennen, die zum Eingang hochführte.

Schließlich gingen sie weiter, hielten sich aber immer dicht bei den Bäumen.

»Du hast vorhin unsere Steckbriefe erwähnt«, ergriff Albert wieder das Wort. »Hast du sie dir mal angeschaut? So richtig, meine ich? Die Belohnung wurde auf 25.000 Pfund erhöht.«

»Hab ich gesehen.«

»Davor waren es 20.000 Pfund – für mich allein. Das bedeutet, dass du jetzt 5.000 Pfund wert bist, Scarlett. Glückwunsch.«

Er lächelte sie an und sie grinste zurück.

»Vergiss es. Wenn alles glatt läuft, sind wir nach heute Nacht noch sehr viel mehr wert … Wir müssen jetzt über die Wiese. Wir laufen direkt zur Tür, gehen rein und überwältigen die Wachen. Bist du so weit?«

»Ja.« *Pause.* »Obwohl … nicht ganz.« Albert räusperte sich. »Wie gesagt, der Tee …«

Scarlett verdrehte die Augen, aber es half nichts. Sonst würde er sich nicht konzentrieren können. »Bei Shiva! Meinetwegen, aber mach schnell. Nimm den nächsten Baum.«

Er eilte steifbeinig davon und Scarlett ließ den Blick abermals durch den Park schweifen. Das Mondlicht beschien den Schandpfahl, und ihr Blick kehrte unwillkürlich immer wieder dorthin zurück. Als sich eine Wolke vor den Mond schob, war der Pfahl nicht mehr zu sehen. Dafür erschien vor Scarletts innerem Auge ein anderes Bild. Sie sah drei andere Strafpfähle im Glanz goldenen Morgenlichts …

Sie blinzelte energisch und verscheuchte das Bild. Schritte im Gras: Albert kehrte aus dem Gebüsch zurück. – Bloß dass es nicht Albert war.

Es war ein Mann im langen schwarzen Gewand der Glaubenshaus-Paten, der mit langen Schritten um die Ecke des Gebäudes herumkam – untersetzt, breitschultrig und mit gerötetem Gesicht. Das nach hinten gegelte Haar reichte ihm bis über den weißen Stehkragen.

Scarlett und er erblickten einander gleichzeitig, doch Scarlett reagierte als Erste. Mit der Hand am Waffengurt machte sie einen Schritt auf den Mann zu. Doch auch der Wächter bewies Geistesgegenwart. Er zog den rechten Arm aus den Falten seines Gewands, in der Hand eine Pistole. Im selben Augenblick sauste aus Scarletts Richtung ein Messer durch die Luft. Der Knauf traf den Mann am Handgelenk, schlug ihm die Waffe weg.

Dabei bewegten sich beide weiter aufeinander zu. Die linke Hand des Paten kam zum Vorschein, mit einem langen Messer, das wie ein Vogelschnabel gebogen war. Er machte einen kleinen Satz und hieb nach Scarletts Arm. Sie duckte sich und die Klinge traf den Boden. Der Pate holte ein zweites Mal aus. Scarlett ließ sich zu Boden fallen, sodass die Klinge nur durch ihre wehenden Haare glitt wie ein Fisch durch Wasserpflanzen. Dann wirbelte sie auf die Hände gestützt einmal um die eigene Achse und trat den Mann kräftig vors Schienbein. Er stolperte zurück.

Im nächsten Augenblick war Scarlett wieder auf den Beinen. Der Pate fuchtelte wild mit seinem Säbelmesser, Scarlett wich wieder aus und trat noch einmal zu. Diesmal trafen ihre weißen Pumps die weiche, empfindliche Stelle, an der seine Hosenbeine zusammenliefen. Der Mann gab ein Geräusch von sich wie ein Ballon, aus dem man die Luft abließ. Er krümmte sich abrupt, und als er dabei den Kopf senkte, verpasste ihm Scarlett einen wohlgezielten Kinnhaken. Diesmal erinnerte das Geräusch an eine zerbrechende Eierschale, und der Pate schien plötzlich keinen Knochen mehr im Leib zu haben: Er kippte schlaff nach hinten um und blieb mit ausgestreckten Armen und Beinen auf dem Rücken liegen.

Scarlett pustete sich die zerzausten roten Locken aus den Augen und richtete sich auf. Dann rieb sie ihre schmerzenden Fingerknöchel.

Albert kam hinter den Bäumen hervor und knöpfte sich den Hosenschlitz zu. »*Uff!* Jetzt geht's mir schon viel besser. Ich bin richtig erleichtert.« Als er näher heran war, fragte er verdutzt: »Huch, wer ist das denn?«

»Woher soll *ich* das wissen?«, fauchte ihn Scarlett an. »Hieß er Bert? Oder Bill? *Du* hast ihn doch kennengelernt. Schnapp dir seine Beine. Wir müssen ihn irgendwo verstauen, wo ihn keiner sieht.«

Erfreulicherweise zögerte Albert nicht und stellte auch keine Fragen mehr, sondern tat einfach, was sie von ihm verlangte. Ein guter Auftakt für ihren Beutezug. Der Bewusstlose auf dem Boden hatte Albert wieder in die Spur gebracht. Es hatte ein halbes Jahr lang gedauert, ihm seine lebensgefährlichsten Schrulligkeiten auszutreiben, aber schließlich hatte Scarlett es doch geschafft. Wenn es drauf ankam, funktionierte er inzwischen fast so automatisch wie sie.

Sie fesselten den geknebelten und immer noch bewusstlosen Wächter an einen Baum. Dann kehrten sie zum Hauptgebäude zurück. In dem Raum über der Tür brannte immer noch Licht.

Die Nacht war totenstill. Das Haus und sein Inhalt warteten.

Albert ging zum Eingang und richtete kurz den Blick darauf. Dann drehte er sich zu Scarlett um und reckte wortlos erst zwei Finger und dann den Daumen.

Zwei Männer, wie vorhergesagt. Sie waren ahnungslos.

Scarlett nickte und zog die Pistole.

Dann ging auch sie zur Tür.

Kapitel 3

Alles in allem, fand Albert Browne, ließ sich sein Verbrecherleben gut an. Natürlich gab es auch Nachteile, aber das war in jedem Beruf so, und die Vorteile überwogen bei Weitem. Er war sich da recht sicher, weil er in ruhigeren Augenblicken – wenn er mal nicht verfolgt, gejagt oder beschossen wurde – die Pros und Kontras für sich aufgelistet hatte.

Die vier größten Nachteile waren:

1. Dass man ständig mit einem gewaltsamen Tod rechnen musste.
2. Dass man immer wieder wüst beschimpft wurde.
3. Dass man endlose Nächte in der Wildnis zubringen musste, wo einem Dornen in die empfindlichsten Körperteile pikten und Wölfe und Bären um die Schwefelkerzen herumschlichen.
4. Dass ihn von Zeit zu Zeit Gewissensbisse plagten.

Heute Abend machte ihm Nummer vier wieder ein bisschen zu schaffen. Das lag an Bert, dem Paten. Noch vor einer Stunde hatte er sich nett mit ihm unterhalten, aber gerade eben hatte er ihn nun ohnmächtig und wehrlos an einen Baumstumpf gefesselt und mit einer seiner eigenen Socken geknebelt. Wobei der Bursche es bestimmt verdient hatte … und doch blieb ein gewisser Widerspruch.

Wenn Albert jetzt die beiden Wachen in ihren schwarzen Anzügen betrachtete, wie sie gefesselt und geknebelt in der Eingangshalle des Glaubenshauses lagen, erging es ihm ebenso. Scarlett schleifte sie gerade hinter den Empfangstresen, damit sie von der Tür aus nicht zu sehen waren. Wider Willen hatte Albert Mitleid mit ihnen, trotz ihrer wütend verdrehten Augen, den erstickten Flüchen und der offenen Feindseligkeit ihrer Gedanken. Er lächelte sie entschuldigend an und legte die Broschüren, die bei dem kurzen Kampf durcheinandergeraten waren, wieder ordentlich übereinander. Eigentlich wäre es *viel* schöner, wenn er und Scarlett Teil einer Gesellschaft wären, in der man sich mit solchen Leuten angeregt unterhalten könnte, statt hier hereinzuplatzen, sie k. o. zu schlagen und mit zwölf Metern erstklassigem Schlüpfergummi zu fesseln, den man am Vortag in einem Kurzwarengeschäft in Warwick erstanden hatte. Vielleicht wandelte sich die Welt ja eines Tages doch noch zum Guten. Albert hoffte es jedenfalls.

Bis dahin waren und blieben die vier größten Vorteile des ungebundenen Outlaw-Lebens folgende:

1. Dass er mit Scarlett zusammen war.
2. Dass er frei war.
3. Dass er gut in Form war (was nicht zuletzt an den unzähligen Verfolgungsjagden lag).
4. Dass er die Sieben Königreiche bereisen, ihre wundersamen Sehenswürdigkeiten besichtigen, ihre Einwohner, Schönheiten und Geheimnisse kennenlernen und auf diese Weise

den Wissensdurst stillen konnte, der seinem Wesen innewohnte.

Bei ihrer aktuellen Unternehmung war Punkt vier besonders zufriedenstellend ausgefallen. Sie hatten die Marschen und den weiten Himmel von Anglia hinter sich gelassen, das zerstörte Asphaltband der Großen Nordstraße überquert und waren durch die Hügel und Schluchten des Aschegürtels geradelt. Eindrucksvolle Karstlandschaften hatten ihren Weg gesäumt und sie zu guter Letzt in die faszinierende Stadt Warwick geführt.

Und jetzt erkundeten sie obendrein noch Warwicks berühmtes Glaubenshaus.

Scarlett hatte sich schon wieder in Bewegung gesetzt. Mit schimmernder blonder Perücke und sich unpassend von ihrem Kleid abhebendem Pistolen- und Einbrecherwerkzeuggürtel durchquerte sie den Raum mit langen Schritten. Albert lief eilig hinterher, vorbei an der mit Pennys gefüllten Spendenbox aus durchsichtigem Plastik, dem Broschürenständer, den großen Teespendern, den Reihen aus einfachen Holzstühlen … Er lächelte wehmütig. Es war noch nicht lange her, dass er als künftiger Gläubiger getarnt hier gestanden hatte … und jetzt kehrte er als Räuber wieder! Ja, es war auch diese Abwechslung, die er an seinem neuen Leben schätzte. Keine ihrer Unternehmungen glich dem anderen.

Vor der Tür am anderen Ende des Raums blieb Scarlett stehen und horchte. Albert schob seinen Rucksack zurecht und drehte sich noch einmal nach den beiden verschnürten Männern um. »Glaubst du, es geht ihnen gut?«

»Ich habe ihnen keine Kissen untergeschoben, aber ich schätze, sie kriegen genug Luft.« Scarlett stieß die Tür mit der Stiefelspitze auf. »Schau mich nicht so an, Albert. Bis jetzt habe ich noch niemanden erschossen. Freu dich lieber.«

»Das ist ein Grund zur Freude, stimmt.« Er überprüfte den Raum hinter der Tür. Alles war ruhig.

»Überhaupt finde ich, dass ich mich momentan ganz schön zurückhalte. Von den Banditen gestern abgesehen, habe ich niemanden mehr abgeknallt, seit ...« Scarlett krauste die Stirn und überlegte angestrengt.

»Seit fast einer Woche. Der Posten an der Grenze zu Mercia, schon vergessen?«

»Der zählt nicht. Dem habe ich nur in den Arm geschossen. Warum wollte er uns auch unbedingt aufhalten, als wir vorbeigeradelt sind?« Sie schlüpfte durch die Tür. »Wohin jetzt?«

»Saal 2. Auf der anderen Seite des Atriums. Aber was den Grenzposten angeht ... Ein schlichtes *Verzieh dich!* hätte es bestimmt auch getan.«

»Hab ich davor ja ausprobiert.«

Der Hauptraum des Glaubenshauses war ein kühler, schummriger Saal mit Wänden aus poliertem Stein und rauen Ziegeln, getaucht in gedämpfte elektrische Beleuchtung. Die Vorhänge waren in Grau und Gold gehalten. Es roch betäubend nach Weihrauch. Durch beige gestrichene Türen auf beiden Seiten ging es in die Gebetsräume, an der hinteren Wand befand sich ein bogenförmiger Durchgang mit einem Vorhang. Darauf hielten sie ohne Zögern zu.

In dem halben Jahr an Scarletts Seite hatte Albert gelernt, zielgerichtet und effizient vorzugehen. Er hatte noch viel mehr von ihr gelernt – manches davon war sogar legal. Er wusste nun, wie man einen sicheren Lagerplatz fand, wie man über offenem Feuer kochte, wie man Fallen für Wiesel und Schlammratten aufstellte und wie man Riesenmaulwürfe davon abhielt, dass sie nachts unter den Schlafsäcken zum Vorschein kamen. Er kannte die sechs nützlichsten Verwendungen für gegabelte Äste, konnte Kaninchen häuten und entbeinen und wusste, wie man wieder aus Tektitgestein-Feldern herausfand, in denen jeder Kompass versagte und einem pausenlos der Schädel dröhnte. Er konnte Flüssigkeit aus einer Flaschenkürbispflanze zapfen, konnte sich in schwarzem Sumpfland bewegen und sogar ohne feuerfestes Schuhwerk ein Brandgebiet durchqueren. Er hatte Tauschhandel mit Vagabunden getrieben, sein Brot mit Dieben und Aussätzigen geteilt und an den sonderbaren Zeremonien religiöser Eiferer aller Art teilgenommen. Er war in den Lastwagenkolonnen mitgefahren, die die Große Nordstraße bezwangen, und auf Barken, die vor der Küste Anglias kreuzten. Er hatte die Eisenhügel aus der Ferne gesehen und ihr magnetisches Pulsieren bis ins Mark gespürt. Kurzum, er hatte endlich ein bisschen *gelebt,* und seine entbehrungsreiche Kindheit im Gefängnis von Stonemoor schien Ewigkeiten her zu sein.

Es verstand sich von selbst, dass ihm Scarlett noch andere Fertigkeiten beigebracht hatte, die ihm bei ihren Unternehmungen zugutekamen. Wie man Schlösser knackte, widerspenstige Fenster öffnete und Türen aufbrach, außerdem kleine Tricks und Kniffe mit Messern und Brecheisen, mit denen man sich Zugriff auf den Inhalt von Safes, Aktenschränken und Schreibtischschubladen verschaffte …

Albert war darin gewiss noch kein Meister, aber solange er sie beide dank dieser Lektionen nicht mehr in zusätzliche Gefahr brachte, war er doch auf einem guten Weg.

Sie blieben vor dem Durchgang stehen. Der dahinter liegende Saal 2 war ein stiller, halbdunkler Raum mit violetten Vorhängen. Scarlett lauschte wieder. »Und hier soll die Geheimtür sein?«, fragte sie leise. »Hinter den Vorhängen oder wo?«

»Wenn sich der Picklige nicht geirrt hat, ja.«

»Pickel hin oder her, er wird ja wohl Bescheid wissen. Lauern da drin noch mehr Wächterpaten?«

»Wahrscheinlich.«

»Fallen?«

»Garantiert. Hier fangen die richtigen Sicherheitsvorkehrungen an.«

Drinnen im Saal war der Weihrauchgeruch noch stärker. Mehrere Reihen niedriger Hocker waren um ein leeres Halbrund aufgestellt. Hier wurden die religiösen Zeremonien abgehalten. Auf einer Infotafel waren diejenigen aufgelistet, an denen Albert zu früherer Stunde teilgenommen hatte. Es war nicht das erste Glaubenshaus, in das er mit Scarlett einbrach, und allmählich erschloss sich ihm das Konzept – die Mischung aus Theatralik und Alltäglichem. Doch vor allem herrschte hier Ordnung, ganz gleich, welche Gottheit man verehrte. Das sah man jedem Raum an, den sorgsam arrangierten Vorhängen und Kerzen, dem Gold und dem Glanz, der Heimeligkeit, den bequemen Sesseln und den Teespendern im Vestibül. Hier ließ es sich gut plaudern, es war einladend, man war von schönen Dingen umgeben und die Außenwelt wurde ausgesperrt. Es gab keine Fenster, die auf die krasse Realität hinausblickten – auf die Ruinen des alten Teils von Warwick oder (noch schlimmer) die von Raubtieren heimgesuchten Hügel dahinter. *Was* es jedoch gab, waren raffinierte Hinweise auf das Allmächtige: Durchgänge, hinter denen tiefste Dunkelheit herrschte, gemalte Sternenhimmel jenseits hoher Fenster, schmale, in Halbdunkel getauchte Wandnischen mit Statuen von Göttern und Heiligen. Alles war mit Bedacht entworfen, um ein Haus der Mysterien und Schatten zu erschaffen, und –

»*Albert.*«

»Ja, Scarlett?«

»Ich hab dich was gefragt.«

»Wirklich? Was denn?«

»Konzentrier dich gefälligst! Wir sind nicht zum Spaß hier! Ich will wissen, wo die Geheimtür ist.«

»Hinter dem linken Vorhang. Pass auf die Hebel auf.« Albert zog wieder seinen Rucksack zurecht. Er drückte, aber es war seine Aufgabe, ihn zu tragen. Scarlett trug dafür das Werkzeug und die Waffen.

Sie schob den Vorhang beiseite. Ein schmaler Türrahmen kam zum Vorschein, außerdem drei kurze Plastikhebel, die aus der Wand ragten. Scarlett sah Albert fragend an.

»Der rechte. Die beiden anderen bringen uns einen qualvollen Tod.«

»*Äh* … okay. Hochschieben oder runterdrücken?«

»Hochschieben. Die Tür geht nach innen auf, glaube ich.«

»Ist jemand dahinter?«

Albert konzentrierte sich, öffnete sich der Dunkelheit und der Stille. »Nein.«

»Gut.« Ohne Zögern schob sie den Hebel hoch, und tatsächlich schwang die Tür nach innen auf, allerdings schneller, als Albert erwartet hatte. Der Gang zum Allerheiligsten des Glaubenshauses von Warwick erstreckte sich vor ihnen. Er war stockdunkel. Nur ganz hinten brannte eine Lampe.

Scarlett und Albert standen da und spähten hinein. Wenn es stimmte, worüber in den Sieben Königreichen getuschelt wurde, wenn die erstaunlichen Bilder, die Albert aus den Gedanken der

Paten ausgelesen hatte, nicht trogen, warteten dort hinten unermessliche Schätze.

Es war ein äußerst einladender Gang.

Keiner von beiden rührte sich vom Fleck.

»Tja, es *scheint* alles in Ordnung zu sein«, sagte Albert schließlich.

Scarlett musterte misstrauisch die ferne Lampe mit ihrem kleinen Heiligenschein aus goldenem Licht. »Ja, oder? Das finde ich gerade verdächtig. Kam dieser Flur nicht in den Gedanken vor, die du gelesen hast?«

Albert überlegte. Die geistigen Bilder, die er den Paten stibitzt hatte, leuchteten matt vor ihm auf wie Bruchstücke eines Traums. »Nicht direkt. Irgendwo gibt es Falltürsteine, so viel steht fest, aber ich konnte nicht rausbekommen, wo genau. Ich habe eine Menge indirekte Fragen hinsichtlich der Sicherheitsvorkehrungen gestellt, aber die meisten Paten waren zu sehr damit beschäftigt, mir ihre Broschüren aufzudrängen. Immerhin kenne ich den Weg zur Schatzkammer. Am Ende des Flurs geht es erst nach rechts und dann immer geradeaus.«

»Eins nach dem anderen.« Scarlett nahm ihre Taschenlampe vom Gürtel und richtete den Lichtkegel auf den Boden. Die Fliesen waren groß, grau und rechteckig und jeweils so breit wie der ganze Gang. Jede fünfte hatte eine etwas andere Farbe, war etwas heller als die übrigen. Scarlett zog die Nase kraus. »Manche Fliesen sehen nicht so abgetreten aus wie die anderen.«

Albert nickte. »Eher eingestaubt und unbenutzt.«

»Stimmt. Und so soll es auch bleiben.«

Sie gingen langsam und stiegen über jede fünfte Fliese hinweg. Wie immer war Scarlett ruhig, entschlossen und unaufgeregt. Sie ließ die Taschenlampe systematisch kreisen, hielt nach Unregelmäßigkeiten an den Wänden oder der Decke Ausschau, doch der Putz war überall schmucklos und glatt. Jedes Mal, wenn sie stehen blieb, drehte sich Albert nach der offenen Tür hinter ihnen um. Zwischen den Vorhängen war immer noch ein schmaler Streifen von Saal 2 zu erkennen, ein dunkelgrauer Raum, leer und still. Albert wurde klar, dass er ihn nicht mochte.

»Wir hätten die Tür hinter uns zumachen sollen«, sagte er.

»Nein. Vielleicht müssen wir schnell fliehen …« Scarlett packte ihn am Arm. »Pass doch auf!«

Albert bekam einen Schreck, als sein Blick auf die harmlose helle Fliese fiel, auf die er beinahe getreten wäre, und ihm kamen gewisse unerfreuliche Gerüchte über das Glaubenshaus in den Sinn.

»Was glaubst *du* denn, was darunter ist, Scarlett?«

»Unter den Falltürsteinen?« Sie drehte sich grinsend nach ihm um, während sie weiterging. »Jedenfalls keine menschenfressenden Riesenfrösche, falls du dir deswegen Sorgen machst.«

»Du glaubst den Gerüchten nicht? *Aha.* Warum nicht?«

»Wegen der Logistik. Wie soll das gehen, eine Horde Monsterfrösche unter dem Fußboden einzusperren? Womit füttert man die Biester? Wie verhindert man, dass sie sich gegenseitig auffressen?« Sie zuckte die schmalen Schultern. »Glaub mir, das ist alles Unsinn. Wobei wir es wohl nie erfahren werden, weil *wir* nämlich *nicht* auf gewisse Fliesen treten … Und was haben wir hier?«

Sie hatten das Ende des Flurs fast erreicht. Auf beiden Seiten befanden sich geschlossene Rundbogentüren. Vor ihnen schimmerte die Lampe verführerisch auf einem erhöhten Wandvorsprung.

Darunter stand ein hölzernes Lesepult, auf dem ein Buch lag. Albert blieb stehen. Bei seiner Erkundigung nach den Sicherheitsvorkehrungen hatten ihm die Gedanken eines Paten ebendieses Bild gezeigt.

»Das ist eins ihrer heiligen Bücher«, sagte er. »Der Einband besteht aus der Haut von Gezeichneten, der Rücken ist mit Edelsteinen besetzt. Sieht verlockend aus, ist aber eine Falle.« Sein Blick wanderte nach oben zur Decke. »Da, über der Tür! Siehst du das kleine Rohr? Da strömt Gas heraus, wenn wir das Buch hochnehmen.«

Scarlett grinste ihn wieder an. »Gut gemacht. Hätte ich übersehen. Mach mal Räuberleiter, aber guck nicht hin. Dieses blöde Kleid ist echt nicht klettertauglich.«

Sie öffnete eine Tasche an ihrem Gürtel und holte die Watte heraus, die sie für solche Zwecke eingesteckt hatten. Dann stieg sie auf Alberts verschränkte Hände und kletterte von dort aus erst auf das Lesepult und dann auf den Wandvorsprung. Sie beugte sich vor, verstopfte das Rohr mit einem Wattepfropf und hüpfte gelenkig wieder herunter.

Albert hatte währenddessen gehorsam in den langen, leeren Gang geblickt. Niemand kam. »Und was machen wir mit dem Buch?«, fragte er.

»Das nehmen wir mit. Joe kann die Edelsteine bestimmt gut verkaufen.« Als Scarlett das Buch hochhob, war ein leises Klicken zu hören, sonst geschah nichts. Sie reichte es an Albert weiter, der es in seinem Rucksack verstaute. »Und jetzt gehen wir nach rechts«, sagte sie dann. »Ist jemand hinter dieser Tür?«

Er konzentrierte sich wieder darauf, fremde Gedanken zu empfangen. »Nein.«

»Sehr gut.«

Scarlett öffnete die Tür. Dahinter tat sich ein großer Raum auf, den flackerndes elektrisches Licht erleuchtete. Es führten mehrere Türen hinein, dazwischen standen Glasvitrinen an den Wänden. Hübsche Tischchen und bequeme Sessel waren in der Mitte aufgestellt. Die Vitrinen enthielten die üblichen Glaubenshaus-Schaustücke – Gegenstände, die noch aus der Epoche der Grenzkriege stammten: Waffen, mit denen die Pioniere damals auf die Gezeichneten geschossen hatten, Dokumente, die den Einwohnern von Warwick die Erlaubnis erteilten, die Ruinen wieder zu besiedeln und neue Felder anzulegen. Auch Fotos waren ausgestellt: von den allerersten Paten mit ihren buschigen Schnurrbärten, von hingerichteten Abweichlern auf dem Marktplatz, sogar von den ersten fahrenden Glaubenshäusern, deren Paten die Botschaft von Hoffnung und spiritueller Verbundenheit in den weit auseinanderliegenden Städten verbreitet hatten. Damals war ein Glaubenshaus nicht mehr als ein Holzkarren mit einem Zeltaufbau gewesen, den man über eine einfache Leiter betrat. Albert versuchte sich vorzustellen, wie die Paten damit durch die Wildnis gerumpelt waren, immer auf der Hut vor Gefahren. Wie hatten sie sich geschützt? Aber vielleicht hatte es damals noch nicht so viele Gezeichnete gegeben.

Wie jedes Mal angesichts solcher Artefakte konnte er sich nicht von den Vitrinen losreißen, wie jedes Mal hätte er gern länger davor verweilt und sich die Fotos gründlicher angeschaut. Aber das ging natürlich nicht. Scarlett stand schon mitten im Raum und wartete.

»Kommst du endlich?«, blaffte sie ihn an. »Du bist echt wie ein alter Opa, der die schöne Aussicht bewundert. Ich will in die Schatzkammer!«

»Findest du so was denn nicht spannend?« Als Albert über die weichen Teppiche zu ihr lief, verursachten seine Turnschuhe kaum ein Geräusch. »So viel Geschichte! Das ganze Haus ist voll davon!«

»Mich interessiert nur, dass es voller *Gold* ist«, gab Scarlett prompt zurück.

Was ihre Gedanken eindeutig bestätigten. Albert gab sich schon aus reiner Höflichkeit große Mühe, sie zu ignorieren, sah aber zwangsläufig die Bilder, die in Scarletts Kopf herumschwirrten – von Truhen randvoll mit Münzen, von bergeweise Silber- und Goldbarren …

Jetzt, wo die Beute so nah war, wuchs ihre Gier und rang mit ihrer nüchternen Zielstrebigkeit.

»*Ganz* so hoch türmen sich die Schätze auch wieder nicht«, sagte Albert.

»Liest du etwa meine Gedanken?«, fragte sie ärgerlich.

Er hob abwehrend die Hände. »Selbst wenn – ich kann nichts dafür. Bei der Arbeit trägst du ja deinen Hut nicht. Außerdem *kann* man deine Gedanken nicht übersehen. Sie sind so grell und bunt, als hättest du sie mit blinkenden Lichterketten umwickelt. Auf jeden Fall entsprechen sie nicht dem, was die Paten in ihren Schatzkammern sehen, mehr sage ich ja gar nicht.«

»Schon gut. Reg dich ab. Und wo *ist* die Schatzkammer?«

»Hinter der Tür da vorn.«

»Okay. Pass auf die große helle Fliese hier auf. Nicht drauftreten.«

Sie gingen um die Fliese herum und näherten sich der Tür. Scarlett legte die Hand auf die Klinke und strich sich mit der anderen Hand die Haare aus dem Gesicht. »Nicht abgeschlossen. Jemand dahinter?«

Albert konzentrierte sich. »Nein.«

»Gut.«

Sie öffnete die Tür.

Dahinter stand ein großer, glatzköpfiger Mann in dunklem Anzug. Er hatte ein langes, schmales Messer in der Hand.

Ohne einen Laut von sich zu geben, stürzte er sich auf Scarlett und zielte mit der Waffe direkt auf ihr Herz.

Kapitel 4

Albert riss den Mund zu einem Entsetzensschrei auf, doch der Luxus eines Lauts war ihm nicht vergönnt. Stattdessen wurde er unsanft von Scarlett nach hinten geschubst, als sie dem Messer um Haaresbreite auswich. Er schwankte, machte einen Schritt zurück – und trat mit vollem Gewicht auf die helle Bodenfliese. Die Fliese löste sich mit einem Klick und kippte um einen Drehpunkt in der Mitte schräg nach unten weg. Unter Albert tat sich ein gähnender Abgrund auf.

Scarlett duckte sich, entkam dem nächsten wilden Hieb des Paten nur knapp, gleichzeitig schoss ihr Arm nach hinten und sie packte Albert am Handgelenk. Breitbeinig fing sie sein Gewicht ab, und statt vollends in die Fallgrube zu stürzen, landete Albert bäuchlings auf deren Kante, seine freie Hand verzweifelt nach mehr Halt suchend und seine Beine ins Leere strampelnd.

Von unten wehte ein kalter Luftzug herauf, und er hörte ein dumpfes Gurgeln und Platschen, als etwas eilig angeschwommen kam.

Der Wächterpate stach erneut zu und Scarlett wich zurück. Dabei ließ sie den Arm sinken und Albert rutschte ein Stück tiefer. Panisch klammerte er sich am Rand der Öffnung fest. Dicht unter ihm prallte etwas Feuchtes gegen Stein, gefolgt von einem lauten Aufklatschen, als sei etwas Großes zurück ins Wasser gefallen. Etwas streifte seinen Schuh. Ein leises Scharren und Kratzen, dann erneut das Platschen.

Scarlett zerrte so lange an seiner Hand, bis sein Oberkörper wieder über dem Rand der Fallgrube lag. Dann ließ sie ihn los und widmete sich voll und ganz ihrem Gegner. Albert stemmte sich mühsam auf den Ellbogen hoch und ließ sich nach vorn auf den Fliesenboden fallen. Dann hievte er sich Stück für Stück weiter. Als er sich auf den Knien aufrichten konnte, drehte er sich um und spähte in die Öffnung. Aus der Tiefe glotzten ihn mehrere bleiche Glupschaugenpaare an. Anschließend schwenkte die Kippfliese wieder in ihre ursprüngliche Stellung zurück.

Albert kam mit weichen Knien auf die Beine. Im selben Augenblick hörte er einen Aufschrei, einen dumpfen Schlag und das Klirren von Metall auf Stein. Als er den Kopf wandte, sah er gerade noch das schlanke Messer auf den Fliesen austrudeln. Der Wächterpate lag mit verdrehten Gliedmaßen am Boden. Scarlett stand in der Tür zur Schatzkammer und hielt sich den Kopf.

Albert wurde es ganz anders. »*Scarlett!* Alles in Ordnung?«

»Klar doch.« Sie war nicht mal außer Atem, klang nur leicht genervt. Ihre Perücke war verrutscht und am Scheitel fehlte ein großes Stück. »So ein Mist«, schimpfte sie. »Das Ding ist hin. Joe wird ganz schön meckern. Er hat ewig gebraucht, um die Perücke aufzutreiben. Wenn wir eine neue beschaffen müssen, rastet er aus.« Sie riss sich die traurigen blonden Überreste vom Kopf und schleuderte sie weg. Die langen roten Locken fielen ihr ungehindert ins Gesicht.

Albert atmete tief durch. »Aber du bist nicht verletzt, oder?«

»Quatsch. Was ist denn mit dir los? Du zitterst ja.«

»Nichts. Gar nichts. Mir geht's gut.«

»Was ist da unten?«

Er sah sie an. »Wasser. Und irgendwas Hüpfendes mit Glupschaugen.«

»*Oh.*« Sie machte eine kurze Pause. Dann rieb sie sich energisch die Hände. »Siehst du? *Darum* lassen wir die hellen Fliesen aus. *Darum* passen wir auf, wo wir hintreten. Apropos – was war mit dem Typen?« Sie verpasste dem reglosen Paten einen Tritt. »Wieso hast du ihn vorhin nicht wahrgenommen?«

»Tut mir furchtbar leid, Scarlett. Aber die Tür hat Eisenbeschläge – da. Du weißt doch, dass Eisen meine Gabe blockiert.« Das bohrende Leuchten in ihren Augen erlosch sofort. Das gehörte zu Scarletts zahlreichen Vorzügen: Sie hielt sich nicht lange mit Nebensächlichkeiten auf. Er hatte ihr eine Erklärung geliefert, und damit war die Sache erledigt. Sie gab sich zufrieden und ging zur Tagesordnung über.

Er stieg über das ausgestreckte Bein des Wächterpaten. Dass Scarlett in so jungen Jahren schon derartige Fähigkeiten erworben hatte, faszinierte ihn immer wieder. Irgendwer musste ihr das alles beigebracht haben, aber darüber sprach sie nie, verbarg es wie die meisten Details aus ihrer Vergangenheit. Wobei es nicht besonders tief unter der Oberfläche lag. Doch Albert versuchte nicht, es zu lesen. Sie war seine Freundin.

»Er ist nicht tot, oder?«, fragte er.

»Nö.« Sie kniete sich hin und zog dem Mann einen Schlüsselbund aus der Gürteltasche. »Aber wenn er wieder zu sich kommt, dürfte er tierische Kopfschmerzen haben. Geschieht ihm ganz recht. Er wollte uns dran hindern, *dort* reinzukommen.«

Albert blickte über ihre Schulter durch die offen stehende Tür. Sie hatte ein Guckloch, durch das der Pate sie offenbar beobachtet hatte. Auch dahinter brannte mattes elektrisches Licht, und überall standen Metallregale und Tische. Und *auf* den Tischen: Kisten, stapelweise Kisten – und hier und da glitzerte es golden. Der Raum kam ihm bekannt vor – er hatte schon in den Gedanken der Paten einen flüchtigen Blick darauf erhascht. Wie immer, wenn die geborgten Erinnerungen anderer Menschen plötzlich vor seinen Augen Wirklichkeit wurden, kam er sich wie ein Eindringling vor, wie jemand, der sich vorübergehend ein fremdes Leben aneignete. Was nicht unbedingt unangenehm war.

Doch Scarlett war ihm wieder mal ein Stück voraus. Mit energischen Schritten, so wie immer auf ihren Beutezügen, betrat sie die Schatzkammer. Forsch, ruhig, hundertprozentig konzentriert … jederzeit darauf gefasst, dass etwas sie ansprang, und zu hundert Prozent auf das gerichtet, was gerade vor ihr lag. Albert hatte längst begriffen, dass »zurück« jene Richtung war, die Scarlett am wenigsten leiden konnte. Als würde sie von etwas Grässlichem verfolgt. Sie wusste, dass es da war und sie ihm nicht entfliehen konnte, doch sie ließ nicht zu, dass es sie einholte.

Sie hantierte geschickt mit dem Schlüsselbund, öffnete Geldkassetten, klappte Deckel auf, lief zwischen den Regalen hin und her. »In diesem Gebäude halten sich bestimmt noch mehr Paten auf, von denen wir nichts gewusst haben«, sagte sie. »In zehn Minuten müssen wir wieder weg sein. Los jetzt, die Säcke!«

Albert fischte die beiden Jutesäcke heraus und warf Scarlett einen davon zu. Den eigenen hielt er auf und begab sich zu dem nächstbesten Regal. Ja, hier lagerte das ganze Zeug, für das sich seine Partnerin so begeisterte: Geldbündel, Münzen und Edelsteine. Gold- und Silberbarren, kleine Statuen und andere Luxusgüter, mit denen jeweils einige der darauf spezialisierten Städte handelten. Die in den Glaubenshäusern gehorteten Reichtümer überstiegen die Vorstellungskraft eines jeden gewöhnlichen Bürgers. Weil die Paten aber so barbarisch mit allen umgingen, die andere Überzeugungen hegten oder nicht ihren genetischen Anforderungen entsprachen, hatte Albert keine Bedenken, so viel zusammenzuraffen, wie er nur konnte.

Als er eben nach dem ersten Geldbündel greifen wollte, fiel ihm etwas noch Interessanteres ins Auge. Auf einem sonst leeren Regal stand ein durchsichtiger Plastikbehälter, ungefähr so lang wie sein Unterarm. Darin lag auf einem rosafarbenen Satinkissen ein undefinierbarer, geschwärzter und verrosteter Metallgegenstand. Mehrere Plastikdrähte ragten daraus hervor, außerdem ein langes, dünnes Röhrchen sowie etwas, das wie ein kleiner Haken aussah. Albert wusste, dass manche Gegenstände der alten Zeit aus überfluteten oder versunkenen Städten im Ödland geborgen wurden. So etwas hatte er schon immer mal sehen wollen. Ein eigentümlicher Geruch stieg ihm in die Nase: zugleich stechend, säuerlich und muffig. So roch Verlorengegangenes und Wiedergefundenes. So roch die Vergangenheit … Er beugte sich neugierig über den Behälter.

»Hör auf zu träumen, Albert!« Sein Kopf schoss in die Höhe. Scarlett stand ein paar Meter von ihm entfernt und funkelte ihn strafend an. Ihr Sack war schon halb voll.

»Entschuldigung.«

»Dein Mund steht so weit offen wie dieser Sack. Was hast du schon eingepackt?«

»Äh … nichts.«

»*Nichts?* Bei Shiva! Wie oft haben wir das schon besprochen? Nachher kannst du so lange idiotisch ins Leere glotzen, wie du Lust hast. Aber jetzt ist noch nicht *nachher*, klar?

»Klar.«

»Dann reiß dich zusammen. Du kennst die Reihenfolge: erst Scheine, dann Münzen, dann Gold, das man einschmelzen kann. Erst danach Edelsteine. Und wenn dann noch Platz ist, Schmuck, den Joe verticken kann.«

»Ja, Scarlett.«

Sie ging schon weiter. »Prima. Du machst dich gut. Aber wir müssen hier fertig werden und abhauen. Und vergiss nicht zu horchen – oder was immer du da auch anstellst, wenn deine Gabe zum Einsatz kommt.«

»Mache ich.« Er drehte sich wieder nach der offenen Tür um. Im Raum davor war immer noch alles ruhig, die Vitrinen und Sofas schimmerten matt im elektrischen Licht. Der Wächterpate lag unverändert da. Albert öffnete seine Sinne, doch die Eisenbeschläge an der Tür machten seine Bemühungen zunichte. Die einzigen Gedanken, die er empfing, stammten von Scarlett und waren sehr leidenschaftlich und voller Gold.

Er ging an den Kisten entlang und schaufelte gehorsam Münzen und Banknoten in seinen Sack. Scarlett hatte recht. Er selbst fand auch, dass er seine Sache gut machte. Abgesehen von allem, was sie ihm beigebracht hatte, konnte er zunehmend besser mit seiner Gabe umgehen. Das Gedankenlesen zum Beispiel – die Ergebnisse waren jetzt viel präziser als seinerzeit, als er aus Stonemoor geflohen war. Er drang ungehindert in das Innenleben anderer Menschen ein. Sogar inmitten großer Menschenmengen. Dann herrschte in seinem Kopf zwar immer noch ein ziemliches Durcheinander, und sämtliche Gedanken der Umstehenden stürmten auf ihn ein, doch inzwischen konnte er diesen Aufruhr bändigen. Er konnte verhindern, dass die alte Panik wieder in ihm aufstieg. Das bedeutete, dass er nicht mehr von der Schlimmen Angst überwältigt wurde, jenem Ausbruch übersinnlicher Gewalt, deretwegen er früher schlimme Verwüstungen angerichtet hatte. Es bedeutete, dass er sich mehr zutraute, was das Gedankenauslesen anging, sogar in Banken und Glaubenshäusern … Und was war der Trick? Konzentration, Konzentration und noch mal Konzentration!

»Herrgott, Albert, du träumst schon wieder.«

»Entschuldige, Scarlett, das wollte ich nicht.«

»Mach endlich deinen Sack voll!«

»Bin schon dabei …« Rasch warf er wieder ein paar Sachen hinein. Nach kurzem Zögern auch den Plastikbehälter mit dem sonderbaren Gegenstand. Dann ging er zu Scarlett hinüber, die ihren Sack schon mit zufriedener Miene zuschnürte.

»In Zukunft nehmen wir uns nur noch Glaubenshäuser vor«, sagte sie. »Vergiss die Banken. Ich habe hier dreimal so viel Gold abgegriffen wie neulich in dieser popligen Bankfiliale in Bedford und …« Sie unterbrach sich. »Was hast du da?«

Er hielt den Behälter in die Höhe. »Das weiß ich selber nicht.«

»Ich schon. Das muss aus der Zeit vor der Großen Verheerung stammen. Lass es stehen.«

»Warum? Findest du nicht, dass es etwas Besonderes ist?«

»Nein. Es ist Müll. Kipp stattdessen das Geld aus der Truhe hier in deinen Sack.«

»Ich dachte, es ist vielleicht wertvoll … Es liegt auf einem hübschen Kissen. Wir können es doch Joe zeigen. Mal sehen, was er dazu sagt.«

»Das kann ich dir jetzt schon verraten. Er wird sagen, dass ihm dieser Schrott auch nicht dabei hilft, sich ein seetüchtiges Boot zu bauen. Bei allen Göttern! Vor uns liegt die Hälfte sämtlicher Reichtümer von Mercia! Wir haben nur die Qual der Wahl.

Und du interessierst dich ausgerechnet für den einzigen Gegenstand, der keinerlei Marktwert hat. Wirf das Ding weg.«

»Na gut.« Aus Erfahrung wusste er, dass es keinen Zweck hatte, mit ihr zu diskutieren. Doch als sie wegsah, steckte er den faszinierenden Gegenstand heimlich wieder ein.

Beide Säcke waren voll, Scarlett und Albert trafen sich an der Tür. In Scarletts Augen brannte eine grüne Flamme, sie war angesichts der reichen Beute immer noch in Hochstimmung. Im Gegensatz dazu verspürte Albert eine jähe Melancholie. So war es oft. Er warf einen letzten Blick auf die Schatzkammer, auf die ungeöffneten Kisten, die nicht gelüfteten Geheimnisse …

Er merkte, dass Scarlett ihn beobachtete. »Mehr können wir nicht tragen«, sagte sie.

»Weiß ich. Aber es ist echt schade, dass wir so viel hierlassen müssen.« Albert seufzte abgrundtief. »Denk doch nur an all die Armut auf der Welt … An die Vertriebenen, die Sklaven … Hast du die Kinder gesehen, die vorhin die Hauptstraße gefegt haben? Sie hatten nur Lumpen am Leib.«

»Ja, die habe ich gesehen.« Scarlett blicke ostentativ auf ihre Armbanduhr. »Worauf willst du hinaus?«

»Keine Ahnung … Darauf, dass wir irgendwas für sie tun müssen.«

»Tun wir doch.«

»Aber wir könnten noch mehr tun, Scarlett.«

»Kann sein, aber die Philosophiererei muss warten, bis wir morgen ungestört am Lagerfeuer sitzen.« Scarlett drehte sich wieder nach dem Vorraum um. »Entweder das, oder du glotzt weiter idiotisch ins Leere. Du hast die Wahl. Aber gerade jetzt müssen wir uns entscheiden, wie wir am besten hier verschwinden, bevor –« Sie unterbrach sich. »Wo ist der Wächterpate, Albert?«

Albert sah sich um. Im Großen und Ganzen war der Vorraum unverändert. Die Vitrinen und die bequemen Sessel, die geschlossenen Türen, hinter denen sich nichts Verdächtiges tat, die Teppiche, die großen hellen Falltürfliesen … In einer Ecke lag Scarletts zerfetzte Perücke und schien wie eine überdimensionale Raupe an der Wand hochzukriechen.

Aber kein Wächterpate.

Albert biss sich auf die Lippe. »Der arme Mann! Wahrscheinlich hat er sich auf die Seite gerollt und ist in die Fallgrube gestürzt.«

»Möglich«, entgegnete Scarlett grimmig. »Oder – und das kann genauso gut sein – der Mistkerl hat sich wieder berappelt und ist getürmt.« Sie fluchte unterdrückt. »Da! Der Alarm! Wie aufs Stichwort … Das ist ganz allein *deine* Schuld, Albert.«

»Gar nicht! *Du* hast ihn niedergeschlagen! Anscheinend nicht doll genug.«

»Eben! Weil du mich immer damit nervst, dass ich niemanden umbringen soll! Ich hätte ihn einfach den Fröschen vorwerfen sollen. Dann hätten wir dieses Problem jetzt nicht. Schon gut, schon gut – vergiss es. Konzentrier dich noch mal. Du hast die Gedanken der Paten gelesen und kennst den Grundriss des Gebäudes. Was hörst du und wo?«

Albert hatte schon die Augen geschlossen und gab sich Mühe, sein eigenes Herzklopfen zu ignorieren. »Also … ich höre Gedanken. Männer sind im Anmarsch.«

»Gut. Aus welcher Richtung?«

»Äh … aus allen.«

Tatsächlich empfing er von überall her Gedanken. Vermutlich waren sie noch ein Stück entfernt, kamen aber immer näher. Als er sich ihnen ganz öffnete, verdoppelte sich ihre Lautstärke. Sie ergossen sich über- und durcheinander. Auch Bilder waren zu erkennen. Sie ähnelten einander bedenklich und handelten von Gewalt und Vergeltung.

Er verdrängte sie rasch. »Die größte Chance ist durch die Tür hier rechts. Sie führt in ein oberes Stockwerk. Von dort aus gehen Fenster auf den Park hinaus. Wobei dort auch Wächterpaten patrouillieren –«

»Aber nicht mehr lange.« Scarlett zückte ihren Revolver und sah nach, wie viel Schuss noch drin waren. Nachdem ihr Blick noch einmal durch den Raum gewandert war, sah sie Albert an und sagte ruhig: »Könnte knapp werden. Krieg das jetzt nicht in den falschen Hals, aber jetzt wäre eine gute Gelegenheit, um …«

»Ich *kann nicht*!« Es brach aus ihm heraus und zum ersten Mal seit langer Zeit spürte er Panik wie einen kalten Knoten im Magen. »Du weißt, dass ich es nicht riskieren darf«, sagte er. »Es ist zu gefährlich. Es geht einfach nicht.«

Sie klappte die Revolvertrommel wieder zu. »Wenn das so ist«, gab sie zurück, »dann musst du dich eben in meine Gedanken einklinken. Mach alles, was ich auch mache, und zwar, sobald ich daran denke. Zum Reden ist keine Zeit mehr.«

Wohl wahr. Irgendwo in der Nähe war das Knirschen von Zahnrädern zu vernehmen, die Geräusche verborgener Mechanismen. Überall im Glaubenshaus wurden Riegel vorgeschoben, Fluchtwege versperrt. Aus den angrenzenden Räumen hörte man knappe Befehle und das Trampeln von Stiefeln …

Das genügte Scarlett und Albert. Sie waren schon losgerannt.

* * *

Auf dem Weg durchs Allerheiligste des Glaubenshauses begegneten sie sechs Paten. Sechs Wächterpaten, denen weitere folgten. Zumindest *glaubte* Albert, dass es sechs gewesen waren. Es fiel ihm schwer, sich an Einzelheiten zu erinnern. Was teilweise an dem Chaos lag, das nun ringsum herrschte – den jähen Richtungswechseln, den heranstürmenden Angreifern, den von Wänden und Boden abprallenden Kugeln, dem Aufblitzen von Stichwaffen, dem Brüllen und Schreien, den Hieben, Schlägen und Flüchen, der rasanten Abfolge wütender Gesichter und zupackender Hände. Ja, das mochte der Grund sein, zumindest teilweise. Nach Alberts Erfahrung beeinträchtigten solche Nahkampferlebnisse das Erinnerungsvermögen, und wenn die Verfolgungsjagd (so wie heute) in einem Labyrinth halbdunkler Flure und Treppenhäuser stattfand, von denen manche mit betäubendem Weihrauchduft erfüllt waren, machte das die Sache nicht besser.

Doch vor allem war es Scarlett, die ihn davor schützte, allzu viel mitzubekommen. Während der gesamten Flucht war er dicht hinter ihr, konzentrierte sich ausschließlich auf *ihre* Gedanken und auf das, was *sie* sah. Und wie immer bei solchen Gelegenheiten waren ihre Gedanken hochpräzise und wohlüberlegt, sie strahlten förmlich vor Klarheit. *Die Treppe hoch – halt – ducken – jetzt zurück – über die Leiche springen …* Von der Absicht bis zur Ausführung vergingen nur Sekundenbruchteile, alles ging fließend ineinander über. Indem sich Albert an ihre Gedanken koppelte und ihre Handlungen, so gut es ging, nachahmte, blieb er bei ihr und damit am Leben. *Durch die Tür … hinter die Sessel … nach links ausweichen … nach rechts springen … jetzt ducken und rennen …* Auf diese Weise konnte er das Chaos irgendwie ausblenden. Der Tumult wirbelte wie Stromschnellen um ihn herum, und er konnte trotzdem Ruhe bewahren.

Sie stürmten in einen Raum in einem der oberen Stockwerke. Kugeln pfiffen zwischen ihnen hindurch und streiften die Säcke, die sie sich auf die Rücken geschnallt hatten. Scarlett fuhr herum, knallte die Tür zu und verriegelte sie. Der Raum war sehr klein. Durch das einzige Fenster ergoss sich Mondlicht über die steinernen Wände.

Jemand hämmerte gegen die Tür. Scarlett und Albert liefen zum Fenster, schauten hinaus und nach unten. Der Abstand zum Boden war nicht gerade gering. Der Park um das Glaubenshaus glich einem schwarzen Abgrund.

»Ich habe schon schlimmere Fluchtwege gesehen«, sagte Scarlett. »Wir springen erst links auf die Brüstung dort und lassen uns dann auf die darunter hinab. Von da aus können wir zu dem Ast hinüberhechten – siehst du ihn? – und uns am Stamm runterrutschen lassen.«

Auch Albert hatte schon schlimmere Fluchtwege gesehen, allerdings nicht oft. »Könnte schwierig werden«, sagte er.

»Nicht, wenn du mir vertraust.« Sie schenkte ihm ihr typisches Grinsen. »Vertraust du mir?«

Er sah sie an, wie sie so neben ihm stand. Ihre Haare waren eine wilde, widerspenstige Mähne, ihr blasses Gesicht leuchtete. An der Schläfe hatte sie eine Schnittwunde und eine weitere an der Hand. Ihr Kleid hatte schon vorher gelitten, inzwischen war es auch noch von Klingenhieben zerfetzt. Doch sie stand hoch aufgerichtet da und wippte leicht auf ihren hübschen weißen Pumps, bereit für die nächste energiegeladene Aktion.

Ob er ihr vertraute? Albert zog seine Hose ein Stückchen höher.

»Jederzeit«, sagte er.

»Dann los.«

Kapitel 5

Noch waren sie nicht entkommen. Die Verfolger tauchten immer wieder auf. Von der Hügelkuppe aus sah Scarlett, wie sich eine feine Staubwolke über das weiße Band der Straße von Warwick aus auf sie zubewegte. Vorn war die Wolke scharf umrissen und hing etwas tiefer, hinten zerfaserte sie. Der Staub stieg geräuschlos zwischen den Hügeln empor. Scarlett stützte die Ellbogen auf und setzte das Fernglas an die Augen. Ja, da waren sie: ein Lastwagen mit Milizionären, ein schwarzer Transporter mit Spürhunden, und weiter hinten als Nachhut drei Motorräder. Der Konvoi war zu weit entfernt, als dass man das Heulen der Motoren hätte hören können, das Jaulen der Hunde und die blutrünstigen Flüche der Männer, die die Verfolgung der Outlaws aufgenommen hatten. Wobei sich Scarlett das alles lebhaft vorstellen konnte – ebenso wie das, was ihnen blühte, wenn die Männer sie erwischten.

Das Fernglas war glitschig vom Schweiß. Sie legte es weg. Der Suchtrupp wurde wieder zur verschwommenen Wolke am Horizont.

»Das ist ja aufregend!«, sagte Albert. »Glaubst du, sie fallen darauf rein?«

Er lag bäuchlings neben Scarlett auf der trockenen Erde, und genau wie bei ihr waren seine aufgestützten Arme und die ausgestreckten Beine von oben bis unten derart mit Asche, Dreck, Blut und Schießpulver bedeckt, dass er mit den Felsen ringsum verschmolz. Beide sahen nun wie kleine Steinbrocken am Fuß eines Hügels aus.

»Es sind Städter«, antwortete Scarlett. »Städter sind dumm. Klar fallen sie drauf rein.«

»Hoffentlich. Wenn ich noch viel weiter radeln muss, fallen mir nämlich die Beine ab. Ich glaube, der Hintern hat mir noch nie so wehgetan.«

»Wie schön. Wobei ich auf diese Info wieder mal gut verzichten könnte. Aber keine Sorge. Sie kommen bestimmt nicht hierher.«

»Bist du da hundertprozentig sicher?«

Scarlett zögerte. Sie war nicht mal *ein*prozentig sicher, aber das musste Albert ja nicht wissen. »Klar doch.«

»Sehr gut.« Albert richtete sich plötzlich auf wie ein Wal, der die Sandoberfläche durchbrach, saß im nächsten Augenblick mit untergeschlagenen Beinen auf dem Hügel und streckte die Hand nach dem Gepäck aus. »Ich habe Lust auf einen Apfel«, sagte er fröhlich. »Willst du auch was? Ich hätte noch leckere Pflaumen aus Uppingham im Angebot.«

»Um Shivas willen!« Scarlett packte ihn am Arm und zerrte ihn wieder zu sich herunter. »Nicht aufrichten, du Idiot! Die haben doch auch Ferngläser!«

Albert wehrte sich nicht, und so lagen sie wieder schweigend Seite an Seite. Scarlett stützte sich weiter auf den Ellbogen und kaute an einer Haarsträhne. Sie hatte den breitkrempigen Hut wieder aufgesetzt, trug aber immer noch das grüne Kleid, das dank der Flucht per Rad nun endgültig hinüber war. Sie spürte die Sonne auf der Rückseite ihrer Beine, und der Rocksaum flatterte in der warmen Brise, die aus der Senke heraufwehte. Alles hätte so schön sein können, wären die Erschöpfung und die hämmernde Angst nicht gewesen.

Doch Jammern hatte keinen Zweck. Alles hing jetzt von ihrer List ab. Es war das Letzte, was heute noch klappen musste.

Aus Warwick wegzukommen, war nicht ganz leicht gewesen. Schon die Flucht aus dem Park des Glaubenshauses war ihnen nur mit knapper Not gelungen, und die anschließende Verfolgungsjagd durch die Straßen war noch schlimmer gewesen. Die Stadtwache war ausgeschwärmt, und Scarlett und Albert waren erst kurz vor Sonnenaufgang bei ihren Rädern angekommen. Sie hatten wie die Wilden in die Pedale getreten und die Brücke über die Schlucht am Rand der Sicherheitszone gesprengt, um die Verfolger aufzuhalten. Um nichts dem Zufall zu überlassen, waren sie außerdem zuerst in die falsche Richtung geradelt. Erst als sie die Hügel erreicht hatten, schlugen sie einen Haken und fuhren wieder nach Süden. Leider hatte das alles nicht viel gebracht. Ihre Verfolger hatten sie über die Aschefelder hinweg erspäht und waren ihnen seitdem auf den Fersen. Schließlich hatte Scarlett zu einer Verzweiflungstaktik gegriffen, um ihnen Zeit zu erkaufen.

Sie waren an der Abzweigung vorbeigeradelt, von der aus ein schmaler Pfad hügelauf führte, und eine weitere Meile der Hauptstraße gefolgt. Dann hatten sie sich die Räder auf den Rücken geschnallt und waren keuchend einen geröllbedeckten Abhang hinaufgeklettert. Um auch die Hunde abzuhängen, waren sie dabei die ersten zweihundert Meter durch einen Gebirgsbach gewatet. Anschließend hatten sie sich im Zickzack durchs Gestrüpp geschlagen, bis sie wieder auf den Pfad gestoßen waren. Mit etwas Glück würde das genügen. Scarletts Nacken war so verspannt, dass er schmerzte, ihr Magen war verkrampft. Wenn diese Taktik nichts brachte, wären sie und Albert binnen der nächsten Stunde tot.

Auch mit dem Fernglas konnte sie die Stelle, wo der Pfad von der Hauptstraße abzweigte, nicht gut erkennen. Dafür würde ihnen die Staubwolke verraten, wo die Milizionäre waren und ob ihr Plan aufging.

»Sie sind jetzt schon so lange hinter uns her«, sagte Albert. »Viel länger als sonst, kommt es mir vor.«

»Stimmt.« Scarletts Lippen waren von der wilden Flucht ganz ausgetrocknet. Sie hatten zwar Wasser dabei, aber sie wollte sich jetzt nicht bewegen, um die Flasche aus dem Rucksack zu holen. »Wir haben ihr Glaubenshaus entweiht. Und unterwegs haben wir auch noch ihren halben Marktplatz *und* die Brücke zerstört.«

Albert nickte. »*Und* du hast zwei von ihren Stadtältesten umgeradelt.«

»Drei. Den Kleinen hast du nicht mitgekriegt.«

»Kein Wunder, dass die Typen sauer auf uns sind. *Pssst!* Da!«

Scarlett zuckte zusammen und hielt den Atem an. Die Staubwolke hatte sich der Abzweigung genähert. Durchs Fernglas beobachtete sie, wie erst die Lastwagen hielten, dann die Motorräder neben ihnen. Leute stiegen aus, gingen auf der Straße hin und her, suchten den Boden ab und überlegten.

»Unsere Räder sind geradeaus gefahren«, sagte sie halblaut. »Also fahrt gefälligst auch geradeaus weiter.«

Die Männer schienen unsicher zu sein. Sie berieten sich. Scarlett spürte, wie Schweiß unter ihrem Hut hervorperlte. Schließlich kehrten die Milizionäre wieder zu ihren Fahrzeugen zurück.

Die Kolonne setzte sich erneut in Gang. – Sie fuhr geradeaus. Die Staubwolke verschwand hinter dem Hang.

Scarlett stieß die angehaltene Luft aus und ließ das Fernglas sinken. »Geschafft«, sagte sie.

»Na also.« Albert war schon wieder bester Laune und öffnete die Tüte mit dem Proviant. »Wieso haben wir uns eigentlich Sorgen gemacht?«

* * *

Sie blieben auf der Hügelkuppe sitzen. Die Umgebung war rau. Unterhalb der hohen Böschung ging der staubige Hang in ein großes, steil abfallendes Geröllfeld über. An seinem Fuß tat sich eine breite, sonnenbeschienene Schlucht auf, in der hier und da Riedgras wuchs. Einen Fluss gab es dort auch. Er glitzerte matt in der Nachmittagssonne und schlängelte sich zwischen großen Felsbrocken hindurch. Dahinter erhob sich schon der nächste Hang der lachsrosa Hügellandschaft.

Albert nahm sich einen Apfel. Sie waren den ganzen Tag noch nicht zum Essen gekommen. Scarlett leerte als Erstes ihre Wasserflasche. Dann zog sie ihr Gepäck zu sich heran – den Sack mit der Beute, ihr Gewehr, den Gebetsteppich in seiner Rolle – alles, was sie besaß. Sie holte die Fluchkasse heraus und hängte sie um. Solange sie in Verkleidung unterwegs gewesen war, hatte sie davon lieber abgesehen. Die vertraute schmutzige Schnur schnitt ihr in den Nacken, und wie immer war das Gewicht des Lederbehälters ebenso schmerzhaft wie beruhigend. Sie kramte ein paar Münzen aus der Satteltasche ihres Fahrrads und warf sie in den Schlitz, damit die Kasse noch schwerer wurde.

»Willst du nicht noch mehr reintun?«, fragte Albert. »Mittlerweile bist du ein bisschen im Rückstand.«

»Stimmt.«

»Oh Mann, ich habe dich noch nie so viel fluchen hören wie auf unserer Flucht. Mir tränen jetzt noch die Augen. Du solltest dir statt der Kasse lieber eine Tonne umhängen.«

»Logisch habe ich geflucht. Schließlich wären wir dabei mindestens zehn Mal fast gestorben! Gib mir'n Apfel.«

»Käse ist auch noch da, glaube ich. Als du mich vorhin runtergezogen hast, hab ich mich leider aus Versehen draufgesetzt. Darum ist er jetzt ein bisschen platt und zermantscht, aber …«

»Danke, der Apfel reicht.«

Warmer Wind wehte aus der Schlucht herauf. Scarlett schob den Hut in den Nacken und ließ sich die Stirn fächeln. Es tat gut, einfach nur dazusitzen und Wärme, Licht und Luft auf Armen und Beinen zu spüren. Und säckeweise Diebesgut neben sich zu haben. So fühlte sich rechtschaffene Freiheit an. Wieder einmal hatten Scarlett & Browne den Glaubenshäusern und den niederträchtigen Einwohnern der Verbliebenen Städte ein Schnippchen geschlagen.

Aber einfach war es nicht gewesen … Ihr kam ein Gedanke.

»Also, Albert«, sagte sie, »wie ist es deiner Meinung nach heute gelaufen? Ich meine den Raubüberfall und so weiter.«

Er sah sie mit großen dunklen Augen an. Seine Haare und sein Gesicht waren von rötlichem Staub überpudert, sein Anzug war von den Abenteuern ihrer Flucht endgültig ruiniert. »Der Überfall? Gut, würde ich sagen.«

»Wirklich?«

»Ich habe die Gedanken der Paten gelesen, und du hast ihnen mit deiner üblichen Finesse kräftig in den Hintern getreten.«

»Und unsere Flucht? Denk noch mal nach. Hätten wir irgendwas besser machen können?«

Er überlegte angestrengt. »Na ja … Vollkommenheit lässt sich nur schwer erreichen. Es gibt immer etwas zu optimieren. Aber im Großen und Ganzen ist es super gelaufen, finde ich.«

»Keine Beanstandungen?«

»Nein.«

»Und was ist mit dem Vorfall zu Beginn unserer Flucht aus Warwick, als du angehalten und die Insassen befreit hast?«

Albert nickte lächelnd. »Ach, *das* meinst du. Sie haben mir leidgetan, und die Sklavenhändler waren gerade nicht da. Ich habe die Käfige bloß aufgebrochen und sie rausgelassen.«

»Das ist mir nicht entgangen. Während Scharfschützen von den Mauern geballert haben und die halbe Stadt hinter uns her war. Warum?«

»Ganz einfach. Niemand hat sich um sie gekümmert, und sie waren mittellos und verzweifelt. Jemand musste ihnen helfen, Scarlett. Ich habe ihnen eine zweite Chance verschafft.«

»Ganz bestimmt nicht. Ich wette, die Händler haben sie zehn Minuten, nachdem wir weg waren, wieder eingefangen.« Scarlett kratzte sich genervt. Ihre Kopfhaut juckte und der Hut drückte. Trotzdem mochte sie ihn nicht abnehmen. Sie war müde, und wenn sie müde war, machten sich ihre Gedanken gern selbstständig. Womöglich kamen dabei Dinge hoch, die Albert, der so unbekümmert neben ihr saß, mühelos erkennen konnte. Davor schützte sie der Hut. Er war eine Sicherheitsvorkehrung. Sie schüttelte die leere Wasserflasche und blickte den steilen Abhang zum Fluss hinunter.

»Ist dir heiß?«, erkundigte sich Albert. »Ich finde den lauen Wind sehr angenehm.«

»Ich nehme den Hut jetzt nicht ab.«

»Ich lese auch nicht deine Gedanken.«

»Absichtlich vielleicht nicht. Das passiert wahrscheinlich ganz automatisch. Bestimmt liest du noch im Schlaf fremde Gedanken.« Sie aß den Apfel auf und warf das abgenagte Kerngehäuse in die Senke. »Worauf ich hinauswill, ist Folgendes: Du hast aus einer spontanen Anwandlung heraus unser beider Leben aufs Spiel gesetzt. Es war eine *ehrenwerte* Anwandlung, das schon, aber die Sklaven haben uns wertvolle Zeit gekostet. In dem Moment kam es nur darauf an, möglichst schnell zu verschwinden.«

»Findest du? Also ich weiß nicht ...« Er verzog das Gesicht. Sie sah ihm an, dass er nicht einverstanden war und nur nach den richtigen Worten suchte. Sie wartete.

»Warum machen wir das eigentlich alles, Scarlett?«, fragte er schließlich.

»Die Städter ausrauben? Um sie zu nerven, sie zu schwächen. Um uns etwas von den Reichtümern zurückzuholen, die sich die Glaubenshäuser unter den Nagel gerissen haben. Um einen Teil des Geldes an diejenigen zurückzugeben, die es eigentlich verdient haben. Also in erster Linie an uns. Das ist unser Leben, Albert. Wir sind Outlaws – das ist ein ehrbares Gewerbe. Oder wärst du lieber wieder in Stonemoor, um den Rest deines Lebens vor dem Hohen Rat zu katzbuckeln?«

Das brachte ihn erwartungsgemäß zur Besinnung. Er schauerte. »Ich will nicht mehr an Stonemoor denken«, sagte er. »Trotzdem dürfen wir die anderen Opfer nicht vergessen.«

»Machen wir ja gar nicht. Deinetwegen geben wir die Hälfte unseres Geldes weg. An Joe, an die Leute im *Wolfskopf*, an andere Vertriebene, denen wir begegnen ...« Sie zuckte die Achseln.

»Wobei ich mich nicht darüber beschwere. Ich find's ja gut. Übrigens will ich deswegen morgen in Huntington vorbeischauen. Um noch mehr Kohle unter die Leute zu bringen.«

Schweigen. Dann: »Ohne mich?«

»Wir treffen uns im *Wolfskopf*. Huntington ist kein großer Umweg. Ich kann auch den dortigen befreiten Sklaven etwas Geld geben.«

»Sonst hast du nichts vor?«

»Nichts, was dich etwas angeht.«

Beide schwiegen eine Weile. Scarlett merkte selbst, dass sie ein bisschen gereizt geklungen hatte. Sie bedauerte es – Müdigkeit hin oder her, es war ein ausgesprochen erfolgreicher Tag gewesen. Das Glaubenshaus von Warwick hatte schon lange auf ihrer Liste gestanden. Und sie hatten die Sache einwandfrei durchgezogen, hatten wie ein richtiges Team zusammengearbeitet. Ja, die Steckbriefe lagen schon ganz richtig: *Scarlett & Browne: Staatsfeinde Nr. 1.* Mit jedem Raubüberfall wurden sie besser, und die Städter konnten nichts dagegen machen. Das war ein gutes Gefühl. Na ja, bis zu einem gewissen Grad ... Trotz der Befriedigung über den gelungenen Beutezug empfand sie immer noch diese Wut und innere Leere ...

Genau darauf spielte Albert natürlich an. Sie schielte zu ihm hinüber. Er schaute über das Tal, die Hände auf den Knien der zerfetzten Anzughose. Sein Gesicht war ausdruckslos. »'tschuldigung«, sagte sie.

»Schon okay.«

»Du hast deine Sache wirklich gut gemacht, Albert. Wir waren beide gut. Was meinst du, wo wollen wir als Nächstes hin? Nach Northumbria vielleicht? Oder lieber zurück nach Anglia?«

Jetzt zuckte er die Achseln. »Ja. Oder nach Wessex.«

»Nicht nach Wessex.« Sie lachte kurz und trocken auf. »Die Bruderschaft der Hand sucht mich immer noch. Die wollen meinen Kopf.«

»Immer noch? Meinst du nicht, dass sie sich inzwischen wieder eingekriegt haben?«

Scarlett sah Soames und Teach regelrecht vor sich, die gefürchteten Anführer der Bruderschaft, wie sie in ihrer trostlosen Festung in Stow hockten und Mordgelüste hegten. Die Vorstellung war nicht sonderlich beruhigend. »Sie vergessen nie jemanden, der ihnen Geld schuldet«, entgegnete sie. »Wir besprechen unsere weiteren Pläne mit Joe im *Wolf*. Aber jetzt brauchen wir frisches Wasser. Wenn du willst, geh ich runter und erledige das.«

»Ich gehe«, sagte Albert. »Ich muss mir sowieso mal die Beine vertreten. Und die schwarzen Steine da unten sehen interessant aus.« Er stand abrupt auf, seine magere, zerlumpte Silhouette zeichnete sich vor der Sonne ab. Ohne Scarlett noch einmal anzusehen, griff er sich die Wasserflaschen und schlitterte den Abhang hinunter.

* * *

Sobald sie allein war und er sich unter ihr einen Weg durchs Riedgras und das schwarze Geröll zum Fluss bahnte, nahm sie den breitkrempigen Hut ab und legte ihn neben sich. Ihre Haare waren dunkel vom Schweiß und klebten in platten, unordentlichen Strähnen aneinander. Der schmale eiserne Stirnreif, den sie trug, schimmerte stumpf in der Sonne. Er hatte sich wieder mal von der Innenseite des Hutes gelöst. Sie musste ihn neu am Stoff befestigen.

Scarlett verzog missmutig den Mund und griff sich an den

Hinterkopf. Der Eisenreif öffnete sich wie eine Knospe und gab ihren Kopf frei. Sie ließ ihn in den Schoß fallen und rieb mit beiden Händen den juckenden Striemen, den er hinterlassen hatte. Normalerweise störte sie der Reif nicht groß, aber wenn es so heiß war wie heute, nervte er noch mehr als die Fluchkasse. Ihre Miene verfinsterte sich. Wie hatte Alberts ehemalige Zuchtmeisterin Dr. Calloway es bloß ausgehalten, die ganze Zeit so ein Ding zu tragen?

Tief unten bewegte sich Alberts schmale Gestalt zögernd in Richtung Flussufer, offenbar hielt er nach einer geeigneten Stelle Ausschau, um die Flaschen zu füllen. Sein Schatten glitt hinter ihm her wie eine Schmutzschliere, als wäre etwas Dunkles aus ihm herausgequollen. Von hier oben gesehen war er ein Nichts, nur ein sich bewegender Fleck in der Wildnis. Und aus der Nähe betrachtet machte er auch nicht sonderlich viel her.

Trotzdem hatte er etwas an sich … Er überraschte sie jeden Tag aufs Neue.

Scarlett streckte sich genüsslich wie eine Bergkatze, ließ sich wieder auf die Ellbogen fallen und vom warmen Wind aus der Schlucht die feuchten Haare trocknen. Ein Spießvogel segelte auf der Thermik über dem Tal, und Scarlett sah ihm bei der Beutejagd zu. Ringsum schien alles ruhig zu sein, und doch gab es hier draußen Leben, es regte sich überall unter den Steinen …

Es war schon spät. Sie mussten weiter.

Vorhin war sie gegenüber Albert ein bisschen unfair gewesen. Nicht, was die Sache mit den Sklaven anging, sondern was den Hut und das Gedankenlesen betraf.

Er meinte es ja wirklich nicht böse. Er hatte ihr Innerstes, ihre dunkelsten Geheimnisse, nie absichtlich ausspioniert. Trotzdem war er dazu in der Lage, und sie würde nicht einmal merken, wenn er es tat. Manchmal konnte Scarlett mit diesem Wissen leben und manchmal nicht. Manchmal musste sie einfach den Hut aufsetzen.

Albert war jetzt auf dem Talgrund angekommen. Er bewegte sich vorsichtig voran, die Trinkflaschen baumelten an ihren Schnüren über seiner Schulter. Das Gelände war unwegsam, überall ragten große Felsbrocken und schiefe schwarze Steinsäulen auf. Eine Stelle hinter Albert flimmerte sogar in der Hitze. Dort unten ging kein Wind. Es musste wirklich sehr heiß sein.

Sie schaute ihm versonnen nach und ließ ihre Gedanken wandern. *Sechs Monate.* Ebenso viele Raubzüge. Und von Mal zu Mal hatte er sich besser im Griff, setzte er seine Fähigkeiten gekonnter und eindrucksvoller ein. Unter Druck und in größeren Menschenansammlungen war er am besten. Es gab fast niemanden, dessen Gedanken er nicht –

Ihr Kopf fuhr in die Höhe.

Moment mal. Das Hitzeflimmern …

Sie musterte noch einmal den gewellten Untergrund hinter Albert.

Das war *kein* Hitzeflimmern. Es war zu lang, zu dünn, zu gewunden. Als wäre ein Stück Boden geschmolzen und kröche jetzt ganz langsam, fast wie Lava, aber doch zielstrebig auf Albert zu.

Im nächsten Augenblick hatte sie die Pistole gezogen.

Die Riesenfelsschlange war dreimal so lang wie Albert und über einen halben Meter breit. Sie war perfekt getarnt, ihre Schuppen ein Mosaik aus Braun-, Grau- und Lachstönen. Erst als sie den Schatten der Felsen verließ, sah Scarlett auch die auffallende Zickzackzeichnung auf ihrem Rücken.

Die Pistole nützte nichts – der Abstand war zu groß. Aber sie konnte Albert damit warnen.

Sie hob die Waffe und schoss in die Luft. Der Knall brach sich in der Schlucht und wurde zwischen den Felsen hin und her geworfen wie eine donnernde Geräuschlawine.

Albert hob den Kopf. Seine schmale Gestalt drehte sich um. Im selben Augenblick verdoppelte die Schlange ihr Tempo. Sie schlängelte sich bebend weiter, wurde schneller, setzte zum Zustoßen an. Ihr Leib bäumte sich auf, der große, kantige Kopf ragte hoch über Albert auf. Die tödlich weiße Zickzackzeichnung reflektierte die Sonne, leuchtete kurz auf wie ein Blitz.

Herrgott! Das Gewehr!

Scarlett warf sich zur Seite und riss die Waffe vom Rucksack.

Ihre Schläfen pochten. Dann ertönte ein Krachen wie ferner Donner.

Sie ließ sich hastig auf ein Knie nieder, schwenkte das Gewehr herum und zielte zwischen die Felsbrocken –

Und hielt inne.

Ließ die Waffe wieder sinken.

Die Riesenschlange war nicht mehr da. Das Flussufer war mit roten Spritzern und Fetzen schillernder Haut übersät. Auch der Boden vor Albert sah anders aus als vorher. Überall lag Schutt. Manche Steinsäulen waren verschwunden, andere geborsten. Auch die größeren Felsen in der Nähe waren gespalten und zersprungen. Über dem Fluss trieb eine Wolke aus rotem Steinstaub davon.

Scarletts Blick landete auf Albert. Er winkte ihr lässig zu und machte eine Geste, die vermutlich *Daumen hoch!* bedeuten sollte. Dann schlenderte er zum Ufer und hockte sich in den Kies, füllte nacheinander die Flaschen und stellte sie neben sich auf einen flachen Stein. Dabei ging er bedächtig vor, fast geschickt. Nur einmal verlor er das Gleichgewicht und wäre beinahe ins Wasser geplumpst.

Scarlett setzte sich wieder hin. Sie wartete darauf, dass ihr Puls sich beruhigte und der Wind den frischen Schweiß auf ihrer Stirn trocknete. Beim hastigen Hinknien hatte sie sich das Knie aufgeschürft. Es blutete. In ihrem hellgrünen Kleid saß sie mit untergeschlagenen Beinen da, spürte den kalten Gewehrlauf am Oberschenkel. Der Wind wehte ihr die Haare ins Gesicht.

»Verflucht und zugenäht, Albert«, sagte sie halblaut. »Warum machst du so was nicht auch mal bei unseren Einsätzen?«

Sie warf noch eine Münze in die Fluchkasse. Inzwischen segelten zwei Vögel in der warmen Luft über den Felsen. Sie flogen mühelos dahin, schwenkten mit kleinen Flügelbewegungen seitlich weg oder nach unten, bis sie schließlich in Richtung Sonne verschwanden.

Auf dem Hang war alles friedlich. Der Wind wehte, der Himmel wurde noch weiter. Albert brauchte lange, um die steile Böschung wieder hochzuklettern.

Währenddessen blieb Scarlett McCain einfach sitzen, still und allein, und ließ den Blick in die Ferne schweifen, bis hinter die Hügel.

II.

ZUM WOLFSKOPF

Von der Anhöhe aus sah man, dass sich die grünen Wellen der Hügel bis nach Cornwall erstreckten, und am Wegesrand lag ein großer Stein, auf den sich das Kind setzen und verschnaufen konnte. Das Mädchen hockte sich daneben, zog die dünnen Beine an und stellte die Turnschuhe flach auf den Stein. Dann schlang sie die Arme um die Knie und stützte das Kinn darauf. Sie beobachtete die Spießvögel in der Sonne über dem Tal, wie sie um die grünen Kronen und Spitzen der höchsten Bäume kreisten. In der Senke wuchs dichter Wald. Die Hügelkuppen waren von Ginsterbüschen und Blaubeersträuchern überwuchert.

Das Kind hatte die gleiche Haltung wie seine ältere Schwester eingenommen. Ab und zu entschlüpfte sein Knie den darumgeschlungenen Armen und kippte zur Seite. Dann stellte der kleine Junge das Bein sorgfältig wieder auf.

»Krieg ich noch eine Beere?«

»Nein. Du hast schon genug.«

»Aber ich hab noch Hunger.«

Das Mädchen hatte auch Hunger, aber sie hatte die Gefäße mit den Blaubeeren in ihre Schultertasche gestellt und in ihren Pullover gewickelt, damit sie nicht aneinanderstießen. Sie hatte keine Lust, sie wieder herauszuholen. »Warte, bis wir zu Hause sind.«

»Aber Mummy macht Marmelade draus.«

»Dann gibt sie dir was anderes.«

Sie gingen nun wieder weiter über den Hügelkamm und folgten

dabei dem blassen Kreidepfad. Der kleine Junge ging voraus, das Mädchen hinterher. Manchmal traf man hier oben andere Siedler, doch heute gab es nur die beiden Geschwister, die Landschaft und den Wind. Die Hügelkuppe war gekrümmt wie der Rücken eines schlafenden Hundes. Das Mädchen und der kleine Junge folgten dem Auf und Ab der Wirbelknochen, der Ginster zerkratzte ihnen die Beine.

Das Mädchen ging in gleichmäßigem Rhythmus, ihre Zöpfe hüpften auf und ab. Sie dachte an das, was noch zu erledigen war, sobald sie zu Hause ankamen. Die Ziegen, die Hühner … sie musste ihrer Mutter mit dem Abendessen helfen, mit Florence zu den Masons gehen und sich nach dem Widder erkundigen, neues Feuerholz aus dem Schuppen holen, Thomas ins Bett bringen und – wenn bis zum Anbruch der Dunkelheit noch Zeit war – im Garten arbeiten. In ihrer ernsthaften, praktischen Art erstellte sie eine Reihenfolge der einzelnen Arbeiten und überprüfte mehrmals, ob sie auch nichts vergessen hatte. Listen waren immer gut, außerdem waren sie befriedigend. Man hatte dann das Gefühl, als wäre die Arbeit schon halb getan.

Sie kamen in eine Senke, wo der kleine Junge wie jedes Mal zum Pinkeln anhielt, dann ging es wieder nach oben auf den Hügel, der sich hinter dem Haus erhob. An den steilsten Stellen schob das Mädchen seinen kleinen Bruder von hinten an und redete ihm gut zu, aber inzwischen war er schon so groß, dass er nicht mehr stolperte oder hinfiel.

Erst als sie die letzte Hügelkuppe erklommen hatten, sah das Mädchen die schwarze Rauchfahne aus dem Tal aufsteigen. Sie stand mit der Hand am Riemen der Schultertasche da und beobachtete den Rauch, die Lippen im schmalen Gesicht zu einer dünnen Linie zusammengepresst.

Der kleine Junge drehte sich zu ihr um. »Was ist denn, Carly?«

»Keine Ahnung. Irgendwer hat den Heuschober angezündet oder so. Herrgott, kann man nicht mal eine verdammte Minute weg sein …«

»Du sollst nicht fluchen, Carly. Mummy mag das nicht.«

»Stimmt, aber Mummy ist nicht hier, oder? Und wenn Mummy das Heu angesteckt hat, kriegt sie von mir gleich noch was ganz anderes zu hören …« Der Ärger in ihrer Stimme war künstlich, sie konnte ihn nicht lange durchhalten. Der Rauch war schwarz, dicht und ölig. Der Wind löste ihn nicht auf, sondern wehte ihn schräg auf die Flanke des Hügels zu.

Das Mädchen nahm den kleinen Jungen an der Hand und zog ihn weiter. Er war müde und mochte nicht mehr laufen, aber seine Schwester kannte keine Gnade. Nach einer Weile ging ihr sein Gequengel so auf die Nerven, dass sie ihm eine Ohrfeige verpasste. Er heulte, trabte aber stolpernd hinter ihr her. Das Mädchen ging rasch weiter, blieb aber immer wieder stehen, um zu sehen, wo der Rauch eigentlich herkam.

Nicht von den Masons und auch nicht von den Fowlers. Dafür war er zu nah. Ein Lagerfeuer konnte es auch nicht sein. Zu viel Rauch, zu dicht. Sie beobachtete die schwarzen Ascheflocken, die über den Himmel tanzten.

»Warum hat Mummy den Heuschober angezündet?«

»Was?« Sie kaute auf einer Haarsträhne.

»Das Heu.«

»Ich weiß nicht, ob es der Heuschober ist. Bei Shiva, ich habe keine Ahnung, was da brennt. Jetzt komm, Thomas.«

Sie verließen den Hügelkamm, kletterten über den kaputten Zauntritt und setzten ihren Weg zwischen den Bäumen fort. Grüne Schatten hüllten sie ein. Der Pfad schlängelte sich durch den hohen sommerlichen Farn nun steil abwärts.

Das Mädchen marschierte voran, der kleine Junge trödelte hinterher, knickte immer wieder Farnwedel ab und spähte neugierig in die geheimnisvolle Dunkelheit darunter.

Der Wind drehte sich, wehte jetzt aus dem Tal herauf durch die Bäume. Er brachte schwachen Rauchgeruch mit, und noch etwas anderes: einen säuerlichen Gestank. Das Mädchen blieb stehen und zog die Nase kraus. Reglos, stumm und wachsam stand sie da und spähte zwischen den Bäumen hindurch nach unten.

Der kleine Junge pflügte geräuschvoll durchs Farnkraut, hüpfte, schlitterte und rutschte zwischendurch auf dem Hintern weiter, bis er neben ihr zum Stehen kam.

»Guck mal, Carly, was ich unterm Farn gefunden habe. Einen gelben Stein!«

»Aha …«

»Guck mal, er ist ganz rund.«

»Hm-hm … Schön …«

»Du schaust gar nicht hin, Carly!«

Das stimmte nicht. Das Mädchen schaute, wie man es ihr beigebracht hatte. Schaute und lauschte. Der Pfad folgte der Wölbung des Hügels und löste sich in grüne Schatten auf. Die Farnwedel neigten die Köpfe wie eine Schar Mönche in Kapuzenkutten, in schweigender, unendlicher Trauer.

Stille.

Keine Vögel. Keine Tiere. Nichts.

Sie spürte, wie die Stille den Hügel herauf auf sie zuwehte.

Das Mädchen wandte sich um, nahm den kleinen Jungen hoch und trug ihn mit schnellen Schritten dorthin, wo der Farn am dichtesten wuchs. Die langen Wedel schlugen und schwappten wie Meereswogen gegen ihre Brust. Dann duckten sich beide tief. Hier war es dunkel, grün und trocken.

»Pass auf, Thomas«, sagte sie leise, »wir spielen was. Das macht dir doch immer Spaß, oder?«

Der Kleine kauerte neben ihr, das Kinn auf die rundlichen Knie gedrückt, fast wie vorhin auf dem Hügelkamm. Er machte ein unglückliches Gesicht.

»Mein Stein.«

»Was ist damit?«

»Als du mich hochgehoben hast, hab ich meinen gelben Stein verloren.«

»Den suchen wir gleich. Jetzt spielen wir erst mal *Tote Löwen*. Aber wir dürfen uns dabei nicht bewegen und müssen ganz still sein. Kriegst du das hin?«

»Ja, aber –«

»Los geht's.«

»Aber –«

»Wenn du gewinnst, bekommst du eine Belohnung. Etwas Süßes. Aber ich *wette*, du bewegst dich als Erster. Fertig? Drei, zwei, eins!«

Die Aussicht auf eine Süßigkeit wirkte. Der kleine Junge ließ sich auf den Bauch fallen. Nach einigem Gezappel und Gestrampel schmiegte er sich an den Waldboden und lag still. Das Mädchen beugte sich mit gekrümmtem Rücken über ihn wie ein Zelt, darauf gefasst, sich auf ihn drauffallen zu lassen und mit ihrem Gewicht jeden seiner Laute brutal zu ersticken.

So verharrten sie. Es dauerte nicht lange, bis der säuerliche Geruch den Weg zu ihnen fand. Unsichtbar schlängelte er sich durchs Unterholz, streifte ihre Haut, ließ sie beschmutzt zurück. Er war aufdringlicher als der Rauchgeruch, heimtückischer. Der Junge war still. Das Mädchen hatte die Augen im Dämmerlicht weit aufgerissen. Sie blinzelte nicht, und sie bewegte sich auch nicht.

Nach einer Weile hörte sie ein leises Rascheln, die Geräusche mehrerer Personen, die rasch den Pfad heraufstiegen. Als sie näher kamen, hörte das Mädchen die Farnwedel rauschen und quietschen, Füße trommelten über harten Kreideboden. Nackte Sohlen. Lange Zehennägel, die sich wie Klauen in die Erde bohrten. Keine Worte, keine Unterhaltung, nur einmal ein schriller, so hoher Pfiff, dass er fast nicht mehr wahrnehmbar war. Lähmende Angst befiel das Mädchen. Sie lag da, als wäre sie schon tot.

Der Gestank wurde noch stärker. Er sammelte sich im Schweiß, der ihr in den Nacken lief, und tropfte neben dem kleinen Jungen auf die Erde. Die Ankömmlinge waren nicht nur auf dem Pfad, sondern auch im Unterholz zu beiden Seiten. Wie nahe würden sie herankommen?

Die Geräusche wurden lauter. Schatten huschten vorbei, die hohen Farnwedel wippten. Der Gestank schlug über den Geschwistern zusammen, verzog sich aber rasch wieder, als die Gruppe sich entfernte. Das Mädchen bewegte sich nicht. Der kleine Junge genauso wenig. So lagen sie beide in der Geborgenheit des Waldes.

Erst nach einer ganzen Weile entspannte sich das Mädchen, rührte sich aber immer noch nicht. Sie blieb, wo sie war. Sie fing nur an zu weinen und fluchte leise.

Der kleine Junge war in der Wärme schläfrig geworden, aber jetzt wurde ihm langweilig. »Du sollst doch nicht fluchen, Carly. Und ich hab gewonnen!«

»Stimmt, du hast gewonnen. Und wie.«

»Und meine Belohnung? Warum stehen wir nicht auf?«

»Weil ich noch keine Lust habe.«

»Wir müssen aber.«

»Nein.«

»Wir müssen nach Hause.«

Schließlich stand das Mädchen mit steifen Gliedern auf, hob den Kopf über das Farndach und sah sich im stillen Wald um. Ihre Augen waren groß und hell wie die eines Hasenjungen, das aus seinem Bau spähte.

Sie umklammerte einen der beiden Zöpfe, die ihr die Mutter gebunden hatte. Heute Morgen nach dem Frühstück, als sie von den Ziegen zurückgekommen war. Sie hielt sich daran fest, als wäre der Zopf die Hand ihrer Mutter.

Im Wald hingen noch die letzten Spuren des Gestanks. Sie stellte sich vor, wie er sich zwischen den Bäumen kräuselte, doch jetzt fingen die ersten Vögel wieder zaghaft zu zwitschern an und die Gefahr schien vorüber zu sein.

Sie kehrten auf den Pfad zurück. Dort war das Farnkraut zerrupft und zertrampelt, und nach einigem Suchen entdeckte der Kleine seinen gelben Stein im Gras. Er freute sich sehr darüber.

Sie nahm ihn an der Hand, und gemeinsam setzten sie ihren Weg ins Tal hinab fort.

Am Rand der ersten Weide fanden sie den Schober unversehrt vor. Die schwarze Heugabel lehnte noch dort, wo das Mädchen sie am Morgen zurückgelassen hatte. Sie hielt sie ausgestreckt vor sich, während sie auf die Rauchsäule zugingen, die hinter den Bäumen am Haus aufstieg.

Auf der zweiten Lichtung entdeckten sie die Ziegen. Das Mädchen nahm den Jungen wieder hoch und hielt ihm die Augen zu.

»Sieh nicht hin«, sagte sie.

Er war ganz still geworden. »Was ist denn? Wo ist Mummy? Wo ist Florence? Was ist mit dem Haus?«

»Du darfst da nicht hinsehen.« Sie zog ihn unsanft an sich, drückte sein Gesicht grob gegen ihre Schulter.

»*Aua!* Warum darf ich denn nicht gucken, Carly? Lass mich los!«

»Ich lasse dich nie, nie mehr los, Thomas, hörst du? Niemals. Ich bleibe immer bei dir. Aber du darfst trotzdem nicht hinsehen, mein Schatz. Du musst die Augen zumachen. Jetzt.«

Langsam ging sie auf das brennende Haus zu, ein mageres Mädchen mit einer Tasche voller Blaubeeren über der einen Schulter und einem Kind über der anderen. Der Wind hatte sich gedreht und war aufgefrischt. Die Rauchwolke über ihnen zerstreute sich.

Graue und schwarze Flocken schwebten ringsum ins Gras, fielen langsam und schwer herab wie Regen.

Kapitel 6

Es war einer jener Stürme, wie sie gelegentlich von den Brandgebieten herüberzogen. Sogar landeinwärts regnete es Asche. Auch in der sogenannten »Durchgangsstadt« Huntington – die im Grunde nur aus ein paar Bars und billigen Absteigen zu beiden Seiten eines Abschnitts der Großen Nordstraße bestand – war die Nachtluft voller Gestank und Ascheflocken. Schwarzbraune Brühe sammelte sich auf dem Asphalt und am Rand der etwas höheren hölzernen Gehsteige. Wenn man im Gasthaus *Sonnenaufgang* aus dem Fenster blickte, sah man ein paar Passanten an den Bars und Imbissstuben vorbeihasten. Sie kamen in Sicht und verschwanden wieder, schienen halb fest, halb flüssig zu sein und kaum zu existieren.

Scarlett ließ die Gardine zurückfallen und drehte sich etwas wacklig wieder in Richtung des Gastraumes. Hier schienen alle in bester Feierlaune zu sein. Unter den von der Decke baumelnden Lampen standen die Reisenden am Tresen oder saßen in Gesellschaft der Bardamen an den Tischen. Manche spielten Karten, andere warfen Dartpfeile, und eine Gruppe zielte um die Wette mit Münzen in den skelettierten Schädel eines Gezeichneten. In einer Ecke stand ein ramponiertes Klavier, das von einer älteren Frau in einem geblümten Baumwollkleid traktiert wurde. Der Alkohol floss in Strömen, und alle waren fest entschlossen, sich blendend zu amüsieren. Eine geschwungene Treppe führte zu einer Galerie mit schweren Vorhängen und noch mehr Spieltischen hinauf. Dort oben hatte Scarlett soeben ihr ganzes Geld beim Schädelwerfen verloren.

Wobei … nicht ihr *ganzes* Geld. Nur das, was sie in der Tasche gehabt hatte. Den größten Teil der Beute aus Warwick hatte Albert bei sich, der inzwischen die Grenze nach Anglia überquert haben und auf halbem Weg zum *Wolfskopf* sein musste. Was Scarletts eigenen Anteil betraf, so hatte sie das meiste schon in den ersten paar Stunden in Huntington ausgegeben – hatte es an die befreiten Sklaven in den Elendsvierteln am Stadtrand verschenkt und auch an die Frauen im Café *Rote Rose*. Im Lauf des letzten halben Jahres hatte sie dem Drängen ihres Partners nachgegeben und sich angewöhnt, hier und da etwas zu spenden. Es verschaffte ihr eine grimmige Genugtuung, das Gold der Glaubenshäuser an jene am Rand der Gesellschaft weiterzureichen. Doch weil sie selbst auch ihre Bedürfnisse hatte, ließ sie es mit dem Rest der Beute krachen, wie Albert ganz richtig vorausgesehen hatte.

Mal räumte sie bei solchen Spielen ab, mal nicht. Beides war ihr ziemlich egal, und sie hatte deswegen auch kein schlechtes Gewissen, selbst wenn Albert damit nicht einverstanden war. Der Punkt war, dass sie sich gehen lassen, die innere Leere verdrängen konnte, die sie nach jedem Einsatz spürte. Blöderweise hatte sie es diesmal übertrieben und sich in einem letzten Versuch, das Blatt doch noch zu ihren Gunsten zu wenden, zusätzliches Geld von ein paar Fahrern geborgt, die hier Pause machten. Und das hatte sie ebenfalls verloren.

Mit halb geschlossenen Augen lehnte sie den Kopf an die

Wand. Sie hatte den Männern versichert, dass sie das Geld oben im Zimmer hatte und es holen würde, sobald sie ausgetrunken hatte. Jetzt warteten die Typen darauf. Sie standen an der Bar und schauten zu ihr herüber – argwöhnisch, aber nicht so argwöhnisch, dass sie irgendwas unternommen hätten. Wobei sie alle bewaffnet waren. Das waren hartgesottene Fernfahrer, die mit ihren Konvois durch die von Gezeichneten bevölkerte Wildnis fuhren. Sollte Scarlett versuchen, sich unauffällig zu verdrücken, könnte das sehr unschön enden.

Doch die Nacht war noch jung. Sie würde sich etwas einfallen lassen.

Sie rieb sich die Augen und wandte sich wieder zum Fenster um. Ihr Schädel brummte. Sie stellte sich vor, wie Albert auf seinem schwer beladenen, schwankenden Rad in die Pedale trat. Sie hatte ihm mehrfach versichert, dass sie nicht alles verspielen würde … *Versprechungen, Versprechungen* … Wer war der Dümmere: derjenige, der irgendwas versprach, oder der Schwachkopf, der ihm glaubte? Sie schob die Gardine wieder beiseite und legte den Kopf an die mit Regentropfen gesprenkelte Scheibe, ließ die Kühle in ihre Stirn eindringen.

Draußen stürmte es immer stärker. Die Neonreklame am Steakhaus gegenüber sah aus, als würde sie im Regen zerfließen. Die Straße war nur ein schwarzer Streifen, die Gehsteige leer gefegt … jedenfalls beinahe. Scarlett kniff die Augen zusammen. Dort, wo der Überlandbus hielt, unter dem Dach der Haltestelle, auf die der Ascheregen pladderte, stand ein Mann.

Der Reisende trug einen langen Mantel mit Silberknöpfen und hatte zum Schutz gegen das Wetter den Kragen aufgestellt. Der Mantel war feucht vom Regen und vom verkrusteten Schmutz einer langen Reise bedeckt. Die Hände hatte der Mann in die

Taschen gesteckt, er stand leicht gebeugt und mit gesenktem Kopf da, als würde er meditieren. Sein Blick war auf das Wasser gerichtet, das zwischen seinen Schuhen dahinfloss. Trotz des schlechten Wetters trug er keinen Hut. Die Haare, die hinten und an den Seiten kurz geschoren waren, klebten ihm in schwarzen Strähnen oben auf dem Schädel. Er hatte ein schmales Gesicht mit einer geraden Nase und hohen Wangenknochen. Die Augen waren nicht zu erkennen. Inmitten des tosenden Unwetters strahlte er eine ungewöhnliche Ruhe aus.

Die kalte Scheibe ließ Scarletts Stirn pochen. Sie löste sich davon, stand auf und nahm ihren Hut von der Stuhllehne. Auf einmal verspürte sie das Bedürfnis, den Saloon zu verlassen, Huntington zu verlassen, und sich trotz des Sturms auf den Weg zu machen. Das halb ausgetrunkene Bier auf dem Tisch lockte sie nicht mehr, trotzdem nahm sie die Flasche und machte sich daran, den Raum zu durchqueren.

»Gehst du jetzt nach oben?« Die Männer hatten darauf gewartet, dass sie aufstand. Ein muskulöser Fahrer – Jeans, Tattoos und rot kariertes Hemd –, dessen Brusthaar nahtlos in einen schwarzen Vollbart überging, löste sich aus der Gruppe und stellte sich Scarlett leicht schwankend in den Weg. »Wir wollen unser Geld.«

Scarlett grinste unbekümmert und schwenkte die Bierflasche. »Bin gleich wieder da.« Der Bärtige hatte ihr besonders viel geborgt.

»Du willst doch nicht etwa abhauen, oder?«

Scarlett erwog gerade, aus einem Fenster im oberen Stock zu klettern und die Regenrinne herunterzurutschen. »Quatsch. Hältst du mal mein Bier? In drei Minuten bin ich wieder da. Vielleicht sogar in zwei.«

»Die Jungs und ich sind der Meinung, dass du Begleitung brauchst. Damit du dich auf dem Rückweg nicht verläufst.«

»Abgelehnt. Ich nehme grundsätzlich keine Männer mit aufs Zimmer. Aber ich biete dir ganz persönlich eine Partie Blackjack an, sobald ich wieder da bin. Ich habe so ein Gefühl, dass meine Pechsträhne zu Ende ist.«

Sie lächelte ihn an und sah ihm auf eine Art in die Augen, die alles und nichts bedeuten konnte. Der Fahrer verlagerte sein Gewicht von einem Fuß auf den anderen und kratzte sich den Bart. »Na schön«, brummte er. »Dann bis in zwei Minuten.«

»Alles klar.« Scarlett wandte sich zum Gehen und tat so, als würde sie einen Schluck Bier trinken.

Ein kalter Luftzug. Auf der anderen Seite des Saloons fiel die Tür zur Straße zu. Scarlett hielt mit dem Flaschenhals an den Lippen inne.

Ein Mann hatte den Raum betreten.

Sie erkannte den Reisenden von der Bushaltestelle sofort wieder. Er war jünger als gedacht – eigentlich noch ein Jugendlicher, mit offenem, glatt rasiertem Gesicht. Asche und Regen bedeckten seine Schultern und die feuchten Haare. Er war auf der Schwelle am Eingang stehen geblieben. Die Falten des schweren Mantels glitzerten in der schummrigen Beleuchtung, und er ließ den Blick durch den Raum gleiten. Er ging nicht weiter, sondern stand einfach da und musterte die Gäste.

Scarlett stellte die Bierflasche auf den nächstbesten Tisch. Sie zog den Hut tief ins Gesicht. Ihre Hand wanderte an den Pistolengurt.

Der junge Mann setzte sich nun doch in Bewegung, bahnte sich einen Weg durch die Menge. Obwohl er Scarlett nicht direkt ansah, spürte sie, dass er auf sie zukam. Damit verflog der letzte Zweifel, ob er womöglich ihretwegen hier war. Aus der Nähe sah sie, dass ihm sein Mantel ein bisschen zu groß war. Das erkannte man vor allem am tiefen Krater des Kragens, aus dem sein schmaler Hals irgendwie unpassend hervorragte, ebenso an den Ärmeln, die seine Hände zu verschlucken drohten. Er war von eher schmächtiger Statur, mädchenhaft und untrainiert, und sah aus, als könnte ihn ein Windhauch umpusten.

Scarlett wurde klar, dass er ihr große Angst einjagte.

Sie schloss die Finger um den Pistolengriff. Dann setzte sie sich ebenfalls in Bewegung. Ihr erster Gedanke war die Treppe, doch die Route, die der junge Mann genommen hatte, durchkreuzte diese Möglichkeit. Darum änderte sie die Richtung. Von der Eingangstür abgesehen, gab es hinter der Bar noch eine zweite, die infrage kam. Man konnte den Raum zwar auch noch durch andere Ausgänge verlassen, aber zwischen denen und ihr waren zu viele Leute und Tische. Im Stillen verfluchte sie sich, dass sie so nachlässig gewesen war.

Um zu schießen oder einfach loszurennen, war es zu voll. Scarlett schob sich durchs Gedränge, machte Umwege und schlug Haken. Auf der gegenüberliegenden Seite des Raumes verfuhr der junge Mann genauso. Er reagierte auf ihre Bewegungen, versuchte, sie vorherzusehen. Dabei kam er nicht unbehelligt voran. Ein-, zweimal wurde er von lachenden Frauen und rotgesichtigen Männern angerempelt. Doch er blieb jedes Mal nur kurz stehen, verzog missbilligend das Gesicht und passte seine Richtung so an, dass er sich Scarlett weiter näherte. Sie stellte fest, dass ihr nicht mehr viele Möglichkeiten blieben.

Schließlich stand sie vor dem Tresen. Ein Pärchen nahm seine Getränke und machte ihr Platz. Der junge Mann war schon da.

Er lächelte sie an. Seine Augen waren leuchtend blau, sein Blick stechend.

»Scarlett McCain?«

Die anderen Gäste im Saloon waren zwar immer noch anwesend, lösten sich aber gleichzeitig von Scarlett wie eine nutzlose alte Schlangenhaut.

Sie ließ sich nichts anmerken. »Nein.«

»Schade. Darf ich dir trotzdem einen Drink ausgeben?«

Seine Stimme war sanft, aber sein Blick blieb durchdringend. Scarlett hatte das Gefühl, dass er sich mit geradezu verstörender Intensität nur auf sie konzentrierte.

Ein kalter Schauer lief ihr den Rücken herunter. Diesen Blick kannte sie.

Sie schüttelte den Kopf. »Sehr nett, aber ich wollte gerade gehen.«

»Bloß ein kleiner Plausch.« Der junge Mann hob die Hand. »Kellner – zwei helle Alnwicks, bitte!«

Der Barmann – ein Kerl wie ein Schrank mit Furcht einflößender Glatze und Muskeln, die sein schwarzes Hemd und die Jeans zu sprengen drohten – holte zwei Flaschen aus der Kühlbox, öffnete sie mit einem Messer und schob sie mit Schwung über den Tresen, wo sie an Scarletts Ellbogen zum Stehen kamen.

»Danke.« Der junge Mann stützte sich lässig auf, schob dem Kellner ein paar säuberlich gefaltete Scheine zu und lächelte Scarlett an. »Wir sind ja zivilisierte Menschen«, sagte er. »Was meinen Sie, Miss McCain? Ganz schön voll hier. Lauter unschuldige Gäste …« Er unterbrach sich und musterte die angetrunkenen Fernfahrer und die grell geschminkten Frauen und Jungen, die dicht gedrängt im Raum standen und saßen. »Wobei *unschuldig* es vielleicht nicht ganz trifft.« Er senkte den Blick auf ihre Hand an der Pistole. »Auf jeden Fall kein passender Ort für eine Auseinandersetzung, oder?«

Sie musterten einander einen Augenblick. Der junge Mann schien unbewaffnet zu sein. Sollte Scarlett einfach die Pistole ziehen und ihn über den Haufen schießen? Irgendetwas hielt sie davon ab. Sie nahm die Hand von der Waffe, lehnte sich ebenfalls an den Tresen und stellte einen Stiefel auf die Fußstange. Dabei begutachtete sie verstohlen die Tür hinter der Bar. Entweder führte sie zu einem Nebenausgang oder einfach nur in einen Keller oder Vorratsraum. Herrje, sie wurde allmählich leichtsinnig. Sie hätte wirklich vorher das Terrain sondieren sollen. Sie hätte längst verschwinden sollen. Sie hätte gar nicht erst herkommen sollen.

»Das Bier schmeckt«, sagte der junge Mann.

»Ja.«

»Ein paar Erdnüsse dazu?«

»Nein danke.« Er konnte nicht älter als sie sein und war höchstens vier, fünf Zentimeter größer. Sein Ton, sein Auftreten, jede noch so kleine Bewegung – alles wirkte ungemein harmlos und gleichzeitig überaus selbstbewusst. Diese Mischung prägte alles, was er tat und sagte. Auch seine Gelassenheit.

»Weißt du, wer ich bin?«, fragte der junge Mann.

Scarlett spielte mit ihrer Flasche. »Da gibt es zwei Möglichkeiten«, entgegnete sie. »Da du noch sämtliche Finger besitzt, nehme ich an, dass du nicht zur Bruderschaft der Hand gehörst. Also bist du wohl ein Glaubenshaus-Agent. Ehrlich gesagt, hätte ich erwartet, dass der Hohe Rat jemanden losschickt, der ein bisschen …«

»Älter ist?«

»Eigentlich meinte ich *eindrucksvoller*, aber *älter* tut es auch.«

Der Agent grinste. Seine Zähne waren sehr weiß. Seine Augen funkelten. Er sagte nichts.

»Wie hast du mich gefunden?«, fragte Scarlett.

»Auf der Großen Nordstraße verbreiten sich Gerüchte sehr schnell, und Milton Keynes, wo der Hohe Rat seinen Sitz hat, ist nicht weit weg. Überall hängen Fahndungsplakate, sogar hier in Huntington. Nicht zu vergessen die Balladenblätter.«

»Balladenblätter?«

»Mit Schilderungen deiner gloriosen Heldentaten.« Das Lächeln wurde breiter. »Dein Ruhm verbreitet sich. Soll heißen, heute Vormittag hat dich jemand beobachtet, dem du aufgefallen bist. Ich bin hergekommen, um mich selbst davon zu überzeugen.«

»Und? Falle ich auf?«

»Allerdings. Das habe ich gleich gesehen, als ich hereingekommen bin. Aber du siehst viel besser aus als auf den Plakaten, wenn ich das sagen darf. Ich war auf der Suche nach einer hässlichen rothaarigen Hexe.«

Scarlett schürzte die Lippen. »Soll das ein Kompliment sein?«

»Mitnichten. Das freie Leben hinterlässt seine Spuren, da brauchst du gar nicht so das Gesicht zu verziehen. Aber du bewegst dich anders als die übrigen Gäste. Schneller, zielstrebiger. Als hättest du eine Bestimmung. Als hinge dein Leben an einem starken, straffen Faden, nicht an einem zerschlissenen, schlaffen wie bei den meisten hier. Ich habe dich auf Anhieb erkannt.« Der junge Mann zwinkerte ihr zu. »Außerdem bist du die Einzige im Raum, die ihre Gedanken mit einem Metallreif abschirmt.«

Scarlett erschrak. Sie biss die Zähne fest zusammen. Ihr Herz, das ohnehin schon schneller schlug, machte einen Satz, als hätte es sich losgerissen, und verdoppelte dann sein Tempo noch.

»Wo ist Albert Browne, Scarlett?«, fragte der Agent.

Scarlett musste sich räuspern, um ein Wort herauszubekommen. Sie trank einen Schluck Bier. Ihr Mund war trocken. »Irgendwo hier.«

»Ach ja? Erstaunlich, dass ich nichts wahrnehme … Aber lass uns doch woanders hingehen, wo es ruhiger ist. Dort wirst du es mir schon verraten.«

Im Glas der Bierflasche spiegelten sich die anderen Gäste, die um sie herum an die Bar drängten, darunter auch ein paar der Fahrer, mit denen Scarlett vorhin um Geld gespielt hatte. Auf einmal schien ihr der Saloon ein Zufluchtsort. »Das glaube ich kaum«, entgegnete sie. »Du hast selbst gesagt, dass dies nicht der rechte Ort für eine Auseinandersetzung ist. Und ich gehe hier nicht weg.«

Das Lächeln des jungen Mannes blieb unverändert. Er zuckte nur flüchtig die Achseln. Die Schulterpartie seines Mantels hob und senkte sich. »Du glaubst doch nicht im Ernst, dass mir etwas an diesen Luschen hier liegt? Wir können sie gern mit reinziehen. Der Hohe Rat der Glaubenshäuser kann es kaum erwarten, dich kennenzulernen, Miss McCain. Und Albert Browne natürlich auch. Deshalb will ich euch beide morgen früh im Bus sitzen haben. Trink aus, dann gehen wir nach draußen.«

Scarlett zögerte erst, dann lächelte auch sie. »Na schön«, sagte sie laut. »Du hast gewonnen. Verlassen wir diese Spelunke. Komm.«

Bewegung in der Menge. Plötzlich stand der schwarzbärtige Fahrer neben Scarlett, und die übrigen Gläubiger bauten sich mit finsteren Mienen hinter ihm auf, einer größer als der andere.

Der Bart des Fernfahrers sträubte sich vor Entrüstung. »Was soll das? Was ist hier los?«

»Tut mir leid, Jungs«, sagte Scarlett und tippte sich an den Hut. »Kleine Planänderung. Ich muss weg. Mein Freund hier holt mich ab.«

Mehrere Augenpaare richteten sich auf den jungen Agenten. Der Schatten dieser bulligen Männer legte sich über ihn. Er sah blinzelnd zu ihnen hoch und zupfte an seinem Mantel. »Guten Abend, die Herren.«

»Guten Abend«, entgegnete der Bärtige. »Tut uns echt leid, dass wir dich ausbremsen müssen, Jungchen, aber wir haben mit dem Mädel noch was zu bereden. Sie kann jetzt nicht gehen.«

»Etwas Geschäftliches?«

»Sie schuldet uns Kohle.«

»Spielschulden, ich verstehe.« Der junge Mann nickte. »Ich kann nur erahnen, wie schmerzlich das sein muss. Mir tut es auch leid, mein zottiger Freund, aber ich muss das Mädchen mitnehmen. Ich hoffe doch, dass das kein Problem ist.«

Damit hatte er die ungeteilte Aufmerksamkeit der Männer. Scarlett trat unauffällig einen Schritt zurück.

»Wie hast du mich eben genannt?«, fragte der Bärtige.

»Du hast mich schon verstanden.« Das Lächeln des jungen Mannes erlosch. »Und an deiner Stelle würde ich es gar nicht erst versuchen.«

»Was denn?«

In diesem Augenblick bemerkte der junge Mann, dass Scarlett sich wegbewegte. Seine Miene verfinsterte sich. Doch bevor er etwas sagen konnte, hatte ihn der Schwarzbart am Kragen gepackt und vom Tresen weggezerrt. Der Junge versank fast in seinem Mantel. Er hob die blasse Hand. Irgendetwas geschah. Der Fahrer wurde von den Füßen und nach oben gerissen und ließ den Mantel seines Gegners los. Dann wirbelte er wie ein

Kreisel um die eigene Achse, was seine Kollegen erschrocken zurückweichen ließ. Er drehte sich schneller und schneller – der wild flatternde Bart wurde von der Fliehkraft in die Horizontale gezwungen. Dann trug der übernatürliche Schwung den Mann über die anderen Gäste hinweg und in einem Schauer aus Holzsplittern und Glasscherben durchs nächstbeste Fenster. Die Nacht verschluckte ihn. Man hörte nur noch den dumpfen Aufprall, mit dem er auf der Straße aufschlug.

Stille.

»*Das* meinte ich«, sagte der junge Mann.

Alles war so erschreckend schnell gegangen, dass Scarlett ganz vergessen hatte, sich noch weiter zurückzuziehen. Sie stand so angewurzelt da wie alle anderen.

Der junge Mann klopfte sich den Mantel ab. »Was für ein gottloser Laden, wirklich. Ihr haltet euch jetzt alle schön zurück – und du hinter dem Tresen auch.« Der Kellner hatte sich mit einem Baseballschläger in der Hand hinter der Bar aufgerichtet. »Miss McCain – Sie bleiben, wo Sie sind.«

Etliche der Frauen und Jungen stießen schrille Angstlaute aus. Ein Fernfahrer mit maisblondem Schopf rannte zur Tür und nach draußen. Die Dame am Klavier klappte den Deckel des Instruments zu, nahm ihre Noten und huschte auf Zehenspitzen davon.

»Wenn die Musik verstummt, ist das immer ein schlechtes Zeichen«, sagte Scarlett.

»Tatsächlich?« Der junge Mann nickte. »Interessant. Wenn du jetzt bitte mitkommen würdest, Scarlett …«

Scarlett rührte sich nicht vom Fleck. »Man soll nie in einem Saloon Streit anfangen«, fuhr sie fort. »Das ist eine eiserne Regel. Man bringt sich bloß in Schwierigkeiten.«

Der junge Mann verdrehte die Augen. »*Ich* habe nicht damit angefangen. Das war *er*. Aber ich glaube, er überlegt es sich in Zukunft zweimal, so etwas zu tun.«

Die Kneipentür flog auf, ein Regenschwall wehte herein. Der blonde Fernfahrer stürmte in den Raum. »Hey, Leute, Barty ist tot! Er hat sich das Genick gebrochen.«

Alle schnappten nach Luft, versuchten die grausige Neuigkeit zu begreifen. Köpfe wandten sich nach Scarlett und dem jungen Mann im Mantel um. Überall tasteten Hände nach Waffengurten. Bärte sträubten sich, Augen blickten grimmig, Brauen zogen sich zusammen. Frauen steuerten die Treppe an. Etliche Pistolenhähne wurden gespannt.

»Anscheinend hast du den Liebling der ganzen Stadt umgebracht«, sagte Scarlett und schob sich ein Stück von der Bar weg.

Der junge Mann verzog das Gesicht. »Das ist doch lächerlich.« Dann wandte er sich mit erhobener Stimme an die Umstehenden. »Wisst ihr Hinterwäldler eigentlich, wer ich bin? Ich bin ein Abgesandter des Hohen Rates der Glaubenshäuser! Das hier ist mein Zuständigkeitsbereich, und wenn –«

Scarlett stürzte sich auf ihn und verpasste ihm einen kräftigen Hieb in die Rippen. Der junge Mann hörte auf zu reden und ging zu Boden. Scarlett warf sich nach links, war mit einem Satz auf dem Tresen, rollte sich darüber hinweg und verschwand dahinter. Kaum war sie zwischen leeren Flaschen und Bierkisten gelandet, krachten die ersten Schüsse. Kugeln ließen den Spiegel über ihr zerspringen und schlugen in die Vorderseite des Tresens ein. Sie setzte sich auf und hörte zu, wie ein Magazin nach dem anderen leer geballert wurde.

Sie stellte sich den jungen Mann vor, wie er am Boden lag.

Tja, niemand konnte behaupten, er hätte es nicht darauf angelegt. Sie rückte ihren Hut zurecht und kroch auf allen vieren weiter. Spiegelscherben regneten wie eine silbrige Dusche auf sie herab. Die Schießerei war noch nicht zu Ende. Als sie an dem glatzköpfigen Kellner vorbeikrabbelte, der tief geduckt auf dem Boden kauerte, wechselten beide einen kurzen Blick. Dann hatte sie die kleine Tür geöffnet und schlüpfte in das Hinterzimmer.

Kalte Luft und weiße Fliesen. Es roch nach Bier und Putzmitteln. Eine Treppe führte in den Keller – aber es gab auch ein Fenster, gerade groß genug, um sich hindurchzuquetschen. Kurzerhand sprang Scarlett auf die schmutzige Spüle darunter, zwängte den Oberkörper durch die Fensteröffnung, wand sich ein bisschen und plumpste auf der anderen Seite in die Nacht hinaus.

Sie landete auf einem Stapel aufgeweichter Kartons, schlug einen Purzelbaum und stand wieder auf den Beinen. Durch eine Gasse und dann hinaus auf die Große Nordstraße. Hinter der Scheibe in der Kneipentür blitzte immer noch Mündungsfeuer auf. Scarlett rannte quer über die Straße und in die gegenüberliegende Gasse, wo hinter einem Haufen Müllsäcke ihr Fahrrad auf sie wartete.

Als sie die Gasse erreichte, hörte sie hinter sich einen dumpfen Aufprall.

Die Schüsse verstummten urplötzlich.

Der Regen hatte nachgelassen. Alles war sehr still. Aus dem Saloon kam kein Laut mehr. Scarlett duckte sich neben ihrem Rad in die schützende Dunkelheit der Gasse. Sie atmete schwer und hatte die Pistole in der Hand.

Sie wartete, den Blick auf die Saloontür gerichtet. Durch die Scheibe sah sie die Lampen brennen. Sie sah das zerbrochene

Fenster und den Fahrer, der auf der Straße lag. Sie hörte vereinzelte Wassertropfen auf die Müllsäcke fallen und in den Matsch um ihre Stiefel herum tröpfeln.

Sie beobachtete die Tür. Bestimmt kam gleich jemand heraus, einer der Fahrer vielleicht, dem von der Schießerei schlecht geworden war und der frische Luft schnappen musste oder einfach nur türmen wollte, bevor die Stadtwache eintraf. Und wenn nicht, würde sie sicher etwas hören. *Irgendwas* auf jeden Fall: die Prahlereien, das übertrieben laute Lachen, das seltsame Hochgefühl, das unweigerlich auf eine betrunkene Prügelei folgte. Man würde das alte Mädchen ans Klavier zurückholen, die Musik würde wieder einsetzen …

Nichts. *Gar nichts.*

Hinter der Türscheibe zeichnete sich etwas ab, etwas Verschwommenes, das vom Lampenlicht verzerrt wurde. Dann zog es sich wieder zusammen, wurde zu einer schlanken Silhouette. Die Tür ging auf, eine Raute aus Licht fiel auf die Verandabretter. Der dünne junge Mann trat heraus. Als er stehen blieb, vielleicht, damit sich seine Augen an die Dunkelheit gewöhnen konnten, schwang sein langer Mantel leicht hin und her. Suchend blickte er die Straße hinauf und hinunter und legte den Kopf dabei wie lauschend ein wenig schief.

Scarlett schob sich den Hut tiefer in die Stirn und packte die Pistole fester. Sie presste sich gegen die Mauer. Die Ziegelsteine drückten hart und feucht gegen ihren Nacken.

Wonach auch immer der junge Mann Ausschau hielt, er entdeckte es nicht. Mit der linken Hand fegte er etwas von seinem Mantelrevers – vielleicht ein Putzbröckchen, das von der Kneipendecke gefallen war. Die gleiche Geste wie vorhin, als er den Fernfahrer aus dem Fenster geschleudert hatte.

Dann stieg er von der Veranda herunter und schlenderte an der langen Reihe Bars und Kneipen entlang, von einer Lichtpfütze zur nächsten.

Stille. Nur hier und da tropfte der Regen.

Erst nach einer ganzen Weile merkte Scarlett, dass sie immer noch wie erstarrt an der Mauer kauerte und gebannt zusah, wie der Agent in der Dunkelheit verschwand. Es war, als hätte er ihren eigenen Willen an eine Schnur gebunden und würde ihn jetzt hinter sich herziehen.

Mit einem leisen Fluch riss sie sich von seinem Anblick los, stand auf und schob ihr Rad geräuschlos aus seinem Versteck.

Auf der gegenüberliegenden Straßenseite fiel immer noch Licht aus der offenen Saloontür. Immer noch war alles still. Und immer noch rührte sich drinnen nichts.

Gar nichts.

Kapitel 7

Das Wetter in Anglia hatte eine seiner typischen Kehrtwendungen vollzogen. Nachdem es tagelang geregnet hatte, spannte sich der Himmel jetzt wie ein platinblauer Schirm über das Land. Die Sonne brannte, im Riedgras erblühten die Kornblumen, auf den Dämmen überzog eine hellgraue Kruste den halbgetrockneten Schlamm, die an manchen Stellen dick genug war, um ein Fahrrad zu tragen, an anderen Stellen nicht, sodass die Räder im rötlichen Matsch einbrachen.

Albert hatte allein am Rand der Marschlandschaft kampiert. Jetzt durchquerte er die Moore auf selten benutzten Pfaden und erreichte zur rechten Zeit sein Ziel, eine Unterkunft, die den Wanderern zwischen den Königreichen als Treffpunkt diente – das berühmte-berüchtigte Gasthaus *Zum Wolfskopf.*

Für einen Spießvogel im Flug war der *Wolfskopf* nur knapp fünf Meilen vom nächsten Handelsposten an der Großen Nordstraße entfernt. Weil das Gasthaus jedoch auf allen Seiten von ausgedehnten Schilfgebieten und schwarzem Totwasser umgeben war, war es nicht so leicht zu finden. Zudem ließ sich so mancher Reisende von Berichten über allgegenwärtige Riesenotter, Blutegel und Sumpfwürmer, dazu Steckmückenschwärme im Sommer, abschrecken. Der Vorteil all dessen bestand darin, dass die größte Gefahr von allen, die Gezeichneten, sich hier so gut wie nie blicken ließen. Trotzdem war das Gasthaus mit zwei altertümlichen Maschinengewehren ausgestattet, die hinter Schießscharten über der massiven Eisentür thronten. Außerdem gab es angeblich im hohen Gras vor dem Gebäude ein ausgeklügeltes System getarnter Fallgruben. Die alte Mags – Mags Belcher, die Inhaberin – hatte angeblich einen mumifizierten Gezeichneten im Keller, das Überbleibsel eines abgewehrten Überfalls zu Zeiten ihrer Großmutter. Niemand bezweifelte, dass auch Mags mit künftigen Angreifern auf diese Weise verfahren würde – ebenso mit allen, die es versäumten, ihre Getränkerechnung zu bezahlen. Was dafür sorgte, dass sich die Gäste stets anständig benahmen.

Das Gasthaus stand mitten auf einer großen Wiese – ein wenig tiefer als das umgebende Moor und ringsum von einem Erdwall dagegen geschützt. Die beiden unteren Stockwerke waren aus sauber behauenen Steinquadern errichtet. An der Basis waren die Mauern dicker und tief in die schlammige Wiese versenkt. Auf einer Seite gab es einen kleinen Hof, von dem aus eine steile Wendeltreppe zum Eingang auf Höhe des ersten Stocks hinaufführte. Über der Tür befanden sich die beiden Schießscharten, und die beiden oberen Stockwerke bestanden statt aus Steinquadern aus Backsteinen und Fachwerk. Die Sprossenfenster der Gästezimmer ragten ein Stück aus dem Mauerwerk hervor, und das Ganze wurde von einem mit roten Ziegeln gedeckten Steildach gekrönt. Die Blitzableiter über den drei Schornsteinen stellten Wölfe im Sprung dar. Bei Gewitter sprühten die Wölfe helle, knisternde Funken und leiteten die Blitze durch Kupferleitungen in die Wiese weiter.

Albert liebte den *Wolfskopf*, seit er zusammen mit Scarlett zum allerersten Mal hier gewesen war. Als er sein Rad nun im Fahrradständer abstellte, den gepflasterten Hof überquerte und die Treppe erklomm, spürte er förmlich, wie alle seine Ängste von ihm abfielen. In dem kleinen getäfelten Vorraum wartete ein kleiner, dunkelhäutiger Mann mit einem verkümmerten Arm darauf, ihm die Waffen abzunehmen. Wenn Scarlett dabei war, dauerte diese Prozedur immer ewig, denn sie musste dem Mann ihre Pistole, zwei Wurfdolche, ein Springmesser, einen Schlagring und ein Stück Schnur aushändigen. Letzteres war angeblich ein Reserve-Schnürsenkel, aber Albert vermutete, dass die Schnur unheilvolleren Zwecken diente. Anschließend wurde das ganze Arsenal sicher in einer wuchtigen schwarzen Truhe verwahrt. Heute ging es deutlich schneller, denn Alberts einziger Beitrag zum Inhalt der Truhe war ein Nagelknipser mit einer leicht abgerundeten Spitze.

Ein angenehmer Duft nach Tabakrauch und Leder hing in der Luft. Die Balken der niedrigen Decke waren geschwärzt, und am Haken neben der Tür hing das alte Holzschild mit der schon fast verblichenen Schrift. Dort stand zu lesen:

HAUSORDNUNG IM WOLFSKOPF:

Kein Mord und Totschlag

Keine sonstige Gewalt

Keine Beleidigungen und Verleumdungen

Hier tragen wir Verstoßenen alle

die Maske der Freundschaft.

Wer gegen die REGELN verstößt, landet im Keller.

Die unheilverkündende Knappheit der letzten Zeile jagte Albert jedes Mal Respekt ein. Er hatte Scarlett gefragt, was so einen Übeltäter denn im Keller erwartete, aber sie hatte es ihm nicht sagen können. »Das weiß keiner, aber eins steht fest: Es ist noch niemand von dort zurückgekommen.«

Diesmal aber war Scarlett woanders, und Albert war allein hier. Durch einen schweren Vorhang betrat er das pfirsichfarbene Zwielicht der Gaststube, in der sich heute Kaufleute, weiß gewandete Sektenanhänger, Pelzhändler, Flüchtlinge und ein paar Tunichtgute aufhielten. Auch Gail Belcher, Mags' Tochter, war zugegen, eine kräftig gebaute Frau mit rosiger Haut, die auf einem Drehhocker hinter der Bar thronte. Doch Albert ging zu keinem von ihnen hinüber. Er stand nur da und ließ den Blick über die Anwesenden schweifen. Seine Augen mussten sich erst auf das verräucherte Dämmerlicht einstellen, doch dann fing er auch schon fröhliche Gedanken auf. Sein Herz schlug höher. Er folgte der Wahrnehmung …

Und da waren sie. Joe und Ettie saßen am Fenster und warteten auf ihn.

* * *

Seit Albert das erste Mal auf Joes Floß, der *Clara*, hatte mitfahren dürfen, war ein halbes Jahr vergangen – ein halbes Jahr, seit er die *Clara* in einer gewalttätigen Entladung seiner Schlimmen Angst zerstört hatte. Es war ein Schlüsselmoment gewesen, denn die Zeit danach hatte sowohl für Joe als auch für Albert große Veränderungen mit sich gebracht.

Albert hatte sich beruflich mit Scarlett zusammengetan und mit Nachdruck daran gearbeitet, die Schlimme Angst in den

Griff zu bekommen. Scarletts beruhigende Tüchtigkeit hatte ihm dabei sehr geholfen. Wenn Albert nicht gerade einer Riesenschlange begegnete, wurde er inzwischen nur noch selten von jenen Wutanfällen oder Panikattacken heimgesucht, die unkontrollierbare Kräfte in ihm freisetzen konnten.

Joe seinerseits hatte sich daran gemacht, mithilfe des Geldes, das er bei ihrer ersten Fahrt verdient hatte, ein neues Floß zu bauen. Die *Chloe* war in einem Fischerdorf an der Themsebucht entstanden. Sie war größer und geräumiger als die *Clara*, verfügte über einen leistungsstärkeren Motor sowie über Geheimfächer für Schmuggelware. Seither fuhren Joe und seine Enkelin Ettie mit der *Chloe* wieder flussauf und flussab, und Joe hatte sogar vor, zusätzlich ein hochseetüchtiges Boot zu bauen. Offiziell handelte Joe mit Räucherhering, inoffiziell vertickte er Gold und andere Schätze, die Albert und Scarlett bei ihren Raubzügen erbeuteten. Derlei Dinge ließen sich nicht leicht zu Geld machen, doch Joe hatte so seine Beziehungen. Was vom Gewinn über den Eigenbedarf hinausging, wurde unter den Armen und Kranken entlang der Themse verteilt. Um das alles zu besprechen, trafen sich Scarlett, Albert und Joe regelmäßig im *Wolfskopf*, tauschten Neuigkeiten aus, regelten Geschäftliches und freuten sich einfach, einander wiederzusehen.

Die kleine Ettie quietschte vor Vergnügen, als Albert näher kam, und Joe nickte knapp. »Da bist du ja wieder – schmutziger und runtergekommener denn je. Aber sonst ist noch alles dran?«

»Mehr oder weniger.«

»Und Scarlett?«

»Kommt in ein paar Tagen nach.«

»Wieder mal ohne ihren Anteil an der Kohle, wetten?«,

brummte der alte Mann. »Ich kenne sie doch. Aber solange keiner von euch beiden gehängt, gevierteilt und auf einen Pfahl gespießt den Raben zum Fraß vorgeworfen wird, soll's mir recht sein.« Sein knochiger Arm vollführte eine einladende Geste. »Setz dich doch. Der Bierkrug ist noch voll.«

Albert rutschte neben die beiden. Joe saß direkt am Fenster, seine Silhouette hob sich scharf umrissen vor der grünschwarzen Marschlandschaft ab. Sein Gesicht war hager und wettergegerbt, das Haar ein struppiger grauer Heiligenschein. Seine Gelenke waren knotig, die Knochen zeichneten sich scharf unter der Haut ab. Doch Albert freute sich, dass der Blick des alten Mannes so wach wie immer war und lebhafte Gedanken seinen Kopf umschwirrten. Weil er die Gedanken seiner Freunde normalerweise nicht zu lesen pflegte, auch wenn ihm Scarlett das immer wieder unterstellte, wandte er höflich den Blick ab. Was ihm nicht weiter schwerfiel, weil er damit beschäftigt war, Ettie anzulächeln.

Er hatte sie zuletzt vor einem Monat gesehen. Vielleicht war sie inzwischen ein Stück gewachsen, aber im Großen und Ganzen war sie noch dieselbe: klein und blond, mit roten Pausbacken und funkelnden Augen. Sie war ein liebenswerter Wirbelwind unerschöpflicher Energie, ständig in Bewegung und voller Leben. Außerdem war sie völlig stumm und gab nach ihrem Freudenquietscher keinen Laut mehr von sich. Als Albert sich neben sie setzte, schlang sie die Ärmchen um ihn, schmiegte sich an ihn und legte vertrauensvoll den Kopf an seinen Arm, so wie schon einmal auf dem Floß.

Auf dem Weg durch die Marsch hatte Albert eine leuchtend grüne Leierschwanz-Feder aufgelesen, die er Ettie jetzt überreichte. Der Mund der Kleinen verzog sich zu einem tonlos staunenden »O«. Sie hielt die Vogelfeder vor die Fensterscheibe, drehte sie hin und her und beobachtete, wie sie im Licht schillerte.

»Und wo ist *meine* Feder?« Joe griff nach einem Steingutkrug und goss Albert ein Glas Bier ein.

»Tut mir leid. Dir habe ich bloß einen Riesenberg Beute mitgebracht.«

»Nehm ich auch.« Der alte Mann hob sein eigenes Glas, und sie prosteten einander zu. »Ihr wart in Warwick?«, erkundigte sich Joe dann. »Wie ist es gelaufen?«

»Eigentlich ganz gut. Wir haben das Glaubenshaus ausgeraubt und leben noch.« Albert rutschte auf der Bank nach vorn. »Warwick ist eine großartige Stadt, Joe! Sie steht in einem Wald aus Ruinen – riesige schwarze Bögen, so dünn wie Spinnenbeine und viel höher als die modernen Gebäude! Und erst die Umgebung … In den Hügeln gibt es schwarze Steine, die ganz schief aus dem Boden ragen. Manche sind so hoch wie Häuser, und die Oberfläche ist wie Glas. Und alle neigen sich in die gleiche Richtung. Bei Warwick zeigen sie nach Südosten, aber bei Grantham, das weiter nordöstlich liegt, nach Süden!«

Er musste Atem holen. Joe zog höflich die buschigen Augenbrauen hoch. »Klingt spannend.«

»Ja, oder? Wie sind diese Steine entstanden? Wie sind sie dort hingekommen?«

»Tja, wie?« Joe zuckte die Achseln. »Vielleicht stammen sie ja aus der Zeit der Großen Verheerung.«

»Könnte sein! Es sieht fast aus, als hätte eine gewaltige Kraft sie dort hingeschleudert. Was *war* eigentlich die Große Verheerung?«

»Wer weiß … und wen kümmert's? Kommen wir wieder zum

eigentlichen Zweck deiner Erkundungstour. Das Glaubenshaus war also keine Enttäuschung? Sind die Geschichten über seine Reichtümer doch nicht übertrieben?«

»Kein bisschen!« Albert lächelte. »Ich habe einen großen Sack mit Gold, Edelsteinen und Kunstgegenständen dabei, die du verkaufen sollst. Geld auch, damit du an deinem seetüchtigen Boot weiterbauen kannst. Und das ist noch nicht alles …« Er griff in seine Schultertasche, die neben ihm stand, holte den Behälter mit dem geschwärzten Metallobjekt heraus und stellte ihn schwungvoll auf den Tisch. »Da staunst du, was? Ein unheimlicher Überlebender aus grauer Vorzeit.«

Der alte Mann musterte den Fund. »Sieht wie ein versteinerter Kackhaufen aus.«

»Findest du?« Albert war ein bisschen gekränkt. »Ich dachte, du freust dich über seine Rätselhaftigkeit.«

»Rätselhaft ist bloß, warum du das Ding den ganzen Weg quer durch die Königreiche mitgeschleppt hast. Was willst du mit dem ollen Gewehrteil? Benutz es als Türstopper oder schmeiß es lieber gleich in den Sumpf.« Joe lachte leise. »Mir ist das Gold lieber. Ein Glück, dass deine Partnerin nicht *alles* eingesteckt hat, als sie zu den Spieltischen aufgebrochen ist.«

»Stimmt …« Alberts Begeisterung erlosch, und er spürte wieder die unterschwellige Traurigkeit, die ihn schon begleitete, seit Scarlett und er sich getrennt hatten. »Ich fänd's auch besser, wenn sie das nicht jedes Mal machen müsste. In ihrer Vergangenheit muss irgendetwas vorgefallen sein, das sie quält, aber sie spricht nie darüber. Warum nicht? Wir sind mitfühlend. Wir sind rücksichtsvoll. Wir sind ihre Freunde.«

»Spinnst du?«, sagte der alte Mann barsch. »Mitgefühl ist das Letzte, was sie will! Rücksicht? Das würde nur den Zorn schüren, der in ihr schwelt. Sie wäre bloß sauer auf uns. Nein, sie muss allein mit ihrem Kummer fertigwerden.«

Es war kurz still. »Weise gesprochen, Joe«, sagte Albert dann. »Scarlett wäre überrascht, wie einfühlsam du bist. Sie sagt immer, dass du keine Ahnung von Frauen hast. Weil du ihnen nie näher kommst als auf dem Markt, wenn du ihnen Hering verkaufst.«

»Wirklich? Und woher hab ich ihrer Meinung nach dann meine Enkelin, hä?«

»Sie glaubt, dass du Ettie irgendwo im Gebüsch gefunden hast. Oder gestohlen. Aber lass uns von etwas Erfreulicherem sprechen! Erzähl mir von eurem unbeschwerten Leben auf der Themse.«

Joe trank einen Schluck Bier. »Unser Leben ist ungefähr so unbeschwert, als würde man einen Riesenotter küssen. Auf unserer letzten Flussfahrt haben wir in Henley angelegt. Als die Leute am Kai mitgekriegt haben, dass Ettie stumm ist, wurden wir beschimpft und mit Steinen beworfen. Die Behörden haben uns gezwungen, wieder abzulegen, aber wir hatten Glück, dass wir nicht im Käfig gelandet sind.« Er ließ den Blick durch den Raum gleiten, über das Gewimmel der Außenseiter und Verbannten. »Du siehst doch, in welcher Gesellschaft wir hier sind«, fuhr er fort. »Leute aller Größen und Körperformen, Leute, denen Arme oder Beine fehlen oder die Muttermale haben, Leute, die sonderbaren Religionen anhängen, die in den Augen der Glaubenshaus-Paten schädlich oder verboten sind … Und Ettie und ich gehören jetzt zu diesen Ausgestoßenen.«

Albert verschlug es kurz die Sprache. Liebevoll zauste er Etties Haare und drückte sie an sich. Das kleine Mädchen hatte die Vogelfeder weggelegt und sich eine Handvoll Buntstifte gegriffen. Sie kritzelte etwas auf einen Zettel, ein kompliziertes Gewirr aus farbigen Linien. Albert konnte nichts darin erkennen.

»Tut mir furchtbar leid, das zu hören, Joe«, sagte er schließlich. »Die Welt ist ungerecht. Aber du hast mal gemeint, dass du dich gern auf die Suche nach einem besseren Leben machen würdest. Träumst du immer noch davon?«

»Deswegen baue ich ja ein seetüchtiges Boot«, gab der alte Mann zurück. »Eines Tages will ich damit vor der Küste nach Wales oder Cornwall in See stechen und die Grausamkeiten von Wessex und Mercia hinter mir lassen ...« Er kreiste mit den knochigen Schultern und blickte auf das Marschland hinaus. »Du wolltest wissen, was auf der Themse los ist. Dort machen allerlei Gerüchte die Runde. Die Gezeichneten wagen sich immer weiter vor. Inzwischen beschränken sie sich nicht mehr auf die Wildnis, sondern dringen in die Sicherheitszonen vieler Städte ein. In manchen Landstrichen gab es Missernten, von Hungersnöten ist die Rede. Auch von Aufständen habe ich gehört. Die Glaubenshäuser und die tonangebenden Familien der Städte haben Mühe, sie niederzuschlagen. Und der Hohe Rat duldet nicht die geringsten Abweichungen mehr ...« Joe richtete sich unvermittelt auf. »Aber wo bin ich mit meinen Gedanken? Jetzt fällt's mir wieder ein! Ich habe da etwas, das dir tatsächlich Freude machen wird. Warte, ich zeig's dir.«

Er zog ein gefaltetes Blatt aus billigem gelben Papier aus einer Tasche neben sich und hielt es Albert unter die Nase. Auf die Vorderseite war ein leicht verschmierter Holzschnitt gedruckt. Zwei krakelige Strichmännchen rannten über einen Dachfirst und feuerten ihre Pistolen ab. Am Himmel stand ein unförmiger Mond, und im Hintergrund erhob sich ein zwar kleiner, aber doch gut erkennbarer Galgen.

Albert betrachtete die Illustration mit Interesse. »Hübsch gemacht.« Er sah noch einmal hin. »Moment mal, sind das etwa –«

»Yep. Bitte sehr: *Die Ballade von Scarlett & Browne*, das allerneueste hochwertige Machwerk der Wessex-Druckerei. Hab ich erst letzte Woche in Marlow erstanden, für zwei Pennys gleich hinter der Würstchenbude.«

»*Eine Schilderung ihrer verwegenen Missetaten und sittlichen Verkommenheiten*«, las Albert laut vor. »*Puh!* Ganz schön reißerisch. Was sind *sittliche Verkommenheiten*?«

»Lies einfach weiter«, antwortete Joe feixend.

Albert betrachtete immer noch die Illustration. »Ich finde nicht, dass ich so einen wilden Haarschopf habe. Und sieht Scarlett wirklich so alt aus?«

»Die finstere Miene ist jedenfalls gut getroffen«, gab Joe zurück. »Noch lebensechter wäre es freilich, wenn du auf dem Bild gerade über die eigenen Füße und in einen Schornstein fallen würdest, aber wie soll dich irgendjemand auch nur annähernd ähnlich zeichnen können? Du läufst ja immer nur weg. In der nächsten Ausgabe, in der ihr friedlich am Galgen baumelt, erkennt man euch bestimmt auf den ersten Blick.«

Albert nahm das Blatt, faltete es nach kurzem Zögern auf und las die Anfangsverse vor:

»Im schönen Lechlade am Themsefluss,
Da herrschen raue Sitten.
Dort gibt's eine Diebin mit rotem Haar
Und riesengroßen –«

»Halt!«, rief Joe. »Das ist nichts für Etties Ohren. Du kannst weiterlesen, wenn sie im Bett ist.«

Albert legte die Druckschrift gehorsam auf den Tisch. »Ich kann's kaum erwarten. Zu schade, dass Scarlett nicht hier ist. Unsere eigene Ballade! Schick!«

Joe nickte. »Ein Beweis, dass ihr auf dem Weg nach oben seid. Alle berühmten Outlaws wurden auf diese Weise geehrt. Über den Feschen Mick, den Wessex-Räuber, gibt es mehrere Balladen, die seine Taten schildern, und um Sam Goodfellow, auch bekannt als Liebling der Damenwelt, rankt sich in Northumbria ein ganzer Liederzyklus, der seine zahlreichen Eroberungen bis in alle Einzelheiten besingt. Als junger Mann hatte ich einen ganzen Stapel von den Dingern unter meiner Koje.«

»Sam Goodfellow ...« In Alberts Kopf überschlugen sich Visionen von verwegenen Helden, knapp sitzenden Westen und tollkühnen Verbrechen. »Scheint ja ein recht schillernder Schurke gewesen zu sein. Was wurde aus ihm?«

»Jemand erkannte ihn von seinem Porträt auf einem Balladenblatt. Er wurde verhaftet und aus einer Kanone am Hafenkai von Bamburgh abgeschossen.«

»Und der Fesche Mick?«

»Der wurde auf dem Marktplatz von Newton Abbot in siedendem Öl zu Tode gekocht.«

»*Hmm* ... Dann ist es also nicht immer ein Anlass zur Freude, wenn so eine Ballade über einen veröffentlicht wird?«, fragte Albert nach einer kleinen Denkpause.

»Nicht immer«, bestätigte Joe.

»*Nie!*«, sagte jemand. »Es ist überhaupt kein Anlass zur Freude, das könnt ihr mir verdammt noch mal glauben.«

Die Stimme kam von oben. Albert und Joe blickten auf, Ettie quietschte wieder freudig. Doch Albert zuckte überrascht und erschrocken zurück. Vor ihnen stand Scarlett McCain. Sie war von oben bis unten verdreckt, ihre Jacke war zerrissen, der Hut verrutscht. Eine Hälfte ihrer Haare war zusammengebunden, die andere hing ihr wie ein Schleier vorm Gesicht. Der Rucksack und die Hülle mit dem Gebetsteppich baumelten schief auf ihrem Rücken, ihr Gesicht war fahl und hohläugig, und sie wirkte insgesamt irgendwie spröde, als könnte sie bei der kleinsten Berührung zerspringen.

Albert machte Anstalten aufzustehen. »Scarlett –«

»Mir geht's gut. War die ganze Nacht wach. Hab mich erst im Ödland versteckt und bin dann drei Stunden durchgefahren. Hallo, Ettie. Hallo, Joe.«

»Du siehst aus, als hätte dich ein Wolf ausgekotzt«, entgegnete Joe und rutschte auf der Bank nach hinten, um ihr Platz zu machen. »Bier?«

»Bier, Bratwurst, Bad. Reihenfolge egal.« Scarlett nahm den Hut ab und ließ ihn auf den Tisch fallen. Dann fuhr sie sich mit der Hand über den Kopf. »In Huntington gab's ein paar Probleme«, sagte sie. »Man hatte von uns gehört. Flugblätter und so.« Sie griff nach dem Bierkrug.

Albert beobachtete sie. Kaum hatte sie den Hut abgesetzt, purzelten ihre Gedanken darunter hervor. Ohne dass er sich anstrengen musste, sah er Bilder eines Fahrradlenkers und endloser Meilen vorüberziehender Straße. Und da war noch etwas. Ein lächelnder, gut aussehender junger Mann.

Sie drehte sich zu ihm um. »Lass das.«

»Entschuldigung. Wer war das?«

»Ein Glaubenshaus-Agent. Er war hinter dir her, beziehungsweise hinter uns beiden. Beinahe hätte er mich in der Bar in Huntington geschnappt. Wir haben uns nett unterhalten, bevor ich verduftet bin.«

Albert ließ das erst einmal in Ruhe auf sich wirken. »Und wie war er so?«

»Wahrscheinlich hast du gerade sein Gesicht gesehen. Und sonst? Dünn und schmächtig. Sein Mantel war ihm ein bisschen zu groß.«

»Klingt ja nicht besonders einschüchternd.«

»Ach ja, und ein ganzer Saloon voller wütender Kerle hat aus nächster Nähe auf ihn geschossen und er ist lebendig rausspaziert.«

»Aha.«

»Ja.«

»Heißt das, du hast ihn nicht erledigt?«, mischte sich Joe ein. »Sieht dir gar nicht ähnlich.«

»Nö«, gab Scarlett zurück. Als sie den Kopf an die Banklehne legte, bröckelte angetrockneter Matsch von ihrem Wangenknochen. »Wäre auch nicht ganz leicht gewesen, schätze ich. Er verfügt über beträchtliche Kräfte, Albert. Kräfte wie deine …« Sie blies die Wangen auf. »Vielleicht kommt er ja auch aus Stonemoor. Keine Ahnung.«

Stonemoor. Bis zu diesem Augenblick, bis zu diesem Wort, hatte sich Albert in der Wärme und dem Stimmengewirr der kleinen Gaststube im *Wolfskopf* sicher und geborgen gefühlt, abgeschirmt von der Außenwelt. Jetzt war es auf einmal, als wären die Wände wie Eierschalen geborsten und auseinandergefallen und hätten ein grelles, gnadenloses Licht hereingelassen.

Sein Blick glitt über Scarletts Schulter hinweg. Er sah eine ferne, feuchte Ebene mit großen Steinen, links und rechts von finsterem Wald gesäumt. Am grauen Himmel hingen schwarze Regenwolken, nur hier und da drangen ein paar Sonnenstrahlen hindurch und überfluteten die Landschaft.

Die Lichtflecken zogen langsam über das Moor hinweg, hoben die Konturen hervor, betonten die Steine. Ein Strahl wanderte bis zum Horizont und fiel dort auf ein großes graues Gebäude zwischen den Hügeln. Weiße Mauern wurden sichtbar, ein langes, sich windendes Band wie eine Kette. Mit einem Mal kam es Albert vor, als sei die Kette nie gerissen, als erstreckte sie sich unsichtbar über Meilen und Abermeilen bis hierher in die Gaststube im *Wolfskopf*, wo sie sich fest um ihn zusammenzog, obwohl er hier mit seinen Freunden saß.

Er lehnte sich zurück. Ettie malte immer noch. Sie hatte sich einen anderen Stift genommen und führte ihn in großen Schwüngen über das Papier, übermalte die fröhlichen Farben mit einer Spirale aus pechschwarzen Linien.

Kapitel 8

Letztendlich nahm Scarlett als Erstes ein Bad. Bratwurst und Bier mussten warten. So wie sie aussah, hätte sie ohnehin nicht in Ruhe essen können, denn sogar ein paar der fragwürdigeren Gäste des *Wolfskopfs* musterten sie argwöhnisch, und Gail Belcher fegte mit saurer Miene den getrockneten Schlamm weg, den Scarlett auf dem Weg zum Fenster hinterlassen hatte. Zum Glück gab es noch ein freies Zimmer, und der Blasebalg in der Schwitzstube funktionierte. Scarlett überließ ihre Kleidung einem Dienstmädchen zum Waschen und zog sich in die Blechwanne zurück, wo sie eine volle Stunde lang wohlig dösend vor sich hinweichte. Ettie gesellte sich unaufgefordert zu ihr. Das kleine Mädchen setzte sich auf den Handtuchkorb neben den abgelegten Pistolengurt und schnitt Scarlett durch die Dampfschwaden hindurch Grimassen.

Weich und rosig, mit gelockerten Muskeln und fast gänzlich ohne Dreckspuren verzog sich Scarlett in ihr Zimmer, wo sie darauf wartete, ihre Sachen zurückzubekommen. Ettie kam ihr wieder nach. Sie hüpfte auf der Strohmatratze herum, während Scarlett Kerzen anzündete und ihren Gebetsteppich ausbreitete.

»Du kennst die Regeln«, sagte sie streng zu der Kleinen, als sie sich in T-Shirt und Shorts darauf niedergelassen hatte. »Wenn ich meditiere, will ich nicht gestört werden. Wenn du diesen Teppich auch nur mit dem kleinen Zeh antippst, lege ich dich übers Knie und versohle dir den Hintern. Verlass dich drauf! Mit Albert habe ich das auch schon gemacht, und du bist keine Ausnahme.«

Das kleine Mädchen lächelte sie an, ergriff die leere Teppichröhre und lugte hinein.

Scarlett schloss die Augen und ließ den sanft flackernden Kerzenschein hinter der Dunkelheit ihrer geschlossenen Lider spielen. Wie sie es vor langer Zeit gelernt hatte, atmete sie langsam und gleichmäßig und ließ die Schwere ihres Körpers rasch hinter sich, sowie ihre warmen, müden Muskeln, den Duft der Lavendelseife und die feuchte Mähne ihrer Haare, das Zimmer und das ganze Gasthaus, und begab sich an einen fernen Ort, wo sich das Marschland tief unter ihr erstreckte und in der unendlichen Dunkelheit die Lichter verstreuter Siedlungen schimmerten. Nachdem sie auf diese Weise Abstand gewonnen hatte, bestand die nächste Aufgabe darin, ihren Geist zu reinigen. Sie stellte sich den Teppich vor, auf dem sie saß und der trotz seines zerlumpten Zustands aus einzelnen, ordentlich miteinander verwobenen Fäden bestand. Mithilfe dieses inneren Bildes fing sie an, die Fäden ihres eigenen Lebens zu glätten und zu ordnen, denn sie waren (wie so oft) verworren und verknotet.

Zuletzt hatte sie vor drei Tagen meditiert – in der blauen Morgendämmerung in Warwick, am Tag ihres letzten Raubzugs. Seither war viel passiert: der Coup im Glaubenshaus, die Verfolgungsjagd, die Schlange, der katastrophale Abend in Huntington, ihre Fahrt mit dem Rad durchs Marschland … So viel Aufruhr, so viele Strapazen und Gefahren, so viel Gewalt … Doch wenn sie jetzt daran dachte, kam ihr das meiste ziemlich bedeutungslos vor und sie konnte sich an vieles nur noch verschwommen erinnern.

Bis auf eins natürlich, und das war der Glaubenshaus-Agent. Dass er sie so schnell aufgespürt hatte, dass er auf die Aussagen von Spitzeln vor Ort zurückgreifen und so rasch in Huntington auftauchen konnte, war mehr als beunruhigend. Ein derart zielgerichtetes und effizientes Vorgehen war in den zerfallenen Königreichen sonst nicht üblich. Allem Anschein nach war der Hohe Rat fest entschlossen, die Outlaws endlich auszurotten. Und der junge Mann selbst … Wenn er tatsächlich über die gleichen Fähigkeiten wie Albert verfügte, bloß ohne dessen kindische Skrupel und Selbstzweifel, war er ein nicht zu unterschätzender Gegner. Dieser Agent ängstigte sich nicht vor sich selbst. Er machte sich die Mühe, seine Kräfte zu bändigen, statt immer nur darüber zu jammern. Das war auf eine eiskalte Art bewundernswert. In der Wärme des kleinen Gästezimmers sah Scarlett sein Gesicht wieder vor sich. Sein gelassenes Lächeln, seine Entschlossenheit, seine Schnelligkeit … Plötzlich fiel ihr ein, dass sie ihn gar nicht nach seinem Namen gefragt hatte.

In jedem Fall war sein Auftauchen ein Zeichen dafür, dass die Lage ernst war, und es drohte, den Erfolg ihres Beutezugs im Glaubenshaus zu überschatten. Denn erfolgreich war der Coup gewesen. Sie hatten den hochriskanten Einsatz mit Schwung, Tatkraft und minimaler Zerstörung durchgeführt. Gut, in Huntington gab es jetzt einen Saloon voller Leichen, aber das war nicht Scarletts Schuld. Das gehörte zu der Liste an Verbrechen, die sich die Glaubenshäuser selbst zuzuschreiben hatten! Hauptsache, Albert und sie hatten die grausamen Herrscher der Städte wieder mal ausgetrickst.

Seltsamerweise war dieser Gedanke nicht so überzeugend wie sonst. Scarlett sah immer noch die offene Saloontür und das sanfte, tote Licht jenseits davon vor sich.

Na und? Ungerechtigkeit gab es überall. Wer schwach war, war zum Leiden verdammt. Wer stark war, hatte sich gefälligst um sich selber zu kümmern.

Nein …

Das stimmte so nicht.

Wer *richtig* stark war, kümmerte sich darum, dass denen, die ihm am Herzen lagen, nichts zustieß.

Scarlett konnte die Meditation nicht länger aufrechthalten. Sie plumpste wie ein Stein in ihren Körper zurück. Ihr Magen schmerzte. Seufzend senkte sie den Kopf, sodass ihre feuchten Haare wie ein Vorhang herabfielen, und überließ sich endlich ihrer inneren Erschöpfung.

Als sie eine leichte Berührung spürte, zuckte sie zusammen und richtete sich wieder auf. Sie öffnete die Augen. Eine unbestimmte Zeitspanne war verstrichen, und Ettie saß neben ihr auf dem Teppich. Sie ahmte Scarletts Haltung nach, hatte den Kopf gesenkt und die Beine untergeschlagen. Die Händchen hatte sie ungeschickt im Schoß gefaltet. Sie atmete tief und schnarchte dabei ein bisschen.

Scarlett öffnete schon den Mund, um sie auszuschimpfen, machte ihn dann aber wieder zu. Ob es nun am Einfluss des Gebetsteppichs lag oder nicht, sie konnte die erforderliche Empörung nicht aufbringen. Nachdem sie noch kurz neben dem schlafenden Mädchen sitzen geblieben war, stand sie auf und stupste es mit dem Fuß an. Ettie gähnte und streckte sich.

»*Nächstes* Mal versohle ich dir den Hintern«, sagte Scarlett. »Aber jetzt muss ich was essen.«

* * *

Der Abend stieg wie Nebel aus der Marschlandschaft auf. Das schwindende Licht spiegelte sich in den Wasserläufen, in den dunkelblauen Streifen zwischen den schwarzen Dämmen. Brachvögel stießen ihre dumpfen, unheimlichen Rufe aus. Im Westen hing eine Wolkenbank wie ein sich langsam lila verfärbender Bluterguss.

Scarletts Kleider hatten – gewaschen, getrocknet und halbwegs ordentlich gefaltet – vor ihrer Zimmertür gelegen. Sie kehrte mit Ettie in die Gaststube zurück, wo Albert gerade dabei war, für alle etwas zu essen zu bestellen: Bratwürste, Rübenmus und Rotkohl, dazu einen weiteren Krug Bier. Gail Belcher hatte die Bestellung aufgenommen. Sie war eine gut aussehende Frau: strohblond und von einer forschen, zupackenden Weiblichkeit, die Albert nervös machte, wie Scarlett wusste. Im Hinterzimmer saß die alte Mags, die runzlige Matriarchin des Gasthauses, im Schaukelstuhl und strickte. Ihre Nadeln bewegten sich so schnell, dass der Blick kaum folgen konnte.

»Jemand hat nach dir gefragt«, verkündete Gail Belcher, als sie mit einem Tablett voller Teller ankam. »Und nach Albert auch. Die Person wartet schon ein, zwei Tage auf euch und hat gehofft, dass ihr aufkreuzt. Angeblich geht's um einen Auftrag, für den ihr die Richtigen sein könntet. Irgendwas Illegales, ihr kennt das ja.«

In letzter Zeit hatte man ihnen in der geselligen Atmosphäre des Gasthauses etliche solcher Angebote gemacht, aber bis jetzt hatte Scarlett jedes Mal dankend abgelehnt. Sie sah sich um. »Wer denn? Ein Pelzhändler? Die Sektenjünger? Oder die bulligen Erzschmuggler da drüben?«

»Fehlanzeige.« Gail streckte den rosigen Arm aus. »Da drüben. Am Kamin.«

Die kleine grauhaarige Frau in der Ecknische sah so unauffällig aus, dass sie praktisch mit der Umgebung verschmolz. Sie löste sich im Halbdunkel fast auf, hockte wie ein Vögelchen zwischen den Kissen. Ihre Kleidung war nichtssagend und farblos, ebenso wie ihre Ausstrahlung. Scarlett konnte sich gut vorstellen, sich versehentlich auf sie draufzusetzen. Vor der Frau standen ein noch unberührtes Bierglas und ein Schälchen eingelegtes Gemüse, und sie war ganz für sich in ein Kartenspiel vertieft.

»Das alte Mädchen da?«, vergewisserte sich Scarlett. »Wer ist sie?«

»Sal Qin. Eine Händlerin aus dem Norden. Schaut hin und wieder hier vorbei.«

»Vertrauenswürdig?«

»Nicht mehr oder weniger als wir alle.«

Scarlett schob die Hutkrempe hoch und erwiderte grinsend: »Klingt ja nicht nach einer warmen Empfehlung.«

»Sal ist auf ihre Art eine ehrliche Haut, aber auch eine gewitzte Geschäftsfrau mit ungefähr so viel Skrupeln wie ein Frettchen. Eigentlich müsstet ihr euch gut verstehen, Scarlett«, sagte Gail Belcher. »Jetzt lass dir's schmecken.«

Die Würste und das Rübenmus waren ausgezeichnet – zum Glück, denn im *Wolfskopf* gab es nichts anderes. Nach dem Essen leisteten sie Joe noch ein Weilchen Gesellschaft. Ettie döste in der Ecke der Sitzbank vor sich hin, den Blondschopf auf mehrere Kissen gebettet. Scarlett berichtete noch einmal von ihrer Begegnung mit dem Agenten. Joe hörte unter viel Zungenschnalzen und staunendem Brummen zu. Albert war ungewöhnlich still und sagte nichts.

»Und wie hieß der junge Mann?«, fragte Joe, als Scarlett geendet hatte.

»Keine Ahnung.«

»Hat er deine Gedanken gelesen?«

»Nein … ich glaube nicht. Aber er hat angedeutet, dass er es *könnte*. Obwohl ich den Hut die ganze Zeit aufbehalten habe, wusste er, dass ich einen Eisenreif trage.«

Albert sog die Luft durch die Zähne. Den Blick hielt er auf das dunkle Fenster geheftet. »Ach ja, dein kostbarer Eisenreif … Wie ich sehe, trägst du ihn auch jetzt.«

Scarlett nickte. »Richtig. Und es war sehr gut, dass ich ihn in Huntington hatte, sonst hätte mich der Typ ausgelesen und vom *Wolfskopf* erfahren. Dann wüsste er, dass wir hier sind.«

»Wenn du gar nicht erst nach Huntington gefahren wärst«, konterte Albert, »hätte er keine Gelegenheit dazu gehabt.«

Scarlett legte die Hände flach auf den Tisch und arrangierte sorgfältig ihre Finger. »Wie du sehr wohl weißt, bin ich dort hingefahren, um einen Teil unserer Beute zu verschenken. In Huntington gibt es eine Menge Bedürftige – ehemalige Sklaven, Waisen, Flüchtlinge aus den verseuchten Landstrichen …«

»Ganz zu schweigen von den vielen Kellnern, Croupiers, Säufern und Spielern, die *ebenfalls* von deinem Besuch profitiert haben«, ergänzte Joe. »Wo ist das restliche Geld? Du hast alles auf den Kopf gehauen, stimmt's?«

»Und wenn schon«, gab Scarlett gereizt zurück. »Das ist meine Sache. Unter den geschilderten Umständen ist es die Hauptsache, dass ich mit dem Leben davongekommen bin. Da sind wir uns doch wohl alle einig.«

»Wir kriegen uns vor Begeisterung gar nicht mehr ein!«, schnaubte der alte Mann verächtlich. »Ich führe gleich ein Freudentänzchen auf. Und du freust dich sicher, dass Albert und ich, während du dich oben in der Wanne gesuhlt hast, das restliche

Geld in einem von Gails Geldschränken untergebracht haben. Nur damit du nicht auf die Idee kommst, es nachher beim Poker zu verzocken. Aber jetzt müssen wir besprechen, wie's weitergeht. Lange könnt ihr nicht bleiben. Womöglich taucht dieser Agent hier auf. Huntington ist nicht weit weg, da ist es nicht schwer zu erraten, dass ihr im *Wolfskopf* untergeschlüpft seid. Selbst wenn es der Hohe Rat nicht schon rausgefunden hat, könnte dieser junge Teufel es aus den Gedanken von irgendjemandem auslesen. Wenn er es nicht schon längst getan hat und auf dem Weg hierher ist.«

Schweigen trat ein. Vor den Fenstern schimmerte die Dunkelheit. Scarlett dachte an den dumpfen, unnatürlichen Aufprall vor dem Saloon, daran, wie schlagartig die Schüsse verstummt waren. Dann stieg eine andere Erinnerung wie aus tiefem Wasser empor: die Erinnerung an eine Unterhaltung, die sie vor einem halben Jahr auf einer Plattform hoch oben über dem Meer geführt hatte.

»Glaubst du auch, dass er aus Stonemoor kommen könnte, Albert?«, fragte sie unvermittelt. »Der Agent? Wenn er die gleichen Fähigkeiten wie du hat, würde das doch passen.«

Er sah sie ausdruckslos an. »Weiß nicht. Kann sein.«

»Doktor Calloway meinte damals zu mir, dass du *beinahe* einzigartig wärst. Vielleicht ist der Agent ja auch einer ihrer bevorzugten Schützlinge gewesen. Einer, der *nicht* versucht hat, sich zu wehren.«

»In Stonemoor wurde ich fast die ganze Zeit von den anderen Insassen ferngehalten«, entgegnete Albert. »Ich habe nur selten mitbekommen, worin ihre Fähigkeiten bestanden. Aber sie verfügten natürlich über gewisse Kräfte. Deswegen waren sie ja dort.« Er machte eine ungeduldige, abwehrende Handbewegung, um das Thema zu beenden. »Viel wichtiger ist doch, wie es morgen weitergeht. Was machen wir? Wo wollen wir hin?«

»Ihr könntet mit uns auf der *Chloe* nach Süden schippern«, sagte Joe. »Genug Platz hätten wir. Vorausgesetzt, ihr jagt uns nicht wieder in die Luft. Eine kleine Themsetour wie in alten Zeiten. Oder habt ihr immer noch Schiss vor der Bruderschaft der Hand und ihrer Gier nach blutiger Rache?«

»Angst ist der falsche Ausdruck«, gab Scarlett zurück. »Angemessene Vorsicht nennt man so was. Trotzdem würde ich momentan gern einen Bogen um Wessex und das südliche Mercia machen.«

»Wohin dann? Nach Osten, weiter nach Anglia rein? Oder lieber nach Norden?«

Wieder saßen sie eine Weile schweigend da. »Wenn wir uns für *Norden* entscheiden«, sagte Scarlett schließlich, »hätte ich vielleicht eine Idee, wie sich der Weg auszahlen könnte.« Sie drehte sich um und sah zu der Nische in der hinteren Ecke der Gaststube hinüber.

* * *

Aus der Nähe wirkte die Geschäftsfrau Sal Qin noch winziger als aus der Entfernung. Die hohe Lehne der Sitzbank ließ sie wie eine Zwergin aussehen, und die fleckigen Kissen, die für die Bequemlichkeit der Gäste sorgen sollten, erdrückten sie fast. Sie war schmächtig wie ein Kind, unauffällig wie ein Seufzer. Ihre Füße reichten nicht bis auf den Boden. Die grauen Haare waren raspelkurz geschnitten, und ihr Gesicht war so faltig, als wäre es wie ein Blatt Papier zerknüllt und hastig wieder glatt gestrichen worden. Sie trug eine Lederjacke mit Schulterstücken und hohem Kragen, ein schwarzes Hemd, eine schwarze Jeans und schwarze Stiefel mit silbernen Verzierungen. Als Albert und Scarlett auf sie zukamen, legte sie immer noch Patiencen. Ihre Hände huschten flink über den Tisch und schoben die Karten zwischen den Stapeln hin und her. Sie legte eine Reihe aus den Bildkarten – Paten, Bürgermeister, Sheriffs – und versuchte, die sieben Farben der Königreiche vollzubekommen, ehe sie einen Outlaw zog. Scarlett sah zu, wie die Karten durch ihre Finger glitten: Rot für Mercia, Grün für Wessex, Blau für Anglia … Die Farben verschwammen und verschmolzen und trennten sich wieder.

»Miss McCain, Mr Browne.« Sal Qin blickte nicht auf. »Setzen Sie sich zu mir und nehmen Sie sich ein eingelegtes Radieschen. Ich bin gleich fertig.«

Scarlett und Albert nahmen Platz. Die Frau spielte weiter. Dann zog sie plötzlich eine Karte, auf der ein finsterer Raufbold abgebildet war, und warf sie in die Tischmitte.

»Verdammte Outlaws«, sagte sie. »Tauchen immer dann auf, wenn man nicht mit ihnen rechnet.« Sie grinste die beiden an.

Scarlett erwiderte das Grinsen, Alberts Lächeln war mechanisch, er schien nicht ganz bei der Sache zu sein. Scarlett spürte, dass er sich auf die Frau konzentrierte. Ihre Aufgabenteilung sah vor, dass Scarlett den Auftrag begutachtete und er den Auftraggeber. »Wie ich höre, haben Sie uns einen Vorschlag zu machen, Mrs Qin?«, fragte sie.

Das Gesicht legte sich in noch mehr Falten. Die Augen waren schwarz, wach und voller Schalk. »Ganz recht, ganz recht. Es gibt da etwas, das erledigt werden muss, und ich suche ein Team mit besonderen Fähigkeiten, das die Sache übernehmen kann.«

»Wir beide sind tüchtig und professionell.«

»Ihr beide seid so einiges, wenn man einer gewissen Ballade glauben darf. Manche eurer Schurkenstreiche verschlagen einem schier die Sprache.« Die winzige Dame lehnte sich in die Kissen zurück. »Aber kommen wir zur Sache. Habt ihr schon mal von den Begrabenen Städten gehört? Von dem gewaltigen Sturm während der Großen Verheerung? Der die Städte und ihre Einwohner samt ihren Geheimnissen für immer verschüttet hat?«

»Selbstverständlich wissen wir darüber Bescheid«, gab Scarlett leicht gekränkt zurück. »Ich war sogar schon mal in einer Begrabenen Stadt! Aber die bestand bloß aus ein paar Ruinen, die aus der Erde geragt haben. Halb versunkene Türme und Mauern und lauter Gruben und Höhlen voller riesiger Raubspinnen, die jeden fressen, der so dumm ist, sie aufzuscheuchen. Wenn es dort je etwas Wertvolles gegeben hat, wurde es längst gefunden und verhökert.«

»Du meinst die Begrabene Stadt in Wessex, oder?«, sagte Sal Qin. »Es stimmt, im Süden war der Ascheregen nicht so schlimm. Mit der Stadt, die *ich* meine, verhält es sich anders. Oben in Northumbria, wo ich herkomme, war der Ascheregen sehr heftig und heiß, und die Siedlungen, die davon verschüttet wurden, liegen tief unter der Oberfläche. Bis auf eine einzige: Ashtown.«

Scarlett spürte, dass Alberts Interesse geweckt war. Sie selbst ließ sich nichts anmerken. »Reden Sie weiter.«

»Die Stadt liegt in einer abgeschiedenen Gegend, in der blutrünstige Hornschnäbel leben. Dort hat sich ein Fluss sein Bett durch eine Hügelkette gegraben und dabei eine versunkene Stadt von unvorstellbaren Ausmaßen freigelegt. Da sie schon vor vielen Jahren entdeckt wurde, haben sie bereits Ausgräber erkundet. Inzwischen erstreckt sich ein weitverzweigtes Stollensystem unter der Oberfläche, aber es ist noch längst nicht alles erforscht. Die Grabungen dauern an.«

»Warum?« Albert war neugierig geworden, das hörte man. »Wonach wird dort gesucht?«

Sal Qin schaute sich um, doch niemand schien zuzuhören. »Die Begrabene Stadt ist eine riesige Nekropole, eine Totenstadt«, antwortete sie mit gesenkter Stimme. »Zwischen den Stollen der Ausgräber soll es ganze perfekt erhaltene Straßenzüge geben – mit erstarrten Gebäuden, Straßenlaternen und Plätzen, und das alles in einer Größenordnung und von einer Kultiviertheit, dass man den Mund nicht mehr zukriegt. *Außerdem* sollen die Häuser von Toten bewohnt sein – von verschrumpelten Leichen, die sich an den tiefsten Punkten zusammenscharen und immer noch Zuflucht vor dem Grauen suchen, das vor Jahrhunderten über sie gekommen ist.« Sie biss krachend in ein Radieschen. »Aber das ist Nebensache. *Mich* interessiert, was dort zutage gefördert wird. Weil die Bergbaufirma ihre Angestellten eine Verschwiegenheitserklärung unterschreiben lässt, gibt es nur Kneipengerüchte, worum es sich bei den Funden handelt. Ich gehe aber davon aus, dass es wertvolle Gegenstände aus der alten Welt sind: Raritäten, Kunstwerke, Bücher … Wer kann das schon wissen? Fest steht nur eins – alle diese Kostbarkeiten landen in den Schatzkammern der einzigen Institution, die das Geld hat, so etwas anzukaufen.«

»Die Glaubenshäuser«, sagte Scarlett.

»Richtig«, bestätigte Sal Qin. »Nur die Götter wissen, was der Hohe Rat mit den Sachen anfängt. Aber ehrliche Kaufleute wie ich sind sowohl von den Ausgrabungen als auch von den Profiten ausgeschlossen. Ashtown ist die kleine moderne Siedlung, die auf der Oberfläche entstanden ist, um die Bergleute zu versorgen. Ich war dort und habe versucht, über eine Teilhaberschaft an dem Geschäft zu verhandeln – keine Chance.« Als die Frau die Achseln zuckte, hoben und senkten sich die Schulterklappen ihrer Lederjacke. »Ich habe Kunden, die sich für derlei Schätze interessieren. Sie sind ungeduldig und haben angeregt, dass ich mir … Alternativen einfallen lasse.«

Sie lächelte erneut Scarlett an. Scarlett sah verstohlen zu Albert hinüber. Wie sie schon vermutet hatte, stand sein Mund halb offen, sein Blick war abwesend. Garantiert sah er gerade finstere Katakomben vor sich, sonnenlose Straßen unter unfruchtbaren Hügeln … Sie trat ihn diskret vors Schienbein. »Diese *Alternativen …*«, sagte sie gedehnt, »sind vermutlich riskant, oder?«

»Riskant, aber auch äußerst gewinnträchtig«, erwiderte Sal Qin. »Deshalb wende ich mich ja an euch.«

Scarlett überlegte kurz. »Wenn die Funde geborgen sind, wo kommen sie dann hin?«

»In einen Lagerraum, der in den Hügel hineingebaut ist. Ein-, zweimal die Woche werden sie auf Lastwagen verladen, die auf der Großen Nordstraße die Wildnis durchqueren. Die meisten haben den Hauptsitz des Hohen Rates in Milton Keynes zum Ziel. Eine lange und einsame Fahrt, Miss McCain. Gut möglich, dass so ein Transport einmal unterwegs überfallen und ausgeraubt wird.«

Scarlett runzelte die Stirn. »Werden die Lastwagen bewacht?«

»Ja, und die Wachen, die mitfahren, sind schwer bewaffnet. Um Banditen und Gezeichnete abzuschrecken.«

»Klingt nach einem aussichtslosen Vorhaben. Wäre es nicht einfacher, in den Lagerraum einzubrechen?«

»Zu gut gesichert.«

»Und die Begrabene Stadt selbst?«

»Ist nur durch ein in den Hügel eingelassenes Eisentor zu betreten. Das Tor ist mit Teams aus Wachleuten und Technikern besetzt, die den Schließmechanismus bedienen und jeden gründlich filzen, der rein oder raus will. Dann wären da noch die fleischfressenden Riesenmaden, die weißen Riesenmaulwürfe, die unterirdischen Giftgaseinschlüsse … Nein, so ein Raubzug muss oberirdisch stattfinden. Bestimmt lässt sich irgendwo ein Hinterhalt arrangieren.« Sal Qin lächelte wieder. »Warum auch nicht? Erfinderische Straßenräuber haben dergleichen schon früher hinbekommen. Denkt nur an den legendären Sam Goodfellow!«

»Stimmt. Und der wurde mit einer Kanone aufs offene Meer hinausgeschossen«, entgegnete Scarlett. Sie stand auf. »Vielen Dank für das Angebot, Mrs Qin. Wir schlafen eine Nacht drüber und kommen wieder auf Sie zu.«

»Gern.« Die kleine Frau nahm ihr Kartenspiel wieder auf. »Ihr findet mich hier.«

* * *

»Was hältst du davon?«, fragte Scarlett. Sie kehrten an ihren Tisch zurück. Es war spät, viele Gäste waren schon gegangen. Auch Joe und Ettie saßen nicht mehr da.

»Von Sal Qin oder von ihrem Vorschlag?«

»Von Qin. Über den Vorschlag brauchen wir nicht zu reden. Der ist ohne Frage verrückt *und* selbstmörderisch.«

»Wenn *du* das schon sagst, muss es echt übel sein«, gab Albert zurück. »Heißt das, wir gehen nicht darauf ein?«

»Auf gar keinen Fall. Aber ich mochte sie.«

»Ich auch. Ich glaube, sie meint es ehrlich. Was sie über die Grabungen erzählt hat, entspricht jedenfalls der Wahrheit. Ich habe Bilder von Hügeln gesehen, von Lastwagen, von einem umzäunten Gelände vor einem blutroten Himmel … Im Großen und Ganzen stimmten ihre Gedanken mit dem überein, was sie gesagt hat, und das spricht immer dafür, dass es wahr ist. Wo ist eigentlich Joe?«

»Wahrscheinlich bringt er Ettie ins Bett. Qin steckt also nicht mit den Glaubenshäusern unter einer Decke?«

»Nein. Sie ist eine Art Schwarzmarkthändlerin. Und sie kennt tatsächlich jemanden, der scharf auf Funde aus der Begrabenen Stadt ist. Dünn und kahlköpfig – ob Mann oder Frau, konnte ich nicht erkennen.« Sie waren an der Fensternische angekommen. Auf dem Tisch standen noch die leeren Teller, dazwischen lagen die Zettel mit Etties Gekritzel. »Lass uns heute auch mal früher schlafen gehen«, sagte Albert. »Ich bin ziemlich erledigt, und wir können morgen früh besprechen, was wir machen. Oder willst du noch auf Joe warten?«

»Der hat sich bestimmt auch schon aufs Ohr gelegt.« In Scarletts Hinterkopf meldete sich ein Gedanke, etwas Verschwommenes, Dunkles, Unbestimmtes, aber er ließ sich nicht recht fassen und entglitt ihr immer wieder. Sie blieb vor dem Tisch stehen und blickte durchs Fenster auf die schwarze Landschaft hinaus. »Was hast du eben gesagt?«, fragte sie. »Das über den Kunden von Sal Qin, meine ich.«

»Ich wundere mich, dass Ettie ihre Bilder nicht mitgenommen hat«, entgegnete Albert. »Das Malen macht ihr doch immer solchen Spaß …« Er nahm einen Buntstift in die Hand. »Über Qins Kontaktperson? Ich habe gesagt, dass es sich um jemanden handelt, der dünn und kahlköpfig ist. Ich habe zwar ein Bild gesehen, konnte aber nicht richtig erkennen, ob …« Er unterbrach sich und blickte auf etwas, das auf dem Tisch lag.

Auch Scarlett war plötzlich still geworden. »Du, Albert«, sagte sie leise, »trägt diese Person zufällig einen irgendwie gruseligen Mantel? Ganz schwarz, aber aus lauter Flicken zusammengenäht, ein bisschen wie Eidechsenschuppen?« Sie wartete. *»Albert!«*

»Entschuldige. Ja. Ja, die Person trägt …«

Doch er schien immer noch mit etwas anderem beschäftigt zu sein. Er streckte die Hand nach der Ketchupflasche aus, die mitten auf dem Tisch stand, und ergriff etwas Kleines, Viereckiges, das daran lehnte. Dann legte er es so hin, dass Scarlett es auch sehen konnte, und drehte es um.

Es war eine dünne Metallmarke, in die eine Hand mit nur vier Fingern geprägt war. Denn der kleine Finger war direkt über der Wurzel abgetrennt.

Kapitel 9

Einen Augenblick lang dachte Albert, der Schock würde Scarlett überwältigen. Sie schwankte ein bisschen und musste sich an die Wand lehnen. Ihr Gesicht sah aus, als gehörte es einem Gespenst, ihr Mund war weiß wie eine verheilte Narbe.

Albert beobachtete, wie sie tief Luft holte und sich dann zusammenriss. Ihre Wangen bekamen wieder Farbe, in die Augen kehrte das Leben zurück. Sie tastete nach ihrem Waffengurt, musste aber feststellen, dass ihre Pistole ja mit ihren übrigen Waffen in der Truhe im Vorraum eingeschlossen war. Mit einem leisen Fluch drehte sie sich um und ließ den Blick durch die Gaststube schweifen.

Albert hatte genauso schnell begriffen, was los war. Er kannte das Symbol der Verbrecherorganisation, die als Bruderschaft der Hand bekannt war, kannte ihren Ruf als Diebe, Erpresser und Schwarzmarkthändler. Scarlett hatte ihm auch erzählt, dass die Brüder sie hintergangen und versucht hatten, sie umzubringen, und dass sie deswegen mit dem Geld geflohen war, das sie ihnen hatte abliefern sollen. Wobei natürlich jede Geschichte ihre zwei Seiten hatte. Nach Ansicht der Bruderschaft drohten jedem, der die Dinge nicht so sah wie sie, strenge Strafen – wie zum Beispiel verstümmelt, lebendig begraben oder Rieseneulen zum Fraß vorgeworfen zu werden. Darum war Albert heilfroh, dass er bis jetzt noch nichts mit den Brüdern zu tun gehabt hatte.

Aber jetzt waren die Brüder hier.

Was das zu bedeuten hatte, ballte sich dicht und schwarz in seinem Kopf zusammen wie ein verängstigter Krähenschwarm. Wie Scarlett musterte er die andern Gäste. In den Sitzecken hockten noch die letzten Zechkumpane, hinter dem Tresen polierte Gail Belcher Gläser. Die Lampen an den Dachbalken verbreiteten ihren sanften Schein, man hörte leises Klirren, gedämpfte Geräusche, das Gemurmel müder Gespräche. Niemand achtete auf Scarlett oder Albert. Eigenartig, dass die anderen Gäste seine Panik nicht wahrnahmen, dass sein dröhnendes Herzklopfen sie nicht zusammenzucken ließ.

Wobei er nirgends feindselige Gedanken entdecken konnte und auch niemanden, der auf den ersten Blick der Bruderschaft angehörte. Joe und Ettie waren allerdings auch nirgendwo zu sehen.

»Vielleicht haben sie sie doch nicht geschnappt«, wandte er sich an Scarlett.

»Vergiss es.«

»Dann müssen wir Gail Bescheid sagen. Sie muss uns die Waffen herausgeben.«

»Das macht sie nicht. Wir müssen sehr vorsichtig sein, also sprich bitte leise. Die Belchers schätzen keine Zwischenfälle, ganz egal, wer dahintersteckt. Dieses Haus ist hundertprozentig neutral. Denk an den Keller.«

»Aber wenn Joe und Ettie entführt wurden –«

»Das können wir nicht beweisen.« Scarlett musterte das Geschirr auf dem Tisch. Dann wischte sie drei Messer an einer Serviette ab und ließ sie nacheinander in ihrem Ärmel verschwinden. »Wenn jemand die beiden unter einem Vorwand weggelockt hat«, flüsterte sie, »oder auch nur Ettie, damit Joe ihr folgt, ist das für Gail kein Problem. Und sobald alle draußen waren …«

Das Ende des Satzes bekam Albert nicht mehr mit, weil unversehens Zorn und Angst in seinem Schädel explodierten. Er hatte einen bitteren, metallischen Geschmack im Mund, und in seinen Ohren rauschte es. Rasch schüttelte er den Kopf, um die Anspannung zu verscheuchen. *Bitte nicht.* Bei der Begegnung mit der Felsenschlange hatte er das halbe Tal zerlegt. So etwas durfte ihm hier drinnen auf keinen Fall passieren.

Er sah vor sich, wie Ettie weggelockt wurde …

»Wir müssen uns beeilen!«, sagte er. Scarlett nahm noch mehr Besteck vom Tisch und verstaute es überall in ihrer Kleidung. »Was willst du damit?«

Sie sah ihn an. »Frag lieber nicht. So ein Löffel kann sehr nützlich sein.«

Eilig durchquerten sie den Raum. Sal Qin saß immer noch über ihren Patiencen. Als sie an ihrer Sitznische vorbeikamen, stieß Scarlett Albert an. »*Sie* hat die Brüder hergeführt.«

»Dann müssen wir –«

»Ich glaube nicht, dass es Absicht war. Du hast doch ihre Gedanken gelesen und gesagt, dass sie es ehrlich meint. Sie hat nichts davon geahnt. Jemand von der Bruderschaft muss ihr heimlich gefolgt sein, weil sie wussten, dass sie zu uns will.«

»Du meinst, ihr kahlköpfiger Kunde im schwarzen Flickenmantel? Gehört er oder sie der Bruderschaft an?«

»Es ist ein *Er*. Er heißt Teach und ja, er ist ein Bruder.« Scarlett schüttelte den Kopf. »Wenn er tatsächlich hier ist, wird's brenzlig. Sal Qin muss warten. Mit ihr können wir uns später noch befassen.«

Gail Belcher nickte ihnen von hinter dem Tresen und einer Reihe blitzender Biergläser aus zu. »Sag mal, Gail«, wandte sich Scarlett an sie, »hast du zufällig gesehen, wie unsere Freunde gegangen sind? Waren sie allein?«

Die Wirtin stützte eine große, rosige Hand auf den Tresen. »Weiß nicht. Es war sehr voll. Die Kleine ist mit irgendwem mitgegangen, wahrscheinlich mit ihrem Opa …« Sie stockte. »Nein, warte mal … das kann nicht sein. Der Alte ist kurz danach alleine rausgerannt. Gibt's ein Problem?«

»Nein, nein. Wir haben uns bloß gewundert. Dann gute Nacht, Gail.«

Auch der Angestellte im Vorraum hatte seinen Posten verlassen. Das Licht war trüb. Die große Truhe war mit einem Vorhängeschloss gesichert. Albert rüttelte kurz daran.

»Wir können doch oben in ihrem Zimmer nachsehen«, sagte er.

»Dort sind sie bestimmt nicht. Die Brüder wollen, dass wir nach draußen gehen.«

Im *Wolfskopf* wurde die Eingangstür nie vor Mitternacht verschlossen. Scarlett öffnete den Riegel, und beide traten auf die Treppe hinaus. Es war sehr kalt. Der Hof glich gekräuseltem silbrigen Quellwasser. Niemand war zu sehen. Die Milchstraße wand sich wie eine weiße Schärpe über die Brust des Himmels.

Mit zwei blitzschnellen Sätzen war Scarlett unten. Albert stolperte hinter ihr her. Seine Kehle war wie zugeschnürt, seine Beine schwer wie Blei, er fühlte sich benommen. Es war wie in den schlechten alten Zeiten, als er die Kontrolle über sich verloren hatte. Jetzt kam es darauf an, Ruhe zu bewahren und Vertrauen in Scarletts und seine eigenen Fähigkeiten zu haben.

Er durfte sich nicht von seinen Gefühlen überwältigen lassen, musste aber die ganze Zeit an Ettie denken.

Im Fahrradschuppen brannte Licht und warf einen klar konturierten Streifen auf den gepflasterten Hof. Der Schuppen war leer. Albert sah die Räder der Kunden in den Ständern, das Werkzeug an der Wand und die Schläuche und Pumpen zum Saubermachen. Scarletts schlammverschmiertes Rad lehnte an der Wand.

Scarlett selbst stand jetzt mitten im Hof, konzentriert und reglos. »Was siehst du?«

Albert schloss die Augen. Sofort fing er Gedanken aus nächster Nähe auf: finstere Gedanken, lauernd und wachsam, mit bösen Absichten getränkt. Und ein Stück davon entfernt andere, ihm wohlbekannte Gedanken: ängstlich und verzagt. In seinem Kopf pochte es immer lauter.

»Sie warten hinter den Nebengebäuden am Tor«, flüsterte er. »Joe nehme ich nicht wahr, aber Ettie, wenn auch nur schwach. Sie muss weiter weg sein, vielleicht draußen auf dem Weg.«

»Geht es ihr gut?«

»Sie ist noch am Leben.«

»Und von Joe nichts?«

»Nein.« Pause. »Aber das muss nicht heißen –«

»Schon klar.«

Er wartete darauf, was Scarlett tun würde. Der Lärm in seinem Kopf schwoll weiter an, er spürte einen hämmernden Druck in den Schläfen. »Sie nehmen Ettie mit«, sagte er. »Wir müssen hinterher.«

Scarlett nickte. »Sie wollen uns ins Moor locken. Weg vom Gasthaus. Und dann heften sich die Männer, die sich hier verstecken, an unsere Fersen.« Sie sah Albert scharf an. »Alles in

Ordnung? Ist die Schlimme Angst wieder da? Dann könntest du …«

»*Nein*, kann ich nicht. Bitte dräng mich nicht. Ich könnte dabei auch dich verletzen – oder Joe und Ettie.«

Sie verzog kurz das Gesicht, und das Thema war erledigt. »Na schön. Dann bist du eben unser Lockvogel. Lauf vor. Ich komme nach. Mach schnell, sei leise und *dreh dich nicht um*.«

Er schluckte. »Glaubst du, die Typen kommen hinter mir her?«

»Ja.« Sie klopfte ihm fröhlich auf die Schulter. »Oder sie knallen dich eiskalt ab.« Damit verschwand sie.

Albert versuchte gar nicht erst, Scarletts Plan zu erraten. Er straffte die schmalen Schultern und schlenderte über den Hof. Als er sich den Nebengebäuden näherte, begannen die Gedanken der dort versteckten Männer zu wogen wie Baumkronen im Sommerwind, woraus er schloss, dass sie ihn gesehen hatten.

Er hielt auf die Pfosten zu, die das Grundstück der Belchers markierten. Dort endete die selbstverordnete Neutralität. Albert ging zwischen den Pfosten hindurch und betrat den Weg, der hinauf zum Damm führte. Die Gedanken hinter ihm setzten sich ebenfalls in Bewegung. Die Männer verfolgten ihn. Wer sie auch sein mochten, sie beherrschten ihr Handwerk. Wenn er auf die herkömmliche Weise lauschte, war nichts zu hören.

Silbriges Sternenlicht lag auf dem Erdwall, rechts und links ging es steil nach unten. Das Marschland erstreckte sich silbern schimmernd bis zur Wölbung des Horizonts, auf der der Himmel ruhte.

Nach ungefähr dreißig Metern vollführte der Damm an einer von Wind und Wetter verkrüppelten Weide eine Biegung. Albert ging langsam auf die gekrümmte, schwarze Silhouette zu. Die fremden Gedanken hielten mit ihm Schritt, rückten aber näher, warteten auf ihre Chance. Von irgendwo das Scharren einer Stiefelsohle auf Stein. Alberts Nackenhaare sträubten sich, und er spürte den überwältigenden Drang, sich umzudrehen. Nur mit äußerster Willenskraft gelang es ihm, die Augen weiterhin auf den Baum zu richten.

Näher, noch näher ... Er spürte ihre Ungeduld.

Gleich würden sie zuschlagen ...

Ein dumpfes Poltern.

Ein Rascheln.

Eine schnelle Abfolge weiterer Geräusche: Gurgeln, überraschtes Schnaufen, erstickte Schmerzensschreie.

Dann ein gedämpfter, aber saftiger Fluch. Danach nichts mehr.

Albert ging weiter auf den Baum zu. Nach drei Schritten war Scarlett an seiner Seite. Ihr Atem war kaum beschleunigt, aber sie trug jetzt eine Pistole, einen Patronengurt und etwas, das wie ein silberner Spazierstock aussah. Sie legte den Gürtel um und schob Pistole und Stock hinein.

»Alles in Ordnung?«, fragte Albert.

»Ja.«

»Hast *du* eben geflucht?«

»Yep. Hab mir den Zeh an den Steinen gestoßen.«

»Das tut mir leid. Wie viele waren es?«

»Brüder oder Steine?«

»Brüder.«

»Vier. Der letzte war hervorragend ausgerüstet. Ich hab ihm alles abgenommen. Sogar einen Stockdegen! Der kommt gerade recht. Mir sind die Löffel ausgegangen.«

Sie bogen an der Weide ab und folgten dem nächsten Damm

durchs silbrige Schilf. Geradeaus war eine Gruppe windzerzauster Bäume und Büsche zu erkennen, die den Pfad wie eine Allee säumten. Am anderen Ende sah Albert die Sterne leuchten, aber unter den Zweigen war es dunkel wie in einem Tunnel.

»Gute Stelle für einen Hinterhalt«, sagte Scarlett.

Albert hatte das Gleiche gedacht. Er empfing neue Gedanken von mehreren Personen, doch ihr Standort war unklar. Noch besorgniserregender war, dass er Ettie nicht wahrnahm. Das unablässige Brummen in seinem Kopf beeinträchtigte seine Gabe. Er versuchte es auszublenden.

»Hut«, sagte er.

Scarlett nahm den Hut ab, faltete ihn zusammen und steckte ihn hinten in ihren Gürtel. Kaum hatte sie den Eisenreif nicht mehr um, lagen ihre Gedanken offen vor Albert. Er spürte ihre kalte Entschlossenheit und ihre Wut, aber auch eine Furcht, die sie normalerweise verbarg. Ihre Gedanken drehten sich um den dünnen, kahlköpfigen Mann.

Sie gingen jetzt langsamer. Das Gestrüpp links und rechts des Weges wucherte immer höher. Als sich Alberts Augen an die Dunkelheit gewöhnt hatten, sah er weiter vorn etwas mitten auf dem Weg stehen.

Es war ein schmaler Pritschenwagen mit zwei Deichseln an der Vorderseite. Diese endeten in einer Art Doppelfahrrad, eine Konstruktion mit zwei nebeneinander angebrachten Sätteln und Lenkern. Der Karren stand quer, sodass er den Weg versperrte. Auf den Fahrradsätteln saß niemand, aber in dem Anhänger zeichneten sich zwei in sich zusammengesunkene Gestalten ab. Eine längere und eine kürzere.

Sie lagen nebeneinander und rührten sich nicht.

Panik ergriff Albert, und in seinem Inneren öffnete sich ein

Spalt. Die Energie, die sich Bahn brach, ließ die umstehenden Bäume schwanken. Mit allergrößter Anstrengung gelang es ihm, den Spalt wieder zu schließen. Er konzentrierte sich. Am liebsten wäre er sofort zu seinen Freunden hingelaufen, aber stattdessen las er in den Gedanken, die halb versteckt zwischen den Bäumen lauerten.

»Vier Männer«, sagte er leise. »Einer auf zwei Uhr unter dem höchsten Baum. Einer kauert auf drei Uhr im Gras. Einer auf zehn Uhr, hinter dem Baumstumpf, und der vierte –«

Jemand kam hinter dem Karren hervor und schritt langsam auf sie zu.

Obwohl es fast dunkel war, erkannte Albert den Mann. Er hatte ihn sowohl in Sal Qins als auch in Scarletts Erinnerungen gesehen. Eine schlanke Gestalt, nicht größer als er selbst, wohlproportioniert, in Jeans und weißem Hemd und darüber einem schwarzen Flickenmantel, der wie ein Schuppenkleid schimmerte. Der Mann hatte kein einziges Haar auf dem Kopf. Sein Gesicht war fein geschnitten, mit markantem Kinn und geschwungenen Wangenknochen, die Augen waren groß und stechend, mit langen Wimpern. Am Gürtel trug er einen Degen oder Stockdegen, vielleicht auch eine Schusswaffe – Albert konnte es nicht richtig erkennen. Mit betont lässigen Bewegungen ging er um den Karren herum, strich mit den Fingern einer Hand daran entlang und blieb ein Stück vor Albert und Scarlett stehen.

»Hallo, Scarlett«, sagte er.

»Hallo, Mr Teach.«

»Lange nicht gesehen, Mädel.«

»Hätte gern noch länger sein können.«

Ein leises Lachen wie dürre Blätter, die im Wind raschelten.

»Immer noch unser kratzbürstiges Täubchen«, sagte der Mann. »Fliegt ganz allein davon und zieht seine zerrissene Kette hinter sich her …« Das glatte Gesicht war ausdruckslos, die Stimme kalt und trocken wie Papier. Albert musste an Räume ohne Sauerstoff denken, an das, was auf dem Grund versiegter Brunnen dahinwelkte. Die Stimme war weich, ohne sanft zu sein. Wie ein Nest aus Brennnesseln vermittelte sie keinerlei Behaglichkeit.

»Nicht mehr ganz allein, wie Sie sehen«, entgegnete Scarlett.

»Selber schuld«, sagte der Kahlköpfige. »Das macht dich angreifbarer.« Er drehte sich kurz nach dem Anhänger mit seinem reglosen Inhalt um. »So kriegt man deine Kette besser zu fassen und kann dich einfangen.«

»Ihr wart hoffentlich nicht so dumm, die beiden umzubringen«, gab Scarlett zurück.

Teach erwiderte nichts. Es interessierte ihn nicht. Als Albert seine Gedanken las, kamen Joe und Ettie darin schlicht nicht vor. Stattdessen malte sich Mr Teach aus, wie seine Leute von allen Seiten das Feuer auf Scarlett und Albert eröffneten. Albert sah sich selbst zusammensacken, sah den eigenen Tod als etwas, das leicht zu bewerkstelligen und bedeutungslos war …

Zorn drängte gegen den Spalt in seinem Inneren. Die Blätter und Zweige um ihn herum wogten immer stärker. Scarletts Haare wehten ihr ins Gesicht.

Sie sah flüchtig zu ihm hinüber.

»Wir haben dich nicht aus den Augen gelassen, Mädel«, sagte der Mann mit seiner kalten, ausdruckslosen Stimme. »Flugschriften, Balladenblätter, alles was über dich so im Umlauf ist. Du bist in letzter Zeit fleißig gewesen.«

»Man soll nicht alles glauben, was man liest, Teach«, entgegnete sie und verlagerte das Gewicht auf ein Bein, sodass ihre Jacke aufschwang und die Pistole zu sehen war. »Aber meinetwegen – ihr habt die Kette zu fassen gekriegt und hier bin ich. Was wollt ihr von mir? Das Geld? Leider bin ich momentan ziemlich blank. Ich hatte letztens in Huntington eine Pechsträhne.«

Wieder das leise Lachen. »Eine Pechsträhne? Was du nicht sagst«, erwiderte der Kahlköpfige. »Dir rinnt das Geld doch immer durch die Finger. Wobei hast du es diesmal verloren? Beim Schädelwerfen? Beim Poker? Oder hast du es in einem Anfall von Selbstmitleid schlicht versoffen? Wäre ja nicht das erste Mal.«

Scarlett schwieg. Albert nahm wahr, wie in ihren Gedanken eine Falltür aufging, doch sie hatte sich gleich wieder im Griff. Die Falltür klappte wieder zu, Scarlett sprach in ruhigem Ton.

»Albert?«

»Teach ist derjenige, der das Zeichen gibt. Er ist der Schnellste von ihnen und wird auch schießen.«

»Sonst noch was?«

»Nein.«

»Gut«, sagte sie gelassen. »Sag mir Bescheid, wenn es so weit ist.«

Mr Teach machte eine ähnliche Bewegung wie zuvor Scarlett und ließ seinerseits den Griff einer Pistole sehen. »Das ist also der Junge? Wir waren schon neugierig.« Er kam ein paar Schritte näher. »Die anderen hast du erledigt, nehme ich an. Schön, dass du nicht alles vergessen hast, was ich dir beigebracht habe.«

»Ich kann das Geld beschaffen«, erwiderte Scarlett, »aber erst müsst ihr mir den Alten und die Kleine ausliefern.«

»Wir sind nicht wegen des Geldes hier«, gab Teach zurück.

»Weswegen dann?«

Keine Antwort.

Scarlett zuckte die Achseln, und Albert spürte, wie sich ihre Gedanken auf einen Punkt konzentrierten. Sie galten nur noch ihren Fingern, der Pistole an ihrer Hüfte. »Soll es wirklich so enden?«, fragte sie. »Ich hatte gedacht, meine kleine Lebensuhr könnte in Stow noch ein bisschen weiterticken.«

»Scarlett McCain«, erwiderte Teach, »deine Uhr ist so gut wie abgelaufen, Wirf die Waffe weg. Nimm die Hände hinter den Kopf und knie di–«

»*Jetzt*«, sagte Albert.

Beim Gedankenlesen kam es in erster Linie darauf an – vor allem, wenn das eigene Leben gerade am seidenen Faden hing –, alle Ablenkungen auszublenden. Diese Kunst hatte Albert im Lauf der Zeit erlernt. Und darum ignorierte er jetzt alles, was er von den drei Männern im Gebüsch empfing, ihre schlichten Gedanken an Haus und Herd, Bier und Freundschaft, die wie blasse Nachtfalter durch die Dunkelheit flatterten. Er blendete den Anblick von Joe und Ettie in dem Karren aus, den Zorn, den dieser Anblick in ihm auslöste. Stattdessen verfolgte er die geheimen Stränge von Mr Teachs Gedanken, beobachtete, wie sie sich strafften, und schlussfolgerte daraus, dass er in den nächsten paar Sekunden das Zeichen zum Schießen geben würde.

Darum sagte er als Erster etwas. Und bevor er den Mund wieder zumachte, hatte Scarlett schon viermal gefeuert.

Sie hatte sofort reagiert, den Arm blitzschnell hochgerissen. Vier Schüsse, vier Kugeln. Drei trafen ihr Ziel, zwei Nachtfalter erloschen. Der dritte zitterte schmerzgepeinigt.

Lediglich der vierte Schuss ging daneben. Teach war rechtzeitig beiseitegesprungen. An seiner Hüfte blitzte es auf, seine Pistole krachte einmal. Scarlett flog die Waffe aus der Hand.

Fluchend machte sie einen Satz nach hinten, zückte dabei den Stockdegen und stürzte sich auf den kahlköpfigen Mann.

Teachs Lippen öffneten sich, er lächelte. Dann zog er seinen eigenen Degen. Er tänzelte auf Scarlett zu, und sie kreuzten die Klingen – einmal, zweimal und noch einmal, die Waffen wie flirrende Splitter aus Sternenlicht. Jedes Mal, wenn die Klingen gegeneinanderschlugen, klangen sie wie ein heller Glockenton. Albert sah sich nach Scarletts Pistole um, entdeckte sie aber nicht. Das Hämmern in seinem Kopf schwoll wieder an. Nur undeutlich nahm er die Geräusche wahr, die der Verwundete im Gebüsch verursachte. Seine beiden Komplizen rührten sich nicht mehr.

Albert wäre gern zu Joe und Ettie gelaufen, aber Scarlett war im Weg. Und Teach war ein hervorragender Fechter. Er war wie ein Rauchfaden, der sich im Wind kräuselte, verteidigte sich jetzt nicht mehr nur, sondern griff scheinbar von überall zugleich an.

Ganz egal wie flink Scarlett sich auch drehte und wendete, ganz gleich, was für wilde Muster ihre Klinge in die Luft malte, der Mann war ein mehr als ebenbürtiger Gegner und sah jede ihrer Aktionen voraus. Albert spürte Scarletts Verzweiflung. Das Ende war nahe. Sie erlahmte. Teach täuschte an, stieß zu, täuschte wieder an –

Und traf.

Als sich die Klinge in Scarletts Rippen bohrte, explodierte ihr Schmerz auch in Albert. Beide schrien gleichzeitig auf – und im selben Augenblick explodierten auch die Wut und der Zorn in ihm.

Die Kraftwelle, die aus Albert hervorbrach, erfasste wahllos alles und jeden um ihn herum.

Teach wurde nach hinten geworfen und vom Damm heruntergeschleudert, Scarlett ging zu Boden und rutschte ein Stück über die Erde. Der Karren kam ins Rollen und drohte, den Abhang hinunterzukippen, Joe und Ettie krachten gegen die Seitenwände. In den Bäumen bogen sich die Äste und brachen ab, wurden über das Moor geweht. Auf einmal beschien kaltes Sternenlicht Alberts Gesicht, fiel auf die entwurzelten Büsche und die zum Himmel zeigenden Karrenräder …

Albert war bewusst, dass dies erst der Anfang war. Er würde aus dem Anhänger und den Büschen Kleinholz machen, würde sowohl die Lebenden als auch die Toten zerfetzen, seine Feinde *und* seine Freunde. Die Schlimme Angst würde sie allesamt packen, zermalmen und vernichten! Und er musste hilflos dabei zusehen. Hilflos! Er konnte nichts dagegen unternehmen –

Er bekam kaum mit, dass sich von hinten schwere Schritte näherten. Im nächsten Augenblick traf ihn ein brutaler Schlag an der Schläfe.

Kapitel 10

Das Erste, was er hörte, war das Ticken der Uhren.

»Albert«, sagte Scarlett.

»Ja?«

»Ich weiß, dass du wach bist. Dös nicht wieder weg, sondern mach die Augen auf.«

»Muss das sein? Ich träume nämlich gerade, dass ich im *Wolfskopf* in einem weichen Federbett liege und mir jemand, der nach Lavendelseife duftet, soeben das Frühstück gebracht hat. Haferbrei mit Honig, Scarlett, und jede Menge Buttertoast und Kaffee.«

»Die Wirklichkeit ist fast genauso gut, Albert.«

»Ehrlich?«

»Ja. Los, blinzle mal. Du wirst es nicht bereuen.«

»Na gut.«

Zögernd öffnete er ein Auge, was gar nicht so leicht war, weil es ganz verklebt war. Das Erste, was er sah, war Scarlett, die ein Stück weiter weg an Händen und Füßen mit meterweise Draht an einen Stuhl gefesselt war. Ihre Waffen waren verschwunden, die Jacke auch, und auf ihrem Pullover prangte ein großer, angetrockneter Blutfleck. Ihre Haare waren total zerzaust und hingen ihr in das mit Blutergüssen übersäte Gesicht. Sie hätte kaum übler aussehen können, wenn man sie als Leiche auf dem Friedhof ausgebuddelt hätte.

Albert spürte, dass er nicht unbedingt ein besseres Bild abgab. Auch er konnte Hände und Füße nicht bewegen, und das schmerzhafte Pochen in seinem Schädel rührte nur teilweise vom jüngsten Ausbruch der Schlimmen Angst. Das andere Auge bekam er praktisch gar nicht auf, das Gleiche galt für seinen Kiefer, der sich anfühlte, als hätte ihn ein übereifriger, vermutlich minderjähriger Laienchirurg entfernt und dann notdürftig wieder drangebastelt.

Er runzelte die Stirn, aber nur kurz. Es tat weh. »Tolle Wirklichkeit«, krächzte er heiser. »Wo ist der Buttertoast?«

Scarlett grinste ihn schief an. »Bestimmt kommt gleich jemand rein, der nach Lavendelseife duftet, und bringt ihn dir. Jammer nicht, schau dich lieber um. Die gute Neuigkeit ist, dass wir *hier* sind.«

Sich auf die Umgebung zu konzentrieren, erforderte eine weitere schmerzhafte Anstrengung. Nach einigem Geblinzel löste sich die Schorfkruste um sein Auge, und er konnte sich einigermaßen orientieren.

Sie befanden sich in einem riesigen, höhlenartigem halbdunklen Gewölbe. Die Steine waren vor Alter schwarz, die Fenster mit Läden verschlossen. Hoch über sich machte Albert kreisförmige Laufgänge aus. Die allgemeine Dunkelheit wurde von dem einzigen hellen Bereich im Raum noch betont. Dort standen vier elektrische Bogenlampen, die diesen Abschnitt wie eine Bühne beleuchteten. Hier stand auch ein wuchtiger Schreibtisch ohne Stuhl, und an der Wand dahinter – Albert blinzelte wieder, weil er seinen Augen nicht traute – befanden sich zahllose Regalbretter voller *Uhren*. Sie reichten so hoch hinauf, dass die obersten kaum noch zu erkennen waren. Uhren über Uhren, und jede war anders: die üblichen zum Aufziehen, wie die Uhrmacher in Mercia sie anfertigten, aber auch antike Stücke mit unerklärlichen Zeichen und Symbolen, die noch aus der Zeit von vor der Großen Verheerung stammen mochten. Es gab Uhren mit Holzgehäusen, Uhren aus Metall, Uhren aus farbenfrohem Plastik. Uhren so breit wie Brustkörbe und Uhren so klein wie geballte Fäuste. Alle tickten, aber keine im Gleichtakt mit einer anderen. Ihr gesammeltes Ticken holperte und stolperte wie der Puls eines kranken Herzens und verschmolz mit dem Summen der Bogenlampen zu einem beklemmenden Dauerton, der alles erfüllte und im Staub und den Spinnweben vibrierte.

Hinter dem Schreibtisch war eine breite, blank polierte Eichentür, die in dem vernachlässigten Raum herausstach. Sie war geschlossen, aber eine der Lampen war darauf gerichtet, sodass die Oberfläche glänzte. Die Tür gehörte mit zum Bühnenbild.

Die Stühle, an die Scarlett und Albert gefesselt waren, standen zwischen dem Tisch und der Mitte des Raumes. Dort hingen von oben etliche dicke Taue und Ketten herab. An manchen waren Betongewichte befestigt, andere waren um Flaschenzüge gewickelt. Die Taue verloren sich weit oben in der Dunkelheit der Hallendecke. An zweien hingen sonderbare Geschirre aus Lederriemen, Schnallen und spitzen Haken.

Albert ließ alles auf sich wirken.

»Aha«, sagte er schließlich. »Und was soll hier dran *gut* sein?«

Für jemanden, der eine Stichwunde in der Seite hatte und an einen harten Metallstuhl gefesselt war, hatte Scarlett erstaunlich gute Laune. »Es ist gut, du Schwachkopf, weil sie uns nicht umgebracht haben, womit ich fest gerechnet habe. Wenn Teach uns hätte töten wollen, hätte er uns schon gestern die Kehlen durchgeschnitten und unsere Leichen in den Sumpf geworfen. Stattdessen hat er sich die beträchtliche Mühe gemacht, uns sechzig Meilen weit per Fahrradanhänger und Lieferwagen nach Stow zu bringen. Er hat sogar meine Wunde verbinden lassen.«

»Wir sind in Stow?«

»Ganz recht. Im Hauptquartier der Bruderschaft.«

Die dumpfe Orientierungslosigkeit, die Albert spürte, war fast so unangenehm wie die hämmernden Kopfschmerzen. »Moment mal … das Letzte, woran ich mich erinnere –«

»Mach dir nichts draus. Ich erinnere mich auch nur verschwommen. Auf jeden Fall sind genug Brüder am Leben geblieben, um uns mit dem Fahrrad über die Grenze nach Mercia zu schaffen. Dort hat auf einer befestigten Straße schon ein Wagen auf uns gewartet.«

Urplötzlich kehrte Alberts Erinnerung zurück. Er setzte sich so gerade auf, wie er konnte. »Ettie! Joe und Ettie –«

»Sind ebenfalls noch am Leben. Sie waren zusammen mit uns im Lieferwagen. Joe war bewusstlos, ist aber wach geworden, als man uns beide in den Anhänger geworfen hat. Ettie hat anscheinend einfach nur geschlafen. Die Kleine steckt offenbar alles weg. Ich habe mir vor allem *deinetwegen* Sorgen gemacht. Du hast ganz schön was abgekriegt und warst ewig bewusstlos. Ich war erst beruhigt, als du irgendwann angefangen hast zu sabbern.«

Albert sah sie unglücklich an. Er spürte, wie das ganze Selbstvertrauen, das er im letzten halben Jahr erworben hatte, aus ihm heraus und auf den schmutzigen Fußboden sickerte. »Bitte entschuldige, Scarlett«, sagte er kleinlaut. »Ich wollte helfen, aber dann … dann war die Schlimme Angst wieder da. Davor habe ich mich immer gefürchtet. Dass ich in einer Notlage die Beherrschung verliere.«

Ihr genervtes Ächzen hallte durch das Gewölbe. »Um Shivas willen, du brauchst dich nicht zu entschuldigen! Ich bin froh, dass du deine Gabe eingesetzt hast. Endlich! Das einzige Problem war, dass du die Beherrschung nicht *völlig* verloren hast!«

Albert dachte daran, wie die Schlimme Angst in ihm aufgewallt war, an ihre Gier, ihre Freude darüber, endlich befreit zu werden. Er spürte sie weiterhin in seinen Fingern kribbeln, spürte sogar jetzt noch, wie ihm ihr leiser Nachhall über den Rücken kroch. Sie war etwas Eigenständiges, Unbezähmbares. Von allein hätte sie niemals aufgehört, sich niemals zufriedengegeben.

»Nein«, sagte er leise. »Es war ein Glück, dass mich jemand k. o. geschlagen hat. Sonst hätte ich euch womöglich alle getötet.«

»Echt? Eigentlich hast du nur ein paar Äste abgerissen und Teach in den Sumpf geschleudert.«

»Hat er sich was getan?«

»Leider nicht. Er ist bloß ziemlich nass geworden. Und ziemlich sauer.«

»Oh.«

Irgendwo weit weg ertönte ein ohrenbetäubendes Scheppern, das im ganzen Raum widerhallte. Albert und Scarlett warteten, aber niemand kam.

»Gehört alles zur Inszenierung«, sagte Scarlett. »Sie lassen sich Zeit.«

Albert zerrte an seinen Handfesseln. »Ich will zu Joe und Ettie. Ich mache mir Sorgen um sie.«

»Wir kriegen sie bestimmt bald zu sehen. Soames wird einen großen Auftritt hinlegen und uns seine Forderungen unterbreiten. Dann werden wir ein bisschen feilschen. Die Brüder werden Joe und Ettie freilassen, und im Gegenzug muss ich eine Bank oder so was ausrauben, und dann ist alles wieder schick.« Sie grinste erneut. »Momentan ist mein Hauptproblem, dass meine Nase juckt und ich mich nicht kratzen kann.«

»Als Teach gestern aufgetaucht ist, warst du nicht so entspannt«, sagte Albert.

»Teach ist ein alter Miesepeter. Soames redet gern. Mit ihm komme ich klar.«

Das hielt Albert eher für unwahrscheinlich. Er sah sich wieder um.

»Gruselig, was?«, sagte Scarlett. »Früher habe ich mich auch gefürchtet. Aber es erfüllt seinen Zweck. Alles ist so entworfen, dass diejenigen, die hierhergebracht werden, sich vor Angst in die Hosen machen.«

»Funktioniert gerade ganz gut.«

»Dabei hast du den Glockenturm noch gar nicht gesehen. Für die Eulen.«

Albert schaute sie entsetzt an und folgte ihrem Blick zu den Flaschenzügen, Tauen und Ketten. Dann hob er, so gut es ging, den Kopf und sah zur Decke hinauf.

Stille. Dunkelheit.

»Yep«, bestätigte Scarlett. »Da oben.«

Plötzlich ging hinter ihnen eine Tür auf, und jemand durchquerte den Raum. Wer es war, war nicht zu sehen, weil sie sich nicht umdrehen konnten. Albert rutschte auf seinem Stuhl hin und her.

»Alles Theater.« Scarlett gähnte demonstrativ. »Bleib einfach locker. Die Typen sind wie Wölfe – wenn sie wittern, dass man Angst hat, schnappen sie zu. Hey, Teach!«, rief sie. »Albert wüsste gern, ob Sie schon wieder trocken sind. Hoffentlich haben Sie sich keinen Schnupfen geholt!«

Mr Teachs drahtige Gestalt kam um die Stühle herum. In seinen schwarzen Schuhen bewegte er sich wie ein Tänzer, eine Hand auf den Degenknauf gelegt. Falls sein schwarzer Mantel tatsächlich voller Matsch gewesen war, sah man es ihm kein bisschen mehr an, denn er erstrahlte wieder in alter Pracht. Die Flicken schimmerten im Licht der Bodenlampen wie seidiges Fell. Die Haut über seinen Wangenknochen war straff und makellos, und als er lächelte, huschten kleine Falten um seinen Mund wie Anführungszeichen.

»Immer munter und fidel, was, Mädel?«, sagte er. »Recht so.«

Hinter ihm tauchten zwei größere, breitere Gestalten auf, Männer mit schwarzen Anzügen und Schirmmützen. Einer hatte einen großen Eimer mit Deckel dabei, der andere ein langes Messer. Sie blieben neben Teach stehen.

»Na, müssen Sie noch auf den Boss warten, Teach?«, fragte Scarlett gelassen.

Er ließ sich nicht provozieren. »Mein Partner ist unterwegs«, gab er lächelnd zurück. »Aber bis er hier ist, können wir die Zeit nutzen.« Er gab dem Mann mit dem Eimer ein Zeichen, worauf dieser den Deckel öffnete.

Hoch über ihnen war ein schwaches Rascheln wie von Federn zu vernehmen, ein gedämpftes, klagendes *Huhu*.

»Die Eulen wittern das Blut«, sagte Teach.

Mit einer Greifzange entnahm er dem Eimer ein großes rotes Fleischstück und schleuderte es nach oben in den dunklen Turm. Lautes Flügelschlagen und das Klirren von Ketten. Der Fleischbrocken fiel nicht wieder herunter.

Teach legte die Greifzange zurück in den Eimer und wischte sich die Hände an der Hose ab. »Heute Morgen sind sie unruhig«, sagte er. »Sie wollen etwas Größeres. Sie wurden seit Tagen nicht gefüttert.«

Albert überlegte noch, was er darauf erwidern könnte, als hinter den Bogenlampen ein Geräusch ertönte. Die beleuchtete Tür schwang auf. Dahinter war es stockdunkel. Eine Pause entstand.

Dann kam unter Rumpeln und Quietschen eine sonderbare Vorrichtung hereingerollt. Sie bestand aus einem wuchtigen Ledersessel – grünes Leder, schwarzes Holzgestell –, der auf einen Metallunterbau mit vier großen Rädern montiert war. In dem Sessel thronte ein Mann von ungeheurem Umfang. Seine Leibesfülle nahm das Sitzmöbel vollständig ein und wabbelte noch darüber hinaus. Er trug einen grauen Anzug mit rosa Nadelstreifen und darunter ein weißes Hemd mit rosa Krawatte und passendem Einstecktuch. Die Nadelstreifen beulten sich über seiner breiten Brust und den Wülsten seines mächtigen Bauches. Albert hatte noch nie jemanden gesehen, der so dick war. Die kurzen, keulenförmigen Arme hingen leicht abgespreizt von den Schultern, als hätte sie jemand aus einer Laune heraus dort lediglich angeschweißt.

Eine Hand umfasste eine Lenkstange, die mit den Vorderrädern des Sessels verbunden war. Hinter ihm folgten zwei weitere Brüder mit schwarzen Anzügen und flachen Kappen. Sie schoben, der dicke Mann lenkte. Seine Beine waren genauso kurz und keulenförmig wie die Arme und baumelten in der Luft. Der Mann wippte schwungvoll mit einem Fuß wie zu einem unhörbaren Takt. Mit protestierendem Quietschen rollte der Sessel zwischen den Tauen und Ketten hindurch, die sich wie Schlangen auf dem Boden ringelten, und hielt hinter dem Tisch an. Die beiden Brüder, die geschoben hatten, traten zurück, der dicke Mann zog mit gezierten Bewegungen eine Brille mit goldenem Gestell aus der Jackentasche und setzte sie auf.

Sein Kopf war rund, rosig und glänzend, die wabbeligen Wangen schienen ins Rutschen geraten wie Eiscreme in der Sonne. Seine dichten blonden Locken wurden an den Schläfen schon grau, und das fröhlich strahlende Gesicht war auffallend hässlich. Der Mund war sehr breit, die Nase klein, die Augen versanken fast im überschüssigen Fleisch. Aber er lächelte. War Teach verkniffen und mürrisch, ganz Haut und Knochen, strahlte der Neuankömmling überschwängliche Gutmütigkeit aus. Offensichtlich bester Laune zwinkerte er seine gefesselten Gefangenen durch die Brille an.

»Scarlett McCain!«, rief er aus. »Du bist es *wirklich*! Ich dachte schon, Teach will mich veräppeln! Wunderbar! Großartig!«

»Tachchen, Mr Soames«, erwiderte Scarlett.

»Wie schön, dich wiederzusehen, meine Liebe!« Seine Stimme war tief, wohltönend, lebhaft und voller Elan. »Aber – was ist das denn?« Er rückte konsterniert die Brille zurecht. »Gebunden und gefesselt wie zwei Strolche? Du meine Güte! Mach die beiden sofort los, Teach! Sind wir hier unter Wilden? Sind wir in Cornwall? Oder in Wales? Lass sie doch bitte aufstehen!«

Teach verdrehte die Augen, widersprach aber nicht. Offenbar hatte er schon mit so etwas gerechnet. Er nickte dem Mann mit dem Messer zu, der sich daraufhin erst über Scarlett und dann über Albert beugte. Die Drahtfesseln wurden durchgesäbelt. Albert sah, dass dem Mann an der linken Hand ein Finger fehlte.

Scarlett erhob sich und stakste steifbeinig auf und ab, damit ihre Durchblutung wieder in Gang kam. Als Albert es ihr nachmachen wollte, drohten seine Beine nachzugeben. Er schwankte, fühlte sich benommen und schwindlig. Scarlett stellte sich neben ihn und streckte ihm den Ellbogen hin, damit er sich einhaken konnte.

»Die armen jungen Leute sind bestimmt halb *verhungert*!«, rief der dicke Mann. »Haben sie etwa noch nicht gefrühstückt?«

»Ich wollte *sie* eigentlich den Eulen zum Frühstück vorsetzen«, entgegnete Teach.

»Das ist aber nicht sehr gastfreundlich!« Mr Soames drehte sich zu dem Mann mit dem Fleischeimer um und schnippte mit den Fingern. »Emerick, sei doch bitte so gut und hol unseren Gästen einen Kaffee. Und ihr beide – Scarlett und Mr Browne –, tretet doch näher! Lasst euch anschauen! Nicht so schüchtern.«

In seinem Gefängnis in Stonemoor hatte Albert oft in Erwartung einer schmerzhaften Bestrafung vor Doktor Calloways Schreibtisch gestanden. Das Schlimmste war immer die Ungewissheit gewesen, welche Strafe sie sich diesmal ausgedacht hatte. So ähnlich ging es ihm jetzt wieder, als Scarlett und er vor Mr Soames Tisch traten. Der massige, rosige Mann strahlte sie von seinem erhöhten Sitz herab an, und Albert fühlte sich klein und hilflos, als wäre er auf einmal wieder sechs Jahre alt. Was zweifellos der Sinn der Sache war.

Den Tisch aus der Nähe betrachten zu können, machte es nicht besser. Vor Soames lag ein Stapel Flugschriften, aber es gab auch eine Reihe metallener Werkzeuge. Sie hatten Klingen und scharfe Spitzen, waren zum Stechen, Bohren und Schlitzen gedacht. Die Griffe waren schwarz und abgenutzt, die geschliffenen Schneiden funkelten unheilvoll im Lampenschein. Bei ihrem bloßen Anblick zog sich Albert alles zusammen.

Scarlett hingegen war die Ruhe selbst. »Gut sehen Sie aus, Mr Soames«, sagte sie. »Und Sie haben die Kulissen umgestaltet. Noch mehr Uhren und bessere Beleuchtung. Nur die Eulenseile sind immer noch dieselben.«

»Warum etwas ändern, das funktioniert?« Soames Specknacken bebte, seine schwarzen Äuglein funkelten verschmitzt. »Ach, du bist auch immer noch ganz die Alte, Scarlett. Stolz, trotzig und lange nicht mehr beim Friseur gewesen. Falls du's vergessen hast: in der Bottle Street hier in Stow gibt's den Salon von Mabel Snips.«

»Werd dran denken.«

»Und mit deiner Karriere geht es steil nach oben, wie ich sehe.« Soames legte die breite Hand auf die Flugschriften. »*Wessex, Mercia, Anglia* ... du bist viel herumgekommen und warst ganz schön ungezogen. Wobei dein Name nicht immer ausdrücklich genannt wird, aber *ich* weiß trotzdem Bescheid.«

»Inzwischen wurde sogar eine Ballade über mich verfasst«, entgegnete Scarlett.

»Auch das ist mir bekannt. In schauerlich holprigen Reimen, aber sie beweist, was wir von der Bruderschaft schon immer gewusst haben. Du hast das Zeug zu Höherem. Du ... und dein fabelhafter Kompagnon ebenso.«

Die Speckfalten verschoben sich, als Soames den Kopf wandte. Er, Teach und Scarlett betrachteten Albert, der seinerseits immer noch gebannt die grausigen Werkzeuge auf dem Tisch anstarrte.

»Äh ... hallo«, sagte Albert.

»Man sollte ihn nicht unterschätzen«, sagte Teach.

»Ich finde ihn niedlich«, sagte Soames. »Er sieht wie ein melancholischer Kobold aus. Fähigkeiten?«

»Yep«, bestätigte Teach. »Aber er kann nicht damit umgehen. Ich könnte mich mit geschlossenen Augen zweimal um mich selber drehen und ihn auf fünfzig Schritt Entfernung mit einem Wurfmesser ins Auge treffen. Sogar meine Tante würde das hinkriegen. Wahrscheinlich sogar der Hund meiner Tante. Das Mädel ist nicht wegen seiner Kampfkünste mit ihm zusammen.«

Wieder ertönte Soames' tiefes, volltönendes Lachen. »Uns ist doch allen klar, warum sie ihn mitschleppt. Wie schön, dass du endlich jemanden gefunden hast, meine liebe Scarlett. Einen halbwegs annehmbaren Ersatz.«

Als Albert zu Scarlett hinüberschielte, sah er, wie ihr das Blut in die Wangen schoss.

Emerick kam zurück. Statt des Eimers trug er jetzt ein Tablett mit Kaffeetassen, bergeweise süßen Brötchen, Schlagrahm und Erdbeermarmelade. Seine Ankunft löste im Eulenturm einen kleinen Tumult aus. Die klagenden Rufe und das Geklirr wurden lauter, ein paar weiße Federn trudelten durch das körnige Zwielicht herab.

»Nehmen Sie sich einen Kaffee, Mr Browne«, sagte Soames, »und ein Brötchen natürlich. Ich persönlich bestreiche es am liebsten erst mit Marmelade und dann mit Rahm. Teach macht es umgekehrt, was ich barbarisch finde.«

Albert entschied sich für Kaffee. Emerick reichte ihm eine Tasse. Auch ihm fehlte ein Finger.

Scarlett nahm sich ein Brötchen und schlang es mit zwei großen Bissen herunter. Sie wirkte völlig unbekümmert. Albert hatte sie im Verdacht, dass sie nur so tat als ob, doch er war von der Schlimmen Angst noch derart ausgelaugt, dass er sich weder auf ihre noch auf die Gedanken von jemand anderem im Raum konzentrieren konnte.

»Lecker«, sagte Scarlett. »Aber reden wir über das Geschäftliche. Über gewisse Missverständnisse. Über meine Freunde.«

Zum ersten Mal verfinsterte sich Soames' Miene. Die kleinen Augen hinter der goldenen Brille verengten sich zu Schlitzen, sein fülliger Körper regte sich in seinem Anzug wie eine Schmetterlingspuppe in ihrem Kokon. »Immer mit der Ruhe«, sagte er.

»Wir machen uns ja gerade erst wieder miteinander bekannt, beziehungsweise, was den Jungen im ausgeleierten Pulli angeht, lernen wir einander überhaupt erst kennen. Wie ich sehe, interessieren Sie sich für mein Werkzeug, Mr Browne.« Die Spitzen der fleischigen Finger strichen liebevoll über die Ablage. »Was halten Sie davon?«

Albert schluckte. »Ein bisschen scharf.«

»Scharf und tückisch, allerdings. Und was glauben Sie, wozu das hier dient?«

»Ich nehme an, Sie foltern damit Ihre wehrlosen Opfer.«

Über Soames' Gesicht huschte ein Lächeln. »Bei Siddharta, mitnichten! Ich brauche es für meine Uhren. Sehen Sie her.«

Soames griff unter den Tisch und förderte eine lange Hakenstange zutage. Überraschend geschickt wendete er ein Rad seines Stuhls, sodass er auf einmal der Regalwand direkt gegenübersaß. Mithilfe der Stange angelte er eine kleine Uhr herunter und ließ sie in seinen Schoß fallen. Nach einer weiteren Wende saß er wieder hinter dem Tisch.

»Ich habe alle diese Zeitmesser neu justiert«, verkündete er. »Vielleicht ist Ihnen aufgefallen, dass die Zeiger rückwärtslaufen, und die Zahlen bezeichnen keine einzelnen Stunden, sondern andere Zeiteinheiten. Jede steht für das Schicksal einer Person, die ich in meiner Gewalt habe. Für die Wochen und Tage, die dem oder der Betreffenden noch bleiben. Nehmen wir zum Beispiel diese hier ...« Er legte die Uhr, die er von ihrem Wandbrett geholt hatte, auf den Tisch. Sie hatte ein schlichtes Messinggehäuse, und ihr Ticken klang ein bisschen zittrig. Soames drehte sie um, nahm ein schlankes Messer von der Ablage und hebelte damit die Rückseite auf. »Diese Uhr ist einem Mr Abbott zugeordnet, einem angesehenen Kaufmann in Lechlade. In dieser Stadt wart ihr auch schon mal, nicht wahr? Nun, dank meiner Unterstützung ist er ein wohlhabender Mann. Und damit das auch so bleibt, entrichtet er mir regelmäßig eine kleine Gebühr.« Die weichen Lippen verzogen sich schmollend. »Aber ist es denn zu glauben, Mr Browne, in den letzten paar Monaten sind die Gebühren ausgeblieben!«

»Vielleicht steckt Mr Abbott in Schwierigkeiten«, entgegnete Albert. »Haben Sie ihn mal gefragt?«

»Selbstverständlich. Er beruft sich auf eine örtliche Hungersnot sowie auf Plünderungen durch die Gezeichneten, aber das ist nicht mein Problem. Wir stecken alle mal in Schwierigkeiten, nicht wahr, Mr Browne?« Soames stocherte mit der Messerspitze in den ruckelnden Innereien der Uhr herum. »Sehen Sie, wie Mr Abbotts Puls flattert? Ja, so ein Herz ist empfindlich! Und wenn sich die Zeiger verlangsamen und die Stunde schlägt – und zwar in, lassen Sie mich nachsehen, zwei Tagen –, tja, *falls* er seine Schulden dann immer noch nicht beglichen hat, ist es mit ihm aus und vorbei.« Er klappte das Gehäuse wieder zu.

»Vorbei?«, wiederholte Albert. »Sie meinen –«

Soames riss die Augen auf und verzog in theatralischem Entsetzen den breiten Mund zu einem »O«. »Ich meine die Eulen, mein lieber Junge«, sagte er dumpf und hallend. »Die Eulen.«

Albert wich zurück. »Das kommt mir ein bisschen übertrieben vor.«

»Anketten und Hochziehen«, warf Mr Teach ein. »Nix kommt wieder runter.«

»Höchstens etwas Gewölle«, ergänzte Soames. »Sie sind ja ganz grün um die Nase, Mr Browne. Dabei haben Sie doch selbst schon Schlimmeres angerichtet. Womit wir bei der Schuld wären, in der *Sie* bei uns stehen – Sie und unsere liebe Scarlett.«

Scarlett machte eine ungeduldige Handbewegung. »Können wir die Sache nicht abkürzen und das Geplauder einfach überspringen? *Sie* sagen, dass ich Ihnen Geld schulde. *Ich* sage, dass ich das Geld aus Lechlade holen wollte, aber dann hat mir Ihr Mann hier aufgelauert. *Sie* sagen, dass ich letzte Nacht ein paar von Ihren Brüdern erledigt habe. *Ich* sage, dass es reine Notwehr war, denn sonst hätten die Typen *mich* kaltgemacht. Vielleicht können wir uns einfach darauf einigen, dass wir uns *nicht* einig sind, und zum Punkt kommen. Sie haben unsere Freunde. Wie viel wollen Sie für die beiden?«

Während Scarlett redete, beobachtete Albert Soames. Der ausladende Körper versank immer mehr im Sessel, Soames legte die Fingerkuppen aneinander, seine Augen verschwammen hinter der Spiegelung der kleinen Brille. Die Gutmütigkeit war auf einmal wie weggewischt. Sein Gesicht war ausdruckslos.

»Ach ja«, sagte er leise, »eure Freunde. Das Kind ist ein reizendes kleines Ding. Sie und ihr deutlich weniger reizender Großvater sind momentan unsere Gäste, wie ihr ja wisst. Aber kommen wir noch mal auf dich und Albert Browne zurück. Teach ist stinksauer, weil ihr ihn reingelegt habt. Er will euch an die Eulen verfüttern. Ich für meinen Teil habe mir die Flugblätter durchgelesen und finde, ihr beide seid ein zu vielversprechendes Paar, um euch auf diese Weise zu vergeuden. Beweist mir, dass ich recht habe, und eure Freunde bleiben am Leben. Wenn ihr versagt, sterben sie. Habe ich die Sache damit hinreichend auf den Punkt gebracht, meine Liebe?«

Albert schaute zwischen beiden hin und her. Im Gewölbe war es still.

Dann zuckte Scarlett die Achseln. »Sagen Sie uns einfach, um welche Bank es geht.«

»Eine *Bank*?« Ein Schauer durchlief Soames' massigen Körper, die kurzen Beine bebten vor Vergnügen. »*Banken* interessieren uns nicht, meine Liebe. Dass du jede beliebige Bank mit geschlossenen Augen ausrauben kannst, ist uns bekannt. Und *wir* können es ebenfalls. Dein süßes kleines Mädchen ist ja wohl mehr wert als das.«

»Was wollen Sie dann?«, fragte Scarlett finster. »Spucken Sie's aus.«

»Das weißt du doch längst.«

»Ich verstehe kein Wort.«

Albert hatte eine Eingebung. Es kam nicht oft vor, dass er etwas schneller begriff als Scarlett, zumindest nicht, wenn es um praktische Dinge ging wie Banküberfälle, Tresore knacken und Ähnliches. Aber diesmal zählte er eins und eins zusammen. »Ashtown! Die Begrabene Stadt! Wir sollen dort Fundstücke stehlen!«

»Das, was Sal Qin von uns wollte?«, sagte Scarlett.

»Was *wir* wollen«, berichtigte Soames sie. »Der Kunde, der sie darauf angesprochen hat, war Teach. Teach und ich sind die Auftraggeber. Wir haben schon des Öfteren Geschäfte mit Mrs Sal Qin gemacht. Sie ist eine hervorragende Quelle für Schwarzmarktwaren aus sämtlichen Königreichen.« Er schmunzelte. »Aber ich gestehe, dass in *diesem* Fall unsere eigentliche Absicht darin lag, euch auf die Spur zu kommen. Wir haben ihr eure Namen genannt und angeregt, dass sie sich wegen des heiklen Ashtown-Auftrags an euch wendet. Mithilfe ihrer Kontakte in Anglia ist es ihr gelungen, euch in diesem schauderhaften Gasthof ausfindig zu machen, und auf diese Weise war es uns – wie man sieht – vergleichsweise schnell möglich, dich wieder in unsere Gewalt zu bekommen. Aber um zwei Fliegen mit einer Klappe zu schlagen – wir sind tatsächlich an den Geheimnissen von Ashtown interessiert. Es ist nicht in Ordnung, dass die Glaubenshäuser ein Monopol darauf besitzen. Und darum: Ja, ich will eine ganze Lastwagenladung mit Schätzen aus der Begrabenen Stadt. Und zwar frei Haus hierher nach Stow geliefert.«

Weder Scarlett noch Albert erwiderten etwas. Albert rief sich ins Gedächtnis, was Sal Qin von der Grabungsstätte und ihren Schrecken erzählt hatte, von den schwer bewachten Hochgeschwindigkeitstransportern, die dort zum Tor hinausbretterten und über die Landstraßen donnerten …

»Jetzt hat's den beiden die Sprache verschlagen«, bemerkte Mr Teach.

Scarlett zuckte wieder die Achseln. Albert spürte, dass sie Mühe hatte, die Fassung zu bewahren. »Schwierig, das auf jeden Fall. Manche würden sogar sagen: unmöglich.«

»Mag sein«, entgegnete Soames, »aber wenn du dir vorstellst, wie die Kleine langsam in den dunklen Turm hochgezogen wird … Die Eulen sind so groß wie ausgewachsene Männer, Mr Browne. Ihre Federn sind fast durchsichtig, die Augen blutrot, habe ich mir sagen lassen. Vielleicht hat das mit den fehlenden Pigmenten zu tun, wie man es ja von anderen Höhlenbewohnern kennt. Sie hausen schon jahrelang dort oben.«

»Schwierig, aber *für uns* nicht unmöglich«, stellte Scarlett klar. »Wie viel Zeit geben Sie uns?«

»Ich bin ein realistischer Mensch.« Soames zog eine Schreibtischschublade auf. »Mal sehen … ja, vielleicht der hier.« Er holte einen kleinen Wecker heraus. Die weißen und gelben Blumenverzierungen auf dem Metallgehäuse waren mit Rost überzogen. »Ein hübscher Wecker für ein hübsches kleines Mädchen.« Er stellte den Wecker auf den Tisch, drehte an ein paar Rädchen und drückte auf einen Knopf. »Das hätten wir«, verkündete er dann. »Es ist gleich Mittag. Ihr habt genau eine Woche. In einer Woche ab jetzt müssen die Schätze hier sein. Wenn nicht, hieven wir die Kleine nach oben.«

»Eine Woche?«, wiederholte Scarlett. »Ashtown ist in Northumbria! Da müssen wir erst mal hinkommen.«

Soames machte eine wegwerfende Handbewegung. »Es gibt Busse. Die Abfahrtszeiten stehen in *Boopkins Großem Busfahrplan.*«

»Wir müssen uns erst überlegen, wie wir vorgehen.«

»Das kann nicht lange dauern, intelligent, wie ihr seid.«

»Wir brauchen Waffen …«

»Klaut welche.«

»Geld.«

»Desgleichen.«

»Erst wollen wir sehen, ob Joe und Ettie wirklich noch am Leben sind.«

Soames schaute sie an. Dann stieß er plötzlich einen Wutschrei aus. Er explodierte förmlich, stand halb aus seinem Sessel auf und schlug mit der Faust auf den Tisch, dass die Werkzeuge klirrend in die Höhe sprangen. Scarlett und Albert wichen erschrocken zurück.

Soames hatte Schaum vor dem Mund, sein Gesicht war bis zu den Haarwurzeln flammend rot. »Haben mir meine zarten Öhrchen eben einen Streich gespielt?«, brüllte er. »Hast du es *gewagt*, eine Gegenforderung zu stellen? Nach allem, was du angerichtet hast? Es steht dir nicht zu, *irgendwem* Anweisungen zu erteilen, Scarlett McCain! Du kannst von Glück sagen, dass du nicht schon längst selbst oben im Turm baumelst! Wenn du nicht genau in einer Woche mit der Beute wieder hier bist, schwöre ich bei allen erdenklichen Göttern, dass ich dieses pummelige Gör und ihren arschgesichtigen Großvater den verdammten Eulen vorwerfe!«

Mr Soames ließ sich wieder in seinen Sessel fallen. Der Gefühlsausbruch hatte ihn sichtlich angestrengt. Er zog das rosa Einstecktuch aus der Brusttasche und tupfte sich Mund und Stirn ab. »Ihr habt mein Wort darauf, dass die beiden gesund und munter sind«, sagte er dann etwas ruhiger. »Und dass sie es sieben Tage lang bleiben. Damit ist dieses Gespräch beendet, es sei denn, ihr habt noch Fragen.«

»Ich hätte eine Frage.« Albert hatte aufmerksam zugehört. Das meiste war klar, aber eine Sache beschäftigte ihn noch. »Diese Fundstücke aus der Begrabenen Stadt ... worum *genau* handelt es sich dabei, Mr Soames? Und was wollen Sie damit?«

»Eine kluge Frage, die ich nicht beantworten werde.« Soames gab seinen Leuten ein Zeichen, und die Männer kamen herbeigeeilt. »Nur so viel: Wenn der Hohe Rat der Glaubenshäuser an etwas interessiert ist, interessiert es meine Organisation ebenfalls. Und wir sind sehr gut darin, sogar in beschädigten und scheinbar unbrauchbaren Dingen Potenzial zu erkennen. Immerhin haben wir seinerzeit auch Scarlett aufgenommen, stimmt's, meine Liebe?« Er lächelte Scarlett und Albert freundlich an. »Bis in einer Woche. Begleiten Sie die beiden hinaus, Mr Teach!« Die Männer drehten den Stuhl herum und schoben Soames auf quietschenden Rädern zur Tür.

Teach war schon zum Ausgang auf der gegenüberliegenden Seite des Gewölbes unterwegs. Bei den Tauen und Ketten machte er kurz Halt. »Echt raffiniert«, sagte er. »Seht ihr die Gegengewichte? Damit kann man alles Mögliche hochhieven.«

Er rüttelte an einem Tau. Als die Vibration im Glockenturm ankam, hörte man aufgeregtes Geflatter. »Die Kleine wäre im Nu oben.« Er zwinkerte Scarlett und Albert zu. »Wartet hier, ich hole eure Sachen. Ihr habt eine lange Reise vor euch.«

Damit ging er hinaus. Albert und Scarlett waren allein, umgeben von Schatten, Zwielicht und dem Rascheln der Eulen über ihnen.

»Du hast für diese Leute *gearbeitet?*«, fragte Albert ungläubig.

»Ja.« Scarletts Gesicht glich einer Maske. »Damals hielt ich es für eine gute Idee.«

III.

DIE BEGRABENE STADT

— ❧ —

Was die Männer eigentlich gesagt hatten, und in welcher Reihenfolge, wusste das Mädchen hinterher nicht mehr. Auch nicht, ob sie selbst oder einer von ihnen angefangen hatte. Sie war fast sicher, dass der Mann, den sie kopfüber in die Pferdetränke getunkt hatte, bloß ein Zuschauer gewesen war, der sie einfach nur schief angeguckt hatte. Aber die drei anderen – der Typ, den sie durch die verspiegelte Scheibe geschleudert hatte, der zweite, der jetzt schlaff über dem Briefkasten hing, und der dritte, der sich stöhnend vor ihren Füßen krümmte – verschwammen in ihrer Erinnerung.

Auf jeden Fall waren sie einer so widerwärtig wie der andere. Die Zuschauer genauso. Die Menge der sie umgebenden gaffenden Städter wogte wie eine Qualle hin und her, als sich das Mädchen um die eigene Achse drehte und sie wütend anfauchte. Männer, die mit Stangen nach ihr schlugen und stießen, kleine Jungs, die mit Steinen warfen, und auch alle anderen, die nur lachten und grölten, als sie versuchte, sie zu fassen zu bekommen … *Städter!* Am liebsten hätte sie die ganze Bande zusammengeschlagen … doch die Leute wichen immer wieder geschickt aus.

Dass der Boden unter ihr schwankte und sie rasende Kopfschmerzen hatte, machte es nicht besser. Das Gleiche galt für ihre leere Trinkflasche. Aber so war nun mal der Lauf der Welt. Andauernd passierte ihr aus heiterem Himmel irgendein Mist.

So wie jetzt. Zwei schrille Trillerpfeifenpfiffe. Ein Milizionär mit rundem grünem Bowlerhut drängte sich durch die Umstehenden. *Bei Shiva!* Wenn das Mädchen eines nicht ausstehen konnte, dann waren es die Stadtwachen. Wobei sie die Paten der Glaubenshäuser genauso wenig leiden konnte. Und auch sonst niemanden, der in einer Stadt lebte. Herrgott – warum taten ihre Augen eigentlich bei jeder Bewegung so scheußlich weh? Sie hatte doch bloß Brot kaufen wollen.

Sie drehte sich langsam um, blinzelte und versuchte, sich auf die Gegenwart zu konzentrieren. Der Mann von der Stadtwache war groß und stiernackig. Das Hemd spannte über seinem Bauch. Schlagstock, Handschellen ... Immerhin keine Pistole. Den Fehler machten sie alle. Sie sahen nur die zerschlissenen Klamotten des Mädchens, den Schmutz, die verfilzten Haare ... sahen nur ein zierliches weibliches Wesen. Komischerweise zählte das für den Milizionär mehr als die bewusstlos um sie herumliegenden Männer.

Tja, Anfängerpech. Sie wich seinem Zugriff tänzelnd aus, der Schlagstock pfiff hinter ihr durch die Luft. Eine rasche Drehung, dann beförderte ein kräftiger Tritt in den Hintern den Mann zu Boden. Das Mädchen schüttelte den Kopf, um die Schmerzen loszuwerden, und beschloss, die Gaffer ebenfalls abzuschütteln. Mit hoch erhobenem Kopf stürmte sie los und heulte dabei wie ein Wolf, brüllte alle Wut und Verzweiflung aus sich heraus. Die Leute stoben auseinander, blieben aber gleich wieder stehen. Als wären sie mit einem unsichtbaren elastischen Band an das Mädchen gefesselt, waren sie kurz darauf mit ihren Stangen und Stöcken wieder da.

Das Mädchen schlängelte sich derweil durch die Marktbuden, hielt nach einer Fluchtmöglichkeit Ausschau. Hier, dort, nach rechts, nach links ... Im Laufen begutachtete sie das interessante Warenangebot: Gestricktes, Getöpfertes, Werkzeuge, Fahrräder ... Letztere wahrscheinlich aus Wessex importiert, denn sie hatte hier noch keine richtige Fabrik gesehen ... in dieser heruntergekommenen Grenzstadt in Mercia, wie immer sie heißen mochte … Ooh, an diesem Stand gab es hübsche Hüte in Grün, Blau und leuchtendem Rot. Als sie die Hand nach einem Exemplar ausstreckte, sah sie, dass sich die Menge hinter ihr wieder zusammenrottete. Männer verstellten ihr den Weg, jemand stieß mit einem Stock nach ihr. Die Leute lachten jetzt nicht mehr. Das Mädchen sprang derb fluchend auf die Auslage, trampelte mit ihren verdreckten Stiefeln über elegante Herrenstrohhüte und prächtige Sonntagshüte für Damen.

Der Hutstand grenzte hinten an eine Hauswand. Der einzige Fluchtweg war die Regenrinne. Kurzerhand machte das Mädchen einen Satz, klammerte sich mit Armen und Beinen fest und zog sich an dem Rohr hoch. Etwas traf sie heftig an der Hüfte, weitere Steine prallten von den Ziegeln über ihrem Kopf ab. Sie hievte sich aufs Dach, richtete sich schwankend auf und schleuderte den Verfolgern unter ihr ein paar deftige Schimpfwörter entgegen. Dann lief sie die steile Schräge bis zum Dachfirst hoch, sprang darüber hinweg und ließ sich auf der anderen Seite hinunterrutschen. Eine kurze Verschnaufpause, dann ein kühner Sprung erst auf ein Vordach, dann auf eine Regentonne und schließlich auf die Straße hinter dem Haus.

Sie rannte los, humpelte nach dem Sprung bloß ein bisschen.

»Hey!«, rief jemand.

Sie lief langsamer, sah sich benommen um und entdeckte eine kurze, abwärts führende Treppe. Eine Kellertreppe. Kerzenlicht. Eine offene Tür.

Jemand, der zu ihr hochschaute und sie heranwinkte.

»Hier rein!«, flüsterte er. »Komm schon.«

Das Mädchen blieb stehen, schaute den Mann an. Ihr Kopf tat weh. Sie sah immer noch alles verschwommen, war aber verdammt sicher, dass sie ihm noch nie begegnet war. Er war ein Städter, allein das sprach gegen ihn.

Sie setzte sich wieder in Bewegung.

»Sag mal, wie blöd bist du eigentlich?«, rief ihr der Mann nach. »Die Leute laufen durch die Glasstraße und die Hinrichtungsgasse und wollen dich an der Kreuzung abpassen. Sie sind in Rage. Du hast einen Stand mit Glaubenstag-Hüten verwüstet. Du hast dem Sohn einer der angesehensten Familien die Nase gebrochen. Hörst du sie denn nicht? Sie werden es nicht dabei bewenden lassen, dich in einen Strafkäfig zu stecken. Die reißen dich gleich in Stücke!« Zähne blitzten auf, ein Grinsen im Zwielicht. »Oder du bewegst deinen Hintern hier runter.«

Das Mädchen stand da, blickte die Straße hinab, wartete ab, bis seine Worte in ihrem Hirn ankamen – und ja, sie hörte tatsächlich die Geräusche der nahenden Meute, ihr Rufen und Johlen. Der Gedanke an einen raschen Tod hatte beinahe etwas Verlockendes – aber nur beinahe. Diese Genugtuung gönnte sie den Städtern nicht. Dann glaubten die womöglich noch, dass sie gewonnen hätten. Dass sie ihr überlegen wären. Nein, wenn es passierte, dann zu ihren eigenen Bedingungen.

»Die Zeit läuft«, sagte der Mann.

Blitzschnell rannte sie die Treppe hinunter und drängte sich an ihm vorbei.

Sofort wurde ihr klar, dass sie vielleicht einen Fehler gemacht hatte. Der Kellerraum war niedrig und dunkel. Nur durch ein paar halbrunde, vergitterte Fenster dicht unter der Decke, die auf Stiefelhöhe zur Straße hinausgingen, fiel spärliches Licht herein. Das Mädchen sah ein paar leere Kisten und Fässer, Steinfliesen, festgetretenen Dreck und Schimmel, und in einer Ecke einen Haufen rostiger Ketten.

Sie drehte sich um und musterte den Mann argwöhnisch.

Er machte eine beschwichtigende Handbewegung. »Die Tür ist nicht abgeschlossen. Bitte sehr – ich trete ein Stück zurück. Ich bin unbewaffnet. Du könntest mich jederzeit umbringen, das traue ich dir absolut zu. Aber ich möchte mich nur mit dir unterhalten.«

Er war nicht mal so groß wie sie. Das knapp sitzende karierte Jackett und die olivgrüne Cordhose betonten seine schmalen Schultern und die schmächtige Statur noch. Aber die Sachen waren von guter Qualität, und das wusste er auch. Sie gefielen ihm, so wie er sich selber gefiel. Seine Lacklederschuhe schimmerten, als er unter ein Fenster trat. Das fein geschnittene Gesicht verschwand beinahe unter einem gewaltigen Schopf hellbrauner Haare, der an die Cremehaube auf einem Törtchen erinnerte. Seine Bewegungen hatten etwas Hektisches, Nervöses, wie bei einem Tier, das Gefahr wittert.

»Bleiben Sie auf Abstand«, sagte das Mädchen warnend.

Sie wischte sich mit dem Ärmel das Blut von der Nase. Anscheinend hatte einer der Städter sie getroffen. Erst jetzt spürte sie die Schmerzen.

»Mit Vergnügen.« Ein Lächeln flackerte auf und erlosch gleich wieder, regelmäßige Zähne kamen zum Vorschein und verschwanden wieder. »Abstand ist dringend geboten – dein Mundgeruch zieht bis zu mir herüber. Aber setz dich doch. Da drüben steht ein Fass.«

Doch dem Mädchen war soeben die Flut von Schimpfwörtern wieder eingefallen, die ihr während der Schlägerei entschlüpft waren. Mit blutverschmierten Fingern öffnete sie die Geldbörse an ihrem Gürtel, entnahm ihr ein paar Münzen und warf sie nacheinander in einen schmuddeligen Lederbehälter, den sie an einer Schnur um den Hals trug. Sie vollführte das Ritual mit großer Andacht, und erst als etliche Münzen in dem Schlitz verschwunden waren und das Gewicht an ihrem Hals merklich schwerer geworden war, blickte sie wieder auf.

»Haben Sie etwas gesagt?«

Der kleine Mann verzog den Mund und schob die Hände in die Jackentaschen. »Ihr Götter«, sagte er, »du bist wirklich total durch den Wind.«

Das Mädchen spähte blinzelnd ins Zwielicht. Ihre Hüfte tat weh, ihre Beine waren wie aus Gummi. Sie hatte doch bloß Brot kaufen wollen. Sie ließ sich an der Wand herab auf die Steinfliesen rutschen.

»Haben Sie was zu essen?«, fragte sie. »Oder zu trinken?«

»Nein.« Der Mann blickte zu dem Fenster hinter sich hoch. Er lauschte, doch die wütende Menge war schon zu weit weg. »Und was sollte das alles?«, fragte er. Er wartete ab. »Ich meine den kleinen Zwischenfall von vorhin. Die Rauferei. Die öffentliche Ruhestörung. Oder weißt du das etwa nicht mehr? Es ist zwar höchstens fünf Minuten her, aber vielleicht ist das für dich ja schon zu lang.«

Tatsächlich konnte sich das Mädchen nur noch verschwommen daran erinnern. Sie rieb sich mit dem Handballen die Augen. »Keine Ahnung. Die haben mich beleidigt.«

»Und deswegen hast du mehrere erwachsene Männer zusammengeschlagen und die halbe Stadt plattgemacht.« Seine Nasenflügel zuckten. »Ein bisschen übertrieben … aber irgendwie auch beeindruckend. Hast du einen Namen?«

»Scarlett McCain.«

»Wo kommst du her, Scarlett?«

»Von weiter weg.«

»Hast du Familie?«

»Nein.« Sie sah ihn mit geröteten Augen an. »Warum wollen Sie das alles wissen?«

Die glänzenden Schuhe wippten auf dem schmutzigen Boden auf und ab. »Ich frage mal andersherum. Gibt es einen Grund, warum *du* dich so verhältst, Scarlett? Warum du auf dem Marktplatz mit irgendwelchen Schwachköpfen Streit anfängst? Rumbrüllst, fluchst und Armknochen und Fensterscheiben zertrümmerst? Was hast du davon?«

»Ist doch egal. Haben Sie was zu essen? Oder zu trinken? Ich hab Durst.«

»Das hast du mich eben schon gefragt. Die Antwort lautet: Noch nicht. Aber vielleicht gleich, je nachdem, wie du meine Frage beantwortest.«

»Welche Frage denn? Ich muss nämlich weiter.«

»Wohin denn? Hast du irgendwo eine Übernachtung in einem Müllcontainer gebucht?« Der Mann schüttelte den Kopf. »Jetzt sei mal kurz still und hör mir zu. Ich habe dich auf dem Marktplatz beobachtet. Du hast eindeutig Talent. Und in dir brodelt eine Menge Wut.«

»Ach nee!« Das Mädchen schnaubte abfällig. Doch als sie aufstehen wollte, rutschte sie auf dem feuchten Boden aus. Irgendetwas stimmte mit ihrem Gleichgewichtssinn nicht.

»Beides ist nützlich – oder man kann es sich zunutze machen. Das sehen jedenfalls Soames und Teach so. Sie sind die Köpfe der Organisation, der ich angehöre.«

Das Mädchen vernahm draußen auf der Straße wieder anschwellenden Lärm. Gleichzeitig wurde ihr übel, sodass es ihr schwerfiel, sich zu konzentrieren. »Was für eine Organisation?«

»Die Bruderschaft der Hand.«

»Kenn ich nicht. Nie gehört.«

»Hast du so etwas schon mal gesehen?« Der Mann nahm die Hände wieder aus den Taschen und hielt die linke Hand in die Höhe, sodass sich ihre Silhouette vor dem Fenster abzeichnete. Trotz des trüben Kellerlichts erkannte das Mädchen, dass der kleine Finger oberhalb der Wurzel sauber abgetrennt war.

Sie zuckte zusammen, setzte sich aufrechter hin. »Wie ist das denn passiert? Wer war das?«

»Es ist ein Treuebeweis gegenüber der Organisation. Ich habe mir den Finger selbst abgehackt.«

»Dann sind Sie verrückt.«

»Sagt ein halb verhungertes, zerlumptes Mädchen, das sich in einem schmutzigen Keller verkriecht, während draußen eine wütende Meute nach ihr fahndet.« Der kleine Mann faltete lächelnd die Hände vor dem Bauch. »Schau mich an. Sehe ich irgendwie heruntergekommen aus? Komme ich dir verhungert oder gedemütigt vor? Oder verarmt? Im Gegenteil. Die Brüder kümmern sich um ihresgleichen.«

Das Mädchen spuckte auf den Boden. »Schon klar. Sie haben Geld. Sie sind ja auch ein Städter. Ich will nichts von Ihnen. Lassen Sie mich raus.« Sie unternahm einen neuen Versuch aufzustehen.

»Dein Hass funkelt wie ein schwarzer Edelstein im Schlamm«, gab der Mann zurück. »Deine Intelligenz dagegen lässt zu wünschen übrig. Wir Brüder sind genauso wenig *Städter* wie du. Wir sind nicht wie die Paten, die Bankdirektoren oder die Stadtwachen. Wir verabscheuen diese Leute genauso wie du. Aber anders als du nutzen wir sie aus, ernähren uns von ihnen – und das, indem wir mit Klugheit und Bedacht Zeit, Ort und Methode wählen. Wir agieren von sicheren, bequemen Orten aus und lungern nicht im Gebüsch herum wie Landstreicher. Und jetzt sollten wir – nur ganz kurz – die Tür abschließen …« Er unterbrach sich und legte zwei Riegel vor. Durch das vergitterte Fenster hinter ihm sah das Mädchen, wie die Straße lebendig wurde: unzählige Schuhe und Stiefel tanzten und hüpften draußen herum wie Funken zwischen Zündstein und Stahl. Der Boden erbebte davon.

Das Mädchen rappelte sich hoch, musste sich aber gleich wieder an die Wand lehnen. Sie blickte nach draußen auf die vorbeihastende rachsüchtige Menge. Der Mann legte warnend einen seiner unversehrten Finger auf die Lippen.

Der wütende Mob erreichte das Ende der Straße, ohne das Mädchen entdeckt zu haben. Die Schuhe und Stiefel rannten enttäuscht durcheinander.

Jemand rüttelte an der Tür. Das Holz erbebte kurz, dann war wieder alles ruhig.

Die Stiefel und Schuhe hatten ein neues Ziel gefunden. Jemand hatte eine andere Straße ins Spiel gebracht, in der sich die Flüchtige womöglich versteckte. *Nichts wie hin!* Das Rufen und Lärmen schwappte in die entgegengesetzte Richtung, wurde leiser, war aber immer noch zu hören. Es hing wie ein übler Geruch in den Ecken des Kellers.

Das Lächeln des Mannes flackerte auf und erlosch. »Die Leute sind offenbar wild entschlossen, dich zu schnappen«, sagte er.

Die letzten Kraftreserven, die das Mädchen noch gehabt haben mochte, schienen mit den Verfolgern verschwunden zu sein. »Sie reden viel, ohne irgendwas zu sagen«, sagte sie matt. »Ihr Aussehen, die Bruderschaft der Hand, diese Methoden … es geht um eine kriminelle Organisation, oder?«

Der kleine Mann stand im Halbdunkel neben dem Fenster und lächelte sie an. Das Licht verpasste ihm einen staubigen Heiligenschein. »Sieh da«, sagte er, »die Intelligenz kommt wieder zum Vorschein. Nein, wir sind ein ganz normales Unternehmen, und Soames und Teach sind zwei Geschäftsleute, die lediglich versuchen, jenseits der Kontrolle durch die Glaubenshäuser etwas zu erreichen.

Sie haben mich gebeten, auf der Suche nach frischem Blut kreativ vorzugehen, und das habe ich getan. Wie du vorhin auf das Dach geklettert bist …« Er ließ den Satz in der Luft hängen, ließ ihn auf das Mädchen wirken.

»Das war gar nichts. Ich bin schon immer gern geklettert.«

Zum ersten Mal seit unendlich langer Zeit gestattete sie ihren Gedanken abzuschweifen und erhaschte ausgerechnet in diesem muffigen Kellerraum einen flüchtigen Blick auf die Hügel und Bäume ihrer Kindheit.

Der Mann ließ ihr Zeit, in die Gegenwart zurückzukehren. »Wenn du mal vernünftig darüber nachdenkst«, sagte er dann, »müsste dir eigentlich klar werden, dass du Stow vermutlich nicht mehr lebendig verlässt. Aber es *muss* nicht so kommen. Während sich die Wogen glätten, könnte ich dich mit ein paar Leuten bekannt machen. Und dir etwas zu essen besorgen. Und einen Schlafplatz.«

Das Mädchen sah wieder zu dem vergitterten Fenster hinüber. Sie malte sich aus, wie sie die Kellertreppe hochstieg, sich auf die Straße hinausschlich …

Eine Woge der Erschöpfung brandete gegen diesen Gedanken an, drückte ihn gegen die Wand, bis er sich kaum noch wehrte. Der Lärm der Menge draußen war noch gut zu hören, nicht allzu weit entfernt.

»Hört sich doch gut an, was meinst du?«, fragte der Mann.

»Ihr Finger … Müsste ich so was auch machen? Denn dann …«

»Das entscheiden Mr Teach und Mr Soames. Dazu kann ich nichts sagen. Aber ich würde dich ihnen erst vorstellen, wenn du dich einigermaßen hergerichtet hast. Eins nach dem anderen, ja?« Er machte eine Pause. »Und?«, fragte er dann.

Ein Achselzucken. Er bot ihr Schlaf, Essen und Schutz an. »Ja klar«, erwiderte sie.

»Sehr schön. In diesem Fall –« Er zog eine kleine Stablampe aus der Tasche und richtete den Lichtstrahl auf die dunkelste Stelle der Kellerwand. Hinter Fässern, Brettern und Schutt war eine niedrige Tür. Obwohl das Mädchen höchstens zwei Meter davon entfernt stand, war sie ihr bis jetzt nicht aufgefallen.

»Was ist dahinter?«, fragte sie misstrauisch.

»Dein neues Leben. Ich heiße übrigens Carswell. Du brauchst bloß mitzukommen.«

Kapitel 11

Als der Überlandbus in Ashtown die Türen öffnete und Scarlett ausstieg, fiel ihr als Erstes die Färbung der Erde auf: ein sattes Schwarz mit einem Hauch von Rot.

Der Boden unter dem nur spärlich wachsenden Gras an der Landstraße schimmerte davon, auch die Palisadenmauer der Stadt war am unteren Rand damit bestäubt. Man sah Spuren davon auf den Gehsteigen der Hauptstraße und den Sockeln der mit Schindeln verkleideten Häuser, an den Reifen der Bierlaster, den Stiefeln der Männer und den Rocksäumen der vorbeieilenden Frauen. Die schwarze Asche war allgegenwärtig und schien niemanden zu stören. Sie hatte nicht nur die alte Stadt verschüttet, die tief unter der modernen Siedlung lag, sondern garantierte nun durch die Ausgrabungen auch den Reichtum der neuen Stadt. Die Asche war die Grundlage allen Wohlstands. Sie hatte diesen Ort erschaffen.

Niemand wollte Scarletts Papiere sehen. Sie stand an der Haltestelle und blinzelte in den recht kühlen Tag, während Albert steifbeinig aus dem Bus kletterte. Außer ihnen stieg niemand in Ashtown aus. Scarlett zog fröstelnd die Jacke um sich. Der Bus war den ganzen Morgen über die Ebenen von Mercia bis hoch nach Northumbria gefahren. Die pastellgrün schimmernden Hügel in der Ferne waren von regenschweren Wolkenfetzen gesäumt.

Die Türen schlossen sich summend, der Fahrer gab Gas, und schon brauste der Bus in einer Dieselwolke in Richtung Stadttor davon.

»Aaah … Hast du schon mal so eine Luft gekostet, Scarlett?« Albert atmete tief ein und genießerisch schmatzend wieder aus. »So herrlich frisch! So sauber! Wie kommt das nur?«

»Vielleicht liegt es daran, dass wir hier weiter von den Brandgebieten entfernt sind? Keine Ahnung. Aber schön, dass du so fidel bist. Die letzten drei Stunden hast du mir nur ins Ohr geschnarcht. Da *muss* es dir ja jetzt gut gehen.«

Alberts Locken waren auf einer Seite platt gedrückt, er wirkte insgesamt leicht zerknittert. »Ja, doch, mir geht's prima. Es war zwar ein bisschen anstrengend, in vierundzwanzig Stunden fünfmal umzusteigen, und ich glaube, ich habe vom langen Sitzen Verstopfung bekommen, aber abgesehen davon bin ich zu allen Schandtaten bereit!«

Scarlett blickte die Hauptstraße entlang, doch niemand war in der Nähe. »Unser kurzer Aufenthalt hier dürfte deutlich komfortabler ausfallen als die Busreise«, erwiderte sie. »Da erholt sich dein Darm bestimmt schnell – *vorausgesetzt,* wir passen auf und stellen uns gut mit den Einwohnern. Kleiner Tipp: An deiner Stelle würde ich nicht so rausposaunen, dass du vorhast, sie auszurauben.«

Albert machte ein zerknirschtes Gesicht. »Weiß ich ja. Ich bin bloß nervös, Scarlett. In sechs Tagen müssen wir wieder in Stow sein und wir haben noch nicht mal mit der Arbeit angefangen. Ich muss irgendwas *tun.*«

»Ich auch.« Scarlett rückte ihren Hut zurecht. »Aber jetzt können wir ja loslegen. Wir sind da.«

Die Bushaltestelle lag am Eingang zur Stadt, Scarlett hatte

einen guten Blick auf die Hauptstraße. Zwei sich dahinschlängelnde Häuserreihen, bestehend aus Bars und Absteigen, Hotels, einem Bauernmarkt, einem Kasino und mehreren ärmlichen Tabakläden: das Ganze erinnerte sie an Huntington, an Stow, an viele andere Grenzstädte. Ein paar junge Frauen standen in Grüppchen beieinander, drehten ihre Sonnenschirme hin und her und unterhielten sich fröhlich lachend. Humpelnde, verunstaltete Männer – möglicherweise unglückliche Opfer der Grabungsarbeiten – lungerten auf den Veranden vor den Häusern herum, bliesen Zigarettenrauch in die Luft und warteten darauf, dass irgendetwas passierte. *Vergebens*. Die Schaufenster der Läden waren dunkel und stumpf. Am Spätnachmittag wirkte Ashtown nahezu verrammelt und wie eingemottet.

Scarlett ließ sich nicht davon täuschen. Sobald die Bergleute abends aus der Begrabenen Stadt heimkehrten, würde die Straße schlagartig aufblühen wie ein grellbuntes Nachtgewächs.

Der langen Reise nach Norden geschuldet, eingepfercht in einen Bus nach dem anderen, war sie jetzt ein wenig reizbar und wünschte sich nur noch, allein zu sein.

»Suchst du uns ein Hotel, Albert? Ein ruhiges, preiswertes. Ich mache einen kleinen Spaziergang und schaue mich ein bisschen außerhalb der Stadt um. Ich möchte ein Gespür für die Umgebung bekommen und vielleicht einen Blick auf die Ausgrabungsstätte werfen. In einer Stunde treffen wir uns hier wieder. Und sei *vorsichtig*. Ashtown ist keine gewöhnliche Verbliebene Stadt, sondern ein hartes Pflaster. Wenn du hier ein paar Pennys in der Tasche hast, kann dir jederzeit das niedlichste Straßenkind die Kehle durchschneiden, um das Geld in der nächsten Spelunke zu verspielen. Also halte dich bedeckt und versuch, nicht aufzufallen.«

Sie sah ihn streng an. Albert hörte aufmerksam zu, gab ein mustergültiges Abbild nüchternen Verständnisses ab, auf das jeder Außenstehende hereingefallen wäre. »Du kannst dich auf mich verlassen, Scarlett!«

Sie ging durch das offene Tor in der Stadtmauer. Dort endete das Straßenpflaster und machte wieder der schwarzen Erde Platz. Hinter Ashtown erhob sich ein niedriger Hügel. Hier war das Gras üppig und saftig grün. Feuchte Pusteblumen streiften Scarletts Jeans, als sie sich an den Aufstieg machte.

Schon auf halber Höhe sah sie, wo die Zufahrtsstraße zum Ausgrabungsgelände von der Landstraße abzweigte und in weitem Bogen auf einen Hügelkamm zuführte, ungefähr eine Meile entfernt auf der anderen Seite des Tals.

Die kalte Luft im Gesicht tat Scarlett gut. Nachdem sie ein paarmal tief durchgeatmet und sich gestreckt hatte, stapfte sie weiter bergauf. Auf der Hügelkuppe angekommen und außer Sichtweite der Häuser, holte sie ihr Fernglas heraus. Die tief hängenden Wolken waren schwer von Regen, auf der anderen Talseite wogte Nebel um gewaltige Haufen ausgehobener Erde. Wo die Ascheschicht dünner oder durch Wasserläufe ausgeschwemmt war, lagen die alten Ruinen dicht unter der Oberfläche. Ihre Überreste ragten daraus hervor wie graue Zahnstummel.

Scarlett schwenkte das Fernglas langsam von einer Seite zur anderen, folgte dem Zickzack der Zufahrtsstraße. Im oberen Drittel des Berges war ein schmales Plateau in den Hang geschnitten, dahinter ragte eine Felswand auf, die Lichter sprenkelten wie Regenspritzer. Helle Lichter. Scheinwerfer. Die Fläche davor war von einem hohen Zaun umgeben. Alle paar Hundert Meter stand ein Wachturm, durch ein Tor führte die Straße hinein. Hinter dem Zaun waren ein paar niedrige, graue Baracken zu erkennen. Leute liefen dazwischen hin und her. Männer mit Hunden. Männer mit Waffen. Am anderen Ende des Ganzen war ein großes Tor in die Felswand eingelassen. Der Eingang zur Grabungsstätte.

»Yep«, sagte Scarlett halblaut. »Dort spielt die Musik. Fragt sich bloß, wie wir reinkommen.«

In der ein oder anderen Form stellte sie sich diese Frage schon, seit sie Stow verlassen hatten. Anfangs eher unbewusst, im Hinterkopf. Es war zu viel zu organisieren und zu planen gewesen, um überhaupt unbehelligt durch die Königreiche zu kommen. Als sie das Gebäude der Bruderschaft verließen, hatte ihr Teach Hut und Jacke zurückgegeben und ihnen ein abgegriffenes Exemplar von *Boopkins Großem Busfahrplan* in die Hand gedrückt. Zum Glück hatte Albert noch ein anständiges Sümmchen Glaubenshaus-Kohle in der Hosentasche gehabt. Das war alles gewesen, was sie noch besaßen. Es hatte einigen Einfallsreichtum erfordert, die Grundausstattung für ihre Unternehmung zusammenzukaufen und -zuklauen: eine Pistole plus Munition für Scarlett, Rucksäcke, Seile, Messer und Proviant – und das alles, während sie auf dem Weg durch das öde Mercia von einem klapprigen Bus in den nächsten umgestiegen waren. In den *Wolfskopf* zurückzukehren und ihre Habseligkeiten zu holen, war nicht infrage gekommen. Sie hatten sofort nach Norden aufbrechen müssen.

Sechs Busse, wenig Schlaf. Aber es war sinnlos, darüber zu jammern oder ihre Energie damit zu vergeuden, auf die Brüder wütend zu sein. Noch sinnloser war es, sich um Joe und Ettie Sorgen zu machen. Scarlett musste jetzt praktisch denken – und sich ranhalten. Ihr Hauptproblem war die Zeit.

Weit weg auf Soames' Schreibtisch tickte Etties Uhr. Ein Tag war schon verstrichen. Einen weiteren brauchten sie für die Rückkehr nach Stow. Blieben bestenfalls noch fünf, um den Überfall durchzuführen. Nicht gerade viel für einen so heiklen Einsatz.

Aber sie würden es schaffen. Auch wenn Scarlett noch keinen blassen Schimmer hatte, wie.

Sie steckte das Fernglas wieder weg und kehrte mit langen, forschen Schritten in die Stadt zurück.

Albert wartete bereits in der Nähe der Bushaltestelle. Er lehnte an einem Laternenpfahl … aber nicht einfach so. Er hatte den Kragen aufgestellt, die Mütze ins Gesicht gezogen und die Hände tief in den Taschen vergraben. Er stand da wie eine Gangsterkarikatur: die Schultern zurückgenommen, den Unterleib bedenklich vorgestreckt, die Augen funkelten aus unerfindlichen Gründen drohend. Ein zerkautes Streichholz wanderte zwischen seinen Lippen hin und her. Es war ein äußerst befremdlicher Anblick. Gestandene Nordländer schielten misstrauisch zu ihm hinüber, Mütter mit Kindern machten einen großen Bogen um ihn. Sogar Scarlett bekam einen leichten Schreck.

»Hi, Scarlett.«

»Wieso sprichst du so dumpf? Und wieso stehst du so komisch da?«

»Du hast doch gesagt, ich darf nicht auffallen.«

»Herrgott! Ein Wunder, dass dich niemand erschossen hat. Hör mit dem Quatsch auf und komm mit. Hast du uns ein Hotel besorgt?«

»Ich habe mich für das *Schaufel und Kompass* entschieden und schon eingecheckt. Es ist gleich hier.« Er ging über den Gehsteig voraus. »Sehr ruhig, so wie du wolltest. In der Bar saßen nur ein paar Damen. Sie machten einen netten Eindruck.

Zwei von ihnen haben mir eine Kusshand zugeworfen, als ich reingeschaut habe.«

»Aha. Tatsächlich? Na, wenn die Schicht in der Grube zu Ende ist, ist dort bestimmt mehr los.«

»Ist doch schön. Über dem Empfangstresen hängt sogar ein Glaskasten mit einem mumifizierten Arm. Er stammt aus der Begrabenen Stadt, hat der Typ gesagt, ein ganz seltenes Stück.«

»Und das soll mich von dem Hotel überzeugen?« Scarlett schüttelte den Kopf. »Aber wenn du meinst ...«

Doch sie musste widerstrebend zugeben, dass sich das *Schaufel und Kompass* tatsächlich für ihre Zwecke eignete. Es war von leicht verblichener Pracht und hatte einen breiten Vorbau, genau wie etliche der Damen in der Bar. Trotzdem war es nicht das fragwürdigste Etablissement am Platz, wo man womöglich gleich beim Einchecken von den Angestellten ausgeraubt wurde. Der Mann am Empfang war ein mürrischer, gleichgültiger Bursche, der mumifizierte Arm angemessen verschrumpelt und das Zimmer einigermaßen geräumig, warm und sauber. Es hatte ein eigenes Klo und ein Fenster zur Straße hinaus. Das einzige Problem war, dass es sich um ein *Doppelzimmer* handelte. Zu Scarletts Verdruss hatte Albert sie beide als Ehepaar angemeldet, als Mr und Mrs Johnson.

»Ein Doppelbett!«, knurrte sie. »Warum hast du vorhin nichts gesagt?«

Alberts Miene war schwer zu deuten. »Ich glaube, der Mann ist einfach davon ausgegangen, und ich habe ihm nicht widersprochen. Außerdem ist ein Doppelzimmer billiger als zwei Einzelzimmer.«

Das war ein stichhaltiges Argument, aber Scarlett ging nicht darauf ein. »Und wie um Shivas willen kommst du auf *Johnson*?«

»Keine Ahnung. Wenn ich mich in einer Stadt aufhalte, ist das immer mein Deckname«, erwiderte Albert fröhlich. »Sozusagen mein Markenzeichen.«

»Benutz den Namen lieber nicht zu oft, sonst zieht noch jemand seine Schlüsse daraus. Denk dran – dieser Agent ist immer noch hinter uns her. Aber egal. Ich nehme das Bett, und du kannst zwischen dem Waschbecken und dem Papierkorb auf dem Boden schlafen. Und jetzt machen wir uns an die Arbeit und sammeln Informationen.«

Sie verließen das Hotel, kauften an einem Imbiss zwei Portionen Nudeln und setzten sich damit auf die Stufen einer kleinen Veranda, um das abendliche Treiben in Ashtown zu beobachteten. Sie brauchten nicht lange zu warten. Kurz nach achtzehn Uhr brachte ein staubiger weißer Bus die Bergarbeiter vom Hügel herab. Sie trugen blaue Overalls und schwere Arbeitsstiefel, ihre Gesichter waren schwarz verschmiert, die müden Augen rot gerändert. Mit ihrer Ankunft erwachte die Hauptstraße zum Leben. Lichter gingen an, aus den Saloons ertönte Musik. Gelächter, laute Stimmen und Trubel überall.

Scarlett und Albert sahen zu, wie die Leute die Bars ansteuerten oder sich nach Nudeln und Brathähnchen anstellten. Albert hielt die Augen halb geschlossen. Scarlett wusste, warum.

»Irgendwas Spannendes?«, fragte sie, als zwanzig Minuten vergangen waren.

Albert nickte abwesend. »Ich habe jede Menge Bruchstücke aufgeschnappt. Bis ich daraus ein vollständiges Bild zusammensetzen kann, brauche ich noch eine Weile, aber auf jeden Fall ist die Grabungsstätte schwer bewacht, so wie Sal Qin es beschrieben hat. Und nicht nur das. Die Lastwagen werden *drinnen* im Hügel hinter irgendwelchen Eisentoren beladen. Frag mich nicht, wie wir dort reinkommen sollen.«

»Von oben sieht es auch krass gesichert aus.« Scarlett strich sich nachdenklich das Kinn. »Dann müssen wir die Lastwagen eben doch auf der Straße kapern. Das ist *bestimmt* einfacher.«

Im selben Augenblick erbebte der Gehsteig, und die Laternen vor den Läden schwangen hin und her. Babys weinten, die Leute hasteten davon. Scarlett und Albert drehten sich um.

Mit dröhnendem Motor kam ein Fahrzeug durch Ashtown gerumpelt. Es war ein riesiger, grüngrauer Lastwagen mit gewaltigen Reifen, jeder fast so hoch, wie Scarlett groß war. Die massive Karosserie trug das weiße Kreissymbol der Glaubenshäuser. Aus seitlichen Luken ragten Gewehrmündungen. Auch die Türen waren aus verstärktem Eisen, der Fahrer und ein Wachmann spähten grimmig aus kleinen Sichtfenstern. Auf dem Dach thronte ein drehbarer Geschützturm, in dem ein zweiter Wachmann hinter einem Maschinengewehr saß. Als der Schwerlaster durch eine Pfütze donnerte und dabei den Boden erzittern ließ, spritzte das Wasser bis auf Scarletts Hose und Jacke.

Albert blieb verschont. Er sah dem Lastwagen nach, bis er in der Ferne verschwunden war. »*Oder*«, sagte er dann, »wir denken noch mal gründlich nach.«

* * *

Den restlichen Abend über und am nächsten Tag setzten Scarlett und Albert ihre Recherchen fort. Albert schlenderte von einem Saloon zum nächsten, verwickelte die Leute ins Gespräch und versuchte dabei, aus ihren Gedanken zu erfahren, wie die Grabungsstätte gesichert war und in welchem Takt die Lastwagen fuhren. Er setzte sich vor die Hotels und an die Fenstertische der Cafés. Er plauderte mit Bergleuten, Kneipenwirten und Damen mit Sonnenschirmen, denn er wollte sich ein möglichst genaues Bild von der Begrabenen Stadt machen – und davon, *was* dort eigentlich ausgegraben wurde.

Scarlett wählte eine andere Vorgehensweise. Früh am nächsten Morgen begab sie sich zum Hügel vor der Stadt. Sie näherte sich der Grabungsstätte, indem sie durch das Ginstergebüsch im Schatten der Wachtürme kroch. Dort legte sie sich auf die Lauer und beobachtete, was sich auf dem Gelände tat. Von Zeit zu Zeit öffnete sich das Eisentor in der Felswand und Karren transportierten die zu Gestein verdichtete Asche ab. Abgesehen davon blieb das Tor zu. Ständig waren Wachleute anwesend. Scarlett prägte sich die Dauer ihrer Patrouillengänge innerhalb des Geländes ein, auch, wann die Wachwechsel stattfanden. Schließlich zog sie sich unauffällig zurück und stieg zur Hügelkuppe oberhalb des Ganzen hinauf, wo dreißig Abraumhalden von früheren Ausschachtungen wie graue Puddingberge in die Wolken und den Himmel hineinragten. Scarlett wanderte zwischen ihnen hindurch und spähte in die Schächte hinab, die die Stollen tief unten mit Luft versorgten.

Am späten Nachmittag saß sie gerade auf einem Felsvorsprung, als sich das große Eisentor unter ihr ein letztes Mal öffnete. Zwei weiße Busse rollten heraus. Scarlett sah ihnen nach, als sie die Serpentinen hinab und nach Ashtown hineinfuhren. Der eine Bus, in dem die Bergleute saßen, machte erst an der Hauptstraße Halt. Der zweite hielt schon etwas früher vor einem kleinen Gebäude gleich an der Stadtmauer. Trotz Fernglas konnte Scarlett nicht erkennen, wer dort ausstieg. Von den beiden Bussen abgesehen, waren die Wachleute und die Abraumkarren das Einzige, was sich auf dem Gelände bewegte. Alles Entscheidende fand im Hügelinneren statt.

Nachdenklich kehrte Scarlett in die Stadt zurück. Sollten sie nun in die streng gesicherte Grabungsstätte einbrechen oder lieber einen schwer bewaffneten Transporter überfallen? Beides war nicht sehr verlockend. In jedem Fall brauchte sie Insider-Infos. Vielleicht hatte Albert die ja inzwischen beschafft.

Als sie sich dem Hotel näherte, fiel ihr ein Mann in verwaschener blauer Arbeitskleidung auf, der auf der Vortreppe saß. Sein Haar war weiß, sein Bart buschig, sein Gesicht vom Alter zerfurcht. Ihm fehlte der linke Unterschenkel, das Hosenbein war ordentlich über dem Knie umgeschlagen. Sein Gehstock lehnte neben ihm an einer Stufe, vor seinem Stiefel stand eine leere Blechschüssel. Auf Höhe seines Ellbogens lag ein kleiner weißer Hund, der den Kopf melancholisch auf die Vorderpfoten gebettet hatte.

Nach kurzem Zögern gab sich Scarlett einen Ruck und ging zum Imbissstand gegenüber. Mit einem Pappbehälter in der Hand kam sie wieder zurück und setzte sich neben den Mann auf die Treppe. »Nudeln?«

Blitzblaue Augen blinzelten sie über dem Bart an. »Geld wäre mir zwar lieber, aber wenn es sein muss, gebe ich mich auch mit Nudeln zufrieden. Deine milde Gabe ist mir willkommen, wenn auch unter dem Vorbehalt, dass du vermutlich eine Gegenleistung erwartest. Hier in Ashtown ist selbstloses Handeln rar. Alles ist ein Geschäft. Worauf bist du aus? Auf meine Kleidung? Die passt dir sowieso nicht. Auf mein Geld? Ich habe keins. Meine Bettelschale ist verrostet, mein Gehstock morsch. Was meinen Hund betrifft, der leidet an Räude und heftigen Magenbeschwerden. Und falls du es auf meinen Körper abgesehen hast –«

»Willst du die blöden Nudeln jetzt oder nicht?«

»Gib her. Vielen Dank.« Der Bettler nahm den Behälter entgegen. »Sie könnten ein bisschen wärmer sein.«

»Ist nicht *meine* Schuld. Du musstest ja die ganze Zeit quatschen.« Scarlett sah ihm ärgerlich zu, wie er sich über die Nudeln hermachte. Er aß mit den Fingern und gab auch dem kleinen Hund etwas ab. Als er fertig war, warf er den Behälter weg und lehnte sich seufzend zurück. »Du hast bestimmt bei den Ausgrabungen gearbeitet, oder?«, sagte Scarlett.

»Ist schon lange her.« Der Mann wischte sich Nudelreste aus dem Bart. »Bis mir ein Riesenmaulwurf das Bein abgebissen hat.«

»Das tut mir leid.«

»Das Leben auf der Straße ist öde und hart, vor allem wenn von Osten die schwarzen Stürme blasen. Trotzdem bin ich nicht traurig darüber, dass ich nicht mehr unter Tage arbeite. In der Begrabenen Stadt passiert Schlimmeres. Es ist wirklich sehr übel da unten, vor allem in den aufgegebenen Bereichen.«

»Inwiefern übel?«

»Da wären einmal die Riesenmaulwürfe und das andere Viehzeug, die in den Stollen herumwimmeln. Auch mit den Gezeichneten gibt es hin und wieder Probleme. Aber vor allem ist es unrecht, in der Vergangenheit herumzuwühlen. Die Begrabene Stadt ist eine Gruft, die Ruhestätte bösartiger Toter. Man sollte diesen Ort in Ruhe lassen, aber um des Profits willen schänden wir ihn.« Er kraulte den Hund zärtlich hinterm Ohr. »Mein kleiner Alfie würde so etwas Dummes nie tun, ganz gewiss nicht. Aber unsere gebenedeiten Glaubenshäuser wollen es nun mal so, und wer wollte sich ihnen widersetzen?«

»Wen genau meinst du? Und warum sind die Toten *bösartig*?«

Die blauen Augen funkelten wieder. »Wenn du ihre Gesichter sehen würdest, wüsstest du Bescheid.«

Scarlett musterte ihn kurz. »Ich bin nur eine Touristin und interessiere mich für die Ausgrabungen. Was du darüber denkst, finde ich spannend. Wenn du magst, kann ich dir öfter mal Nudeln vorbeibringen.«

Der Bettler nickte. »Tu dir keinen Zwang an. Ich gehe nicht weg. Jedenfalls nicht so schnell.«

* * *

Später am Abend hielten Scarlett und Albert im *Schaufel und Kompass* Kriegsrat. Scarlett zog die Vorhänge zu und machte die Lampe an. Dann setzten sich beide aufs Bett. Von unten aus der Bar drang gedämpfte Musik herauf.

»Also ...«, begann Scarlett, »was wissen wir bis jetzt?«

»Genug.« Albert wirkte erschöpft. Die Enttäuschungen und die schmutzigen Träume der Menschen, deren Gedanken er ausgelesen hatte, verschatteten sein Gesicht. »Im Großen und Ganzen hatte Sal Qin recht. Die Begrabene Stadt ist riesig, und die Ausgrabungen dauern schon Jahre. Die Abschnitte 1–3 stehen unter Wasser, die Abschnitte 4–6 kann man aus diversen grausigen Gründen nicht betreten. Momentan wird nur in Abschnitt 7 gearbeitet. Dort gibt es Beleuchtung und Ausrüstung und es ist relativ sicher – und man kommt von dort aus in den unterirdischen Verladebereich hinter dem Eisentor. Die geborgenen Gegenstände werden in den angrenzenden Räumen gesammelt und dann in die Lastwagen geladen. Wenn die Arbeiter Feierabend machen, bleiben nur ein paar Wachleute vor Ort, aber das Tor wird von innen verschlossen. Da kommt niemand rein.« Er rieb sich die müden Augen. »Ach ja, noch etwas. Dort unten arbeiten auch Kinder.«

»Was für Kinder denn?«

»Kinder eben. Wahrscheinlich sind sie auch Bergarbeiter. Oder Sklaven.«

»Im Bus waren keine. Obwohl …«, Scarlett schnippte mit den Fingern, »da war noch ein zweiter Bus. Den habe ich vom Hügel aus gesehen. Er fährt zu einem Gebäude am Stadtrand. Aber wozu braucht man hier Kinderarbeiter?«

»Keine Ahnung, aber ich habe den Verdacht, dass sie nicht gut behandelt werden. Ich find's nicht gut, wenn kleine Kinder eingesperrt werden. Das habe ich in Stonemoor zu oft erlebt. Und in den Gedanken, die ich gelesen habe –«

Scarlett hatte diese Art Unterhaltung schon oft geführt. Albert hatte die Angewohnheit abzuschweifen. Darum hielt sie rasch die Hand hoch. »Mag ja sein, aber das ist nicht unser Bier. Wir sind hier, um Joe und Ettie freizubekommen. *Die* werden auch nicht gut behandelt, wenn wir nicht in wenigen Tagen zurück sind. Deshalb sollten wir überlegen, welche Möglichkeiten wir haben. Möglichkeit eins wäre, die Transporter auf offener Straße zu überfallen, richtig?«

Albert nickte widerstrebend. »Ja. Wenn die Lastwagen voll beladen sind, verlassen sie das unterirdische Lager. Alle paar Tage ist es so weit. Weil gestern ein Transport rausgegangen ist, wird jetzt vermutlich der nächste zusammengestellt. Aber wir haben ja schon mitbekommen, dass die Laster zu schnell fahren und zu gut bewacht sind, als dass wir sie kapern könnten.« Er sah Scarlett an. »Stimmt doch, *oder*?«

Scarlett überlegte kurz, ob sie einwerfen sollte, dass selbst ein sehr schneller, schwer bewachter Laster so seine Probleme hätte, wenn sich Albert dazu durchringen könnte, der Schlimmen Angst freien Lauf zu lassen.

Doch sie wusste, dass es keinen Sinn hatte. Seit einem halben Jahr übte er sich darin, seine Gabe unter Verschluss zu halten. Er würde sich nicht überreden lassen. »Yep«, sagte sie leichthin. »Bleibt also nur die zweite Möglichkeit.«

Sie hörte ihm die Skepsis deutlich an, als er fragte: »In die Grabungsstätte einbrechen?«

»Richtig. Und zwar nachts, wenn alles ruhig ist. Nur wir beide und ein, zwei Wachleute. Wir gehen rein, schnappen uns im Verladebereich einen vollen Laster, öffnen das Tor in der Felswand und sind auf und davon.« Sie streckte sich genüsslich und tippte ihren Hut an, sodass er ihr tiefer ins Gesicht rutschte. »Ganz einfach.«

»Interessante Definition von *einfach*«, gab Albert zurück. »Wenn ich dann mal die Probleme an den Fingern abzählen darf – und es kann sein, dass ich deine Finger dazunehmen muss. Da hätten wir den Zaun, die Wachen, die Hunde …« Er unterbrach sich. »Oh-oh …«

»Was denn? Ich schmunzle doch bloß.«

»Nein. Du grinst. Dieses gruselige Grinsen, das ich überhaupt nicht leiden kann. Dieses Grinsen verheißt nie Gutes, schon gar nicht für mich.«

»Dieses Grinsen soll dir sagen, dass mir eine Lösung eingefallen ist.« Scarlett verschränkte die Arme hinter dem Kopf und ließ sich mit einem zufriedenen Seufzer in die Kissen sinken. »Sie wird dir zwar auch nicht gefallen, aber es gibt *doch* noch eine machbare Möglichkeit.«

Kapitel 12

Hätte Albert nicht ständig im Hinterkopf gehabt, dass er sich demnächst durch ein Erdloch ins Land der Toten fallen lassen musste, hätte er den nachmittäglichen Spaziergang durch die Hügellandschaft genossen. Die Sonne schien, es hatte nicht geregnet, und das duftende Heidekraut auf den Hängen war trocken. Die beiden silbrig glänzenden Reihen der Gebäude von Ashtown tief unter ihnen glichen einem offenen Reißverschluss, ihre dunkelblauen Schatten zeigten nach Osten.

Albert bedauerte es nicht, die Stadt verlassen zu haben. Nachdem er zwei Tage lang in den Gedanken der Einwohner gestöbert hatte, hatte sich in ihm ein beklemmendes Gefühl breitgemacht – eine Art moralische Klaustrophobie, weil er ihre Leben sozusagen stellvertretend durchlebte. Von ihren Hoffnungen, Abneigungen und Gelüsten dröhnte ihm der Schädel, er fühlte sich an ihre Saloons und Spielhöllen gefesselt, an ihre lärmenden Kneipen und stillen Mietwohnungen. So etwas ging jedem irgendwann an die Nieren, und darum war er froh, endlich wieder frische Luft zu schnappen.

Es war ein langer Aufstieg. Wegen des umfangreichen und schweren Gepäcks kamen sie nur langsam voran. Am Vormittag hatten sie in Ashtown eingekauft und ihre Rucksäcke mit

Taschenlampen, Schwefelkerzen und Seilen bestückt. Noch vor einem halben Jahr hätte Albert den Aufstieg *ohne* Gepäck kaum bewältigt. Er wäre im erstbesten Gebüsch zusammengebrochen und mit zappelnden Turnschuhen einfach liegen geblieben. Inzwischen war er deutlich fitter, und jedes Mal, wenn er kurz die Augen schloss, sah er Etties Gesicht vor sich.

»Ich muss die ganze Zeit an sie denken«, sagte er. »Hoffentlich geht es ihr gut.«

»Bestimmt.« Sie legten auf halber Höhe eine Verschnaufpause ein. Weiter oben kamen schon die Flutlichtscheinwerfer des Grabungsgeländes in Sicht, es war nicht mehr weit.

»Und wenn deine Freunde sie misshandeln?«

»Das sind nicht meine Freunde! Und so was ist nicht ihre Art. Wenn überhaupt jemand gequält wird, dann eher umgekehrt. Joe macht den Brüdern garantiert auf die eine oder andere Weise das Leben zur Hölle.« Scarlett trank einen Schluck Wasser aus ihrer Flasche. »Soames weiß, dass er von mir absolut gar nichts kriegt, wenn die beiden nicht unversehrt sind. Bis wir zurückkommen, passiert ihnen nichts.«

»Und danach?«

»Danach lassen wir uns was einfallen.« Sie hakte die Flasche wieder am Rucksack fest. »Oder?«

Albert nickte knapp und ging weiter. Scarlett holte ihn ein.

»Die Brüder waren *nie* meine Freunde«, schob sie nach. »Trotzdem haben sie mir vor langer Zeit das Leben gerettet.«

»Wenn du das sagst, muss ich es wohl glauben.« Albert hob unvermittelt den Kopf. Der Wind trug aus Ashtown das Achtzehn-Uhr-Läuten heran. Vom Gelände der Grabungsstätte ertönte ein Antwortläuten. Das große Tor im Zaun schwang auf. Albert und Scarlett duckten sich tief ins Heidekraut und beobachteten, wie die beiden verbeulten Busse auf die Straße hinausfuhren. Albert richtete sein Augenmerk vor allem auf den zweiten. Er glaubte, kleine Köpfe hinter den schmutzigen Scheiben zu erkennen, war sich aber wegen der Entfernung nicht sicher.

Das Tor schwang wieder zu. Wie Albert wusste, wurden jetzt alle möglichen Sicherheitsvorkehrungen getroffen. Schlüssel wurden gedreht, Riegel vorgeschoben, Hunde von der Leine gelassen. Männer nahmen ihre Posten in den Wachtürmen ein, und das große Eisentor in der Felswand würde still und unbezwingbar auf den nächsten Morgen warten, bis es wieder geöffnet wurde.

Aber das war alles schnurzegal, denn Scarlett und er würden auf andere Weise hineinkommen. Sie stiegen weiter hügelauf.

* * *

Auf dem Hügelkamm über dem Grabungsgelände hockten die Abraumhalden wie neugeborene Hügelchen, die sich an ihre Mutter schmiegten. Hier und da spross Gras aus der Asche, aber manche der Haufen waren auch kahl, obwohl sie schon jahrelang dort lagen. Im Schatten zwischen ihnen war es kalt, der Boden war uneben und von Disteln überwuchert. Als Albert wieder an die Stadt unter ihnen dachte, befiel ihn auf einmal ein überwältigendes Gefühl von Verlassenheit, das von den Grasbüscheln aus durch seine Schuhsohlen emporzukriechen schien.

Schließlich waren sie am Ziel. Scarlett blieb abrupt vor einem Dickicht aus Dornenranken und anderem Gestrüpp stehen. Als Albert beunruhigt durch die Sträucher lugte, entdeckte er eine niedrige Backsteinmauer, die einen Ring von ungefähr drei Metern Durchmesser bildete. Die Öffnung war von einem

Metallgitter verschlossen, damit kein Laub oder Schmutz hineinfiel. Unter dem Gitter gähnte ein grauer Abgrund.

»Der Luftschacht«, sagte Scarlett. »Es gibt noch mehr davon, aber der hier ist der beste. Siehst du, wie verrostet das Gitter ist? Das können wir wunderbar aufschneiden. Der verrückte einbeinige Bettler hat gesagt, dass die Schächte direkt in die Stollen führen, weil sie die Arbeiter mit Frischluft versorgen. Erst gehen sie senkrecht nach unten und biegen dann seitlich zu den einzelnen Sohlen ab. Wenn wir erst mal unten sind, spazieren wir einfach durch die Stollen bis in den Verladebereich. Das hier ist unsere Hintertür.«

Albert beugte sich über die Mauerkante. Kalte Luft stieg aus der Tiefe auf. Er bekam eine Gänsehaut und schweißfeuchte Hände.

»Du, Scarlett ... mir ist gerade etwas eingefallen. Woher wissen wir denn, ob unsere zusammengeknoteten Seile bis ganz nach unten reichen?«

»Wissen wir nicht.« Scarlett hatte aus ihrem Rucksack einen Bolzenschneider geholt und knipste die rostigen Gitterstäbe durch. »Nächste Frage.«

»Was passiert, wenn das Seil zu Ende ist, wir aber noch nicht unten sind?«

»Dann lassen wir einfach los. Das kriegst sogar du hin.«

»Ich kriege es auch hin, mir beim Landen alle Knochen zu brechen.«

»Ich habe dir doch eben erklärt, dass sich der senkrechte Schacht zu einer Rutschbahn abflacht. Hat zumindest der verrückte alte Bettler gesagt. Bist du jetzt beruhigt?«

»Eigentlich nicht.«

»Stell dich nicht so an. Wir seilen uns ja nicht zum ersten Mal irgendwo ab. Denk an die Bank in Sedgefield. Das war die reinste Festung.«

»Stimmt. Aber da ging es nur fünf, sechs Meter runter, nicht zwei Millionen oder wer weiß wie viel. Außerdem konnte ich mich in Sedgefield nicht mehr halten und bin auf deinem Kopf gelandet.«

Als Scarlett das Gitter anstupste, brach ein rundes Stück heraus und trudelte geräuschlos in die Tiefe. »Stimmt. Wenn dir das noch mal passiert, sei so nett und stoß einen Warnruf aus, damit ich beiseiterollen kann.«

Mit unnötiger Eile, wie Albert fand, förderte sie aus den Rucksäcken zwei dünne blaue Seile zutage und knotete sie aneinander. Ein Ende band sie um einen knorrigen Weißdornbusch, das andere ließ sie in den Schacht hinab. Dann zog sie mehrmals kräftig an Seil und Busch und prüfte, ob das Ganze ihrer beider Gewicht aushielt. Albert schaute mit einem flauen Gefühl im Magen zu. Wenn er in solchen Augenblicken panische Einwände erhob, duldete Scarlett das bis zu einem gewissen Grad. Danach fing er sich eine Ohrfeige ein.

Schließlich war sie zufrieden. Sie setzte ihren Rucksack auf, zog Handschuhe über und nahm das Seil lose in eine Hand. Dann sprang sie auf die niedrige Mauer und sah Albert an.

»Alles klar?«, fragte sie.

Alles klar war eindeutig übertrieben, darum nickte er nur.

»Gib mir zehn Minuten«, setzte sie hinzu. »Wir sehen uns unten.« Sie drehte der Öffnung den Rücken zu, stieß sich ab und fing an, sich abzuseilen. Das Letzte, was Albert von ihr sah, war ihr Grinsen – und ihr Haar, das in der sich senkenden Sonne aufflammte. Danach gab es nur noch Stille und Vogelgezwitscher. Und die üblichen Fragen. Wo hatte sie nur gelernt, solche

Gefahrensituationen zu *genießen*? Wo hatte sie gelernt, so unbekümmert zu sein?

Anfangs ruckte und bebte das Seil auf dem Backsteinrand heftig. Dann beruhigte es sich, weil Scarlett weiter unten war. Albert setzte sich auf die Mauer, zog die Kletterhandschuhe an und versuchte, sich vom Gedanken an seinen bevorstehenden Tod abzulenken. Wie so oft bei solchen Einsätzen hatte er schon etliche Bilder im Kopf: von der Begrabenen Stadt, die ihm die Bergleute übermittelt hatten, Türen, Wände und Durchgänge, die sich im Dunkeln abzeichneten, fahl erleuchtet und irgendwie schwebend … er konnte nicht viel damit anfangen. Doch alle diese Erinnerungsbilder hatten gemeinsam, dass sie mit Angst getränkt waren.

Er saß ganz still da. Das Tageslicht entfloh nach Westen. Schwarze Wolkenfetzen zogen über den Himmel.

Obwohl Scarlett so unbekümmert gewesen war, machte sich Albert keine Illusionen hinsichtlich der bevorstehenden Schwierigkeiten, und ihm war klar, dass er sich, wenn er am Leben bleiben wollte, auf seine Partnerin verlassen musste. Und *ihr* war das genauso klar, das wusste er. Sie sprach das Thema selten an, doch letztlich wünschte sie sich sehr, dass er in brenzligen Situationen auf seine andere Fähigkeit zurückgriff. Sie war der Meinung, er müsse die Schlimme Angst einsetzen. Doch das war leichter gesagt als getan.

Neben seinem Schuh lag ein Stein auf der Erde. Kein besonders großer Stein. Rund, gelblich, ganz gewöhnlich … Albert betrachtete ihn. Er konzentrierte sich. Kurz darauf fing der Stein zu wackeln an, dann lag er wieder still. Albert holte tief Luft und versuchte es noch einmal. Diesmal löste sich der Stein vom Boden und schwebte in die Höhe, bis er neben Alberts Kopf in der Luft verharrte. Albert schaute nach links – der Stein schwebte in dieselbe Richtung. Er schaute nach rechts – der Stein folgte. Albert saß auf dem Rand des Schachts, die Hände fest im Schoß verschränkt, und der Stein folgte seinen Augenbewegungen. Als Albert schließlich nach unten schaute, kehrte der Stein in seine ursprüngliche Vertiefung im Boden zurück.

Albert verzog das Gesicht und stand auf. Alles schön und gut. Wenn die Umgebung ruhig und er allein war, strengten ihn solche Tricks nicht groß an. Sobald er dergleichen aber versuchte, wenn er wütend war oder sich fürchtete, war es aus mit der präzisen Steuerung und der Selbstbeherrschung. Siehe der Vorfall mit der Felsenschlange.

Zehn Minuten waren um. Damals, als er Scarlett gerade erst kennengelernt hatte, hätte er beträchtliche Zeit und Energie darauf verwendet, ruhelos auf und ab zu gehen, den Rucksack festzuzurren, seine Schnürsenkel neu zu binden, im Gebüsch interessante Insekten aufzuspüren und das Unvermeidliche hinauszuschieben. Jetzt dagegen stieß er nur einen Seufzer aus. Er packte das Seil, drehte sich ein letztes Mal zur Sonne um und lehnte sich nach hinten. Dann ließ er sich durch das Loch im Metallgitter in die Tiefe hinunter.

* * *

Anfangs sah er noch den Himmel über sich und die geschwungene Ziegelmauer um sich herum. Nach und nach wich der Himmel zurück, und Albert wurde von der Dunkelheit und der stummen, kalten Unendlichkeit des Abgrunds unter sich verschluckt. Ihm blieb nur das Gefühl, wie seine Schuhe über die Schachtwand abwärtstappten, wie das raue Seil durch seine

Hände glitt … Auf einmal kamen ihm Zweifel am Sinn der Sache. Er verlor das Zeitgefühl, konzentrierte sich ganz und gar auf die mechanische Wiederholung seiner Aufgabe, blendete die Schmerzen in Rücken und Schultern aus. Sein Dasein reduzierte sich auf Luft und Stille, auf das matte Leuchten seiner weißen Turnschuhe an der Ziegelwand.

Und es ging immer noch senkrecht nach unten.

Albert gestattete sich, Zuflucht zu einer kleinen Träumerei zu nehmen. Was für ein Glückspilz er doch war! Konnte er nicht von Glück sagen, dass er an diesem Seil baumelte? Während seiner jahrelangen Gefangenschaft in Stonemoor hatte er sich immer danach gesehnt, irgendwann einmal die Geheimnisse der Sieben Königreiche zu ergründen. Und die Geheimnisse der Vergangenheit waren ja wohl die faszinierendsten von allen. Jeder zittrige Handgriff mehr beförderte ihn weiter hinab in frühere Epochen, brachte ihn einer Stadt näher, die schon vor der Großen Verheerung existiert hatte. Welche Wunder mochten ihn dort erwarten?

Schließlich merkte er, dass sich seine Füße nicht mehr auf der Höhe seiner Taille gegen die Wand stemmten, sondern sich unter ihm befanden. Scarletts Behauptung, dass der senkrechte Schacht in eine Art Rutsche übergehen würde, hatte sich bewahrheitet. Er fasste neuen Mut, und als er ans Ende des Seils kam, konnte er auf dem gemauerten Untergrund stehen. Nach kurzem Zögern ließ er los und schlitterte das letzte Stück. Die Rinne machte eine scharfe Kurve, verlief noch ein Stück waagerecht und endete dann abrupt in einem tiefer liegenden weitläufigen Gang. Albert rutschte aus der Öffnung heraus und landete auf dem Allerwertesten. Scarlett lehnte mit gelangweilter Miene an der Wand gegenüber.

»Da bist du ja«, sagte sie. »Hat's Spaß gemacht?«

»Wenn *Spaß* bedeutet, dass ich keines grässlichen Todes gestorben bin, dann habe ich mich großartig amüsiert.« Albert rappelte sich auf und rieb sich die schmerzenden Arme. »Huch – was sind das denn für Beulen?«

»Deine Bizepse. Schön, dass ihr euch endlich kennenlernt.« Scarlett richtete ihre Taschenlampe auf den Stollen vor ihnen. »Drin wären wir. Jetzt müssen wir nur noch die Lastwagen finden. Komm.«

Der Stollen war viereckig, grob behauen und nicht beleuchtet, aber weiter vorn schimmerte schwaches Licht. Albert ging hinter Scarlett her darauf zu. Die Luft fühlte sich kalt, trocken und irgendwie tot an. Sie roch nach Stein und Staub. Außer ihren Schritten war nichts zu hören.

Unvermittelt standen sie in einem Raum, in dem elektrische Lampen an die Wände gedübelt waren. Sie waren nicht eingeschaltet, doch der Raum wurde von einer fluoreszierenden Schimmelschicht an der Decke erhellt. Aus einem Schutthaufen ragte eine Vorrichtung mit lauter Zahnrädern und Rollen. Daneben stand ein großes weißes Schild, und dahinter führte ein breiterer, mit weißem Kunststoff ausgelegter Tunnel in die Dunkelheit.

Albert und Scarlett gingen zu dem Schild. Der Staub vieler Jahre lag darauf. Albert wischte ihn weg und entdeckte eine Reihe Vorschriften und Warnungen für die Angestellten der Bergbaufirma. »Hör mal«, sagte er zu Scarlett. »Man soll hier Helme und Arbeitsschuhe tragen. Und Atemmasken gegen giftige Gase. Wir haben *nichts* davon. Ich trage bloß Turnschuhe.«

»Ich finde beunruhigender, was weiter unten steht«, erwiderte Scarlett.

Die untere Hälfte der Tafel war eine Checkliste. Daneben hingen an Schnüren ein paar Kreidestücke. Auf dem Schild waren die stilisierten Silhouetten diverser gruseliger Wesen abgebildet, die der Grabungsstätte anscheinend ab und zu einen Besuch abstatteten. Albert erkannte nicht alle, aber manche hatten verstörend viele Beine. Hinter jeder Silhouette standen mit Kreide hingekritzelte Zahlen.

»Siehst du das?«, sagte Scarlett. »Da steht, in welchem Abschnitt die Biester aufgetaucht sind. *Puh* – Riesenmaulwürfe, Rieseneidechsen, Drillwürmer … und dieses komische Insektenvieh mit dem gegliederten Leib und den Flügeln *kenne* ich nicht mal. Herrje! Anscheinend wimmelt die Grabungsstätte total von diesem Viehzeug!«

»Vor allem die Abschnitte 5 und 6«, sagte Albert. »Wenn man *denen* zu nahekommt, drohen unerfreuliche Begegnungen.« Er kratzte sich die Nase. »Und wo sind *wir* hier?«

Scarlett tippte ihm auf die Schulter. Als er sich umdrehte, erblickte er eine riesige, mit blutroter Farbe auf die Wand gemalte 6, die fast größer war als er selbst.

Eine längere Pause entstand. Scarlett machte als Erste wieder den Mund auf. »Auch egal«, sagte sie. »Wir bleiben ja nicht hier. Wir gehen nach Abschnitt 7 rüber, suchen die verpackten Fundstücke, klauen einen Laster und fahren davon. Von der Begrabenen Stadt selbst bekommen wir vermutlich kaum was mit, und von diesen Viechern hier schon gar nicht.«

»Auch nicht von dem gruseligen Insekt?«

»Von dem ganz bestimmt nicht. Fast schon schade, dass es so langweilig wird.« Sie schenkte Albert ihr typisches schiefes Grinsen. »Der Tunnel hier ist sicher eine gute Wahl. Bestimmt führt von dort eine Treppe in den aktuellen Ausgrabungsbereich, und von dort aus kommen wir zum Lager und zur Verladerampe. Auf geht's!«

Sie tappten durch den breiten Tunnel, der von zahllosen Arbeitsschuhen zerschrammt war. Im schwankenden Lichtschein der Taschenlampe entdeckte Albert weitere Spuren der Bergarbeiter: rostige Ölkannen, alte Axtköpfe und andere undefinierbare Hinterlassenschaften. Man hatte den Eindruck, dass hier schon ewig niemand mehr entlanggekommen war, und es war sehr still.

Es dauerte länger, als sie erwartet hatten, aber schließlich kamen sie an eine Kreuzung. Der Tunnel teilte sich hier in drei Gänge. Scarletts Behauptung, dass der Verladebereich kinderleicht zu finden sein würde, bewahrheitete sich demzufolge nicht unbedingt. In jedem Gang herrschte das gleiche unheimliche, fluoreszierende Licht. Jeder war mit Kunststoff ausgelegt. Man konnte beim besten Willen nicht sagen, welcher der drei – wenn überhaupt einer – der richtige war.

Scarlett rückte stirnrunzelnd ihren Hut zurecht. »Was hat eine Kreuzung ohne Schilder für einen Sinn?«

»Vielleicht wurden die Schilder gefressen.«

»Wie auch immer, wir müssen uns entscheiden. Was meinst du? Ist der mittlere Gang vielleicht ein bisschen breiter?«

»Ich wollte eben vorschlagen, den rechten zu nehmen.«

»Dann nehmen wir den linken. So was ist echt nicht unser Ding, das hat die Erfahrung gezeigt. Wahrscheinlich irren wir uns beide.«

Ob der linke Gang nun der richtige war oder nicht, würde Albert nie erfahren, denn schon bald waren alle Gedanken an den Verladebereich und die Lastwagen vergessen. Nachdem der Gang ein Stück geradeaus verlaufen war, bog er ab und mündete in eine weitläufige Höhle. Über ihnen gähnte eine gewaltige Leere. An der fernen Decke schimmerten Neonröhren und warfen ihr weißes Licht auf das, was die Höhle enthielt.

Häuser.

Albert und Scarlett blieben wie angewurzelt stehen.

Der Boden bestand aus geschwärztem, uraltem Beton, teils glatt, teils rissig. Auf beiden Seiten ragten Hausfassaden aus dem grauroten Gestein, schienen aus dem Fels zu sprießen wie Kristalle, die die Formen von Türen und Bögen, Säulen und Dachgiebeln angenommen hatten. Es waren Geisterhäuser – fragmentarisch und traumartig. Ihre Umrisse zeichneten sich verschwommen unter der verbliebenen Felsschicht ab. An manchen Stellen hatten sich die Arbeiter offenbar die Mühe gemacht, die Details der antiken Bauwerke freizulegen, an anderen Stellen waren sie kaum bis zum Mauerwerk vorgedrungen und hatten sich damit begnügt, Fenster- und Türöffnungen aufzubrechen, um ins Innere zu gelangen. Hier und da waren auch nur Löcher in die Hauswände gebohrt worden – vermutlich von Menschenhand, aber Albert musste unwillkürlich an die Riesen-Drillwürmer denken. Weiter oben hatte man lange Simse aus unbehauenem Fels stehen lassen, über die man an die oberen Öffnungen herankam. Man erreichte sie über beängstigend lange, schmale Leitern, die für Albert nicht aussahen, als ob sie erwachsene Männer tragen würden. Die Kindersklaven fielen ihm wieder ein.

Dann merkte er, dass er schon die ganze Zeit den Atem anhielt. Sogar Scarlett hatte es vorübergehend die Sprache verschlagen.

»So viel Arbeit …«, sagte Albert. »Stell dir vor, wie anstrengend es gewesen sein muss, das alles hier auszuschachten.«

Scarlett nickte. »Anscheinend sind die Leute *echt* scharf auf das, was es hier zu holen gibt.«

Sie gingen mit hin und her schwenkenden Taschenlampen weiter, folgten dem Kunststoffweg durch die Höhle. Weil es so hallte, schwiegen sie. Der leiseste Schritt erzeugte in den Hohlräumen raunende Echos, die an Lautstärke zunahmen, wenn sie hin und her geworfen wurden, und sich schließlich von weit weg vernehmen ließen, sodass es einem vorkam, als rückte von allen Seiten ein Totenheer heran …

Doch es war niemand da.

»Das hier muss vor vielen Jahren ausgegraben worden sein«, flüsterte Scarlett. »Ich sehe nirgends Werkzeuge, Karren oder Schutthaufen. Aber lass uns trotzdem die Löcher da im Auge behalten. Die gefallen mir nicht.«

Sie kamen an eine Stelle, wo sich einst zwei alte Straßen gekreuzt haben mochten. Hier hatte man eine Häuserecke vollständig freigelegt, und die Neonröhren erhellten eine zweite riesige, ausgeschachtete Höhle. Ihre Wände waren mit schwarzen Streifen überzogen, als wären Flammen daran emporgezüngelt … Albert versuchte, sich die Stadt in bewohntem Zustand vorzustellen. Es fiel ihm schwer. Teilweise glich die Architektur jener, die er aus den Verbliebenen Städten kannte, aber alles war irgendwie verzerrt, als blickte man durch eine gesprungene Linse. Als gäbe es hier unten auch optische Echos.

Vor dem Eingang zur angrenzenden Höhle waren orangefarbene Kunststoffkegel aufgestellt. Scarlett und Albert musterten sie.

»Was soll das bedeuten?«, fragte Albert.

»*Draußen bleiben – Lebensgefahr – Angriffslustige Rieseninsekten*. Irgendwas in der Art.«

»Ja, oder? Wollen wir dann lieber in die entgegengesetzte Richtung weitergehen?«

»Wäre mir lieber.«

Doch nach ein paar Schritten hob Albert die Hand. »Hörst du das auch?«

Scarlett nickte. Ihre Miene war angespannt.

Es war ein leises, aber unmissverständliches *Klackern*. Nicht regelmäßig, in unbestimmter Entfernung und aus unbestimmter Richtung. Ungebetene Bilder drängten sich Albert auf: spitze Krallen, die über Stein kratzten, mahlende Mundwerkzeuge von Insekten.

»Wahrscheinlich bloß ein Generator oder so was«, sagte er rasch. »Irgendeine harmlose Maschine.«

Scarlett erwiderte seinen Blick. »Glaube ich auch.«

Sie folgten der uralten Straße durch einen Bogen aus Aschegestein in eine kleinere Höhle. Hier waren die Häuser kaum freigelegt und man hatte auf der Suche nach den Hohlräumen innerhalb der Gebäude lediglich ein paar Löcher gebohrt. Keine besonders großen Löcher. Albert konnte sich nicht recht vorstellen, wie sich die breitschultrigen Bergleute aus den Bars in Ashtown dort hindurchzwängten. Die Höhlendecke war hier und da eingebrochen. Albert beschleunigte seinen Schritt. Die Aussicht, womöglich verschüttet zu werden, behagte ihm gar nicht.

Der Gang gabelte sich erneut. Eine grob in den Fels gehauene Arbeitstreppe führte nach oben, aber geradeaus tat sich in einer alten Betonmauer ein bogenförmiger Durchgang auf. Wieder blieben Scarlett und Albert zweifelnd stehen.

»Nach oben, oder?«, fragte Albert schließlich. »Vielleicht kommen wir dann in einen anderen Abschnitt.«

»Und wenn es Abschnitt 7 ist?«, gab Scarlett zu bedenken.

»Wenigstens hat das Klackern aufgehö- *Scarlett*! Jemand beobachtet uns!«

Unter dem Bogen kauerte eine graue Gestalt. Albert wich abrupt zurück, in seinen Ohren rauschte das Blut. Scarlett hatte schon den Revolver in der Hand. Er hörte sie schnell und flach atmen.

Sie warteten. Die Gestalt rührte sich nicht. Mit fliegenden Fingern knipste Albert seine Taschenlampe an. Der Lichtkegel näherte sich zitternd der reglosen Gestalt, traf sie mit einer Lanze aus Licht.

Die Gestalt war sehr mager und hielt die knochigen Arme schützend über den Kopf. Sie hatte etwas eigenartig Sanftes. Sogar im grellen Taschenlampenlicht war ihr Umriss ausgefranst. Die Gliedmaßen wirkten körnig und verschmolzen mit dem Rumpf.

Scarlett ließ die Waffe sinken. »Entspann dich. Das ist ein ehemaliger Einwohner.«

Wachsam gingen sie weiter. Die Wände der Höhle waren mit Spuren überzogen, die überdimensionalen Fingerabdrücken glichen und strahlenförmig vom Eingang nach innen zeigten. Die zusammengekauerte, vertrocknete Gestalt war eigenartig verdreht, als fürchtete sie sich noch immer vor dem, was hier eingedrungen war.

»Sie ist so dünn …«, sagte Scarlett. »Wie verbranntes Papier. Als würde sie zerbröseln, wenn man sie antippt.« Sie ging in die Hocke und musterte die Überreste. Nachdem sie ihre Taschenlampe kurz an- und gleich wieder ausgeknipst hatte, richtete sie sich auf.

Albert hatte sie beobachtet. »Was hast du da gemacht, Scarlett?«

»Ich wollte ihr Gesicht sehen.«

»Und? Was hast du gesehen?«

»Nichts. Nichts … Schau nicht hin.«

Sie standen ein paar Sekunden einfach nur da.

»Was ist wohl damals bei der Großen Verheerung passiert?«, fragte Albert.

»Das wissen die Götter. Auf jeden Fall etwas ganz Schlimmes.«

Sie kehrten zur Treppe zurück, stiegen zum nächsten Gang hinauf und liefen weiter. Es war *nicht* Abschnitt Nummer 7. Die Wege schlängelten sich auf verwirrende Weise in die begrabenen Häuser hinein und wieder heraus. Alles wirkte noch verlassener als weiter unten. Es roch modrig. Nach einer unbestimmten Zeitspanne schlug Scarlett vor, dass sie noch einmal zur Treppe zurückgehen und es mit einem anderen Gang probieren sollten. Doch sie fanden die Treppe nicht mehr.

Nachdem sie die mumifizierte Leiche entdeckt hatten, war ihre Stimmung umgeschlagen. Albert fiel auf, dass Scarletts Antworten immer schroffer wurden, ihre Entscheidungen unüberlegter. Sie ging jetzt schneller, bog an jeder Weggabelung ungeduldig ab, wollte einfach nur weiter. Auch er selbst fühlte sich zunehmend unbehaglich, empfand die unaufhörliche Stille als beklemmend. Beide hatten Durst. Scarlett hatte ihre eine Wasserflasche schon ausgetrunken und die zweite angebrochen. Die Batterie von Alberts Taschenlampe war leer.

Sie durchquerten Höhlen voller Betontrümmer und kamen an einer gewaltigen Ziegelmauer vorbei, die sich ins Unendliche zu erstrecken schien. Sie durchquerten Bereiche, wo der Boden mit fluoreszierendem Schimmel bedeckt war, der an den Schuhsohlen kleben blieb. Sie sahen auch noch mehr Tote, alle in den hintersten Winkeln leerer Höhlen.

Schließlich landeten sie in einem breiten Gang, der sich gabelte und nach links und rechts durch den Hügel schlängelte. Er wurde von langen Ketten aus Glühbirnen erhellt, die an die Wand geschraubt waren. Neben der Kunststoffbahn verliefen dort die Gleise einer Schmalspurbahn, in der Luft hing ein schwacher Geruch nach Dieselöl.

Scarlett schob sich den Hut aus der Stirn und kratzte sich den Kopf. Sie war verschwitzt, ihre Wangen waren gerötet. »Riechst du das? Die Schienen sind erst kürzlich befahren worden. Wir müssen nur rausfinden, in welche Richtung.«

Albert nickte. »Vielleicht erleichtert uns das Klackern ja die Entscheidung. Ich höre es nämlich wieder.«

»*Shiva!* Wo?«

»Hinter uns. Frag mich nicht, was das ist.«

»Garantiert nichts Gutes! Ruf dir das verdammte Schild in Erinnerung und such dir was aus. Wahrscheinlich folgt es unserer Witterung. Kannst du was sehen?«

Albert spähte um die Biegung des Stollens. »Nein.«

»Umso besser. Also: links oder rechts? Ein Weg *muss* zum Verladebereich führen …« Scarlett sah auf ihre Armbanduhr und fluchte: »Mist, schon *zwei* Uhr! Wie kann das sein? Die Nacht ist schon halb um!«

Albert sah sie entsetzt an. Auch er war auf einmal völlig desorientiert. Seinem Gefühl nach waren sie erst eine Stunde unterwegs.

Sie entschieden sich für links und folgten schweigend den Schienen, bis sie schließlich in einer lang gestreckte Höhle mit hoher Decke landeten. Eine Wand bestand aus grob behauenem Gestein, die andere aus der glatten Betonwand eines gewaltigen Gebäudes. Zu sehen waren hier nur drei Stockwerke mit Reihen quadratischer, gähnender Fensteröffnungen. Auch in dieser Höhle gab es Tote. Spindeldürr und mit gesenkten Köpfen kauerten sie in halb freigelegten Nischen am Fuß der Betonwand.

An der Felswand hing eine Kette trüber Glühbirnen, die Lichtpfützen von der Farbe saurer Milch auf den Boden warfen. Andere Bereiche der Höhle blieben stockfinster.

In der Mitte der Betonwand führte eine Leiter zu einer höher gelegenen Fensteröffnung hinauf. Auf den Gleisen hier standen zwei kleine Loren. Eine war voller Schutt, in der anderen lagen Grabwerkzeuge.

»Na bitte. Hier wurde vor Kurzem gearbeitet«, sagte Scarlett erfreut. »Wir kommen der Sache näher. Wenn wir den Schienen folgen, müssten wir zum Grubeneingang kommen.«

Albert zögerte noch und zog die Nase kraus. »Hier riecht's nicht gut«, stellte er fest.

»Vielleicht eine giftige Gasblase. Wir legen einen Schritt zu.« Scarlett beschleunigte ihr Tempo. »Komm schon!«

Albert spürte einen neu erwachten Ansporn, den brennenden Wunsch, endlich wieder frische Luft zu atmen. Hoffentlich hatte Scarlett recht und sie waren bald im Verladebereich.

Ihm fiel etwas ein. »Die Wachtposten«, sagte er. »Wenn die Lastwagen bewacht sind, bin ich dafür, Blutvergießen zu vermeiden.«

Scarlett ließ ein unbestimmtes Brummen hören. »Kommt drauf an, ob sie mitspielen«, erwiderte sie dann.

»Aber Zusammenschlagen reicht auch. So wie bei den Banküberfällen.«

»Mal sehen. Die Wachleute hier könnten ein anderes Kaliber sein.«

Sie folgten den Lichterketten. Nach einer Weile drehte sich Albert um. Das Klackern war verstummt. Nichts deutete darauf hin, dass etwas Vielbeiniges hinter ihnen her war.

»Keine Verfolger in Sicht«, meldete er.

»Gut.«

»Vielleicht haben wir ja ausnahmsweise mal Glück.«

»Bestimmt, Albert, ganz bestimmt.«

Er ging ein Stück weiter. Eigentlich war es überflüssig, sich schon wieder umzudrehen. Er hätte nicht sagen können, warum er es trotzdem tat. Vielleicht war es Intuition, vielleicht etwas anderes: eine kaum merkliche Veränderung, die seiner bewussten Wahrnehmung entgangen war. Jedenfalls warf er wieder einen Blick über die Schulter – und sah, wie sich einer der Toten in seiner Nische umdrehte, die knochigen Beine ausstreckte und aufstand.

Kapitel 13

Das Wesen machte nicht das kleinste Geräusch. Dass es plötzlich lebendig geworden war, so lautlos, dass es Albert beinahe entgangen wäre, war so grausig und undenkbar, dass ihm die Begrabene Stadt noch mehr wie ein Traum erschien als ohnehin schon. Seit sie die Stollen betreten hatten, kam ihm alles seltsam unwirklich vor. Hier unten hatte Zeit keine Bedeutung, waren ganze Häuserreihen in Felsgestein versunken … Dass nun auch noch die Toten lebendig wurden, hatte fast eine schaurige Logik. Panik stieg in ihm auf, wand sich wie eine Schlange um seine Arme und Beine. Sein Kiefer verkrampfte. Er sah, wie sich das Wesen von der Mauer löste und ruckartig und steifbeinig weiterging. Es stand am Rand einer von Dunkelheit umgebenen Lichtpfütze. Wie bleich es war! Wie ausgemergelt! Der Kopf schwankte auf dem dürren Hals, schwarze Augen schimmerten, fahle Lippen grinsten. Ein blasses knochiges Bein streckte sich ins Licht, spitze Zähne schlugen aufeinander. Das Klicken wie von einer Schere löste den Bann des endlosen Augenblicks und gab Albert wieder frei.

Ihm entfuhr ein erstickter Aufschrei.

Scarlett fuhr herum. Das Wort, das *ihr* entschlüpfte, hatte so gar nichts Traumhaftes.

Auf einmal hatte sie die Pistole in der Hand und feuerte sie dicht neben Alberts Ohr dreimal ab. Das Knallen war wie eine Detonation. Kugeln bohrten sich in Fleisch. Das Wesen fiel nach hinten, rollte quer über die Gleise und kam wieder auf die Beine. Zähne leuchteten im Dunkeln.

Der Lärm hallte durch die ganze Höhle und löste unzählige Echos aus. Auch in anderen Nischen regte es sich jetzt. Gekrümmte Rücken richteten sich auf, lange, dürre Glieder streckten sich wie Spinnenbeine.

Überall in der Höhle erwachten blutfinstere Gedanken zum Leben.

Erst jetzt kam in Alberts Verstand an, was er instinktiv längst gespürt hatte. Dass er in *diesem* Teil der Begrabenen Stadt nicht von Toten umgeben war. Von Lebenden aber auch nicht – jedenfalls nicht von lebenden *Menschen.*

Das hier war ein anderes Grauen.

»Gezeichnete …«, sagte er tonlos.

»Albert«, flüsterte Scarlett neben ihm, »lauf zur Leiter und klettere nach oben.«

Ihre Ruhe brachte ihn wieder zu sich. Er drehte sich um. Weiter hinten, neben den Loren, lehnte eine Leiter an der Wand. Sie reichte bis zum dritten Stock hoch. Auf den Simsen tauchten weitere Gestalten auf, doch Albert ignorierte sie einfach. Ebenso wie das Krachen von Scarletts Pistole, als sie erneut zweimal schoss und zwei fahle Schemen ins Taumeln gerieten. Albert rannte los, Scarlett folgte ihm sich immer wieder umwendend durch Lichtpfützen und Dunkelheit. Wegen des Pulverdampfs sahen sie kaum noch etwas.

Die Leiter war offenbar für Kinder gedacht, leicht und schmal und unglaublich hoch. Albert glaubte nicht, dass er sie rechtzeitig erreichen würde. Er war noch nicht mal an den Loren. Als er eben zu einem verzweifelten Sprint ansetzen wollte, packte ihn von hinten eine bleiche Hand. Er erhaschte einen Blick auf ein wie Marmor geädertes Handgelenk, einen Armreif aus Metall und Knochen. Schwarze Fingernägel bohrten sich in seine Schulter, zerrten ihn mit übermenschlicher Kraft zurück. Schmerz durchzuckte ihn, er schrie gellend auf. Betäubender Gestank, dumpfes Geheul. Das Wesen stürzte sich zähnefletschend auf ihn, bestand nur noch aus Maul und Zähnen. Scarlett richtete die Pistole auf den Angreifer und drückte ab. Das Geheul verstummte augenblicklich, die bleiche Hand erschlaffte. Albert lief stolpernd weiter.

Sie erreichten die Loren. Scarletts Revolver war leer geschossen. Sie klappte ihn auf und ließ die leeren Patronenhülsen herausfallen. Keine Zeit zum Nachladen … Im wirbelnden Pulverdampf zeichneten sich Umrisse ab, Johlen, Pfeifen und das Scharren von langen Zehennägeln waren zu hören. Scarlett steckte die Pistole in den Gürtel, zog eine Spitzhacke heraus und ließ sie in die andere Hand wechseln.

Das Johlen schlug in schrilles Kreischen um, die Gezeichneten waren auf einmal überall. Scarletts Spitzhacke holte nach links und rechts aus. Albert hechtete auf die Leiter und nahm drei Sprossen auf einmal. Das Gekreisch am Boden trieb ihn an. Höher, noch höher … Die dünnen Sprossen bogen sich unter seinem Gewicht. Als er nach unten blickte, sah er, wie sich weißliche Gestalten um die Leiter scharten. Einige machten sich daran, sie zu besteigen, andere wollten sie offenbar umwerfen. Scarlett stand kerzengerade und ohne zu schwanken dicht über ihren ausgestreckten Händen. Mit dem Rücken zu den Sprossen kletterte sie weiter, ohne sich festzuhalten. Inzwischen hatte sie die Spitzhacke wieder in den Gurt gesteckt und war dabei, den Revolver nachzuladen. Die Leiter wackelte, Albert hielt sich krampfhaft fest. Scarlett klappte die Trommel zu und feuerte sechsmal zwischen ihre Stiefel. Die Leiter hörte auf zu wackeln.

Albert war oben angekommen, war schon fast unter der Höhlendecke. Die Leiter endete an einem großen quadratischen Fenster vor einem freigelegten Raum aus alter Zeit. In der undurchdringlichen Finsternis konnte alles Mögliche lauern: ein Riesenmaulwurf, eine Schlange, ein Drillwurm … Albert war jetzt alles egal. Mit einem Satz warf er sich von der Leiter in den Raum hinein. Fast im gleichen Augenblick landete Scarlett neben ihm. Sie stieß ihn zur Seite und verpasste der Leiter einen Tritt. Albert sah die Leiter schräg nach hinten in die Höhle kippen, die Kabel der Lichterketten mit sich reißen und alles in einem Funkenregen auf den Höhlenboden niederprasseln. Die Leiter fiel polternd quer über die Gleise. Die Gezeichneten heulten und schnatterten erschrocken durcheinander.

Albert und Scarlett wechselten einen Blick.

»Alles in Ordnung?«, fragte sie.

»Ja«, antwortete er, obwohl seine Schulter schmerzhaft pochte. »Und bei dir?«

»Ich bin bloß sauer.« Sie rieb sich die Stirn. »War ich denn bescheuert? Ich weiß doch, wie sie riechen! Aber hier unten wird man ganz wirr im Kopf … Geben sie auf?«

Albert warf einen Blick durch die Fensteröffnung. Ein wogendes Meer aus bleichen Köpfen mit vereinzelten, fedrigen Haarbüscheln. Knochige Hände packten die Leiter, hoben sie auf und trugen sie wieder zur Mauer. »Äh … nicht direkt. Ich würde mal sagen, uns bleibt eine Minute, nicht viel mehr.«

Scarlett fluchte leise, knipste die Taschenlampe an und leuchtete in den Raum hinein. Rissige Betonwände, ein Schuttberg und weiter hinten die Andeutung eines Durchgangs. »Vielleicht geht es da hinten raus«, sagte sie, »aber wir müssen Zeit gewinnen. Hilf mir mal mit dem Stein da drüben.«

Der Stein, den sie meinte, lag auf dem Schuttberg und war ungefähr so breit wie Alberts Brust. Mit vereinten Kräften versuchten sie, ihn herunterzuwälzen. Es war keine leichte Arbeit. Albert tat der rechte Arm weh, seine Schulter fühlte sich taub an. Noch während sie mit dem widerspenstigen Brocken kämpften, tauchte im Fensterrahmen das obere Ende der Leiter auf. Dann schwankte es rhythmisch, als etwas heraufgeklettert kam.

Scarletts Hut war verrutscht, Schweiß lief ihr übers Gesicht. »Albert?«

»Ja?«

»Darf ich mal was sagen?«

»Sicher.«

»Dir ist schon klar, dass jetzt eine gute Gelegenheit wäre, deine Gabe einzusetzen, oder? Vieles wäre leichter, wenn du die Mistkerle einfach in Stücke sprengen würdest.«

Er horchte in sich hinein. Spürte er die Schlimme Angst? Das Schädelpochen würde dazu passen, das Herzklopfen, die kribbelnden Handgelenke … Andererseits hatte er ganz ähnlich wie Scarlett auf die Bedrohung reagiert: kämpfen, fliehen, Steine wälzen … Wie sie hatte er die Anspannung auf praktische Art und Weise abgebaut. Dem Albert von früher wäre das nicht gelungen – er wäre hilflos gewesen. Die Angst wäre explodiert, und er hätte wahrscheinlich die ganze Höhle zum Einsturz gebracht.

Sie hatten den Stein schon durch den halben Raum gerollt.

»Tut mir leid«, sagte Albert, »aber ich kann nicht. Ich spüre die Angst zwar, aber anscheinend habe ich sie zu lange unterdrückt.«

»Aber als es neulich um Ettie und Joe ging –«

»Ich kann sie nicht einfach ein- und ausschalten, Scarlett. So funktioniert das nicht!«

»Ach ja? Der Glaubenshaus-Agent neulich hatte offenbar kein Problem damit.«

Die Leiter im Fenster schwankte immer heftiger. Knurren und Scharren waren zu hören.

Sie nahmen alle Kraft zusammen und rollten den Stein die letzten Meter, dann wuchteten sie ihn aus dem Fenster. Ein dumpfes Knirschen, dann splitterte und krachte es, als die Leiter in sich zusammenbrach. Das Johlen und Pfeifen unten in der Höhle verstummte jäh – und brandete dann wieder auf.

Scarlett und Albert ließen sich auf den Boden fallen und lehnten sich schwer atmend an die Wand.

Albert schaute an die Decke. »Du hast mich eben mit dem Glaubenshaus-Agenten verglichen«, sagte er.

»Ach, vergiss es.« Scarlett kniete sich unbeholfen hin und spähte über das Fensterbrett. »Sie ziehen sich zurück«, sagte sie. »Weiter nach hinten in die Höhle.«

Das Geheul wurde leiser. Albert spürte seine schmerzende Schulter wieder und stellte fest, dass sie blutete. Er hielt sich den Arm. Scarlett schaute immer noch aus dem Fenster.

»Glaubst du, sie verfolgen uns?«, fragte er.

»Logisch. Sie wollen uns den Weg abschneiden. Wir müssen sofort hier weg.« Sie richtete die Taschenlampe auf den Durchgang hinten im Raum. »Unsere einzige Chance ist der Flur dort.«

»Als sie vorhin so dagehockt haben … was haben sie da *gemacht*?«

»Gepennt? Winterschlaf gehalten? Wer weiß das schon bei denen? Vielleicht gefällt es ihnen einfach unter der Erde. Der einbeinige Bettler meinte auch, dass die Bergleute ab und zu Probleme mit ihnen haben.«

Albert hatte aufstehen wollen, doch jetzt hielt er mitten in der Bewegung inne. »Der einbeinige Bettler hat *was* gesagt?«

»Dass die Bergarbeiter gelegentlich Ärger mit Gezeichneten bekommen.« Scarlett wischte ein Staubkorn vom Glas der Taschenlampe. »Hatte ich das nicht erwähnt?«

»*Nein*. Hast du nicht. Dieses kleine Detail hast du mir verschwiegen.«

»Dann hab ich's halt vergessen. Ist doch egal.«

»Es ist *nicht* egal!«, entgegnete Albert aufgebracht. »Ich hätte beinahe einen Arm verloren!«

»Er ist ja noch dran, oder? Er hängt immer noch so schlapp an deiner Schulter wie vorher. Ich verstehe nicht, warum du so einen Aufstand –« Sie richtete den Lichtstrahl auf ihn. »Albert, deine Schulter!«

Er drehte sich weg. »Schon gut.«

»Klappe. Die Wunde … Hat er dich gebissen?«

»Nein.«

»Sicher?«

»Ja. Er hat nach mir geschnappt, aber du hast ihn rechtzeitig erschossen. Die Schulterwunde stammt von seinen Fingernägeln.« Scarlett starrte ihn immer noch an. »Von seinen *Fingernägeln*«, wiederholte Albert. »Warum fragst du?«

»Nur so. Nimm mal die Taschenlampe.« Sie setzte den Rucksack ab, öffnete ihn und holte den Beutel mit dem Verbandszeug heraus. Dann biss sie die Spitze eines Plastikröhrchens ab und spuckte sie aus. »Zum Glück waren es nur die Nägel. Wenn dich ein Gezeichneter *beißt*, sieht die Sache nämlich ganz anders aus.« Sie tropfte eine bräunliche Flüssigkeit auf eine Mullkompresse und drückte sie auf Alberts Schulter. Er zuckte zusammen, weil es brannte. »Festhalten und draufdrücken. Die Gezeichneten haben irgendwelche Bakterien oder so im Mund, und wenn sie zubeißen, infiziert man sich damit. Man muss sich übergeben, verliert Flüssigkeit. Nach einer Stunde schwillt man an, verfärbt sich schwarz und stirbt. Sie schleichen ihren Opfern nach und warten, bis sie verendet sind, erst dann beginnen sie mit ihrem Festschmaus. Aber es waren ja bloß die Fingernägel, von daher kann nicht viel passieren.« Sie musterte ihn wieder. »Bist du hundertprozentig sicher?«

»*Bevor* du das alles erzählt hast, war ich ganz sicher. Jetzt kann ich mich nicht mal mehr hundertprozentig an meinen eigenen Namen erinnern.«

Im Schein von Scarletts Taschenlampe hasteten sie durch den schmalen Gang hinter dem Durchgang. Stellenweise war er so niedrig, dass sie die Rucksäcke absetzen und vor sich herschieben mussten. Auch dieser Gang war offensichtlich für Kinder gedacht, und Albert wunderte sich erneut über die Unmenschlichkeit der Bergleute. Wie konnte man Kinder an so einen Ort schicken? Alles blieb still, doch er konnte sich lebhaft vorstellen, wie nackte, krallenbewehrte Füße anderswo eilig durch die Dunkelheit tappten, weshalb ihn die Stille nicht beruhigte.

Sie kamen in einen zweiten Raum, der dem ersten sehr ähnlich war. Ein Fenster ging auf einen Felsvorsprung mit klaffenden Rissen hinaus, weiter unten war eine ausgegrabene Straße zu sehen. Scarlett und Albert wechselten in das angrenzende Gebäude über, durchquerten dunkel gähnende Bogengänge und Flure aus schwarz verfärbten Backsteinen und landeten schließlich wieder in einem Stollengang. Sie lauschten angestrengt an jeder Abzweigung, doch nichts war zu hören.

Schließlich kamen sie an eine rissige Treppe, die sowohl nach oben als auch nach unten führte. Felsvorsprünge ragten aus den Wänden. Ratlos blieben sie stehen.

Albert wollte eben etwas sagen, als ein lang gezogener Pfiff von unten herauftönte. Sofort knipste Scarlett die Taschenlampe aus, und beide rührten sich nicht mehr. Dann näherten sich schnüffelnde Geräusche, als würde jemand ihre Witterung aufnehmen … Mit größter Vorsicht huschten sie auf Zehenspitzen die Treppe hinauf und befürchteten, jeden Augenblick das hasserfüllte Johlen und Rufen hinter sich zu vernehmen. Aber noch verfolgte sie niemand.

Sie flüchteten weiter durch das Labyrinth aus Stollen, Gängen und ausgehöhlten Gebäuden, Stille und Todesangst im Nacken. Albert hatte für die Wunder der Vergangenheit keine Augen mehr. Es kam ihm vor, als liefe er schon eine Ewigkeit durch endlose, gewundene Tunnel. Dann standen sie so unvermittelt, dass sie fast erschraken, wieder in einem Hauptstollen. Es war ein breiter Gang mit Kunststoffbelag und Schmalspurgleisen, die zielstrebig auf ein trübes Licht in der Ferne zuführten.

Auf einer Palette neben den Gleisen stand eine Holzkiste. Scarlett hob den Deckel an und entdeckte einen Stapel dick eingestaubter Stangen Sprenggelatine. Aus den Enden ragten weiße Zündschnüre. Wortlos steckten sie so viele Stangen ein, wie sie konnten. Dabei passten sie auf, dass sie mit der Taschenlampe nur das anleuchteten, was sie unbedingt sehen mussten. Ringsum waren sie von Dunkelheit umgeben.

Albert machte seinen Rucksack wieder zu. »Das dürfte das Verhältnis ein bisschen ausgleichen«, flüsterte er.

Scarlett nickte. »Und ich habe noch sechs Kugeln. Mehr brauche *ich* nicht. Hier – nimm du die Spitzhacke.«

»Für mich? Ehrlich? Danke.«

Sie straffte sich. »Jetzt geht's in den Endspurt. Sie können nicht weit hinter uns sein.«

Sie folgten den Gleisen. Der ferne, körnige Schein wurde allmählich zu einem schwachen Leuchten und dann zu einem helleren Licht, das ihnen entgegenflutete. Der Stollen verbreiterte sich, und vor ihnen tat sich eine riesengroße, grob aus dem Stein herausgehauene Höhle auf.

Hier standen zwei Holzloren auf den Gleisen, dahinter fiel der Boden steil ab. Aus dem Abgrund ragte das obere Ende eines Gerüstes. Offenbar fanden weiter unten ebenfalls Grabungen statt, denn man erkannte undeutlich weitere Stollen und Schutthaufen. Die Gleise führten schnurgerade über den abschüssigen Boden bis an den Rand des Abgrunds, wo sie an einer brüchigen Rampe aus geborstenem Holz endeten. Dort musste einst eine Brücke hinübergeführt haben, zu einer hell erleuchteten Öffnung in der Felswand gegenüber.

Albert konnte den Blick nicht von der Öffnung abwenden. Sie schimmerte wie das Tor zu einem gelobten Land. Doch die Brücke war gesprengt worden, und ein hohes Drahtgitter bildete ein zusätzliches Hindernis.

Albert sah, dass Scarlett dasselbe dachte wie er.

»Ja, da drüben beginnt Abschnitt 7«, sagte sie. »Wenn es so hell ist, muss da ein richtig großer Generator laufen. Aber sie haben den Bereich abgeriegelt, weil sie wissen, was auf dieser Seite los ist.«

»Wahrscheinlich haben sie sich auch mit dem einbeinigen Bettler unterhalten«, gab Albert zurück.

»Versuchst du, ironisch zu sein?«

»Ich weiß gar nicht, was das ist. Obwohl – kann sein.«

Scarlett schob ihren Rucksack zurecht. »Die Frage ist, wie wir da rüberkommen, ehe unsere Freunde hier eintreffen.«

Albert drehte sich um. Die Höhle besaß noch mehr Zugänge, aus denen weitere Schienen zum Hauptgleis führten. Man sah große Holzbehälter, die vorwiegend mit Schutt gefüllt waren, außerdem zerbrochene, teils umgekippte Loren, aufgerollte Seile und kaputte Werkzeugständer. Anscheinend hatten die Arbeiter die Höhle vor nicht allzu langer Zeit überstürzt verlassen. Alles wirkte ein bisschen trostlos.

»Wir könnten das Gitter wegsprengen«, fuhr Scarlett fort. »Das dürfte nicht so schwer sein.«

Albert nickte. »Aber dafür müssen wir erst mal hinkommen.«

»Stimmt.«

»Und das ist unmöglich. Es sei denn, wir klettern in die Grube runter und auf der anderen Seite irgendwie wieder rauf. Aber das schaffen wir nicht mehr, bevor sie kommen.«

»Du hast recht, Albert. Das brauchen wir gar nicht erst zu versuchen. Aber *vielleicht* gibt es ja noch eine andere Lösung …«

Albert war jetzt ein halbes Jahr mit Scarlett unterwegs, mit allen Freuden und Überraschungen, die dazugehörten. Sie brauchte den Hut nicht abzunehmen, damit er wusste, was ihr durch den Kopf ging. Die Schienen. »Hoffentlich denkst du nicht an das, was ich glaube, woran du denkst«, sagte er.

»Könnte gut sein.«

»Dann stürzen wir in den Abgrund!«

»Nicht unbedingt. So abschüssig, wie der Boden ist, fliegen wir einfach drüber.«

»Prallen dort gegen das Gitter und werden wie die letzten Trottel rückwärts in die Tiefe geschleudert!«

Sie grinste. »Natürlich würde ich vorher die Sprenggelatine rüberschmeißen und das Gitter wegpusten.«

»Bloß nicht! Das klappt nie im Leben. Das ist eine total bescheuerte Idee – nein, das ist der allerbescheuertste, unsinnigste, lebensmüdeste Plan, mit dem du je angekommen bist!«

»Dafür lässt er sich *schnell* in die Tat umsetzen«, hielt Scarlett dagegen. »Und wenn du eine bessere Idee hast, immer her damit, denn ich höre die Gezeichneten schon.«

Beide drehten sich um. Sie schauten. Sie horchten. Aber nicht lange.

»Es ist ein Superplan«, sagte Albert. »Eins deiner Glanzstücke. Hast du Streichhölzer dabei?«

»Ja. Du schiebst, ich sprenge.« Sie beugte sich schon über ihren Rucksack und wühlte darin herum.

Albert steckte die Spitzhacke in den Gürtel und lief zu der Lore, die dem Abgrund am nächsten stand. Als er sich dagegenstemmte, schmerzte seine verletzte Schulter höllisch. Eigentlich hatte er nicht viel Kraft in den Armen, aber die Räder waren gut geölt, und die Lore rollte los. Leider wurde seine Befriedigung dadurch getrübt, dass die Geräusche hinter ihnen immer lauter wurden. Schon konnte man Geheul, schrille Pfiffe und eilige Schritte unterscheiden.

Albert schob mit aller Kraft. Dann wurde der Boden plötzlich abschüssig und die Lore beschleunigte. Erst freute er sich darüber, dann merkte er, dass ihm das Gefährt davonsauste. Wenn er ausrutschte und versehentlich losließ, würde er die Lore nicht mehr einholen können. Er packte die Holzwand und hievte sich in den Wagen, gerade als dieser richtig Fahrt aufnahm. Kalte

Luft schlug ihm entgegen, die vom Boden der Lore aufwirbelnde Asche flog ihm in die Augen. Ein ganzes Stück weiter vorn sah er Scarletts Silhouette vor dem beleuchteten Sperrgitter. Sie stand auf der zerstörten Brücke und holte mit einer Stange Sprenggelatine aus. Als sie sich kurz umdrehte, leuchtete ihr Gesicht fahl auf.

Die Lore sauste rumpelnd abwärts, schneller und immer schneller, Steinchen spritzten von den Schienen. Als Albert seinerseits einen Blick über die Schulter riskierte, sah er dünne weiße Gestalten aus dem Stollen auftauchen. Sie fluteten an der zweiten Lore vorbei und hetzten hinter ihm her.

Albert drehte sich wieder nach vorn. Die Sprenggelatine war erfolgreich gelandet und funkensprühend vor das Gitter gerollt. Albert wartete auf die Detonation, aber nichts geschah.

Aus den Nebenstollen auf beiden Seiten strömten noch mehr Gezeichnete.

Als Albert wieder zu Scarlett hinüberschaute, sah er zu seinem Erstaunen, dass sie von den Schienen *wegrannte*. Was hatte sie denn jetzt vor?

Die Gezeichneten kamen immer näher. Manche liefen aufrecht, andere auf allen vieren. Ihr Heulen und Kreischen erfüllte die ganze Höhle. Scarlett blieb stehen und drehte sich um. Dann rannte sie in spitzem Winkel wieder auf die Gleise zu, dorthin, wo sie auf die heransausende Lore treffen musste …

Der Boden wurde noch abschüssiger, die Lore noch schneller. Die geborstenen Schienen ragten ins Nichts.

Alberts Haare flatterten hinter ihm her. Er hielt sich mit einer Hand fest und zog mit der anderen die Hacke aus dem Gürtel.

Scarlett rannte mit fliegenden roten Locken auf ihn zu. Ihr Hut löste sich. Sie hielt ihn fest, geriet ins Stolpern. Schon streckten die Gezeichneten die langen weißen Finger nach ihr aus.

Die Lore kam angesaust.

Ein Gezeichneter war Scarlett dicht auf den Fersen, doch sie sprang, bekam die Seitenwand der Lore zu fassen und plumpste hinein.

Der Gezeichnete sprang ebenfalls. Albert holte mit der Spitzhacke nach ihm aus.

Verfolger und Hacke verschwanden hinter ihm im tosenden Fahrtwind. Die Lore erreichte das Ende der abschüssigen Fläche, schoss über die kaputte Rampe nach oben und über das Ende der Schienen hinaus.

Die Sprenggelatine detonierte.

Am unteren Rand der Abtrennung explodierte ein Lichtblitz, breitete sich aus, hüllte das Drahtgitter in weiße Flammen. Alle anderen Geräusche wurden übertönt.

Die Lore schwebte einen Augenblick lang frei über dem Abgrund.

Dann tauchte sie mitten in das grelle Licht ein.

Sengende Hitze und Helligkeit streckten sich wie gierige Hände nach Albert aus.

Kapitel 14

Hinterher fand Scarlett, dass eigentlich alles wunderbar geklappt hatte. In einem Holzkarren über einen Abgrund mitten in eine Explosion hineinzufliegen, während eine Horde Kannibalen hinter einem her war, hatte den Vorteil, dass man gar nicht dazu kam, Angst zu haben. Was, wenn das Gitter nur teilweise weggefetzt worden wäre? Dann wären sie und Albert als Kebabs auf glühend heißen Metallspießen geendet. Oder wenn die Sprenggelatine ein paar Sekunden später explodiert wäre? Dann wären ihre schwelenden Überreste in der ganzen Höhle verteilt worden. Es gab noch etliche andere grausige Möglichkeiten, aber keine hatte sie zu dem Zeitpunkt groß gekratzt, was hauptsächlich daran lag, dass sie kopfüber in der Lore hing und mit den Beinen strampelte.

Was als Nächstes geschah, ließ ihr ebenfalls nicht viel Zeit zum Nachdenken.

Die Gelatine *hatte* ein Loch in die Abtrennung gesprengt, und die Lore *hätte* auch hindurchgepasst. Blöderweise blieben die hinteren Räder an dem verbogenen Gitter hängen, sodass die Lore jäh ausgebremst und Scarlett nach vorne hinausgeschleudert wurde.

Sie flog durch die von der Detonation noch vibrierende Luft, durch einen Hagel aus Metallteilen, durch Rauch und kleine Stichflammen. Dann streiften ihre Füße den Boden. Instinktiv schlug sie erst einen Purzelbaum und rollte dann (einigermaßen kontrolliert) weiter. Als sie wieder auf die Beine kam, stolperte sie ein paar taumelnde Schritte und hörte hinter sich die Lore krachend und splitternd auseinanderbrechen … Schlitternd hielt sie an und duckte sich, so tief sie konnte. Holztrümmer kamen aus dem Rauch geschossen, doch sie wurde zum Glück nicht getroffen. Ganz in der Nähe trudelte eine Achse mit zwei Rädern langsam aus.

Der Rauch lichtete sich. Scarlett richtete sich leicht benommen auf und fand sich in einer hell erleuchteten, großen Halle wieder. Der Rucksack war noch da, wo er hingehörte, ihr Hut war weg, die Haare hingen ihr kreuz und quer ins Gesicht. Sie sah an sich herunter. Wundersamerweise schien noch alles dran zu sein.

Als sie sich umdrehte, blickte sie auf qualmendes Holz und Metall, auf das gesprengte Gitter und den schwarzen Abgrund dahinter, über den das Geheul der Gezeichneten zu ihr hinüberhallte.

»Albert?«

Keine Antwort.

Scarlett näherte sich der zerstörten Lore, erst langsam, dann rannte sie humpelnd los. Mit beiden Händen warf sie die losen Trümmer beiseite. Er hatte sich bei der rasenden Fahrt an der Rückwand festgeklammert. Die Wände der Lore waren nur noch Kleinholz, das Fahrgestell verbogen und so heiß, dass man es kaum anfassen konnte. Das Ganze bot ein Bild der Verwüstung. Hier war nichts und niemand unversehrt geblieben.

»Albert …?«

»Hier.«

Scarlett unterbrach ihre verzweifelte Suche und sah sich um.

Albert saß am anderen Ende der Halle auf dem Boden. Mit gespreizten Beinen und schräg gestellten Füßen blinzelte er Scarlett verschlafen an, als wäre er soeben in einem bequemen Bett aufgewacht. Sein Gesicht war ein bisschen rußverschmiert, die Haare zeigten in sämtliche Himmelsrichtungen. Abgesehen davon – und von ein paar Holzsplittern – deutete nichts darauf hin, dass er eben noch in eine Hochgeschwindigkeits-Karambolage verwickelt gewesen war.

Ihr fiel ein Stein vom Herzen. »Was machst du da? Warum hast du nichts gesagt?«

»Weil mir die Luft weggeblieben war. Was ist mit dir? Du hast ein bisschen beunruhigt ausgesehen.«

»Quatsch.« Sie verzog das Gesicht und betastete ihre Locken. »Wo ist mein Hut?«

»Da drüben. Er ist runtergefallen, als du deine Spezialsaltos geschlagen hast.« Albert kam unbeholfen auf die Beine. »Und du warst *doch* beunruhigt.«

»Von wegen!«

»Du warst hektisch und hattest Angst.«

»Ich war *sauer*. Ich dachte, du hast irgendeinen Blödsinn angestellt und es geschafft abzukratzen.«

Scarlett entdeckte ihren Hut in den Trümmern und drückte ihn sich mit so viel Würde auf den Kopf, wie sie aufbringen konnte. Der Metallreif war zwar ein bisschen verbogen, würde aber seinen Zweck noch erfüllen.

»Es ist nicht verboten, sich meinetwegen Sorgen zu machen«, sagte Albert. Er war zu dem zerstörten Gitter hinübergegangen und blickte über den Abgrund. »Schon gar nicht, wo wir soeben die Flucht des Jahrhunderts hingelegt haben. Sieh dir an, wovor wir entkommen sind.«

Scarlett näherte sich dem zerfetzten Gitter mit gebotener Vorsicht. Die Gezeichneten kreischten nicht mehr, waren aber noch da. Sie scharten sich am gegenüberliegenden Rand des Abgrunds und schauten reglos zu Scarlett und Albert herüber.

Aus dieser Entfernung waren ihre Augen und Münder nur schwarze Flecken auf leichenblassen Gesichtern und sie ähnelten hellen Stalaktiten, die am Boden festgewachsen waren. Einer ließ die Kiefer zuschnappen wie eine eiserne Fußangel, sonst gaben sie keinen Laut von sich.

Ihr Gestank wehte herüber. Scarlett schloss die Augen. Einen Augenblick lang war sie wieder auf einem Waldhang, stand mit einem Kind an der Hand im Farnkraut …

»Was glaubst du – wie lange haben wir noch?«, fragte Albert.

Sie blinzelte ein paarmal energisch und rückte ihren Hut zurecht. »Fürs Erste sind wir in Sicherheit. Vielleicht versuchen sie, in die Grube hinab und auf unserer Seite wieder heraufzuklettern, aber bis dahin sitzen wir schon in einem Lastwagen voller Beute und sind auf und davon.« Damit drehte sie sich um, stapfte mit langen Schritten davon und ließ nur Stille zurück.

* * *

Anders als die aufgegebenen Abschnitte war dieser Teil der Grabungsstätte hervorragend beleuchtet, ausreichend ausgeschildert und bequem zu begehen, sodass sie nicht lange brauchten, um den Verladebereich zu finden. Was auch gut so war, denn laut Scarletts Armbanduhr brach schon fast der neue Tag an. Kurz nach Sonnenaufgang würden die Busse mit den

Arbeitern eintreffen, und Abschnitt 7 würde wieder zum Leben erwachen.

Die unterirdischen Räume, die sie nun durchquerten, waren nicht mit den älteren Stollen zu vergleichen. Überall gab es elektrisches Licht, die Böden waren gefegt, die Schuttbehälter und Loren nicht verrostet. Breite Gänge führten in jüngst ausgegrabene Teile der unterirdischen Stadt, aber hier gab es Spinde für die Ausrüstung und Bereiche, in denen die Funde sortiert wurden. An den Wänden hingen Werkzeuge, Jacken und Helme, darunter standen reihenweise zerschrammte Arbeitsschuhe. Es gab nach Putzmitteln riechende Speisesäle, Tafeln mit Dienstplänen und Tische, auf denen benutzte Becher und Teller standen. Dort lagen auch stapelweise bedruckte gefaltete Blätter.

»Guck mal – hier liegt die *Ballade von Scarlett & Browne*! Unsere Geschichte!«, rief Albert entzückt.

»Ich fand's hier ja vorher schon super, aber das ist natürlich das Tüpfelchen auf dem I«, erwiderte Scarlett. »Nimm bloß keins von den Dingern mit!«

»Warum denn nicht? Ist doch ein tolles Andenken. Außerdem möchte ich mich auf dem Heimweg endlich mal über unsere sittlichen Verkommenheiten informieren.«

Albert steckte ein Balladenblatt in den Rucksack und schlenderte beschwingt weiter. Scarlett stapfte leicht verblüfft hinterher. Sie staunte immer wieder, wie mühelos Albert hochdramatische Erlebnisse einfach abzuschütteln schien. Er war wie ein Schmetterling, der zur nächsten Blume flatterte – ein Schmetterling, der wie durch ein Wunder stets unversehrt blieb. Auch diesmal hatte er keinen Kratzer abbekommen, als sie gegen das gesprengte Gitter gekracht waren, wogegen Scarlett alles wehtat.

In Momenten wie diesen war ihr Gefährte ihr so fremd wie die Gezeichneten, wenn er auch zum Glück wesentlich harmloser war.

Obwohl er natürlich *keineswegs* harmlos war. Oder es nicht wäre, wenn er nur wollte.

Sie kamen in einen großen weiß gestrichenen Raum mit einer Decke aus Eisenträgern und Wänden aus Holzbohlen. Hier standen zahlreiche Tische, und auf dem Boden stapelten sich Kisten, in die das weiße Kreissymbol der Glaubenshäuser eingeprägt war. Manche Kisten waren offen und abgesehen von Stroh zum Auspolstern leer. In anderen befanden sich zu Alberts Entzücken allerlei Gegenstände. Sofort lief er zu den Kisten hinüber.

»Wir sind im Packraum«, flüsterte er ehrfürchtig. »Hier werden die besten Funde transportfertig gemacht. Mal sehen … Gold- und Silbergegenstände, klar … haufenweise Metallzeugs, das man einschmelzen und wiederverwenden kann … ein paar angekokelte Bücherreste, denn hinter dem Wissen der Alten sind sie natürlich auch her – aber was ist *das*? Das Lange könnte eine Sichtvorrichtung sein, und hier ist so was wie ein Abzug …« Er sah Scarlett fragend an. »Es sieht ganz ähnlich wie das Ding aus, das ich in Warwick mitgenommen habe. Joe meinte, dass es zu irgendeiner Schusswaffe gehört.«

Für Scarlett waren die geschwärzten, korrodierten Fundstücke deutlich weniger interessant als das fahle Licht, das durch einen großen Durchgang gegenüber hereinfiel. »Na schön, dann sind es eben alte Waffen«, sagte sie. »Zweifellos haben unsere Vorfahren genauso versucht, einander abzumurksen, wie wir heute auch. Na und? Entscheidend ist, dass die Kisten noch nicht fertig gepackt sind. Die fertigen stehen vielleicht schon im Verladebereich. Komm!«

»Kann ja sein, aber was wollen die Glaubenshäuser mit den Funden? Und warum ist Soames so scharf darauf?«

»Das ist doch jetzt egal! Wir müssen dafür sorgen, dass er die Sachen so schnell wie möglich in die verschwitzten Wurstfinger kriegt! Also trödel nicht rum. Da drüben sieht man schon *Tageslicht*!«

Sie hörte selbst, wie aufgeregt sie klang. Nach dem stundenlangen Aufenthalt unter der Erde war dieser schwache Schimmer neuen Lichts Balsam für ihre Seele. Albert ging es anscheinend genauso, denn er ließ die Kisten Kisten sein. Sie liefen zu dem Durchgang hin, spähten hindurch – und wurden mit einem ersten Blick auf die Verladezone belohnt.

Es handelte sich um eine riesige Halle mit Wänden und Boden aus Beton. In die hintere Wand war hoch oben eine Reihe großer regenfleckiger Fenster eingelassen. Durch die Scheiben fiel graues Morgenlicht herein. Darunter führte ein großes zweiflügeliges Eisentor auf das eingezäunte Außengelände am Berghang hinaus. Neben dem Tor waren ein Hebel, Zahnräder und ein motorbetriebener Mechanismus zu sehen.

Doch es kam noch besser. Mitten in der Halle stand ein gepanzerter Tanklaster, wuchtig und stumm wie ein großes in der Steppe dösendes Raubtier. Dunstiges Morgenlicht, in dem Aschestaub aus den Stollen tanzte, lag auf dem Fahrzeug. Die Karosserie war zerkratzt und verbeult, das Profil der gewaltigen Reifen abgenutzt und rissig. Der Geschützturm hockte wie ein grauer Buckel obendrauf. Der Frachtraum stand offen, drinnen waren lauter Kisten gestapelt. Weitere Kisten, die noch verladen werden mussten, standen davor auf dem Boden. Ein Transportlaster, bereit für die Fahrt in den fernen Süden! *Das* war es, weshalb sie hergekommen waren. Scarlett grinste zufrieden.

Anschließend schaute sie sich weiter um. Alles war ruhig. Es gab noch mehr Durchgänge, aber dahinter war es dunkel. Ganz in der Nähe war ein Bereich der Halle mit einem hohen Zaun plus Stacheldraht abgetrennt. Hinter dem Zaun standen ein paar rostige Blechschuppen. Scarlett sah Benzinfässer, eine Art Werkstatt mit Werkzeugen und Reifen … Das Benzin war sogar zu riechen. Doch die Hauptsache war, dass sich nirgends Wachleute blicken ließen. Niemand war da. Es war fast zu schön, um wahr zu sein.

Scarlett kaute nachdenklich auf einer Haarsträhne.

Hatten die Wachen die Detonation in der Grube gehört und lagen jetzt irgendwo auf der Lauer?

Als Albert sie am Arm fasste, zuckte sie zusammen. »Du, Scarlett …«

»Hast du was gesehen?«

»Ja. Der Schuppen da …«

»Was ist damit?«

»Dort werden die Kinder eingesperrt.«

»Was?« Ihr übermüdetes Hirn, das mit Wachleuten und Hinterhalten beschäftigt gewesen war, hatte Mühe umzuschalten. »Welche Kinder?«

»Die Sklaven, die hier arbeiten.«

Als Scarlett sich wieder nach dem abgezäunten Bereich umdrehte, fielen ihr Einzelheiten auf, die sie vorher übersehen hatte. Vor den Blechschuppen standen niedrige Tische in bunten Farben, eine Reihe kleiner Stühle … Ja, und Spielzeug gab es auch: ein verblichenes Schaukelpferd, umgeworfene Kegel, ein einsamer, abgewetzter Ball. Scarlett betrachtete die armselige Sammlung. Sie stellte sich den Lärm vor, wenn der Bus ankam, das Getrappel kleiner Schuhe, die dünnen, hohen Stimmen, das leise Husten und Seufzen …

Sie spürte, wie sich etwas in ihr zusammenzog, und entwand Albert ihren Arm. »Wie kommst du denn jetzt darauf?«, sagte sie schroff. »Das ist doch unwichtig.«

»Nicht sauer werden, Scarlett. Überleg doch mal. Sie kommen hier an, wenn es hell wird, und werden wieder weggebracht, wenn es dunkel ist. Das bedeutet, dass sie *nie die Sonne sehen*. Das ist schlimmer als in Stonemoor. Dort durften wir wenigstens raus in den Park.«

»Das ist nicht unser Problem! Wir sind hier, weil wir Joe und Ettie befreien wollen. Also halt die Klappe und mach dich nützlich. Dort steht der Lastwagen, und der ist unser Weg nach draußen. Oder nimmst du irgendjemanden wahr?«

Er verzog ärgerlich das Gesicht, konzentrierte sich dann aber. »Nein. Aber hier gibt es sowieso zu viel Eisen.«

»Dann gehe ich jetzt zum Laster. Du öffnest das Tor mit dem Hebel dort. Ich werfe den Motor an, und auf geht's.«

Er schaute immer noch zu dem abgezäunten Bereich hinüber. »Und was ist mit dem Tor vom Außengelände?«

»Da rauschen wir einfach durch. Sag mal, hörst du mir überhaupt zu? Albert! Wir müssen uns jetzt konzentrieren!«

»Schon klar.« Sein Gesicht war nicht mehr ärgerlich, sondern ausdruckslos.

Mehr gab es nicht zu sagen. Scarlett zog ihre Pistole, dann lief sie los.

Als sie die schrägen Bahnen aus mattem Tageslicht durchquerte, verursachten ihre Stiefelsohlen kein Geräusch, doch bei der Vorstellung, wie leicht sie jemand, der sich hinter den Kisten oder den Benzinfässern versteckt hielt, einfach abknallen konnte, lief es ihr eiskalt über den Rücken. Doch niemand schoss auf sie. Alles blieb still.

Ohne auf die herumstehenden Kisten zu achten, näherte sie sich dem offenen Frachtraum des Lasters. Darin standen in käfigähnlichen Containern aus Maschendraht säuberlich gestapelte Kisten, aber es gab auch einen Stapel leerer Kisten, die anscheinend noch befüllt werden sollten. Hinter den Maschendrahtkäfigen waren zwei Sitze für die Wachleute, außerdem ein Waffenständer, die Leiter zum Geschützturm auf dem Dach … und eine Luke, durch die man ins Führerhaus gelangte.

Scarlett warf einen Blick über die Schulter. Albert huschte wie ein verdrossenes Gespenst in Richtung Tor. Scarlett zeigte noch einmal auf den Hebel, dann kletterte sie in den Frachtraum und ging zur Luke. Bei den Brüdern hatte sie Fahren gelernt, weil sie gelegentlich geholfen hatte, Schwarzmarktgüter zwischen Wessex und Mercia hin und her zu befördern. Die Transporter damals waren zwar nicht so groß wie dieser Schwerlaster gewesen, aber letztlich dürfte er sich nicht viel anders bedienen lassen. Sie brauchte lediglich den Schlüssel, und der steckte bestimmt im Zündschloss. Sie öffnete die Luke und schlüpfte hindurch ins Führerhaus.

Hinter dem Steuer saß ein Mann.

Er war in sich zusammengesunken, als wäre er während der langen, einsamen Nacht nach und nach geschmolzen – ein dunkelhäutiger, unrasierter Mann mit graugrüner Uniform und dunkelgrünem Bowlerhut. Seitlich am Hut prangte das weiße Abzeichen der Glaubenshäuser, die vor dem Bauch zusammengelegten Hände hielten eine Kaffeetasse. Genau genommen schob er hier vermutlich Wache, tatsächlich aber schlief er wahrscheinlich schon eine ganze Weile tief und fest. Scarlett verzog das Gesicht. Unprofessionalität konnte sie nicht ausstehen, selbst wenn sie sie wie jetzt gnadenlos ausnutzen würde.

Der Wachmann hatte zwar keine wollene Schlafmütze auf, aber er war nah dran.

Als sie sich neben ihn schob, öffnete der Mann ein Auge – gerade rechtzeitig, um zu erkennen, dass sie ihm mit dem Pistolenlauf auf die Schulter tippte. Mit der anderen Hand nahm sie ihm die Dienstpistole weg.

»Aufwachen!«, zischte sie. »Und wenn du Panik kriegst, dann bitte leise.«

Der Mann schrie auf und ließ die Kaffeetasse fallen. »Mörder! Totschläger! Abweichler!«

»Weder noch – vorausgesetzt, du kriegst dich wieder ein.«

»Räuber? Banditen?«

»Schon eher. Und jetzt her mit dem Wagenschlüssel.«

Sein Blick huschte nach links und rechts. »Das wäre eine Pflichtverletzung.«

»Und im Dienst pennen ist keine? Du hast auf dein Hemd gesabbert. Rück den Schlüssel raus, aber zackig!«

»Ich habe dem Hohen Rat einen Eid geschworen! Ich muss diese Schätze mit meinem Leben verteidigen!«

Scarlett schwenkte mit grimmiger Miene ihre Pistole. »Das lässt sich leicht arrangieren.«

Nach kurzem Zögern kramte der Wachmann in seiner Hosentasche. »Vielleicht können wir uns ja gütlich einigen. Ich glaube, ich habe den Schlüssel … aber was willst du damit? Du kannst das Gelände sowieso nicht lebend verlassen. Sobald du rausfährst, erschießen dich meine Kollegen.«

»Das Risiko gehe ich ein«, konterte Scarlett. »Beziehungsweise, wenn das so ist, wäre es besser, *du* fährst.«

»So grausam kannst du nicht sein!«, wimmerte der Mann. »Wo bleibt dein Mitgefühl, meine Liebe? Du bist doch ein Mädchen!«

»Ein Mädchen, dessen Mitgefühl schon lange verkümmert ist«, knurrte Scarlett. »Ein Mädchen, das zwölf turbulente Stunden in den tiefsten Stollen dieser Grabungsstätte verbracht hat, um deinen blöden Laster zu klauen. Übrigens bin ich nicht allein …« Sie zeigte aus dem Fenster. Albert stand inzwischen vor dem gewaltigen Hebel, der aus dem Boden ragte und ihm bis zur Brust reichte. »Das ist mein Partner, ein Junge von wahrhaft furchterregender Bösartigkeit. Verglichen mit seiner rabenschwarzen Verderbtheit bin ich eine Heilige. Soll *er* sich lieber mit dir befassen?«

Der Mann starrte Albert an. Der kämpfte mit dem Hebel, zerrte mit aller Kraft daran, richtete aber nichts aus. »Weiß nicht. Schwer zu sagen.«

Scarlett wedelte mit der Pistole. »Mir reißt gleich der Geduldsfaden. Wo ist der Schlüssel?«

»Der hat sich sozusagen an meinem Oberschenkel verkeilt.«

»Dann *ent*keile ihn! Ich zähle bis drei.«

Der Wachmann bäumte sich in seinem Sitz auf, in seiner Hose herrschte plötzlich Aufruhr. »Hier, bitte!«

»Igitt, wieso ist der so verschwitzt? Na gut, setz dich wieder hin. Wir warten, bis das Tor aufgeht.«

Sie warteten. Albert rang immer noch mit dem widerspenstigen Hebel, verdrehte dabei die Augen und schnitt die erstaunlichsten Grimassen. Scarlett spürte, wie sich ihr Unterkiefer verspannte.

»Ihr wart in den unteren Stollen?«, erkundigte sich der Wachmann. »Aber die sind doch vergittert …«

»Wir haben das Gitter gesprengt. Ihr Götter, wird das verflixte Ding denn nie geölt? Wie kann ein Hebel derart klemmen!«

»Er klemmt nicht. Wenn der Junge in die richtige Richtung zieht, geht es.«

Scarlett ächzte entnervt, pochte mit der Pistole ans Fenster und vollführte mit der anderen Hand entsprechende Gesten. Nach kurzer Verwirrung begriff Albert, was sie meinte. Er reckte fröhlich den Daumen und drückte den Hebel von sich weg, statt ihn zu sich hin zu ziehen. Sofort setzte sich der Mechanismus in Gang. Sogar im Führerhaus spürte Scarlett, wie der Hallenboden vibrierte, als die großen Zahnräder losratterten. Die breiten Torflügel quietschten und glitten schwerfällig auf. Dazwischen erschien ein immer breiter werdender Streifen aus blaugrauem Licht und Nieselregen.

Scarlett gab Albert wieder ein Zeichen. Anscheinend hatte er den Wachmann am Steuer gesehen, denn er ging um den Laster herum und stieg hinten ein. »Wer ist der Typ?«, fragte er durch die offene Luke.

»Du brauchst dich ihm nicht vorzustellen«, entgegnete Scarlett. »Sobald er uns vom Hof gefahren hat, steigt er aus. Mach die Türen zu und komm nach vorn.«

Albert schloss den Frachtraum und verriegelte ihn. Scarlett schaute wieder nach vorn. Inzwischen hatte sich das große Tor fast ganz geöffnet, es regnete schräg herein. Trübes, aber vielversprechendes Tageslicht fiel auf den Lastwagen. Scarlett sah schon die Wachtürme draußen auf dem Gelände. Am Rand des Plateaus hob sich die Umzäunung vom blauroten Himmel ab.

Der Wachmann wurde unruhig. »Bitte zwing mich nicht zu fahren! Die erschießen mich!«

»Hör auf zu jammern. Mein Partner und ich ducken uns. Wenn deine Kollegen deine hässliche Visage sehen, lassen sie dich schon durch.«

»Nein! Der Transport geht nie so früh raus! Und ich bin nicht berechtigt, den Laster zu fahren!«

»Heute schon, mein Freund. Hier – der Schlüssel. Albert, komm her und duck dich.«

Albert tat wie geheißen. Scarlett hielt dem Wachmann den Zündschlüssel hin. Im selben Augenblick prallte etwas von hinten gegen den Laster.

Alle fielen gegeneinander: Albert gegen Scarlett, Scarlett gegen den Wachmann. Dann hämmerte jemand an die Fahrertür. Ein Gesicht drückte sich ans Fenster – schwarze, pupillenlose Augen, fischbauchweiße Haut, gebleckte Haifischzähne.

Der Angstschrei des Wachmanns übertönte alle anderen Laute, die Scarlett und Albert möglicherweise entschlüpft wären. Jetzt wurde auf allen Seiten gegen den Laster gehämmert, die Türen zum Frachtraum schepperten. Ganz kurz war Scarlett vor Schreck wie gelähmt. Dann packte sie den Wachmann am Kragen. Sein Gesicht zitterte vor Todesangst unkontrolliert. Sie drückte ihm energisch den Schlüssel in die Hand.

»Fahr.«

Er starrte sie an. Die weiße Gestalt scharrte an der Fahrertür, hinterließ Kratzer in der Scheibe.

»Du willst doch noch nicht sterben, oder? *Fahr schon!* Zum Außentor! Nimm seine Pistole, Albert. Wenn er sich weigert, erschießt du ihn.«

Immer mehr Gestalten warfen sich gegen die Windschutzscheibe und verdunkelten das Licht. Scarlett drängte sich an Albert vorbei, der allmählich wieder zur Besinnung kam, und schlüpfte durch die Luke in den Frachtraum. Sie lief an den Kisten und Drahtkäfigen vorbei zur Geschützturmleiter und stieg sie hinauf. Dabei spürte sie, dass der Motor angelassen wurde. Der Laster schwankte unter dem Angriff von außen heftig hin und her.

Scarlett öffnete die Riegel der Deckenluke und kroch hindurch. Da war das Maschinengewehr. Es war fest mit dem drehbaren Sitz verbunden, der Lauf ragte aus der durchsichtigen Kuppel. In der bläulichen Dämmerung dahinter verschwammen die Lichter des Außengeländes, der durch das Tor hereinwehende Regen trommelte gegen die Scheibe. Scarlett zwängte sich auf den Sitz, entsicherte den Mechanismus und versetzte mit einem Tritt Sitz und Waffe in Drehung. Dann blickte sie durch das Visier und feuerte eine Salve auf die herandrängenden weißen Gestalten ab, fegte sie vom Dach und quer durch die Halle. Vom Krachen der Schüsse klingelten ihr die Ohren. Erst jetzt sah sie den Gehörschutz, der über dem Gewehrlauf hing.

Der Laster setzte sich mit aufröhrendem Motor langsam in Bewegung. Scarlett stieß einen saftigen Fluch aus. »Worauf wartet ihr, Albert? Wir müssen hier weg!«

Albert rief etwas, das sie nicht verstehen konnte. Sie ließ den Sitz wieder kreisen. Aus dem Durchgang am Ende der Halle strömten immer mehr Gezeichnete. Scarlett eröffnete erneut das Feuer. Manche brachen zusammen, andere schwärmten um den Laster herum aus und kletterten daran hoch. Scarlett schwenkte das Maschinengewehr von einer Seite zur anderen und schoss pausenlos. Die Getroffenen rutschten und flogen in einem Durcheinander fuchtelnder Gliedmaßen vom Lastwagen herunter.

Dann machte der Laster einen Satz nach vorn, der Fahrer gab endlich Gas. Er hätte das Tor beinahe verfehlt und schrammte daran entlang. Dann rumpelte der Laster ins Freie. Die Sicht war schlecht. Der Wagen scherte nach rechts und links aus, die weißen Gestalten klammerten sich panisch daran fest. Jene, die dabei herunterfielen, blieben hinter dem Laster zurück wie schäumendes Kielwasser hinter einem Motorboot.

Scarlett spürte, dass der Fahrer in heller Panik war, denn im verzweifelten Versuch, die Verfolger abzuschütteln, drehte er das Lenkrad hektisch hin und her. In den Wachtürmen am Zaun flammten jetzt Lichter auf, die Wachposten fingen ihrerseits an zu schießen. Kugeln prallten jaulend und funkensprühend vom Metalldach des Führerhauses ab, ein Stück Zaun wurde pulverisiert. Der Lastwagen brauste weiter.

Das Dach war inzwischen frei von Gezeichneten. Scarlett stellte das Feuer ein. Durch die verregnete Scheibe konnte sie die Hügel ringsum nur undeutlich erkennen, die Lichter von Ashtown unten im Tal. Durch die auf ihn einprasselnden Kugeln und Wassertropfen hielt der Laster geradewegs aufs Tor des Außengeländes zu.

Scarlett arretierte das Maschinengewehr und kletterte wieder nach unten ins Führerhaus. Der Wachmann und Albert saßen geduckt auf ihren Sitzen, die Windschutzscheibe war gesprungen und verschmiert.

Das Tor kam immer näher. Scarlett wappnete sich für den Zusammenstoß.

Der Schwerlaster krachte so heftig gegen das Tor, dass die Vorderreifen vom Boden abhoben. Scarlett flog erst nach vorn gegen die Lehne von Alberts Sitz und wurde dann durch die offene Luke in den Frachtraum zurückgeschleudert. Als sie die Augen wieder aufmachte, fuhr der Laster die lang gezogene Kurve der Zufahrtsstraße hinab. Sie ließen das Plateau rasch hinter sich und bretterten zwischen Hängen aus schwarzer Erde und windzerzaustem Gras bergab, hinein in die Gefahren des anbrechenden Tages.

Kapitel 15

An diesem Morgen lag ein rotes Licht über dem Himmel. Eine dichte Bank aus Haufenwolken hing über den Königreichen und warf den Feuerschein der Brandgebiete zurück. Wenn man durch die lädierte Frontscheibe des Lasters nach oben schaute, konnte man den über die Unterseite der Wolkenbank flackernden Widerschein der Flammen lodern sehen. Darunter erstreckte sich dunkel und flach die Erde. Albert hatte den Eindruck, als seien sie weit und breit das einzig Lebendige.

Der Lastwagen rumpelte über die Landstraße. Im Fahrerhaus selbst war das Geräusch der riesigen Reifen nicht lauter als das Schnurren einer Katze. Die Große Nordstraße führte durch dürres Gestrüpp und wuchernden Wald immer weiter nach Süden, ein graues Band in einer grauen Landschaft. Auf den Hügeln sah Albert ab und zu ein befestigtes Dorf, doch alle Siedlungen hielten Abstand zur Straße.

Sie waren mit Vollgas durch Ashtown gebraust, hatten nur kurz dahinter einmal gehalten, um den angstschlotternden Wachmann rauszuwerfen und Scarlett ans Steuer zu lassen. Der Mann hatte Albert leidgetan. Die letzte halbe Stunde war nicht schön für ihn gewesen. Andererseits hatten sie ihn vermutlich davor bewahrt, von den Gezeichneten umgebracht zu werden, und er konnte sich jetzt rühmen, dass er dem berühmt-berüchtigten Banditenpärchen Scarlett und Browne persönlich begegnet war. Um ihn ein wenig aufzuheitern, wies Albert ihn darauf hin, erntete aber keine hörbare Reaktion. Nachdem sie ihn herausgelassen hatten, zog er in Richtung Stadttor ab.

Scarlett fuhr, Albert saß daneben. Sie waren viel zu müde, um sich zu unterhalten, und die erste Etappe der Fahrt dauerte nicht sehr lange. Nach einer Stunde führte die Straße allmählich zwischen den dicht bewaldeten Ausläufern der Hügel ins Flachland von Mercia hinab. Als sie an eine Stelle kamen, wo mehrere Holzfällerwege von der Straße abgingen, suchte sich Scarlett einen davon aus und fuhr so lange weiter, bis sie außer Sichtweite der Landstraße waren. Dann stellte sie den Motor aus und ließ die Hand in den Schoß fallen. Der Lastwagen war still. Albert und Scarlett schliefen auf der Stelle ein, auf ihren Sitzen im dunklen Führerhaus, während über ihnen der Abglanz des Feuers lautlos über den Himmel tollte.

Als sie nach vielleicht drei Stunden wieder wach wurden, waren sie von tanzenden grünen Schatten umgeben. Die Sonne war durch die Wolkenbank gedrungen, im Führerhaus war es heiß. Trotz des Nickerchens fühlte sich keiner von beiden erfrischt. In der Stille hatte sich das Adrenalin verflüchtigt und kristallisierte Erschöpfung zurückgelassen. Scarletts Hut war im Schlaf heruntergefallen, die Haare hingen ihr zerzaust ins Gesicht. Albert tat alles weh, und er fühlte sich so unwohl in seiner Haut, als hätte sie die falsche Größe. Er sagte sich, dass sie ungeheure Gefahren bezwungen hatten und ihnen noch drei Tage blieben, um die Beute abzuliefern. Trotzdem wollte sich keine gute Laune einstellen. Sie hatten noch einen langen Weg vor sich, an dessen Ende Soames und Teach warteten.

Scarlett wollte weiter. Während sie den Motor anließ, sah sich Albert zum ersten Mal richtig im Führerhaus des Lasters um. Es war überraschend komfortabel ausgestattet: mit bequemen Sitzen, einem Tisch und sogar einem Klappbett. Ein kleiner Eckschrank enthielt Wasserflaschen, einen Petroleumkocher, Dosenfleisch, Kekse, Brot und Kaffee. Im Nu hatte Albert ein nahrhaftes Frühstück zusammengestellt, das er Scarlett am Steuer servierte. Sie brummte anerkennend und balancierte das Ganze auf dem Schoß, ohne die Straße aus den Augen zu lassen.

»Brauchst du sonst noch was?«

»Bessere Scheibenwischer wären nicht schlecht.« Sie deutete auf die verschmierte Frontscheibe und löffelte einen großen Happen Dosenfleisch. »Nein danke«, sagte sie kauend. »Das hier ist völlig ausreichend, und wir sind wieder gut in Form. Aber wir müssen uns ranhalten. Bestimmt schickt die Bergbaufirma Brieftauben nach Süden. Wir müssen schneller als die Vögel sein.«

»Glaubst du, sie verfolgen uns?«, fragte Albert.

»Die Firma? Ich wüsste nicht, wie. Die sind erst mal mit den Gezeichneten beschäftigt.«

Albert sah wieder die wogende Horde vor sich, die aus dem Tor gestürmt kam, die Posten, die von den Wachtürmen herabfeuerten … Das Grauen der Nacht lastete noch auf ihm.

Sie fuhren jetzt nach Mercia hinein, durch eine Gegend offener Wiesenlandschaft, die nur spärlich bevölkert zu sein schien. Einmal sahen sie von Weitem einen Schwarm Hornvögel in den Ruinen einer Stadt nach Futter suchen. Auch auf der Straße war nicht viel los. Sie begegneten nur einer Kolonne aus zehn Panzerfahrzeugen und einem einsamen Überlandbus. Erst nach und nach belebte sich die Umgebung. Sie rumpelten durch kleine Siedlungen, kamen an Pferdekarren und Dampfwagen vorbei.

Gegen Mittag teilte sich die Straße in zwei gleich breite Abzweigungen, die sich in die blaue Ferne davonschlängelten. An der Weggabelung stand hinter einer halb eingestürzten Mauer eine heruntergekommene Raststätte. Ein Mann im schmutzigen Overall saß vor der Baracke unter einem großen Sonnenschirm aus Stroh und bot Benzin, Wasser und frisches Obst aus eigenem Anbau zum Verkauf an. Im sonnendurchfluteten Garten hinter dem Wachhaus standen mehrere alte Apfelbäume. Gepanzerte Brieftauben flatterten in Käfigen auf der Mauer. Albert erstand eine Tüte Äpfel, Scarlett erkundigte sich nach dem Weg. Der Mann empfahl die Abzweigung nach rechts, die sie dann auch nahmen. Albert fiel auf, dass ihnen der Mann lange nachschaute, als sie wieder davonrumpelten.

Der Nachmittag verstrich. Flirrende Hitze hing über dem gelben Buschland. Auf den sandigen Hängen wuchsen hier und dort Besenginster und Ilex. Es war eine trostlose Gegend. Am Horizont erhob sich eine felsige Hügelkette, die allmählich näher kam und auf beiden Seiten an die Straße heranrückte.

»Wir müssen demnächst noch mal anhalten«, sagte Scarlett. »Wenn alles glattgeht, sind wir morgen um diese Zeit in Stow, aber vorher muss ich noch eine Runde schlafen.«

Albert brummte zustimmend. *Er* sehnte sich schon seit Stunden nach einer Pause. Seine Schulterwunde stach schmerzhaft, und die eintönige Aschelandschaft drückte ihm aufs Gemüt. Und nicht nur die Landschaft. Auch Scarletts dornige, übermüdete Gedanken, die sich in dem geschlossenen Führerhaus über ihm zusammenballten. Weil kein Hut sie mehr bändigte, drangen sie auf ihn ein, strahlten ungehindert eine brüchige Selbstzufriedenheit über ihren Triumph in der Grabungsstätte aus. Albert gab sich alle Mühe, sie zu ignorieren, fühlte sich aber trotzdem ausgelaugt und gereizt und hatte Mühe, sich zu beherrschen. Die bevorstehende Begegnung mit der Bruderschaft verursachte ihm Bauchschmerzen, und er wünschte sich, Scarlett würde sich auch darauf konzentrieren.

»Noch eine Pause wäre gut«, sagte er. »Aber bevor wir in Stow ankommen, brauchen wir einen Plan. Wie können wir sichergehen, dass uns die Brüder Joe und Ettie auch wirklich überlassen? Wenn wir Soames einfach nur die Beute abliefern, legt er uns garantiert irgendwie rein.«

»Das weiß ich selber. Er und Teach können es kaum erwarten, uns ihren Eulen vorzuwerfen.« Scarlett machte eine unbekümmerte Handbewegung. »Aber das kriegen wir schon hin. Ich lasse mir morgen etwas einfallen, wie wir sie austricksen. Momentan kann ich kaum mehr geradeaus denken.«

Albert zuckte die Achseln. »Hauptsache, du weihst mich vorher in deinen Plan ein«, gab er zurück.

»Was soll das heißen?«

»Das soll heißen, dass du nicht wieder alles für dich behalten sollst. So wie gestern, als du mir verschwiegen hast, dass sich in den Stollen Gezeichnete herumtreiben.«

»Jetzt fang nicht wieder *damit* an, Albert. Ich war überhaupt nicht sicher, ob es dort tatsächlich welche gibt. Es war lediglich eine *Möglichkeit.*«

Er hörte ihr an, dass sie ungeduldig wurde, und das ärgerte ihn. »Eine Möglichkeit, von der ich gern gewusst hätte«, konterte er.

»Bei Shiva! Wir sind noch am Leben, oder? Und so schlimm war es auch wieder nicht. Klar, es gab einen kleinen Zusammenstoß mit den Gezeichneten, aber dafür hat sich das gruselige Klackervieh, das uns gefolgt ist, gar nicht gezeigt. Und Riesenmaulwürfen oder Drillwürmern sind wir auch nicht begegnet. Ich finde, das ist eine gute Bilanz.«

Albert erwiderte nichts. Er verschränkte nur die Arme und blickte durchs Fenster auf den rissigen Straßenbelag und die verschwommen neben den Reifen vorbeiziehenden Streifen aus Sand und Steinen. Es war immer dasselbe. Scarlett entschuldigte sich nie für irgendetwas. Nicht für Kleinigkeiten und nicht für wichtige Dinge. Dabei waren Joe und Ettie *ihretwegen* entführt worden. *Ihre* Vergangenheit hatte sie alle in diese missliche Lage gebracht. Aber würde sie das je zugeben? Würde sie mal sagen, dass es ihr leidtat? *Nein*. Natürlich war es ihr *nicht egal* – um Joe und Ettie zu retten, würde sie Himmel und Erde in Bewegung setzen –, aber sie würde sich nie anmerken lassen, dass ihr das Schicksal der beiden ans Herz ging. Mit den Kindersklaven in der Grube war es das Gleiche gewesen …

Albert setzte sich ruckartig auf. »Die Kinder!«

»Hä?«

»Was ist mit den *Kindern*? In der Grabungsstätte wimmelt es von Gezeichneten, und wenn die Kinder mit dem Bus –«

»Reg dich ab. Die Kinder werden heute *nirgendwohin* gebracht. Der Wachmann hat längst in Ashtown Alarm geschlagen.«

»Und wenn doch?«

»Ich wiederhole: Die Kinder werden heute nicht zur Grube gebracht. Wir haben ihnen sogar einen Gefallen getan, denn deswegen haben sie mal frei und können sich einen schönen Tag machen. Und jetzt halt die Klappe und hilf mir, eine Stelle zu finden, wo wir uns hinstellen können.«

»Einen *schönen Tag*?« Ja, sie waren beide müde, ja, er sollte lieber den Mund halten, aber ihre flapsige Art brachte das Fass zum Überlaufen. »Sei nicht so eklig! Diese Kinder sind Sklaven!«

»Weiß ich doch.« Scarlett hielt den Blick auf die Straße gerichtet. »Ich find's auch nicht gut. Aber es könnte noch schlimmer für sie sein.«

Albert sah sie an. »Wie denn?«

»Sie sind immerhin nicht allein, oder? Sie haben einander …« Ganz plötzlich spürte er Scarletts Zorn gegen seinen eigenen prallen, mit einer Wucht, die ihn überraschte. Sie umklammerte das Lenkrad so fest, dass ihre Knöchel weiß wurden. »Und was hätten wir deiner Meinung nach tun sollen?«, setzte sie hinzu. »Dort unten auf sie warten und sie befreien?«

»Keine Ahnung.«

»Eben. Du hast *keine* Ahnung, Albert. Also halt die Klappe.«

Er sagte nichts mehr, blickte wieder auf die stumpfgraue Straße, doch seine Wut wanderte auf und ab wie ein Tiger im Käfig.

Schließlich machte er doch wieder den Mund auf. »Ich hätte bloß gedacht, dass dich diese Kinder nicht kalt lassen.«

Stille.

»Und was soll mir *das* wieder sagen?«

»Nichts.«

»Tu nicht so!«

»Es soll dir gar nichts sagen«, erwiderte er matt und bereute, dass er es überhaupt angesprochen hatte.

»Ich habe dir schon hundertmal verboten, meine Gedanken zu lesen!«

»Ich habe deine Gedanken nicht gelesen. Ich tue schon die ganze Fahrt über mein Möglichstes, sie *nicht* an mich herankommen zu lassen.«

Scarlett zuckte zusammen, sah sich hektisch um und fluchte. »Verdammter Mist, mein Hut! Wo ist mein Hut? Er ist runtergefallen. Setz ihn mir wieder auf.«

»Vergiss den blöden Hut«, entgegnete Albert.

»Ich komm nicht ran. Setz ihn mir auf.«

»Nein.«

»Albert –«

»Mach's doch selber!« Schon als er es aussprach, spürte er, wie kindisch und aufgesetzt seine Wut war, dass sie allein von seiner Erschöpfung herrührte, doch er konnte sich trotzdem nicht bremsen. Es war, als spräche jemand anders aus ihm. »Ich denke nicht dran, dir mit dem blöden Eisenreif zu helfen! Warum hast du eigentlich so eine panische Angst davor, dass ich deine Gedanken lesen könnte? Das ist echt das Letzte, was mir einfallen würde!«

»Ach ja?«, fauchte sie. »Ich glaube, dass du nichts lieber tätest. Gedankenlesen ist einfach. Es ist ungefährlich. Man riskiert nichts dabei und –«

»– und es ist normalerweise sterbenslangweilig«, schnitt ihr Albert das Wort ab. »Besonders in *deinem* Fall. Du verbirgst so einiges, was du mir besser erzählen solltest, aber ich hüte mich, daran zu rühren. An der Oberfläche dagegen geht es immer nur um deine schlechte Laune und irgendwelche Körperfunktionen. Wenn ich deine Gedanken hier und jetzt lesen würde, dann –«

»Untersteh dich!«

»Tja, zu spät. Also … du hast Hunger und überlegst fieberhaft, wie wir die Brüder daran hindern können, Joe und Ettie umzubringen. Aber das würdest du nie zugeben, und das macht dich wütend, und diese Wut lässt du an mir aus.«

»War's das?«, knurrte Scarlett.

»Das war's.«

»Na hoffentlich.«

»Ach ja, und wenn du aufs Klo musst, können wir gern anhalten und du kannst hinter eine der hohen Dünen da drüben gehen.«

Scarletts Hand zuckte, der Laster schlingerte kurz. »Ich muss nicht aufs … Jedenfalls will ich nicht *jetzt* gehen.«

»Weiß ich.«

»Nein, das weiß du *nicht*, Albert. Du weißt *überhaupt nichts* über mich und darüber, wer ich bin!«, schnauzte sie ihn an. »Lässt du mich jetzt endlich in Ruhe?«

»Aber gern. Mit dem größten Vergnügen. Fahr mal rechts ran.«

Scarlett riss das Lenkrad herum. Der Laster scherte mit quietschenden Reifen jäh aus, kam von der befestigten Straße ab, rauschte durchs Gebüsch und eine steinige Uferböschung hinab und kam in einem ausgetrockneten Flussbett zum Stehen. Das Getriebe heulte auf, die Stoßdämpfer kreischten. Scarlett spannte die Arme an und biss die Zähne zusammen. Die wirren Haare hingen ihr in die Augen. Dann trat sie das Gaspedal durch, und sie fuhren im Flussbett weiter. Erst als sie ringsum von steilen Hängen umgeben waren, trat sie so plötzlich auf die Bremse, dass Albert beinahe mit der Nase aufs Armaturenbrett geschlagen wäre, und stellte die Zündung aus.

Staub stieg um das Führerhaus herum auf und verdunkelte die Sonne. Sie saßen nebeneinander und sahen stur geradeaus.

»Eins muss ich noch loswerden«, sagte Scarlett. »Mir wär's lieber, du würdest deine Gedankenleser-Tricks lassen und dich stattdessen auf deine *andere* Gabe besinnen. Erzähl mir nicht, dass du keinen Zugriff mehr darauf hast. Ich habe gesehen, was mit der Felsenschlange passiert ist. Was passiert ist, als Teach sich Joe und Ettie geschnappt hat. Du hast deine Gabe noch in dir. Du hast bloß zu viel Schiss, sie einzusetzen, wenn es drauf ankommt.« Sie sah ihn nicht an. »Außerdem verlässt du dich viel zu gern auf mich.«

»Ich dachte, wir verlassen uns *aufeinander*«, erwiderte Albert. Vor Wut blieb ihm beinahe die Stimme weg. Er schüttelte den Kopf. »Und *natürlich* habe ich Schiss davor! Alles andere wäre verrückt. Du hast keine Ahnung, wie sich die Schlimme Angst anfühlt. Sie ist grausam. Sie ist unkontrollierbar. Sie lässt sich nicht steuern.«

»Quatsch. Der Agent in Huntington konnte seine wunderbar steuern.«

»Und was ist dabei herausgekommen? Ein Saloon voller Leichen. Wenn dir so was nichts ausmacht – *mir* schon!« Albert rüttelte an der Beifahrertür. »Mir reichts! Ich steige aus.«

»Nur zu.«

»Ich haue ab.«

»Kein Problem.« Sie wartete. »Dann mach doch.«

»Ich versuch's ja.«

»Vielleicht klappt es besser, wenn du am Türgriff *ziehst.*«

Albert fluchte und zog. Die Tür flog auf. Ohne ein weiteres Wort und ohne sich noch einmal umzudrehen, sprang er auf den Boden und stapfte mit langen Schritten davon.

* * *

Trotz seiner Wut erkannte er, dass Scarlett eine gute Stelle zum Anhalten ausgesucht hatte. Hinter der Uferböschung erhoben sich hohe Hügel – sie Berge zu nennen, wäre übertrieben gewesen – aus Sand, Kies und Tektitgestein. Die Landstraße war von hier aus nicht mehr zu sehen. Albert kletterte den nächstbesten Hang hinauf und auf der anderen Seite wieder herunter, bis der Lastwagen aus seinem Gesichtsfeld verschwunden war und er sicher sein konnte, dass Scarlett ihn ihrerseits nicht mehr sah.

Dann marschierte er ein paar Minuten mit rasch nachlassender Energie planlos weiter. Schließlich ließ er sich mit einem Seufzer auf den Boden plumpsen.

Es wurde schon Abend. Die Hitze über dem Ödland ließ nach, die porösen schwarzen Steine gaben leise Schnalz- und Zischlaute von sich, als sie sich zusammenzogen und die Luft aus ihnen entwich. Das Blau des Himmels war ausgebleicht, fast weiß, auch der Boden schimmerte hell. Keine Wolke ließ sich sehen. Es war wie die Vision einer reingewaschenen Welt.

Albert setzte sich auf und ließ sich selbst reinwaschen.

Eigentlich war es schade, dass Scarlett noch im Wagen hockte. Die Leere und die friedliche Umgebung würden ihr gut gefallen … Nicht, dass er sich nach ihrer Gesellschaft gesehnt hätte. Auf gar keinen Fall! Dafür war er viel zu sauer auf sie.

Warum war er eigentlich so sauer? Zum Beispiel deshalb, weil sie immer derart kaltschnäuzig tat. Wobei sie einerseits ja recht hatte: Sie konnten *tatsächlich* nichts für die Kindersklaven in der Grube tun. Trotzdem nervte es ihn, dass sie über die Ungerechtigkeiten der Welt einfach hinwegging.

Ein anderer Punkt war ihre Beziehung zur Bruderschaft. Diesbezüglich hätte sie ruhig etwas Zerknirschung an den Tag legen können. Allerdings war ihre kriminelle Vergangenheit für Albert nichts Neues, und im Grunde konnte er sie schlecht wegen der damit verbundenen Probleme verurteilen – nicht, nachdem *seine* Erzfeindin Doktor Calloway sie beide so lange verfolgt hatte und ihnen jetzt der unbekannte Agent auf den Fersen war.

Nein, es war etwas Tiefergehendes, das allem anderen zugrunde lag, das ihn störte. Sie wich ihm immer wieder aus, trug den dämlichen Hut und versuchte mit mäßigem Erfolg, diesen Teil ihrer selbst zu verbergen. Warum hatte sie sich den Brüdern überhaupt angeschlossen? Warum hüllte sie sich in diese gespielte Gleichgültigkeit wie in einen schützenden Umhang? Für beide Fragen galt die gleiche Antwort, trotzdem weigerte sich Scarlett standhaft, sie ihm zu geben. Sie schloss ihn bewusst aus – und an einem Tag, an dem er kaum geschlafen hatte und an eine Grubenlore geklammert, von Gezeichneten gejagt, über einen Abgrund geflogen war, nervte ihn das total.

Außerdem nervte es ihn, dass sie in Bezug auf die Schlimme Angst recht hatte.

Das Blau des Himmels war nun endgültig verblasst, die ersten Sterne ließen sich blicken. Albert spürte, dass sein Zorn abflaute, sich seine Wut zusammenzog wie die pfeifenden Steine in der Wildnis von Mercia. Ihm war klar, dass er umkehren und sich entschuldigen musste ... Wobei es so eine Sache war, sich bei Scarlett zu entschuldigen. Man riskierte spöttisches Schnauben, zynische Bemerkungen, verächtliches Augenverdrehen und auch mal ein geschleudertes Messer, das einem dicht am Ohr vorbeisauste. Und das auch nur, wenn sie einem bereits verziehen hatte.

Aber vielleicht hatte sie die Gelegenheit ja zum Meditieren genutzt. Vielleicht hatte sich ihre Laune inzwischen gebessert.

Am besten brachte er es hinter sich. Albert stand auf und schüttelte lächelnd den Kopf über seine eigene Dummheit. Dann stieg er den Hang wieder hinauf und auf der anderen Seite in flottem Tempo herunter –

Und blieb stehen.

Ein Stück bergab saß auf einem großen Stein ein junger Mann. Albert ging weiter, langsamer jetzt, doch er änderte nicht die Richtung und ergriff auch nicht die Flucht. Er setzte seinen Weg fort. Er konnte sowieso nirgendwo anders hin.

Er schaute zum Laster hinüber. Dort rührte sich nichts. Eine der beiden Türen zum Frachtraum stand offen. Albert hatte sie nicht geöffnet. Die Beifahrertür dagegen, die er vorhin offen gelassen hatte, war jetzt geschlossen. Scarlett war nirgends zu sehen. Grillen zirpten, die in den Felsen gespeicherte Hitze wehte ihm entgegen. Bei jedem Schritt spürte er den pulverigen Sand unter den Schuhen knirschen.

Er konnte Scarlett nirgendwo entdecken.

Er konnte ihre Gedanken nicht empfangen.

Der junge Mann hatte ein Bein angezogen, den Fuß auf den Stein gestellt und die Hände locker um das Knie gelegt. Sein langer schwarzer Mantel war wie ein Asphaltstreifen über den Stein drapiert. Seine Kleidung war von oben bis unten mit Staub und Asche bepudert, die schwarzen Glattlederschuhe waren fleckig, zerschrammt und abgenutzt. Er saß mit dem Gesicht zum Lastwagen, legte aber nun den Kopf schief und blickte Albert entgegen. Seine blauen Augen leuchteten, das schmale, anziehende Gesicht trug eine nichtssagende Liebenswürdigkeit zur Schau, die angesichts der Umgebung und der Umstände ausgesprochen unpassend wirkte. Genauso gut hätte er in einem Café am Marktplatz in Warwick sitzen und den Sklavenmädchen am Brunnen zuschauen können.

Albert stieg den kleinen Abhang langsam hinab. In seinem Kopf summte es, das Denken fiel ihm schwer. Er versuchte sich nichts anmerken zu lassen.

»Guten Tag, Albert«, sagte der junge Mann.

»Tag.«

»Ich suche schon lange nach dir.«

»Echt? Ich war bloß eine Viertelstunde weg.«

Der junge Mann lächelte. Er war vielleicht eine Idee weniger makellos als in Scarletts Erinnerungsbildern – dafür trugen er und seine Kleidung zu viele Spuren der wirklichen Welt –, aber sein Gesicht hatte sie eins zu eins im Kopf gehabt. Weder die Hitze noch die sengende Sonne schien ihm etwas auszumachen. Seine Gedanken flimmerten wie eine Fata Morgana über ihm. Albert warf automatisch einen Blick darauf, so wie jedes Mal, wenn Gefahr drohte und er sich alles zunutze machen musste, was ging.

Das war ein Fehler.

Es war ein Abgrund. Eine bodenlose Schlucht. Ihm wurde schwindlig. Er schwankte und wäre beinahe hingefallen.

Als er sich wieder gefangen hatte, lächelte ihn der junge Mann an.

»Ja, es ist eine spezielle Erfahrung, die Gedanken eines Gegenübers lesen zu wollen, das bereits dabei ist, *deine* Gedanken zu lesen«, sagte der Agent. »Wie zwei Spiegel, die sich in einem leeren Zimmer gegenüberstehen. Du siehst nur das, was du selbst siehst, und das ist das, was du siehst, nämlich das, was du siehst, und immer so weiter. Erstaunlich, dass du nicht ohnmächtig geworden bist …« Er rutschte auf dem Stein ein Stück nach vorn. »Aber ich habe schon von deiner Gabe gehört und freue mich, dass ich euch beide zu guter Letzt doch noch eingeholt habe.«

Die leuchtend blauen Augen funkelten. Die Stille in der Senke war ohrenbetäubend. Aus dem offenen Laster erstreckten sich Schatten.

Scarlett …

Das Summen in Alberts Kopf wurde noch lauter. Seine Fingerkuppen kribbelten, Verzweiflung kroch wie glühende Rinnsale durch seine Adern.

»Falls du gerade an Miss McCain denkst«, sagte der junge Mann, »die wird sich uns leider nicht anschließen.«

»Ist sie –«

»Die Ärmste ist müde. Todmüde.«

Das Summen verwandelte sich in brausendes Tosen. Alberts Gesicht verzerrte sich, er hob die Hand –

»Böser Junge«, sagte der junge Mann.

Neben Albert erhob sich etwas Dunkles, verdeckte die Sonne. Als er den Kopf wandte, sah er, dass sich ein Stück Abhang löste und auf ihn zuwogte. Eigentlich war es ein schöner Anblick: eine schillernde Welle aus Erde, die sich wie eine angriffslustige Schlange über ihm aufbäumte. Grauen und Staunen ergriffen Albert, er stand gebannt da. Seine Hand sank herab, alle Kraft wich aus ihm. Das Tosen in seinem Kopf ließ nach.

Der Schwall aus Erde schoss nach vorn und umschloss ihn. Albert tat einen letzten panischen Atemzug, dann füllten Sand und Kies seinen Mund.

Ihm blieb die Luft weg und alles wurde schwarz.

IV.
DIE SONNEN-
BESCHIENENE
STRASSE

Die Gezeichneten hatten schon die anderen Gehöfte im Tal zerstört. Sie waren systematisch vorgegangen: erst den Hof der Fletchers, dann den der Lakhanis, der Masons und nun hatte es den der McCains getroffen. Die Überlebenden wurden aus der Sicherheitszone in die Hügel hinaufgetrieben und dort nach Lust und Laune gejagt.

Es gelang dem Mädchen mehr schlecht als recht, sich und ihren Bruder am Leben zu halten. Sie flüchteten sich auf die Nordseite des Tals, wo schroffe Felsen und Schluchten eine Verfolgung erschwerten, und versteckten sich auf einem Felsvorsprung. Dichtes Gebüsch bot ihnen Sichtschutz. Ihren Hunger stillten sie mit Heidelbeeren, ihren Durst mit Wasser aus einer Felsenquelle. Sie lauschten dem Kreischen der Angreifer und sahen die Feuer zwischen den Bäumen. Drei Tage lang blieben sie dort. Am Nachmittag des zweiten Tages wagte es das Mädchen, den Jungen allein zu lassen, und begab sich zur Ruine des Mason-Hofs, wo sie nach Decken und Vorräten suchen wollte. Im Keller eines Nebengebäudes entdeckte sie Bier, Nüsse und Dosenfleisch, außerdem ein paar Seile und eine alte Plane. Auf dem Rückweg erkannte sie an dem aufgeregten Heulen und Pfeifen hinter sich, dass man sie gewittert hatte. Sie rannte zum Fluss und sprang hinein, ließ sich eine halbe Meile flussabwärts treiben, ehe sie ans Ufer kletterte und in weitem Bogen zu den schützenden Felsen zurückkehrte. Ihr Bruder war noch da, wo sie ihn zurückgelassen hatte, hockte unter einem

Eibenstrauch und malte mit einem Stöckchen im Sand. In der folgenden Nacht kam Sturm auf, und kurz darauf regnete es in Strömen. Das Mädchen spannte die Plane zwischen Strauch und Felsen auf und holte den Proviant heraus. Stumm wie zwei Steine drückten sich die Geschwister an die Wand, während das Wasser in Sturzbächen bergab strömte. Nach dem Essen schliefen sie ein. Erst am nächsten Morgen rührten sie sich wieder.

Am dritten Tag regnete es immer noch, Nebel hing zwischen den Hügeln. Die Feuer in den Ruinen waren erloschen. Hier und dort stiegen noch graue Rauchfahnen auf, verbanden wie zarte Schnüre die Erde mit dem Himmel. Eine tiefe Stille lag über dem Tal. Das Mädchen beobachtete und wartete. Gegen Abend stellte sie fest, dass sich Vögel über den Ruinen sammelten, auch andere Tiere ließen sich wieder blicken. Am folgenden Morgen brach sie das Lager ab, legte die Plane zusammen und band sie sich mit dem Seil auf den Rücken. Nachdem sie die verbliebenen Vorräte in ihrer Schultertasche verstaut hatte, stiegen sie und der kleine Junge von dem Vorsprung herab.

Es dauerte noch zwei weitere Tage, bis sie die Stadt erreicht hatten.

Die Nachricht von dem Massaker im Tal war bis in die Sicherheitszone vorgedrungen. Die Straßen außerhalb der Stadt waren leer, die Gehöfte verrammelt und verriegelt. Das Mädchen pflückte Äpfel in den Obstgärten und sammelte Pilze im Wald. Einmal klaute sie auch Dörrfisch aus einer Räucherkammer, klemmte aber einen Zettel mit einer hastig gekritzelten Entschuldigung in die Tür. Stehlen war ihr eigentlich zuwider. Über lange Strecken nahm sie ihren kleinen Bruder Huckepack, zwischendurch lief er neben ihr her. Der Kleine war still geworden. Ein Teil von ihm war immer noch dort, wo sie hergekommen waren – wartete im Tal auf seine Mutter.

Auch das Mädchen sprach kaum. Sie machte ein grimmiges Gesicht und hielt sich betont aufrecht. Sie hatte es nicht eilig. Wozu auch? Nichts von dem, was passiert war, konnte wieder ungeschehen gemacht werden.

Die Stadt lag dort, wo sich zwei Flüsse vereinten. Weil es schon öfter Überschwemmungen gegeben hatte, hatte man am Fuß der hohen, zugespitzten Pfähle der Stadtbefestigung große Steine aufgehäuft, die von breitem Maschendraht zusammengehalten wurden. Gekrönt wurde das Ganze von mehreren Wachtürmen, an denen fröhliche gelbe Fahnen flatterten. Zusätzlich umgab ein Graben die Anlage. Es war eine eher kleine Holzfällersiedlung, die mit der Außenwelt jenseits der Hügel durch eine einzige, recht ordentliche Straße verbunden war. Die letzte halbe Meile verlief die Straße zwischen dem Fluss und dem Lagerplatz der Baumstämme vor dem Ort. Hier draußen herrschte rege Geschäftigkeit. Von den Sägemühlen stieg Rauch auf und das Mädchen und sein Bruder hörten das rhythmische Raspeln der Sägeblätter. Die Luft duftete süß nach dem Harz der Stämme und dem sauberen Wasser der Mühlbäche. Zwischen den Kiefern liefen Männer und Frauen in Overalls hin und her.

Als kleines Kind war das Mädchen ein paarmal in der Stadt gewesen. Sie hatte sich an den Rock der Mutter gedrückt, die ihre Süßkartoffeln von dem kleinen Pferdekarren herunter verkaufte. Doch das waren Ausnahmen gewesen. Meistens waren Florence und ein Junge namens Peter, die für solche Aufgaben eingestellt worden waren, losgezogen. Das Mädchen erinnerte sich nur noch an imposante Gebäude, an Lärm, bunte Farben und unglaublich viele Menschen. Jetzt war sie überrascht, wie unansehnlich das Stadttor wirkte, und wunderte sich über die moosbewachsenen Holzbefestigungen.

Es war ein heißer Tag. Das Mädchen und der kleine Junge machten unter einer schattenspendenden Kiefer am Stadtgraben Halt, um ihren Durst zu stillen. Bis zum Tor waren es ungefähr noch fünfzig Meter. Der Junge trank so gierig, dass ihm das Wasser links und rechts übers Kinn floss. Das rote, mit Straßenstaub verklebte Haar stand ihm vom Kopf ab. Schließlich setzte er die Wasserflasche ab und überließ sie seiner Schwester. Während sie trank, blickte er mit ausdrucksloser Miene zur Stadt hinüber.

»Hier gefällt's mir nicht.«

»Hier hilft man uns bestimmt. In der Stadt gibt es ein sogenanntes Glaubenshaus, mit einer Spendenbox für solche wie uns. Dort wird man uns sagen, was wir jetzt machen sollen.«

»Mir gefällt's hier trotzdem nicht.«

»Sei still, Thomas.« Das Mädchen versuchte sich vorzustellen, was ihre Mutter getan hätte. Es fiel ihr schwer. Ihr Verstand hatte bereits begonnen, eine Mauer um ihre Erinnerungen zu errichten, die noch höher war als die Befestigung um die Stadt. Dahinter befand sich ihr ganzes bisheriges Leben. Wenn sie weiterleben wollte, durfte sie keinen Blick mehr darauf werfen, das wusste sie. »Vorher waschen wir uns aber noch ein bisschen«, sagte sie.

Sie kniete sich an den Rand des breiten Wassergrabens und spritzte erst dem kleinen Bruder Wasser ins Gesicht und auf die Hände, dann schöpfte sie selbst welches in der hohlen Hand. Das Wasser war tief, klar und voller grüner Pflanzen. Fische schwammen darin umher, in der Tiefe brachen sich Schatten. Die Geschwister standen auf, fassten einander an den Händen und gingen weiter.

Das Stadttor stand offen, dahinter waren Stimmen von Menschen zu vernehmen. Als die Geschwister die Zugbrücke überquerten und die Stadt betraten, wärmte ihnen die Sonne den Rücken.

Niemand hielt sie auf. Sie kamen an verrosteten Fahrradständern vorbei, an einem Briefkasten, einer Anschlagtafel in einem Beet mit hübschen Blumen – und standen plötzlich auf einer großen, freien Fläche. Es war ein gepflasterter Platz, auf dem hier und da ein paar Bäume gepflanzt waren. Die Gebäude ringsum waren bunt getünchte Fachwerkhäuser, deren Farben allerdings längst verblasst waren, der Putz zwischen den Balken wirkte rissig. Es gab ein paar Ladengeschäfte – einen Tuchhändler und einen Bäcker – sowie eine Reihe Marktbuden. Die Städter schlenderten einzeln oder in Grüppchen zwischen ihnen umher, Hunde schnüffelten im Abfall oder lagerten im Schatten der Bäume. Am Rand des Platzes stand auf vier hohen Stelzen aus Holz ein Eisenkäfig. Er war vermutlich für Übeltäter gedacht und nur über eine lange Metallleiter zu erreichen.

Erneut spürte das Mädchen einen Anflug von Enttäuschung angesichts einer Kindheitserinnerung, die nicht mehr den Erwartungen entsprach. Aber immerhin gab es hier Menschen – viele Menschen mit einer schützenden Befestigung um ihre Häuser –, und die Aussicht auf vorübergehende Sicherheit.

Ohne dass jemand auf sie geachtet hätte, ließen sich die beiden in die Mitte des Platzes treiben, wo neben einer Pumpe ein riesiger Steintrog stand. Das Mädchen setzte Tasche und Plane ab und lehnte beides gegen den Trog. Die Plane war furchtbar schwer, ihr tat schon der Rücken weh.

Ihr kleiner Bruder hatte zugeschaut. »Ich hab Hunger, Carly!«

Dem Mädchen ging es nicht anders … und auf dem Platz duftete es schwach nach Brot und Gebäck. Sie schaute sich um und strich sich das Haar aus dem Gesicht. »Na gut«, sagte sie. »Komm.«

Sie gingen zu den Buden hinüber. Zehn, zwölf Leute standen davor. So viele Erwachsene auf einmal hatte das Mädchen lange nicht mehr gesehen. Sie hielt die Hand ihres kleinen Bruders fest und räusperte sich.

»Entschuldigung, können Sie uns vielleicht helfen? Wir kommen aus dem oberen Tal, ein paar Meilen von hier. Unser Gehöft wurde niedergebrannt, unsere …« Sie räusperte sich wieder. »Unsere Eltern sind tot. Wir brauchen eine Unterkunft und … und etwas zu essen, bitte. Thomas ist noch zu klein, aber ich kann arbeiten. Auf dem Feld oder in der Mühle. Ich bin geschickt mit den Händen«, sagte das Mädchen, »und stark bin ich auch.« Im Stillen hoffte sie, dass sie ihr *offenes* Gesicht machte, das ihre Mutter so gern mochte: glatt und klar, ohne Stirnrunzeln. Hoffentlich sah ihr niemand an, wie angespannt sie war.

Manche der Umstehenden wirkten freundlich, andere eher wachsam oder sogar ängstlich, als könnte das, was sie sagte, irgendwie ansteckend sein. Blicke wurden gewechselt, flogen hin und her, webten über dem Kopf des Mädchens ein Netz aus unausgesprochener Verständigung.

»Der Pate …«, sagte jemand.

Das Mädchen nickte eifrig. »Ach so, ja. Heißt das, ich soll mich ans Glaubenshaus wenden?«

»Brot können wir den beiden doch geben«, kam es von einer mitleidig dreinblickenden Frau. »Brot oder Kuchen …«

»Das würde der neue Pate nicht gutheißen. Es ist besser, wenn die beiden verschwinden.«

Ein Mann nickte. »Geht nach Chard.«

»Nach Yeovil.«

»Oder nach Taunton. Da lassen sie jeden rein.«

Das Mädchen schaute verständnislos von einem zum anderen. »Und wo ist das? Sind das auch Städte? Und wie kommen wir dorthin? Ich habe kein Geld. Nicht weggehen, Thomas.«

»Ihr könnt nicht bleiben.«

»Aber –«

»Geht jetzt lieber.«

»Was ist hier los? Wer sind diese Kinder?«

Die Stimme schien körperlos zu sein, als käme sie von überall her zugleich. Es war eine tragende, ziemlich nasale Stimme. Die Erwachsenen gerieten in Aufruhr, wogten auseinander wie dicker Haferbrei, der mit einem Löffel umgerührt wird. Das Mädchen hob den Blick. Ein junger Mann in einem langen, schwarzen, kragenlosen Jackett und einer blauen Hose kam über den Marktplatz geschritten. Er war wohlgenährt und hatte auffallend blaue Augen. Eine blonde Haartolle fiel ihm über die Augen wie eine erstarrte Welle. Seine helle Haut war rosig und straff, sein Kinn schimmerte bläulich. Auch sein Hemd hatte keinen Kragen und war bis oben hin zugeknöpft. Wie das Abzeichen mit dem weißen Kreissymbol an seinem Jackett bekundete auch der schmale weiße Halsabschluss von seiner Zugehörigkeit zum Glaubenshaus, das mit absolutem Machtanspruch alles, jeden und sämtliche Religionen umfasste. Der junge Mann passte irgendwie nicht recht hierher in diesen kleinen Marktflecken – seine Kleidung, die Haare, sein Auftreten, alles hob ihn von den anderen ab –, doch er ging mit einem Selbstbewusstsein über den Platz, als gehörte das alles ihm, als verdanke es allein ihm seine schiere Existenz und entfalte sich erst unter seinem Blick, wie eine Blume.

Vor dem Mädchen und ihrem Bruder blieb er – ein bisschen zu dicht – stehen. Nachdem er sie kurz gemustert hatte, sah er demonstrativ in die Runde. »Wo kommen die beiden her?«

»Aus dem oberen Tal«, sagte das Mädchen. »Sind Sie der Pate? Freut mich, Sie kennenzulernen. Ich heiße Scarlett McCain.« Nachdem sie sich abermals geräuspert hatte, wiederholte sie ihre kleine Ansprache.

Während sie redete, sah der Mann sie kein einziges Mal an. Er richtete die leicht zusammengekniffenen Augen auf die olivgrün belaubte Krone eines Baumes unweit der Mitte des Platzes und krauste nachdenklich die Stirn, als erhoffe er sich von den Lichtstrahlen, die durch die dunklen Blätter drangen, Erleuchtung.

Das Mädchen kam zum Ende und wartete. Die Städter warteten.

Rosige Augenlider blinzelten, helle Wimpern flatterten. »Und wie kam es, dass euer Haus niedergebrannt ist?«, fragte der Mann. »Wie kam es, dass eure Eltern gestorben sind? Das habe ich noch nicht ganz verstanden.«

Das Mädchen schluckte. Als sie schließlich antworten konnte, klang ihre Stimme gepresst. »Die Gezeichneten«, sagte sie.

Beunruhigtes Getuschel ringsum. Je nach religiöser Vorliebe murmelten die Städter Beschwörungsformeln und vollführten diverse Abwehrgesten. Der Pate malte mit dem Zeigefinger einen Kreis in die Luft, der die Schutzwirkung aller anerkannten Religionen einschloss.

»Das ist nicht mehr als eine gerechte Strafe«, entgegnete er.

Das Mädchen sah ihn groß an. »Wie bitte? Tut mir leid, aber das verstehe ich nicht. Was wollen Sie damit sagen?«

Der Pate antwortete nicht. Aber er lächelte mitleidig und ließ den Blick über die Menge schweifen. »Wie ich schon gestern in meiner Ansprache ausgeführt habe, liebe Freunde, ist sehr wahrscheinlich unsere eigene Sittenlosigkeit der Grund dafür, dass uns diese Geißel heimsucht. In dieser Gegend kommen schon seit langer Zeit Kinder mit Abweichungen zur Welt, und die tonangebenden Familien nehmen ihre Verpflichtungen immer noch nicht in vollem Umfang wahr. Unsere Gesellschaft ist geschwächt und verderbt. Die Götter sind verstimmt. Sie züchtigen uns. Ja, das alles ist eine Strafe …« Er stieß einen abgrundtiefen Seufzer aus. »Doch unter meiner Patenschaft werden wir uns bemühen, unsere Fehler wieder gutzumachen, auch wenn es nicht leicht werden wird.« Er zeigte auf das Mädchen und ihren Bruder, sah die Geschwister dabei aber immer noch nicht an. »Es bedeutet, dass wir auch schwere Entscheidungen treffen müssen.«

Das Mädchen begriff nicht viel von dem, was er sagte, aber seine Körpersprache konnte sie sehr wohl lesen. Die Umstehenden reagierten, indem ihre Gesichter zu ausdruckslosen Masken wurden, und mit einem Mal bildeten ihre Leiber eine Mauer um die Geschwister.

»Wir sind Bürger eurer Sicherheitszone«, wandte sie ein. »Wir treiben seit Generationen Handel mit euch.«

»Den beiden Schutz zu gewähren, wäre ein Rückschritt«, fuhr der Pate fort. »Wenn wir sie bei uns aufnehmen, stehen bald die nächsten vor dem Tor.«

»Wir wollen ja nicht für immer bleiben. Wir erbitten nur eure Wohltätigkeit.«

»Ihre roten Haare sind euch natürlich schon aufgefallen«, redete der Pate unbeirrt weiter. »Und diese sonderbaren Augen. Die beiden sind Abweichler durch und durch. Vor allem das kleine Kind erscheint mir reichlich degeneriert. Man sieht es schon an der schlappen, kraftlosen Haltung.«

»Mein Bruder ist kraftlos, weil er halb verhungert ist!«, widersprach das Mädchen. »Und *ich* habe auch Hunger! Lässt euch das denn völlig kalt?«

»Gut möglich, dass er noch mehr Deformationen aufweist, wenn man näher hinsehen würde. Muttermale, andere Beschädigungen ... Es würde mich nicht wundern.«

Der Pate streckte die Hand nach dem Jungen aus. Das Mädchen schlug sie weg.

»Lassen Sie meinen Bruder in Ruhe!«, fauchte sie.

Erst herrschte schockierte Stille, dann schnappten alle nach Luft.

»Du wagst es, mich anzurühren?« Der Pate wich zurück. Sein Gesicht war von Zorn und Abscheu verzerrt. »Werft sie hinaus!«

Seine Empörung gab den Ausschlag. Die Zuschauer hatten auf etwas gewartet – auf irgendetwas, das die moralische Zwickmühle auflöste, in der sie steckten. Vielleicht waren sie in dieser Angelegenheit tatsächlich unentschlossener gewesen, als es dem Paten lieb war, doch damit war es jetzt vorbei. Die Frau neben ihm packte das Mädchen am Arm, zerrte sie so grob zurück, dass sie beinahe hingefallen wäre und gegen andere Umstehende prallte. Plötzlich sah sie ihren Bruder nicht mehr. Sie hörte einen hohen Schrei. In Panik setzte sie sich zur Wehr, doch andere Hände, die der Körperkontakt aufgeschreckt und ermutigt hatte, griffen nach ihr.

»Thomas –«

Hände schlossen sich grob um ihre Handgelenke, die Arme und Oberschenkel, die Waden. Dann wurde sie von den Füßen gerissen und hochgehoben. Die Leute feuerten sich gegenseitig an, trugen das Mädchen unter lautem Hallo quer über den Platz. Scarlett befand sich hilflos in Rückenlage und blickte in den Himmel. Das Ganze war im Nu vorüber und dauerte gleichzeitig eine Ewigkeit. Sie sah den Bogen des Stadttors über sich vorbeigleiten, dann wurde sie unter lautem Johlen fallen gelassen, landete um sich schlagend im Sonnenschein mitten auf der harten Holzbrücke.

Im nächsten Augenblick schlug der kleine Junge neben ihr auf.

Die Städter ergötzten sich noch ein paar Sekunden an ihrem Triumph, dann verzogen sie sich wieder hinter die Befestigung. Das Mädchen bekam nicht allzu viel davon mit, hörte nur das Blut in ihren Ohren rauschen. Sie erhob sich schwerfällig und streckte die Hand nach ihrem Bruder aus, der schon aufgestanden war. In diesem Augenblick fühlte sie sich genauso klein, verwirrt und sprachlos wie er. Bei der unsanften Landung hatte sie kurz aufgeschrien, sonst hatte sie keinen Laut von sich gegeben. Sie war sogar zu fassungslos, um zu fluchen.

* * *

Hinter der Brücke bogen sie wieder auf die Landstraße ein. Ein paar aus den Sägemühlen heimkehrende Arbeiter radelten vorbei. Die grelle Sonne schlug den Geschwistern ins Gesicht. Die Kiefern und der Graben kamen in Sicht.

Das Mädchen blieb wie angewurzelt stehen.

»Ihr Götter, Thomas – die Tasche!«

Er sah sie an.

»Meine Schultertasche. Sie steht noch an der Pumpe. Wir haben die Tasche vergessen.«

»Geh da nicht wieder rein«, sagte der kleine Junge.

»Wir müssen aber. In der Tasche sind noch Reste von dem Dörrfisch und die Äpfel und ein paar Pilze. Und die Plane ist auch noch dort, und die brauchen wir für die Nacht. Wenn wir einen Bus anhalten können, nimmt er uns vielleicht gegen einen Teil von unserem Proviant mit und bringt uns in eine andere Stadt. Und essen müssen wir auch ...«

Ihre Gedanken waren bruchstückhaft und wirr. Sie konnte sich nicht richtig konzentrieren. Es kam ihr vor, als würde sie immer noch durch die Luft getragen.

»Wir müssen zurück«, wiederholte sie.

»Nein, Carly«, erwiderte ihr Bruder. »Geh nicht.«

Sie lächelte ihn an und strich ihm das zerzauste Haar glatt. Das einzig Gute an dem schrecklichen Vorfall war, dass sie ihm nichts angetan hatten. Er war so pausbäckig wie immer. Rundum unversehrt, ohne den kleinsten blauen Fleck.

»Ich muss gehen, mein Schatz. Aber ich komme gleich wieder zurück.«

Er schob seine weiche kleine Hand in ihre. »Dann will ich mitkommen.«

»Lieber nicht, Thomas. Das sind keine netten Leute.« Sie drückte seine Hand. »Es sind Idioten. Keine Ahnung, was mit ihnen los ist. Der Marktplatz ist ja gleich hinter dem Tor. Du erinnerst dich doch noch an die Pumpe? Ich bin im Handumdrehen drinnen und wieder draußen. Du weißt doch, wie schnell ich bin. Flink wie ein Wolf, du wirst schon sehen. Setz dich einfach unter den Baum in den Schatten.«

Aber er wollte sich nicht hinsetzen. Er riss sich los, zog einen Flunsch, machte sich steif und stampfte mit dem Fuß auf, dass der weiße Staub nur so aufwirbelte.

»Ich will das nicht!«, sagte er. »Du sollst hierbleiben, Scarlett.«

Sie wurde wütend. Dass er sich derart stur anstellte, war nun wirklich das Letzte, was sie jetzt brauchen konnte. Er war so klein und dumm und wehrlos. Er hatte von nichts eine Ahnung. Am liebsten hätte sie ihren Kopf gegen den Baum geschlagen und einfach losgeheult. »Also gut«, sagte sie. »Dann setzt du dich eben *nicht* hin. Du kannst auch stehen bleiben. Hier kommt ja dauernd jemand vorbei. Aber bleib am Straßenrand und pass auf die Fahrräder auf.« Sie sah ihn streng an. Ihr war heiß, sie war erschöpft, und die Verzweiflung drohte sie zu überwältigen. Sie sah ihren Bruder an, ohne ihn zu sehen. Hinterher gelang es ihr nie mehr, sich an seinen Gesichtsausdruck in dem Moment zu erinnern.

»Warte hier, Thomas«, sagte sie. »Warte hier. Es dauert nicht lange.«

Damit machte sie kehrt und stapfte energisch zur Zugbrücke zurück. Der Pate war nicht mehr da. Die Menge hatte sich zerstreut, niemand war zu sehen. Nur Pfützen aus Sonnenlicht. *Schnell rein und gleich wieder raus*. Das war alles. Aber vielleicht ging sie lieber langsam, um nicht aufzufallen. Oder sollte sie einfach losrennen und es hinter sich bringen? Egal – auf jeden Fall war es nicht weiter schwer. Niemand war zu sehen. Alle waren nach Hause gegangen, tranken Tee und aßen Kuchen oder sonst was. Vor ihr lag der leere Platz mit dem Briefkasten, den Marktbuden und dem Käfig.

Und mittendrin stand die Pumpe. Sie konnte ihre Tasche praktisch schon sehen.

Entschlossen überquerte sie die Brücke. Bevor sie unter dem Torbogen hindurchging, drehte sie sich noch einmal um und legte die Hand über die Augen.

Ihr kleiner Bruder wartete am Rand der sonnenbeschienenen Straße auf sie.

Kapitel 16

Sie hatte wieder geträumt. Wie immer ließ sich der Augenblick nicht festhalten, der Schimmer der Erinnerung verblasste, ließ sie allein zwischen den Schatten zurück. Sie konnte sich nie richtig an Einzelheiten erinnern.

Als sie so dalag und (wie jeden Morgen) Kraft sammelte, um es mit dem Tag aufzunehmen, fühlte sie die Spuren des Traums noch feucht auf den Wangen. Aber sie war Scarlett McCain – *so* würde sie die Augen nicht aufschlagen. Doch als sie sich das Gesicht abwischen wollte, merkte sie, dass sie bewegungsunfähig war. Fesseln schnitten schmerzhaft in ihre Handgelenke, Ketten klirrten.

Der Tag ging ja wieder mal gut los!

Sie zwang sich, die Augen aufzumachen, und stellte fest, dass sie in der Ecke eines kahlen grauen Raumes auf dem Fußboden saß, an eine Eisenstange gelehnt, die bis zur Decke reichte. Ihre Hände waren hinter der Stange gefesselt. Ringsum lagen Ketten auf dem Boden. Scarlett schob sich in eine aufrechtere Sitzhaltung und machte eine zweite unerfreuliche Entdeckung. Die Ketten waren an der Stange befestigt und endeten in Eisenschellen an ihren Fußgelenken. Sie war barfuß und barhäuptig – Hut, Stiefel, Jacke und sämtliche Waffen waren weg.

Die Zelle war so klein und trostlos wie die meisten Zellen, deren Bekanntschaft Scarlett bis jetzt gemacht hatte. Sie entdeckte noch mehr Stangen, doch die waren unbesetzt. Außerdem gab es noch eine Holztür, einen Hocker, der vermutlich für einen Wachposten oder Vernehmer gedacht war, sowie ein vergittertes Fenster. Scarlett konnte ein Stück Himmel und eine goldene Turmspitze erkennen.

Nicht weit von dem Hocker entfernt stand ein Eimer mit Wasser und einer Schöpfkelle. Scarlett merkte auf einmal, dass sie nicht nur scheußliche Kopfschmerzen, sondern auch quälenden Durst hatte. Trotzdem versuchte sie, den Eimer zu ignorieren. Er stand sowieso außerhalb ihrer Reichweite, und selbst wenn – ihre Hände waren ja gefesselt.

Als sie probehalber an den klirrenden Ketten zog, stellte sie fest, dass sie mit einiger Mühe vom Sitzen erst in die Hocke und dann ins Stehen wechseln konnte. Mehr war allerdings nicht drin. Stehend konnte sie zumindest besser aus dem Fenster schauen. Der Turm stellte sich als das Minarett eines Glaubenshauses heraus, dahinter erstreckten sich bis zum Horizont die roten Hausdächer, Spitzgiebel und zinnengekrönten Wasserspeicher einer großen, wohlhabenden Stadt.

Scarlett nahm diesen erhebenden Anblick mit verdrossener Miene zur Kenntnis. »Herrgott, auch das noch. Ich bin in Milton Keynes.«

Hinter ihr schepperte es, und sie wandte den Kopf. In der Zellentür war ein Sehschlitz. Anscheinend war nicht unbemerkt geblieben, dass sie wieder zu sich gekommen war. Die Tür ging auf, und ein bulliger Wachmann mit Tweedjackett und knallrotem Bowlerhut kam herein. Er verfügte über alle typischen Attribute eines Gefängniswärters: einen Gürtel, an dem Handschellen und

Schlagstöcke klirrten, eine grämliche Miene und einen Blick, der stumme Feindseligkeit ausdrückte. Scarlett entschied sich spontan gegen Bestechungs- oder Anbiederungsversuche aller Art und Appelle an ein nicht vorhandenes Mitgefühl.

»Kann ich bitte einen Schluck Wasser haben?«, fragte sie stattdessen.

Der Mann antwortete nicht, sondern musterte sie nur seelenruhig von oben bis unten.

»Kannst du mir sagen, welchen Tag wir heute haben? Oder was mit meinem Freund passiert ist?«

Der Wachmann wischte sich mit dem Handrücken die Nase, beendete seine Inspektion und ging wieder hinaus. Scarlett hörte, wie er hinter sich abschloss. Sie schleuderte ein Schimpfwort in seine ungefähre Richtung, dann wandte sie ihre Aufmerksamkeit mangels anderer Beschäftigungsmöglichkeiten wieder ihren Fesseln zu. Sie probierte Verschiedenes aus, zog und zerrte an Ketten und Stange, konnte aber keine Schwachstellen ausmachen. Um nicht unnötig Kraft zu vergeuden, setzte sie sich schließlich wieder hin, sammelte sich und wartete darauf, was als Nächstes geschehen würde.

Die folgenden beiden Stunden passierte nicht viel. Nur noch ein einziger Besucher ließ sich blicken, ein leichenblasser Mann mit grauem Anzug und Bowler, der ein Maßband dabeihatte. Er notierte sich ihre Größe, ihren Halsumfang und ihr geschätztes Gewicht, dann tippte er sich an die Hutkrempe und eilte wieder hinaus. Scarlett konnte sich eines beklemmenden Gefühls nicht erwehren.

Sie machte die Augen zu und versuchte zu meditieren, ließ es aber gleich wieder bleiben. Als sie zuletzt meditiert hatte, im Führerhaus des Lastwagens, war sie überrumpelt und niedergeschlagen worden. Sie hatte kaum Erinnerungen daran: Schritte draußen vor der Kabine … ein Umriss hinter der Scheibe … Sie hatte angenommen, dass es Albert war, der sich entschuldigen wollte, und dann war die Welt über ihr zusammengestürzt. Meditation war in dieser Situation definitiv die falsche Wahl gewesen, weshalb sie auch jetzt nicht in der Stimmung dafür war.

Die Zellentür ging wieder auf. Der maulfaule Wachmann kam herein, gefolgt von einer zweiten Person. Scarlett blickte kurz auf – und hob dann rasch den Kopf.

Der Glaubenshaus-Agent.

Er sah genauso aus wie in Huntington: ein schlaksiger junger Mann in einem langen schwarzen Mantel, der ihm ein bisschen zu groß war. Aus den Ärmelaufschlägen schauten nur die Fingerspitzen heraus, der Gürtel war im letzten Loch zusammengezurrt. Seine Haare glänzten wie gegelt. Er war adrett, blauäugig und ungemein jung. Im Saloon der schäbigen kleinen Stadt hatte er linkisch und irgendwie fehl am Platz gewirkt. Hier, in Begleitung des stumpfsinnigen Wachmanns, wirkte er genauso deplatziert. Anders als die vorigen Besucher ging er schnurstracks auf Scarlett zu. Der Wachmann blieb hinter ihm stehen und beobachtete das Ganze mit kaum verhohlenem Abscheu.

»Sieh da«, sagte der Agent. »Meine Barbekanntschaft von neulich.«

Scarlett pustete sich die Haare aus dem Gesicht. »Gut erkannt«, sagte sie heiser. »Gibst du mir wieder einen Drink aus?«

Der junge Mann betrachtete sie mit sanften Augen. Da ihr Hut weg war, las er vermutlich ihre Gedanken. Sie erschauerte. Er lächelte sie an. »Hast du Durst?«

»Ich bin total ausgetrocknet. In dem Eimer da ist Wasser, aber mein Wärter wollte mir keins geben.«

Der Agent drehte sich nach dem Wachmann um, dessen mürrische Miene sich sogleich furchtsam verzog. Eilfertig streckte er die Hand nach dem Eimer aus. »Bitte entschuldigen Sie, Mr Mallory –«

»Finger weg!« Der Agent hob die Hand, der Wachmann zuckte zurück. Der junge Mann ging in die Hocke, nahm die metallene Schöpfkelle, füllte sie und hielt sie Scarlett an die Lippen. Sie schlürfte gierig, Wasser lief ihr übers Kinn. Als sie die Kelle ausgetrunken hatte, verlangte sie eine zweite und bekam sie auch.

»Wenn's nur das ist …«, sagte der junge Mann. »Noch einen Schluck?«

»Nein.«

Er richtete sich wieder auf und legte die Kelle weg. »Ist das denn so schwer, Perkins?«

»Nein, Mr Mallory.«

»Ich entschuldige mich für ihn, Miss McCain. Die Dachse, die im Wald mit ihren Hauern im Kot wühlen, haben mehr Sozialkompetenz als Perkins. Überhaupt muss ich mich für Ihre missliche Lage entschuldigen – und für die Entführung aus dem Lastwagen. Aber es ist so, dass ich … nun ja …« Er grinste sie an. »Nach dem Vorfall in Huntington wollte ich dich nicht noch mal unterschätzen.«

»Geht mir mit dir genauso«, erwiderte Scarlett. »Wie lange bin ich schon hier?«

»Ich habe euch gestern Abend hergebracht. Den Laster habe ich direkt vor dem Glaubenshaus abgestellt und ihnen zwei gesuchte Flüchtige und eine Ladung kostbarer Fundstücke übergeben. Kein schlechter Fang.«

»Und Albert? Was hast du mit ihm gemacht?«

»Ach ja, Albert …« Der junge Mann seufzte und klatschte dann in die Hände. »Wollen wir unser Gespräch nicht lieber im Gehen fortsetzen? Die Schlüssel, Perkins, wenn ich bitten darf …«

Der Wachmann eilte herbei und befreite Scarlett. Sie stand unbeholfen auf und übersah demonstrativ die ausgestreckte Hand des Agenten. »Willst du mich laufen lassen?«

Er lachte herzlich. »Entzückend. Nein, ich bringe dich zu deiner Verhandlung. Wobei – ich sage *Verhandlung*, aber es kommt natürlich darauf an, wie man so etwas definiert. Handschellen bitte, Perkins. Danach übernehme ich sie.«

Scarletts Hände wurden wieder auf den Rücken gefesselt. Auf nackten, blutigen Füßen, in zerrissener Jeans und Pullover, humpelte sie hinter dem Agenten her zur Tür hinaus. Der Wachmann blieb zurück.

Der Agent führte sie mit leise raschelndem Mantel durch einen kahlen Flur.

Scarlett beeilte sich nicht, sondern ging in Gedanken fieberhaft ihre Möglichkeiten durch. Auch mit gefesselten Händen konnte man jemanden erledigen – vorausgesetzt, man konnte auf etwas Stabiles hinaufspringen und dem Betreffenden ein Bein um den Hals schlingen. Nicht einfach, aber durchaus machbar …

»An deiner Stelle würde ich das lassen«, sagte der Agent über die Schulter. »Du würdest dir bloß den Rücken verrenken. Außerdem ist es nicht besonders *stilvoll*, einem Mann mit den Schenkeln das Genick zu brechen. Komm doch neben mich, dann können wir uns besser unterhalten. Perkins wäre zwar nicht damit einverstanden, aber wen kümmert's? Wir haben es ja nicht weit.«

Scarlett holte zu ihm auf. Er roch nach Seife und Einsamkeit. »Und Albert?«, fragte sie.

»Den siehst du gleich wieder. Es ist ein Doppelprozess. Die Verhandlung findet oben in einem der Auditorien statt, ein Zeichen für das große öffentliche Interesse an eurem Fall. Es ist recht nett dort oben. Besser als hier in diesem Verlies.«

»Wo sind wir überhaupt?«

»In Milton Keynes. In der Zitadelle des Hohen Rates, im Zentrum der Heiligen Macht.« Er lachte in sich hinein. »Das kannst du dir durchaus als Ehre anrechnen … in gewisser Weise.«

Der Flur endete vor einem imposanten schmiedeeisernen Tor, an dem das Glaubenshaus-Symbol prangte. Zwei Bewaffnete saßen dort und waren in stapelweise Papierkram vertieft. Als sie den Agenten kommen sahen, standen sie auf und salutierten. Das Tor wurde geöffnet, Mallory und Scarlett gingen hindurch.

»Anscheinend bist du ganz schön wichtig«, sagte Scarlett.

»Ganz recht«, bestätigte Mallory schmunzelnd. »Und selbstverständlich werde ich dafür gehasst. Alle hier hassen mich. Weil sie glauben, dass ich anders bin als sie – womit sie recht haben. Sie glauben, dass ich ihre Gedanken lese – und auch damit haben sie recht. Sie glauben, dass ich fähig wäre, sie und ihre Liebsten kaltblütig umzubringen – was ich bedenkenlos täte, wenn sie mich an der Erfüllung meines heiligen Auftrags hindern würden … Wir müssen jetzt hier hoch.«

Der Flur hinter der Tür hatte einen Boden aus Terrakottafliesen. Gleich gegenüber war eine sonnenbeschienene Treppe. Gemauerte Bogenfenster erlaubten einen Blick über die Stadt. Sie waren schon relativ weit oben, stiegen aber noch höher hinauf. Tief unten waren Spitztürme, Zwiebelkuppeln und ein von Kolonnaden umgebener, in der Sonne leuchtender Platz zu sehen. Vogelschwärme flogen darüber hinweg.

»Schöne Aussicht«, sagte Scarlett.

»Stimmt. Da unten wird der Galgen für euch aufgebaut.«

Scarlett hatte nichts anderes erwartet, trotzdem brachte die Bemerkung die Unterhaltung erst einmal zum Erliegen. Sie schwiegen eine Weile. Scarletts Gedanken sprangen von einem Thema zum nächsten. Sie stellte sich vor, wie sie den Agenten aus einer Fensteröffnung stieß. Wie sie die Treppe runterrannte, tollkühn über ein Dach schlitterte und aus der Stadt floh. Sie dachte wieder an Albert und dann an Joe und Ettie, weit weg in Stow … Wieder war ein Tag um! Jetzt blieben ihnen nur noch zwei! Sie dachte an den Wecker auf Soames' Schreibtisch, der unaufhaltsam vor sich hin tickte …

Der Agent ging lächelnd neben ihr her. Vielleicht sollte sie sich lieber mit ihm unterhalten und versuchen, etwas Nützliches in Erfahrung zu bringen, statt den Mistkerl ihre Gedanken lesen zu lassen.

Oben angekommen, durchquerten sie wieder einen gefliesten Flur. An den Wänden hingen gewebte Gobelins, und in Vitrinen waren Gegenstände ausgestellt, die den Funden aus der Begrabenen Stadt ähnelten. Höhere Bedienstete in weißen Gewändern eilten geschäftig vorbei, in regelmäßigen Abständen waren Wachen mit grauen Hüten postiert.

»Der Hohe Rat lebt nicht schlecht«, sagte Scarlett.

»Stimmt.«

»Wohnst du auch hier?«

»Nein. Ich bereise im Dienst und Auftrag des Hohen Rates die Sieben Königreiche, durchstreife Wüsten, Hinterhöfe und Ödland.«

»Klingt nicht *ganz* so komfortabel.«

»Ist es auch nicht. Aber ich bin's zufrieden. Es ist mehr, als ich verdient habe.«

Scarlett warf einen verstohlenen Seitenblick auf das blasse, schmale Gesicht. Sie musste daran denken, wie verstört Albert gewesen war, als sie ihm damals in dem verunglückten Bus begegnet war. »Wie hast du uns gefunden?«, fragte sie.

»Indem ich Augen und Ohren offen gehalten habe!« Mallory bog scharf nach rechts ab, schritt durch einen vergoldeten Türbogen und grüßte beiläufig den Wachposten. »Vor ein, zwei Tagen, nach unserer Begegnung in Huntington, ist mir eine auffallend kleine Händlerin namens Sal Qin über den Weg gelaufen. Sie war allein unterwegs und wirkte ein bisschen verzagt, aber auch irgendwie verschlagen. Wir kamen ins Gespräch. Aus ihren Gedanken erfuhr ich, dass sie euch beide wegen eines Raubzugs im Norden angesprochen hatte. Qin dachte, ihr hättet den Auftrag abgelehnt, aber ich war mir da nicht so sicher und schickte eine Brieftaube an meine Kontakte in Ashtown. Man bestätigte mir, dass ein Paar namens *Mr und Mrs Johnson* sich dort ein Zimmer in einem Hotel genommen hatten. Mir war schon früher aufgefallen«, fuhr Mallory fort, »dass in den Gasthäusern der Ortschaften, in denen ihre eure Raubzüge durchgeführt habt, öfter ein gewisser *Mr Johnson* abgestiegen ist. Ein großäugiger Einfaltspinsel, auf den Albert Brownes Beschreibung passte. Damit war die Sache klar.«

»Dieser Schwachkopf!«, knurrte Scarlett. »Ich habe ihm gesagt, dass er nicht jedes Mal denselben Namen benutzen soll.«

»Ein guter Rat«, sagte Mallory zustimmend. »Aber er hat ihn nicht befolgt, und darum habe ich mich schleunigst auf den Weg nach Norden gemacht. Allerdings hatte ich nicht damit gerechnet, dass ihr das verabscheuungswürdige Verbrechen bereits verübt hattet. Beinahe hätte eure Schnelligkeit euch gerettet. Zum Glück hat mir an der Kreuzung bei Newark ein Benzinverkäufer erzählt, dass ein Bergwerkslaster mit zwei ungewöhnlichen Fahrern unlängst die Abzweigung nach Westen genommen hatte. So konnte ich eurer Spur folgen und euch beide in Gewahrsam nehmen.« Er vollführte eine bescheiden weltmännische Geste. »Und so findet die *Ballade von Scarlett & Browne* ihr unvermeidliches Ende.«

»Ich hab's nicht so mit Balladen«, entgegnete Scarlett. »Ich mag keine Geschichten.«

Wieder lachte Mallory herzlich und nicht ohne Mitgefühl. »Vielleicht magst du einfach nur *eure* Geschichte nicht! Aber ich kann's verstehen. Auch ich musste mich mit der Finsternis in mir auseinandersetzen, mit der schrecklichen Person, die ich eigentlich bin. Ich nehme alle diese Mühen auf mich, um mich selbst zu reinigen, kämpfe immerzu gegen die Schande in mir an …« Er berührte Scarlett flüchtig am Ärmel. »Ich glaube, du kennst dieses Gefühl auch – *nicht wahr*, Scarlett McCain?«

Scarlett erwiderte nichts, blickte nur seine Hand auf ihrem Ärmel an.

Sie standen jetzt vor einer wuchtigen Flügeltür aus rötlich schimmerndem, mit Bronzeintarsien verziertem Mahagoni. Zwei Wachposten mit goldenen Bowlerhüten standen stramm.

»Das Heilige Auditorium wartet schon!«, verkündete Mallory. »Mindestens ein Ratsmitglied dürfte anwesend sein, dazu etliche andere Würdenträger … Wir müssen also beide unser bestes Benehmen an den Tag legen. Spiel deine Rolle gut!«

Mit exakt synchronisierten Bewegungen ließen die Wachen

die Türflügel aufschwingen. Scarlett wurde von goldenem Licht überflutet.

Das Auditorium war ein riesiger viereckiger Saal. Die gegenüberliegende Wand bestand fast nur aus Fenstern und einem Balkon hoch über den Dächern der Stadt. Die Fenster standen offen, warme Luft wehte herein und brachte das Glockengeläut mit, das von den umliegenden Gebäuden des Glaubenshauses ertönte. Die Nachmittagssonne erfüllte den Saal wie goldgelber Honig eine große Schale. An den übrigen Wänden standen Regale voller rot und rostbraun gebundener Bücher. Scarlett und der Agent gingen auf die Fenster zu, zwischen Tischreihen hindurch, an denen Männer und Frauen saßen – schwarz gekleidete Paten und Schreibkräfte mit Stiften und Akten. Manche kritzelten etwas, andere musterten Scarlett ungerührt. Neben mehreren Seitentüren waren mit Pistolen bewaffnete Wachen postiert. Hinter den Türen sah man weitere Bücherregale und Vitrinen. Auf einem Podest vor den Fenstern standen sieben leere Stühle. Davor war auf einer freien Fläche ein niedrigeres Podest aufgebaut. Dort saß Albert auf einem Hocker.

Er saß zusammengesunken da, wirkte kleiner, als er war, und seltsam deformiert, als hätten sich seine Proportionen verschoben. Was hatte man ihm angetan? Scarlett ging schneller. Dann erkannte sie, dass der ungewohnte Eindruck davon herrührte, dass er etwas auf dem Kopf trug – einen stumpfgrauen Eisenhelm, der mit Drähten unter seinem Kinn befestigt war. Der schwere Helm ließ ihn zerbrechlicher und jünger aussehen.

Neben ihm stand ein zweiter Hocker. Scarlett nahm neben Albert Platz. Der Agent ging mit raschelndem Mantel weiter und stellte sich allein auf den Balkon.

»Hallo«, sagte Albert. Wie Scarlett hatte man ihm die Hände

mit Handschellen auf den Rücken gefesselt. Sein Gesichtsausdruck wirkte, als sei er ganz woanders.

»Hallo, Albert.« Sie lächelte ihn an. »Gut siehst du aus. Jedenfalls sind deine Blutergüsse symmetrisch verteilt. Ist sonst alles in Ordnung? Der Helm da –«

»Ist bloß ein bisschen schwer. Er soll bewirken, dass … Du weißt schon.«

Scarlett packte die kalte Wut, aber sie beherrschte sich. Draußen auf dem Balkon lehnte der Agent an der Brüstung, hielt die Hände locker gefaltet und blickte über die Stadt. »Hat *er* dich so zugerichtet?«, fragte sie.

»Na ja, er hat mich unter einem halben Hügel verschüttet«, lautete die Antwort. »Das war nicht so toll. Aber ich darf mich nicht beschweren, schließlich bin ich noch am Leben. Hat er dir denn etwas getan?«

»Abgesehen davon, dass er mich k. o. geschlagen, in Ketten gelegt und nach Milton Keynes verschleppt hat? Nein.«

»Gut. Hör mal, Scarlett … es tut mir leid. Wie ich mich im Laster aufgeführt habe, meine ich.«

»Vergiss es.«

»Wenn du nicht so sauer auf mich gewesen wärst … Wenn wir nicht angehalten hätten …«

»Er hätte uns trotzdem geschnappt.«

Albert schüttelte den Kopf. »Nein, und zudem hattest du mit allem recht, was du mir vorgeworfen hast. Ich war dumm und dickköpfig. Hoffentlich kannst du mir verzeihen. Ich habe mir einfach nur Sorgen um Joe und Ettie gemacht.«

»Ich auch. Vergiss es. Wir haben jetzt echt andere Probleme.«

Seine Miene hellte sich auf. »Danke. Ich kann dir gar nicht sagen, wie mich das belastet hat. Jetzt geht es mir schon viel besser.« Er setzte sich ein bisschen aufrechter hin, straffte die schmächtigen Schultern. »Tja«, sagte er dann, »ich gebe zu, dass unsere Lage ungünstig ist, aber wir dürfen den Mut nicht sinken lassen. Man muss stets das Positive sehen – das sagst du doch immer, oder?«

»*Hallo?!* Ich bin's, Scarlett! So einen dämlichen Spruch habe ich in meinem ganzen Leben noch nicht gebracht.«

»Nicht? Dann war es vielleicht jemand anders. Aber sieh dich doch mal um! Wir sind im *Hauptsitz des Hohen Rates*! Nicht jeder hat das Glück, dies alles hier sehen zu dürfen!« Von seinem klobigen Kopfschmuck etwas behindert, nickte er in Richtung eines der Durchgänge gegenüber. »Hast du schon mal so viele Bücher und Schatzvitrinen auf einmal gesehen?«

Scarlett hatte die Nebenräume bereits daraufhin gemustert, ob sie Fluchtwege boten. Offen gestanden fand sie die Posten an den Türen interessanter als die endlosen Bücherregale und Fundstücke. Sie sah auch Tische, auf denen in durchsichtigen Plastikhüllen Fragmente alter Schriftstücke lagen. Frauen beugten sich mit Lupen darüber und schrieben etwas auf.

»Sie kopieren die Texte, weil sie verschollenes Wissen enthalten könnten«, sagte Albert, lehnte sich zu Scarlett hinüber und ergänzte in verschwörerischem Flüsterton: »Es ist das Gleiche wie mit den alten Waffen. *Ich glaube, sie wollen dunkle Geheimnisse der Vergangenheit lüften.*«

Scarlett nickte. Als sie sich ihrerseits zu ihm hinüberlehnte, klirrten ihre Handschellen leise. »Sieht ganz so aus. Trotzdem hätte ich eine kurze Frage, Albert. Glaubst du im Ernst, wir sollten uns unter diesen Umständen *darauf* konzentrieren?«

»Ach so!« Albert setzte sich wieder gerade hin. »Du hast natürlich recht. Momentan haben wir andere Prioritäten. Aber auch in dieser Hinsicht kann ich Positives vermelden: Der Agent hat unseren Laster hierhergefahren. Wir müssen ihn nur noch finden und damit nach Stow abhauen. Wir haben noch zwei volle Tage, um Joe und Ettie zu retten, also reichlich Zeit!«

Scarlett sah ihn an. Er glaubte tatsächlich, was er sagte. Er glaubte, dass sie noch eine Chance hatten. Glaubte es, obwohl sie hilflos und gefesselt hier in der Sonne saßen, umringt von dreißig Wachen, mitten in der Stadt ihrer Feinde, hoch über einem Platz, auf dem in diesen Minuten ein maßgezimmerter Galgen für sie beide errichtet wurde. Diese totale Weltfremdheit hatte etwas Bewundernswertes.

Sie lächelte ihn matt an. »Du hast recht«, sagte sie. »Uns bleibt noch Zeit.«

In die Anwesenden, die den Türen zum Archiv am nächsten saßen, kam Bewegung, die Schreibkräfte erhoben sich, die Wachen nahmen Haltung an. Ein kleiner, untersetzter Mann in einem pechschwarzen Anzug ging eilig zwischen den Tischen der Kopisten und den Bücherregalen hindurch und steuerte das Podium an. Er bewegte sich flink auf seinen kurzen Beinen. Unter dem Arm trug er einen Stapel Papiere.

Ein hochgewachsener, melancholisch aussehender Pate erhob sich und verkündete: »Erheben Sie sich! Der Hohe Ratsherr Bevan hat nun den Vorsitz!«

»Danke, danke. Aber nehmt doch bitte alle wieder Platz.« Der Ratsherr hüpfte gelenkig auf das Podest und ließ sich auf dem mittleren der sieben Stühle nieder. Er hatte ein rundes, altersloses Gesicht und trug eine kleine, goldgerahmte Brille. Seine Haut war dunkel, das Haar im Nacken und an den Seiten kurz geschoren. Ein paar übrig gebliebene längere Strähnen waren nachlässig über den Scheitel gekämmt. Er blätterte in den Unterlagen auf seinem Schoß und ließ den Blick kurzsichtig blinzelnd über das Auditorium schweifen. »Was ist der Anlass für die heutige Verhandlung?«

»Der Prozess gegen die Outlaws Scarlett und Browne«, rief der hochgewachsene Pate vernehmlich. »Außerdem müssen wir den Ablauf der Hinrichtung und der anschließenden Feierlichkeiten besprechen.«

»Und die beiden dort sind die Delinquenten?«

»Jawohl, Sir. Sie haben sich Dutzender finsterster Verbrechen schuldig gemacht. Ihre jüngsten Untaten sind der Diebstahl in Warwick, von dem ich Ihnen berichtet hatte, Sir, sowie der Anschlag auf die Grabungsstätte im Norden.«

Der Mann musterte Scarlett und Albert ausdruckslos. Unter anderen Umständen – insbesondere aus der Entfernung und durch das Visier einer zielsicheren Schusswaffe – hätte sich Scarlett über den Anblick eines Mitglieds des Hohen Rates, der über alle Glaubenshäuser in allen Königreichen herrschte, sehr gefreut. So wie die Dinge aber standen, war sie fest entschlossen, sich keinerlei Interesse anmerken zu lassen. Darum fläzte sie sich mit gelangweilter Miene auf ihrem Hocker.

»Aha.« Der Ratsherr nickte bedächtig. »Hat Mallory die beiden hergebracht?«

»Jawohl, Sir.«

»Der Junge ist natürlich der Abweichler, richtig?«

»Das ist richtig, Sir. Er besitzt beträchtliche Kräfte und hat letztes Jahr für die Probleme in Stonemoor gesorgt. Bei dem Versuch, ihn zurückzuholen, ist Doktor Calloway verschwunden.«

»Ich erinnere mich. Sie ist irgendwo im Ödland verschollen. Ein großer Verlust für uns alle. Und das Mädchen ist dann wohl seine Kumpanin, die ihm den Rücken freihält …« Der Mann würdigte Scarlett keines Blickes, betrachtete Albert aber eine ganze Weile.

»Das ist alles derart widerwärtig und abscheulich, aber nun gut. Während ihrer kurzen Karriere haben die beiden ein gewisses öffentliches Interesse erregt, nehme ich an?«

»Sie haben eine bescheidene Berühmtheit erlangt, Sir. Es ist sogar eine Ballade über sie im Umlauf.«

Bevan verzog leicht angeekelt den Mund. »Dann kommt die Festnahme ja gerade richtig, Stevens. Die Leute dürften ein spektakuläres Ende erwarten, und das können wir ihnen bieten. Machen wir ein großes Fest daraus ...« Er unterbrach sich stirnrunzelnd, weil Albert auf seinem Hocker herumzappelte. »Was ist denn los mit ihm? Muss er mal?«

»Ich glaube, er möchte etwas sagen, Sir«, entgegnete der hochgewachsene Pate. »Ich lasse ihn knebeln.«

»Nicht nötig. Wir sind so gut wie fertig. Ich gehe davon aus, dass wir die beiden hängen?«

»Das halte ich für das Beste. Oder sollen wir sie lieber aufs Rad flechten?«

»Hängen ist billiger. Und irgendwie klassischer. Morgen Abend?«

»So war es gedacht, Sir. Der Galgen wird bereits errichtet.«

»Ausgezeichnet. Dann haben die Zimmerleute etwas zu tun.«

»Jawohl, Sir. Wenn es Ihnen und den anderen Ratsmitgliedern recht ist, ziehen wir das Ganze etwas größer auf. Bei einer Strafexpedition im Oxforder Modricht haben wir drei Gezeichnete eingefangen. Sie gehören vermutlich zu der Horde, die Chipping Camden verwüstet hat. Wir haben sie überwältigt und gefesselt, aber sie leben noch. Die Zuschauer dürften bei ihrem Anblick außer sich geraten.«

Bevan nickte zustimmend. »Wunderbar. In den Vorstädten herrscht Nahrungsmittelknappheit, und letzte Nacht gab es draußen in der Nähe der südlichen Ruinen Unruhen, die Leute können also eine Ablenkung gebrauchen. Wahrscheinlich schaue ich mir die Vorstellung selbst an. Schön, damit wäre wohl alles besprochen. Den ortsansässigen Geschäftsleuten werden die erforderlichen Genehmigungen erteilt. Bestimmt wollen auch die Sklavenhändler wieder ihre Verkaufsstände aufbauen …« Er erhob sich halb von seinem Stuhl und hielt inne. »Was *ist* denn, Junge?«

Weil Scarlett klar war, dass keine öffentliche Äußerung von Albert ihre Lage zum Besseren wenden würde, hatte sie bereits versucht, ihn mit diskreten Tritten, gedämpften Warnungen und Ellbogenpüffen zum Schweigen zu bringen. Vergebens. Er stand mühsam auf, wobei sein Kopf mit dem schweren Helm bedenklich schwankte.

»Vielen Dank, Sir«, sagte er. »Ich möchte eine persönliche Bitte an Sie richten. Es geht aber nicht um meine Partnerin und mich, sondern um zwei Freunde von uns, die ohne eigenes Verschulden von der grausamen Bruderschaft der Hand als Geiseln genommen wurden. Wenn wir sie nicht rechtzeitig auslösen, werden sie von Rieseneulen gefressen. Hätten Sie vielleicht die Güte, uns beide um ihretwillen zu verschonen oder wenigstens jemand anderen loszuschicken, der sie befreit?«

Er schaute in die Runde. Das Heer der Versammelten verzog keine Miene – nur Scarlett ächzte hörbar und verdrehte die Augen. Mehrere Wachen setzten sich in Richtung des Podests in Bewegung.

Auch der hochgewachsene Pate trat ein paar Schritte vor. »Bitte entschuldigen Sie, Sir. Ich lasse ihn auspeitschen.«

»Nein, nein. Ist schon gut.« Bevan sah Albert an. »Mein Junge, hierbei handelt es sich um eine Frage der Gerechtigkeit. Kurz gesagt sind Recht und Ordnung das, was unsere Gesellschaft zusammenhält. Dem stehen zwei Arten von Bedrohungen gegenüber. Zum einen das Böse, das vor unseren Toren lauert, zum anderen das Böse in den Herzen unreiner Personen, solchen wie dir. Deine Freunde mögen ohne Schuld sein – *du* bist es allem Anschein nach nicht. Die Bruderschaft der Hand ist mir bekannt. Es ist eine bunt zusammengewürfelte Bande Krimineller, die überall dort ihr Unwesen treibt, wo der Einfluss der Glaubenshäuser zu schwach ist. Ich kann dir versichern, dass wir sie zu gegebener Zeit ausrotten werden, aber erst einmal fangen wir mit euch an.«

Damit wandte er sich zum Gehen. Albert stieß einen Ruf der Entrüstung aus und stampfte wütend mit dem Fuß auf. »Ich verwahre mich gegen diese Beschreibung!«, rief er. »Ich bin nicht böse! Ich mag ein Outlaw sein, aber nur, weil mich die Verfolgung durch die Glaubenshäuser zu diesem Leben zwingt!«

»Albert –« Scarlett sprang auf. Die Wachen kamen mit gezückten Schlagstöcken näher. »Jetzt wäre eine *hervorragende* Gelegenheit, die Kunst des Klappehaltens zu perfektionieren.«

»Nein!« Albert rückte, so gut es ging, von ihr ab. »Ich protestiere gegen diese Heuchelei! Wenn ich ein Abweichler bin, wie der Ratsherr behauptet, dann ist sein Lakai mit dem Angebermantel draußen auf dem Balkon auch einer! Er verfügt über die gleichen Kräfte wie ich. Wo ist der Unterschied? Wo bleibt da die *Gerechtigkeit*?«

»Ein gutes Argument«, zischte Scarlett. »Sie werden bestimmt gern mit dir darüber diskutieren, nachdem sie dir die Zunge rausgeschnitten haben. Halt endlich den Mund!«

Albert entfuhr ein schwer zu deutender Laut, dann beruhigte er sich. Bevan nahm die Brille ab und sagte in gelangweiltem Ton: »Danke für deine Bemühungen, Mädchen. Bösartigkeit rührt teilweise von angeborenen Deformationen her, aber ebenso von moralischer Beschränktheit, was dein Freund soeben bewiesen hat. Selbstverständlich ist es *möglich*, Abweichler wieder in die Gesellschaft einzugliedern. Mallory ist das beste Beispiel! Heutzutage ist er ein nützliches und vertrauenswürdiges Werkzeug, aber nur *deswegen*, weil er jahrelang in Stonemoor behandelt wurde. Albert Browne hat diese Chance nicht genutzt, und darum bleibt er eine Bedrohung, die ausgeschaltet werden muss. So lautet nun mal die brutale Lehre aus der Geschichte.«

Er deutete auf die Fenster. Scarlett folgte seinem Blick. »Aus der Geschichte?«, wiederholte sie verständnislos.

»Schau nach draußen, Mädchen. Was siehst du?«

»Die Stadt.«

»Und weiter hinten?«

Mit Milton Keynes war es das Gleiche wie mit Warwick. Hinter den modernen Gebäuden ragten gewaltige Ruinen auf – verformtes Metall, geborstene Wohntürme, verfallene Torbögen, die ins Nichts führten …

»Ruinen«, sagte Scarlett knapp. »Überreste der Großen Verheerung.«

Der Ratsherr lachte trocken auf. »Wohl kaum! *Diese* Verwüstung hat sich in jüngster Zeit ereignet, und die Ursache war nicht die Große Verheerung, sondern die Abweichler. Solche wie dein Begleiter und Mallory. Personen mit sogenannten Gaben.« Er lächelte Scarlett flüchtig von oben herab an. »Ist es da verwunderlich, dass wir dergleichen in Zukunft unterbinden möchten?«

Er schnippte mit den Fingern. Sofort wurde es umtriebig im Saal. Der Pate blaffte Befehle, die Wachen umzingelten ihre Hocker. Scarlett wollte noch etwas zu Albert sagen, der stumm und reglos dasaß, doch da wurde sie schon vom Podest gezerrt. Mit Schlägen und Knüffen wurden die Outlaws Scarlett und Browne durch den Mittelgang geschleift und in ihre jeweiligen Zellen verfrachtet. Der Friede war wiederhergestellt. Die Bürokräfte und Kopisten des Glaubenshauses widmeten sich wieder ihren Unterlagen. Draußen auf dem Balkon blickte der Agent unerschütterlich in die sonnige Leere.

Kapitel 17

Neugier. Das war es, was Albert vor allem empfand. Falls ihn der Ratsherr mit der Aussicht auf ein grausiges Ende hatte brechen oder ihm Schuldgefühle, Selbsthass oder Scham hatte einjagen wollen, war es ihm nicht gelungen. Vielmehr hatte diese Taktik genau das Gegenteil bewirkt. Bevan hatte angedeutet, dass Fähigkeiten wie Alberts in Verbindung mit unaussprechlichen vergangenen Schrecken standen, und seine Reaktion war ganz natürlich: Er wollte mehr darüber erfahren.

Der Tag ging in den Abend über, der Abend in die Nacht, die Nacht in den Morgen. Licht und Schatten jagten einander über die Zellenwände. Albert hockte allein und in Ketten an seinem Strafpfahl und lehnte den Kopf an die Stange, weil der Helm so schwer war. Äußerlich tat ihm alles weh, und das Herz blutete ihm, weil er um das Leben seiner Freunde bangte. Gleichzeitig war er im Frieden mit sich, fühlte sich sogar seltsam befreit. Diese Freiheit bestand in dem Wissen – oder zumindest dem vagen Gefühl –, dass er nicht allein war.

In den langen Jahren seiner Gefangenschaft in Stonemoor hatte man Albert unter dem strengen Regime seiner Mentorin Doktor Calloway beigebracht, die Kräfte, die in ihm schlummerten, zu verabscheuen und zu fürchten. Ein wichtiger Bestandteil dieses Lernprozesses – noch wirkungsvoller als die endlosen Tests und Foltern, die dazu führen sollten, dass er seine Gabe mit Schmerz gleichsetzte – war die Isolation gewesen. Man hatte ihm eingetrichtert, dass er krank sei, dass ihn eben diese Erkrankung von der Teilnahme am normalen Leben ausschloss. Die Ausbrüche der Schlimmen Angst bestätigten diese Diagnose vorgeblich nur noch. Er und die übrigen jungen Gäste der Einrichtung wurden mit Medikamenten betäubt, was sie zusätzlich voneinander isolierte.

Albert hatte genug Trotz aufgebracht, um aus Stonemoor auszubrechen, aber sogar jetzt noch, wo er an Scarletts Seite ein ungebundenes Leben führte, machte ihm das Gefühl zu schaffen, eine Einzelerscheinung zu sein, *grundfalsch* und verdorben. Wobei das offensichtlich ein Trugschluss gewesen war. Er war *mitnichten* eine Einzelerscheinung! Die Worte des Ratsherrn hallten noch in seinen Ohren nach. »*Solche wie du!*« Seinesgleichen hatten Zerstörungen unerhörten Ausmaßes verursacht.

Solche wie du – darauf konzentrierte sich Albert jetzt. Was als vernichtende Beschuldigung gemeint gewesen war, ließ ihn auf Gemeinschaft hoffen, war für ihn eine Bestätigung.

Doch wenn er mehr darüber erfahren wollte, musste er erst einmal am Leben bleiben, und das bedeutete, er musste fliehen. Das war leichter gesagt als getan. Er hätte die Schlimme Angst entfesseln können, aber dafür saß der Eisenhelm zu fest, und trotz aller Bemühungen gelang es ihm nicht, ihn abzuschütteln. Auch seine Ketten hielten allem Ziehen und Zerren stand. Scarlett hätte vielleicht eine Idee gehabt, wie sie die Wachen erdrosseln und ihnen die Schlüssel hätten abnehmen können, aber Erdrosseln war nicht Alberts Spezialgebiet. Er konnte nur dahocken und nachdenken und dösen und nachdenken, bis der neue Morgen dämmerte und ihm bestenfalls noch dreißig Stunden blieben, bis im fernen Stow Etties Schicksalswecker losschrillte.

Albert wartete geduldig. Er vertraute darauf, dass der richtige Augenblick kommen würde.

* * *

Gegen Nachmittag stülpten ihm zwei der Wachen, die ihn am Vortag verprügelt und in die Zelle geschleift hatten, einen schwarzen Sack über den Kopf und nahmen ihn mit. Er legte auf unbekannten Wegen eine ihm unbekannte Entfernung zurück, bis er irgendwann das Quietschen einer Tür und einen geknurrten Befehl vernahm. Der Sack wurde abgenommen, Helligkeit blendete ihn. Jemand verpasste ihm einen Stoß. Er stolperte vorwärts, blieb stehen und sah sich blinzelnd um.

Diese Zelle war kleiner und auch sauberer als die vorige. Hier gab es keine Strafpfähle. Durch das einzige Fenster fiel gleißendes Sonnenlicht, und mitten in diesem Lichtflecken stand ein kleiner runder Tisch. Zu Alberts Erstaunen standen eine Schale mit Obst, ein Krug Wasser und zwei Becher auf dem weißen, bestickten Tischtuch. Zwei Stühle gab es auch. Auf einem saß der Glaubenshaus-Agent Mallory. Er sah mager, blass und verfroren aus, hatte seinen Mantel an und den Kragen hochgestellt.

»Albert! Willkommen!« Der Agent sprang auf, scheuchte die Wachen hinaus und schloss die Tür hinter ihnen. Dann machte er eine ausholende Gebärde. »Na, wie gefällt's dir hier?«

»Das bestickte Deckchen ist hübsch«, sagte Albert. »Es lenkt von meinen Hand- und Fußfesseln ab, von dem Eisenhelm, von dem vergitterten Fenster und von meinen Ketten.«

Der junge Mann lächelte. »Ja, Kleinigkeiten können viel ausmachen.« Wieder eine schwungvolle Handbewegung. »Aber setz dich doch zu mir und nimm dir einen Apfel. Die Trauben sind auch köstlich. Greif einfach zu.«

»Danke, aber ich mache mir Sorgen um Scarlett. Sie ist allein, und ich weiß nicht, wo. Ich habe sie seit gestern nicht mehr gesehen und finde die Wärter hier ziemlich gewalttätig.«

Mallory zuckte die Achseln. »Es sind einfache, fantasielose Männer, die nur ihre Arbeit tun. Aber keine Sorge, sie werden deine Begleiterin nicht allzu schlimm zurichten. Schließlich soll Miss McCain auf dem Schafott gut aussehen. Aber nun setz dich doch endlich. Ich möchte mich gern ein bisschen mit dir unterhalten.«

»Darf ich zu ihr?«

»Vielleicht hinterher. Aber ehrlich gesagt«, fügte Mallory hinzu, als Albert argwöhnisch und unter viel Kettengeklirr Platz genommen hatte, »wollte ich dieses Gespräch nicht gern in Scarletts Beisein führen. Allein schon ihr finsteres Gesicht würde mich irritieren.« Er grinste Albert an und zupfte eine Weintraube ab. »So etwas regelt man besser unter vier Augen. Nur du und ich, allein.«

»Wir hätten uns auch schon neulich unter vier Augen unterhalten können«, erwiderte Albert, »aber du wolltest mich ja lieber lebendig begraben.« Er riss ebenfalls eine Weintraube ab und steckte sie in den Mund. Er war sehr hungrig. Der süße Saft trieb ihm die Tränen in die Augen.

Der junge Mann grinste wieder. »Stimmt. Wie fandest du den Trick denn? Plötzlicher Sauerstoffmangel, Bewegungsunfähigkeit … ich wende ihn gern bei widerspenstigen Zeitgenossen wie dir an.«

»Doktor Calloway wäre beeindruckt gewesen«, sagte Albert. »Ich weiß noch, wie sie mal ganz aus dem Häuschen war, als ich ein Blütenblatt ein paar Meter weit habe flattern lassen.«

»Ach, *dich* hat sie die Übung auch machen lassen?« Mallory beugte sich vor und fuhr mit breitem Lächeln fort: »Sogar in Stonemoor haben das nur wenige fertiggebracht! Angewandte, gedankengesteuerte Kinese – Calloways Fachgebiet. Kein Wunder, dass sie dich so gemocht hat. Ach ja, die gute Doktor Calloway! Sie hat mir überhaupt erst klargemacht, wozu ich fähig bin, Albert. Sie hat mich davor bewahrt, dem verderblichen Einfluss meiner Natur zu erliegen.« Das Lächeln erlosch. »Und dich wollte sie bestimmt auch davor bewahren.«

»Ich kann mich gar nicht an dich erinnern.«

Mallory nickte. »Ich war aber dort. Ich bin schon als Kind nach Stonemoor gekommen. Meine Familie hatte mich verstoßen, und ich war mir meiner eigenen Schlechtigkeit nicht bewusst. Vor vier Jahren habe ich die Einrichtung dann gezüchtigt und geläutert verlassen. Calloway hat mich in ein Glaubenshaus-Seminar geschickt, wo ein gewisser Monk meine Ausbildung vervollständigen sollte.«

»Monk habe ich auch gekannt …« Alberts Blick hatte sich verschattet. Als er zum Fenster hinübersah, stiegen undeutliche Bilder von anderen Fenstern in ihm auf, von anderen Gittern, anderen kahlen Räumen. An seine frühe Kindheit hatte er keine Erinnerung mehr. Er hatte immer nur Stonemoor gekannt.

»Eigentlich müssten wir uns begegnet sein«, sagte Mallory. »In welchem Zimmer warst du?«

»Zimmer 3.8. Gleich neben der Latrine.«

»Nein, diese Zelle kenne ich leider nicht. Und ich bin in Stonemoor meistens für mich geblieben.«

»Ich auch«, sagte Albert. »Das war besser so.«

Sie saßen am Tisch und sahen einander an. Dann griffen beide gleichzeitig nach den Weintrauben.

»Natürlich haben wir uns inzwischen in verschiedene Richtungen entwickelt«, nahm der Agent den Faden wieder auf. »Ich habe das Böse in mir unterdrückt, du dagegen schwelgst darin. Ich habe mich an das gehalten, was mir Doktor Calloway beigebracht hat, und den Weg der Erleuchtung und der Redlichkeit gewählt. Aus dir ist ein Gauner, Dieb und Scharlatan geworden, der mit rothaarigen Mörderinnen und anderen Schurken gemeinsame Sache macht.«

Albert schluckte die Traube herunter und nahm sich einen Apfel aus der Schale. »Wenn du es unbedingt so ausdrücken willst – ja, dann haben sich unsere Wege *tatsächlich* ein Stückchen voneinander entfernt.«

Mallory nickte. »Wobei *entfernt* noch untertrieben ist. Außerdem hast du mir, wenn auch unwissentlich, großen Kummer bereitet. Nach deinem Ausbruch aus Stonemoor hat sich Doktor Calloway auf die Suche nach dir gemacht. Du warst ihr so wichtig, dass sie dich nicht verlieren wollte. Irgendwie, irgendwo sind sie und ihre Begleiter dann in der Wildnis an der Themse verschollen. Ihr genaues Schicksal ist unbekannt.« Seufzend fuhr er sich durch die pomadisierten Haare. »Zuletzt bin ich ihr hier in der Zitadelle begegnet. Die Sonne schien auf ihr blasses Gesicht und die schwarzen Schuhe, auf ihr schwarzes Samthaarband und die Götterstatuen draußen im Park … Sie hat mich angelächelt und mir die Hand gedrückt. Dann ging sie davon und ich habe sie nie wiedergesehen.« Seine Augen glänzten feucht. »Sie war wie eine Mutter für mich, Albert Browne. Sei froh, dass ich dir nicht die *ganze* Schuld an ihrem Tod gebe!«

Dazu sagte Albert nichts. Er rief sich *seine* letzte Begegnung mit Doktor Calloway ins Gedächtnis: als er ihr am Rand eines hohen Dachs eine Geländerstrebe über den Schädel gezogen hatte und sie wie eine schlaffe Stoffpuppe ins Meer gefallen war. Aber vielleicht war jetzt kein guter Zeitpunkt, das zu erwähnen.

Mallory hatte sichtlich Mühe, in die Gegenwart zurückzukehren. »Kommen wir zum Thema«, sagte er. »Die Organisatoren der Hinrichtungsfestlichkeiten möchten dich für heute Abend zurechtmachen, Albert. Aber die Sache ist die …« Er schlug lächelnd den Mantel zurück und stützte sich lässig auf dem Tisch auf. »Du *musst* nicht sterben.«

Albert biss in seinen Apfel. »Weiß ich. Ihr könnt uns beide einfach laufen lassen.«

Der junge Mann zuckte kaum merklich zusammen. »Also *das* wird ganz bestimmt nicht passieren. Scarlett bleibt hier. Sie ist eine unverbesserliche Kriminelle. Das weiß jeder – auch du. Aber dein Fall ist nicht so eindeutig. Du bist anders, Mr Browne.«

»Das höre ich öfter.«

»Klar«, entgegnete Mallory lachend. »Das sieht man ja auch auf den ersten Blick.«

Albert schaute erst an sich hinunter und dann wieder auf seinen Apfel. »Ich sehe gar nichts.«

»Eben. Du hast in den letzten beiden Tagen einiges durchgemacht: Explosionen, Zusammenstöße, Begegnungen mit Gezeichneten … Nicht zu vergessen den Hügel, unter dem ich dich verschüttet habe … Trotzdem bist du nahezu unversehrt, hast nur ein paar blaue Flecken davongetragen.«

»Eigentlich sind es ganz schön viele«, gab Albert zurück. »Weiter unten habe ich ein paar richtig fette. Soll ich sie dir mal zeigen?«

»Danke, muss nicht sein. Aber du stimmst mir doch zu, wenn ich sage, dass du gut weggekommen bist, wenn man bedenkt, dass dir Katastrophen auf Schritt und Tritt folgen, oder? Dagegen ist die arme Scarlett ganz schön übel zugerichtet … Es dürfte nicht das erste Mal sein, dass du solche Ereignisse unbeschadet überstanden hast, stimmt's?«

Albert überlegte, ging in Gedanken frühere Erlebnisse dieser Art durch. »Meistens habe ich Glück, das stimmt.«

»Das ist kein Glück, das ist eine Gabe, du Dummkopf! Eine Gabe, die wir beide besitzen. Wir sind nicht so leicht umzubringen! Dazu kommen deine *anderen* Fähigkeiten.« Er deutete mit dem Kinn auf Alberts Helm. »Diejenigen, die wir gerade unterbinden. Doktor Calloway hielt sehr viel von dir, und ich respektiere das. Wobei ich persönlich finde … Bei unserer ersten Begegnung hast du mich nicht überzeugt. Als du versucht hast, meine Gedanken zu lesen, wärst du beinahe zusammengeklappt. Und davon abgesehen, nichts. Fehlanzeige. Nach dem Zusammentreffen mit deiner Freundin in der Bar hatte ich mehr Blessuren.«

Albert erbleichte und sah sich erschrocken um. »Freundin? Lass das bloß nicht Scarlett hören. Das würde für uns beide nicht gut ausgehen.«

Mallory ging nicht darauf ein und redete einfach weiter. »Ich glaube nicht, dass du *jemals* etwas Besonderes warst. Falls du überhaupt noch eine andere Gabe besitzt, hast du sie nicht im Griff. Jedenfalls besitzt du nicht die innere Stärke, mit dem, was du bist, Frieden zu schließen. Aber lassen wir das. Eigentlich geht es ja um heute Abend …« Er beugte sich wieder vor. »Die Zeiten sind nicht leicht. Die Gezeichneten breiten sich immer weiter aus, und die hohlköpfigen Stadtbewohner sind untereinander zerstritten. Die Glaubenshäuser müssen die allgemeine Ordnung wiederherstellen und können dabei jede Unterstützung gebrauchen. Sie müssen sich endlich auf das Projekt in Stonemoor besinnen und Abweichler wie dich und mich für ihre Zwecke einsetzen.« Er lächelte schmallippig. »Das passt natürlich nicht allen Mitgliedern des Hohen Rates. Manche täten nichts lieber, als uns beide umzubringen. Nach allem, was früher vorgefallen ist, ist ihnen Stonemoor ein Dorn im Auge.«

Jetzt horchte Albert auf. »Was *ist* denn vorgefallen? Was hat der Ratsherr gestern gemeint, als er über die Ruinen jenseits der Stadt gesprochen hat? Er hat behauptet, solche wie *wir* hätten das Unheil angerichtet. Wen meint er damit? Und wann war das? Komm schon, Mallory! Du weißt bestimmt Bescheid. Spuck's aus.«

Der Agent schwieg und lächelte belustigt. »Mal im Ernst«, erwiderte er dann, »dein Leben hängt am seidenen Faden, und *das* ist alles, woran du denken kannst? Du bist wirklich ein ulkiges Bürschchen. Tja, wenn du in Stonemoor geblieben wärst, wüsstest du die Antwort. Aber du wolltest deine Ausbildung ja unbedingt abbrechen.«

»Ich wollte die Folter und die Qualen abbrechen!«, widersprach ihm Albert.

»Jetzt reiß dich aber mal zusammen«, entgegnete Mallory ungeduldig. »Ja, wir wurden hart rangenommen, aber solche wie uns *darf* man gar nicht mit Samthandschuhen anfassen. Würdest du einen Gezeichneten verhätscheln wollen? Na also! Also red kein dummes Zeug und hör zu. Ich bin hier, weil ich dir ein Angebot machen möchte. Ich bin befugt, dir mitzuteilen, dass du trotz deiner Verbrechen begnadigt werden kannst. Du musst nicht mehr als Outlaw leben. Du darfst ein hochrangiger Agent werden, so wie ich. Selbstverständlich erfordert das eine gewisse Umstellung, eine zusätzliche Ausbildung … Du müsstest eine Weile zurück nach Stonemoor. Aber das ist nun *wirklich* nicht schlimm! Vielleicht bekommst du dort sogar Antworten auf die Fragen, die dich offenbar so umtreiben …« Er wartete. »Na los, Albert. Sag Ja! Du musst nicht mit deinem Blut unterschreiben oder so. Wenn du Ja sagst, nehme ich dir die Ketten ab und wir spazieren zusammen hier raus, verstehst du?« Er schnippte mit den Fingern. »So einfach ist das.«

»Ich darf gehen?«

»Ganz recht.«

»Und was wird aus Scarlett?

»Die stirbt. Aber lass dich davon nicht beirren. Konzentrier dich auf das, was *wirklich* zählt. Und das bist *du*.«

Albert lächelte. »Darf ich mir eine Orange nehmen?«

»Wenn's der Entscheidungsfindung dient …«

»Oh, hab nur gerade Appetit, Bedenkzeit brauch ich keine – ohne Scarlett gehe ich nirgendwo hin.«

Mallory ächzte theatralisch. »Im Ernst jetzt – Scarlett McCain?! Bedeutet sie dir *wirklich* so viel, dass du mit Freuden für sie sterben würdest?«

»Jedenfalls habe ich keine Lust, ohne sie zu leben«, gab Albert zurück. »Das ist nicht *ganz* dasselbe.« Er legte die Orangenschale auf den Tisch. »Warum lasst ihr sie nicht laufen, Mallory? Dann könnten wir uns vielleicht einigen. Ich würde mit dir mitkommen und tun, was du sagst. Wie hört sich das an, hm? Ihr müsst nur Scarlett freilassen.«

Der Agent verschränkte die Arme und zog den Mantel enger um sich, als mache ihm die Kälte zu schaffen. Dann seufzte er so abgrundtief, als müsse er sich mit aller Willenskraft beherrschen. »Versuch doch mal, dich in uns hineinzuversetzen«, erwiderte er. »Wir lassen gerade einen superschicken Galgen für euch beide errichten, und heute Abend finden sich dort jede Menge Zuschauer ein. Dazu die Balladenhändler, die Marktbudenbesitzer, der Wurstverkauf … Unzählige Gewerbetreibende sind darauf angewiesen, dass ein spannendes Spektakel stattfindet. Sie haben Geld investiert! Da können wir die Hinrichtung nicht einfach absagen! Die Leute würden murren. Klar fackeln wir ein paar Gezeichnete ab, aber das ist nur das Sahnehäubchen. Wir brauchen auch eine Torte, und dafür ist Scarlett McCain die ideale Besetzung.«

»Sucht euch jemand anderen.«

»Statt Scarlett & Browne? Wen stellst du dir vor – einen Ladendieb?«

»Denkt euch was aus. Macht den Leuten weis, dass ihr Scarlett zum Reden bringen wollt – dass eine Riesenverschwörung im Gange ist und wir beide nur die Spitze des Eisbergs sind. Erzählt ihnen, dass ihr sie foltern müsst, um mehr über ihre Komplizen zu erfahren, und sie deswegen jetzt noch nicht hinrichten könnt. Lasst ein paar Jongleure auftreten oder so.«

»Du hast offenbar keine Ahnung von Volksbelustigung«, entgegnete der Agent. »Jongleure? Dann gibt es *garantiert* einen Aufstand … Tut mir leid, aber Scarletts Schicksal ist besiegelt.«

»Wenn das so ist«, sagte Albert, »dann bedanke ich mich für das Obst und möchte jetzt gern zu Scarlett gebracht werden.«

Der Agent musterte ihn, klopfte nachdenklich mit den mageren, blassen Fingern auf seine zu großen Ärmelaufschläge. »Was für ein Aufstand wegen einer Person, die derart … geschädigt ist«, sagte er schließlich. »Verglichen mit ihr sind wir beide Muster an Ausgeglichenheit, und das, obwohl *wir* ein Dasein als Versuchskaninchen gefristet haben. Was bedeutet sie dir? Ganz persönlich, meine ich?«

Albert saß still und reglos da. Ihm dämmerte eine Erkenntnis. »*Geschädigt?*«, wiederholte er fragend.

»Das liegt doch auf der Hand. Du weißt ja wohl über ihre Vergangenheit Bescheid.« Mallory nahm sich einen Apfel aus der Schale und drehte ihn hin und her, bis er die röteste Stelle gefunden hatte. »Du hast neben ihr geschlafen und zusammen mit ihr die Sieben Königreiche durchquert. Da hast du doch bestimmt x-mal ihre Gedanken gelesen.«

Albert sah ihn an.

»*Nicht*?« Mallory machte ein ungläubiges Gesicht. »Du willst mir doch nicht erzählen, dass …«

»Ich weiß nichts über ihre Vergangenheit«, sagte Albert.

»Nicht zu fassen. Nein, das kann nicht sein. Komm schon …«

»Ich habe kein einziges Mal ihre Gedanken gelesen.«

»Wahnsinn!« Mallorys weiße Zähne blitzten auf, er biss in das knackige Apfelfleisch. »Tja, *ich* schon.«

Albert saß da und sah dem Agenten zu, lauschte dem leicht schmatzenden, knirschenden Kauen. Er saß da und spürte Zorn in sich aufsteigen. Alles Gerede über Hinrichtungen und Galgen hatte ihn nicht so wütend gemacht wie die Offenbarung, dass dieser arrogante, kaltschnäuzige Schnösel mit dem viel zu großen Mantel Scarletts Gedanken ausgelesen hatte. In seinem Kopf summte es wieder, stechende Schmerzen schossen ihm durch die Schläfen. Wenn er nicht achtgab, würde sich die Schlimme Angst Bahn brechen, aber weil er den Eisenhelm aufhatte, würde sie sich gegen ihn selbst wenden. Er musste sie auf andere Art loswerden.

Mallory ließ ihn nicht aus den Augen. »Kann es sein, dass du sauer bist? Irre! Du bist echt ein Weichei.«

»Doktor Calloway war da anderer Ansicht«, entgegnete Albert. »Noch im Augenblick ihres Todes hat sie versucht, mich zu überreden, dass ich zurückkomme.«

Mallory biss wieder in den Apfel … und hielt inne. »Wie bitte?« Er legte den Apfel in die Schale zurück und wischte sich das Kinn ab.

»Sie wollte mich überreden, mit ihr zurückzugehen. Sie ist nämlich gar nicht in der Wildnis umgekommen. Sie hatte uns gefunden. Und ich muss dir leider sagen, dass sie nicht mehr am Leben ist.«

»*Was?!*«

»Du hast dich nicht verhört.«

»Das denkst du dir bloß aus.«

»Nimm mir den Helm ab und lies meine Gedanken.«

Albert lehnte sich zurück und lächelte den Agenten über die Obstschale hinweg an. In den Bäumen draußen vor der Zelle sangen die Vögel. Mallory riss ungläubig die Augen auf. Die Ränder des gestickten Deckchens flatterten von einer unsichtbaren Kraft gekräuselt.

»Ich glaube, jetzt bist *du* sauer«, sagte Albert.

Der Apfel fiel auf den Boden.

Alberts Stuhl kippte rückwärts um. Eine gewaltige Kraft packte ihn, beförderte ihn quer durch den Raum und schleuderte ihn gegen die Wand. Er konnte kaum atmen, hing halb in der Luft, seine Turnschuhe schwebten einen Meter über dem Boden. Der unsichtbare Griff wurde fester. Vor seinen Augen schlängelten sich schwarz-silberne Streifen. Dann verschwanden sie, und er sah Mallory mit wehendem Mantel auf sich zukommen. Das Gesicht des Agenten war verzerrt, er kniff die Lippen zusammen und hatte Tränen in den Augen.

»Sag das noch mal«, knurrte er. »*Was* hast du getan?«

»Ich habe sie umgebracht«, brachte Albert erstickt heraus, weil er immer noch nicht genug Luft bekam. »Ich habe ihr den Schädel eingeschlagen und sie ins tosende Meer geworfen. Im Fallen hat sie einen ihrer kleinen schwarzen Schuhe verloren. Er ist in die Gischt getrudelt und untergegangen. *O je* – hätte ich das lieber nicht erzählen sollen? Bist du jetzt traurig?«

Mallory knirschte mit den Zähnen, und die unsichtbare Kraft packte Albert erneut. Erst presste sie ihn so fest gegen die Wand, dass er schon glaubte, ihm würden alle Knochen brechen, dann wurde er wieder hochgehoben. Sein Kopf schlug immer wieder gegen die Wand, der Eisenhelm schützte ihn kaum, sondern schürfte ihm nur den Nacken auf. Dann hörte man es knacken. Hatte er sich das Genick gebrochen?

Der Druck ließ nach. Albert klebte schlaff und lädiert an der Wand.

Der Agent wischte sich mit dem Handrücken den Mund. Sein Atem ging ruhiger, er hatte sich wieder im Griff.

»Eigentlich müsste ich mich bei dir bedanken«, sagte er. »Bis gerade eben hatte ich noch Gewissensbisse, dich dem sicheren Tod zu überlassen, aber jetzt … Jetzt würde ich dich am liebsten eigenhändig kaltmachen, aber es ist besser, wenn du in aller Öffentlichkeit dein Leben aushauchst. Letztendlich geht es nur darum, den Leuten etwas zu bieten, das sie so schnell nicht vergessen.« Als er sich abwandte, rutschte Albert zu Boden. »Die Wachen bringen dich zu deiner geliebten Scarlett«, sagte Mallory über die Schulter hinweg. »Wir sehen uns heute Abend auf dem Marktplatz.«

»Ich kann's kaum erwarten …« Albert brachte die Worte nur mühsam heraus, und als er es geschafft hatte, hatte sich die Tür bereits hinter dem Agenten geschlossen.

Mühsam richtete er sich auf. Ihm tat jeder Knochen weh, seine Ohren klingelten, und er sah alles doppelt. Er konnte sich kaum bewegen, aber doch genug, um festzustellen, dass nichts gebrochen war.

Mit Ausnahme der Hinterseite seines Helms womöglich, denn der schepperte jedes Mal verdächtig, wenn er den Kopf drehte.

Kapitel 18

»Wenn ich euch einen Rat geben darf, meine Lieben, dann macht nicht so finstere Gesichter, sondern setzt unschuldige, würdevolle Mienen auf. Auf diese Weise wird eurer Beliebtheit bis zum Schluss kein Abbruch getan.« Der Zeremonienmeister der Feierlichkeiten trat einen Schritt zurück und begutachtete Albert und Scarlett kritisch. Er war mittleren Alters, hatte ein teigiges Gesicht und dunkle Augenringe. Dass er eine leicht gehetzte Erschöpfung ausstrahlte, fand Albert verständlich, denn seit dem gestrigen Tag hatte der Mann bestimmt alle Hände voll zu tun. Jetzt stand er in schwarzem T-Shirt und dunkelgrüner Latzhose vor den Delinquenten, die Finger mit weißer Theaterschminke bekleckst. Damit hatte er den beiden die Wangen betupft, damit sie auf dem Schafott besser zu sehen waren. Ein Junge mit einer riesigen karierten Schirmmütze ging ihm zur Hand, indem er ein Tablett mit Schminke, Puder, Rouge, Pinseln und Stofffetzen bereithielt. Albert und Scarlett saßen in einer Ecke der Arme-Sünder-Zelle Seite an Seite an Strafpfähle gekettet auf dem Boden.

»Ich weiß nicht. Die finsteren Gesichter gehören doch zu unserem Image«, wandte Albert ein. »Das Publikum erwartet sie von uns. Jedenfalls von Scarlett. Ich kann es mit *Unschuld und Würde* versuchen, wenn ich Ihnen damit eine Freude mache.«

»Klärt das unter euch.« Der Zeremonienmeister ließ das weiß verschmierte Tuch auf das Tablett fallen. »Ich bin dann so weit fertig. Schließlich kann ich keine Wunder vollbringen. Alles andere regeln wir über die Beleuchtung.«

»Wird bestimmt eine großartige Vorstellung, Chef«, sagte der Junge mit der Karomütze fröhlich.

»Hoffentlich, Ernest, hoffentlich. Habt ihr beiden Galgenstricke noch irgendwelche Fragen?«

Albert spürte, dass der Mann enttäuscht wäre, wenn sie keine Fragen hätten, weil ihn das in seiner Berufsehre kränken würde. Er schielte verstohlen zu Scarlett hinüber. Die saß mit verschränkten Armen da und starrte ins Leere. Sie hatte Jacke, Hut, Stiefel und Waffengurt (ohne die Waffen) zurückbekommen, und die leichenblasse Schminke stach krass von ihren leuchtend roten Haaren ab. Als Albert in die Zelle gekommen war, waren der Zeremonienmeister und sein Gehilfe schon dabei gewesen, sie präsentabel herzurichten. Während der Prozedur hatte sie die meiste Zeit geschwiegen, so wie jetzt auch. Das mit den Fragen blieb also an Albert hängen.

»Wie viel Zeit bleibt uns noch? Und wie ist der Ablauf? Ich möchte nichts falsch machen.«

»Keine Bange«, antwortete der Zeremonienmeister, »gehängt werden ist kinderleicht. Heute Abend um neun führen wir euch aufs Schafott. Von dort aus könnt ihr die Menge noch mal ordentlich finster anfunkeln. Man wird euch mit allem Möglichen bewerfen – mit Rüben, Zwiebeln, vielleicht auch ein paar Steinen –, aber das Podest ist hoch, und meistens treffen die Leute nicht. Nach ein paar Sicherheitswarnungen werden die Gezeichneten herbeigeschafft und können ausgiebig begafft werden, und dann kommt euer großer Augenblick. Natürlich geht es *nach* der Hinrichtung noch weiter, aber das braucht euch ja nicht zu kümmern. Wie spät ist es jetzt, Ernest?«

»Achtzehn Uhr vierunddreißig, Sir.«

»Unser Ernest ist ein cleveres Bürschchen. Ihm macht so schnell keiner was vor. Vermutlich geht es draußen schon los?«

»Die Schaulustigen strömen bereits herbei«, bestätigte Ernest, »und an den Hotdog-Ständen und Schädelwurfbuden ist ordentlich Betrieb.«

»Ach ja?« Scarlett machte zum ersten Mal den Mund auf. »Freut mich, dass sich wenigstens einige Leute amüsieren.«

»Die Druckereien waren auch nicht untätig«, ergänzte der Zeremonienmeister. »So was lassen die sich natürlich nicht entgehen, stimmt's, Ernest? Sie haben schon eine neue Ballade auf den Markt geworfen.«

»Stimmt. *Leben und Tod des berüchtigten Duos Scarlett & Browne.*« Der Junge zog ein zerknittertes Blatt aus der hinteren Hosentasche. »Seht mal! Vorne drauf ist ein toller Holzschnitt von euch beiden, wie ihr baumelt.«

»Was?«, fragte Albert verwundert. »Wie geht das denn? Wir wurden doch noch gar nicht gehängt!«

»Die Leute wollen was zur Erinnerung mit nach Hause nehmen«, antwortete der Junge. »Und so eine Hinrichtungs-Sonderausgabe *muss* natürlich im Voraus gedruckt werden. Falls es noch weitere Auflagen gibt, wird diese hier aktualisiert, aber erst mal passt das so schon. Zuschauer, Schafott, ihr beide, wie ihr im Scheinwerferlicht zappelt … da kann man nicht viel falsch machen.«

»Meinst du? Könnte doch sein, dass ihnen jede Menge interessante Details durch die Lappen gehen.«

»Ach, hier in der Ballade sind schon massenhaft Details drin.«

Der Junge rückte seine Mütze zurecht. »Allein der *Augenzeugenbericht* auf der Rückseite! Der schildert Miss McCains Reue und Läuterung, bevor die Falltür herunterklappt. Sehr ergreifend. Hört mal her:

»Die bitt'ren Reuetränen rannen
Ihr über beide bleichen Wangen.
Und unter lautem Weh und Ach
Beklagte sie ihr Ungemach.
›Vergebt mir, o ihr braven Leute,
Was ich euch antat, sühn' ich heute!
Ich will's gewiss nicht wieder tun,
Mit mir ist's aus, ich sterbe nun.‹
Der Henker –«

»Also das ist jetzt *wirklich* blühender Unsinn«, protestierte Albert. »Scarlett würde niemals irgendwen um Vergebung bitten. Oder in Tränen ausbrechen. Und *Weh und Ach* hat sie in ihrem ganzen Leben noch nie gerufen. Andere Sachen schon. Manches davon würde sich viel besser zum Reimen eignen. Nein, das ist unzutreffender Humbug. Hoffentlich merken die Leute es rechtzeitig und geben nicht noch Geld dafür aus.«

»Es ist ja nur ein Beispiel für die vielen Sachen, die es zu kaufen gibt«, entgegnete der Zeremonienmeister. »Man kann auch bemalte Tassen erstehen, Andenkenteller und Püppchen mit Schnüren um den Hals, die sich die Kinder neben das Bett hängen können. Ich muss den Einfallsreichtum der Händler immer wieder bewundern. Aber jetzt ruht euch lieber noch ein bisschen aus, damit ihr nachher frisch und munter seid.«

Er klopfte an die Tür, damit die Wachen ihn und seinen Gehilfen rausließen. Der Junge tippte grüßend an den Mützenschirm. Dann gingen beide hinaus und nahmen das Tablett mit den Schminksachen mit. Hinter ihnen fiel die Tür dumpf ins Schloss.

Albert und Scarlett saßen schweigend nebeneinander. Dunkelheit breitete sich in der Zelle aus, das Licht schwand mit der verrinnenden Zeit. Scarletts Hut warf einen Schatten auf ihr Gesicht.

»Tut gut, wieder allein zu sein«, sagte Albert schließlich.

»Ja.«

»Ein bisschen Ruhe und Frieden.«

»Yep.«

Er lehnte den Kopf gegen den Pfahl. »Die Schminke steht dir.«

Sie schnaubte verächtlich. »Falls du unserer Lage etwas Positives abzugewinnen versuchst«, knurrte sie, »treibst du es sogar für deine Verhältnisse zu weit. Wenn der Kerl mich auch nur ansatzweise so verunstaltet hat wie dich, sehe ich aus wie ein Geisterbahngerippe oder wie jemand, der schon in der Leichenhalle aufgebahrt ist.« Sie machte die Beine so lang, wie ihre Ketten es zuließen, und stieß einen tiefen Seufzer aus. »Weißt du, was mir an der Sache am meisten zu schaffen macht?«, fragte sie dann.

»Die Vermarktung? Die Tassen und Püppchen?«

Als sie ihn anblickte, sah er, dass ihre Augen glänzten.

»Ich weiß schon«, sagte er. »Joe und Ettie.«

»Richtig.« *Pause.* Sie schwiegen wieder. Dann ergänzte Scarlett: »Wobei mich die Aussicht darauf, vor den Augen einer johlenden Menge brutal vom Leben in den Tod befördert zu werden, auch nicht gerade erheitert.«

Albert nickte. »Verstehe. Wahrscheinlich kommt ja sogar beides zusammen. Aber mach dir keine Sorgen. Noch ist es nicht so weit.«

»Wie meinst du das?«

»Wir müssen erst morgen Mittag in Stow sein. Dann läuft unsere Frist ab.«

Dazu sagte Scarlett nichts, aber die Art und Weise, wie sie die Wangen aufblies, verriet ihm, dass sie so ihre Zweifel hatte.

Albert saß ruhig da und sah zu dem vergitterten Fenster in der gegenüberliegenden Wand hinüber. Sattblaues Licht fiel herein. Es war ein wunderschöner Nachmittag gewesen. Von morgens bis abends kein Wölkchen am Himmel. Er dachte an das Sumpfland rings um den *Wolfskopf*, an die wogenden, flauschigen Schilfkolben.

»Du, Albert …«, sagte Scarlett.

»Ja?«

»Es kann gut sein, dass es nachher nicht so läuft, wie wir es gern hätten. Das ist dir klar, oder?«

Er sah sie an.

»Ja.«

»Dann ist es ja gut.«

Ein sanfter Wind strich über das Glaubenshausgelände. Ab und zu wehte er auch durch das Fenster herein und brachte das gut gelaunte Pfeifen der Männer mit, die den Galgen aufbauten, das gedämpfte Stimmengewirr der Menge, Musikfetzen, einen Duft nach Wein und Imbissbuden …

»Ich rieche Hotdogs«, sagte Albert.

»Ich auch.« Scarletts Ton hatte sich verändert. »Albert –«

»Auf einen Hotdog hätte ich jetzt Appetit. Mit viel Zwiebeln und vielleicht mit Sauerkraut. Aber ohne Senf. Von Wessex-Senf muss ich immer so eklig aufstoßen … Entschuldige, hast du was gesagt?«

Scarlett sah ihn nicht an. Sie hatte den Kopf nach vorn sinken lassen, sodass er nur die Oberseite ihres Hutes sah, aber ihm wurde mit Verspätung bewusst, wie gewichtig sie sich angehört hatte. Der Klang ihrer Stimme hing noch in der Luft.

»Ja, ich habe was gesagt. Ich habe *Albert* gesagt.«

»Echt? Ja und?«

»Ich muss dir etwas erzählen.«

»Über Hotdogs?«

»Bei Shiva, natürlich *nicht* über Hotdogs. Auch nicht über Senf oder Sauerkraut. Nein. Es geht um etwas anderes.«

Sie saß vollkommen reglos da. Albert stellte fest, dass sich ihre Reglosigkeit unbemerkt auf ihn übertragen hatte. So deutlich wie noch nie war er sich seines eigenen Körpers bewusst, der Haltung, in der er dasaß. Sein Atem ging auf einmal ganz flach. Er rührte sich nicht mehr.

»Ist gut«, sagte er.

»Obwohl du das meiste garantiert sowieso schon weißt«, fuhr Scarlett fort.

Er erwiderte nichts. Kein Windhauch strich mehr durchs Fenster. Es war still in der Zelle.

»Scarlett –«, setzte er an.

»Ich weiß, dass du schon lange drauf wartest, dass ich es dir endlich erzähle«, fuhr sie fort. »Wenn es schon sein muss, dann ist jetzt der richtige Zeitpunkt. Also bringen wir's hinter uns. Wenn du die Klappe hältst und zuhörst, erzähle ich dir von Thomas. Ich erzähle dir, was du wissen willst.«

Draußen vor dem Fenster verdunkelte sich der blaue Himmel. Schatten breiteten sich in der Zelle aus. Albert hörte zu. Er rührte sich nicht.

* * *

Es stellte sich heraus, dass er einem gewaltigen Irrtum aufgesessen war. All die Monate hatte Albert geglaubt, es würde leichter sein, es in ihren Worten erzählt zu bekommen. Er hatte sich verboten, ihre Gedanken zu lesen – schon, als sie den Metallreif noch nicht trug, und dann jedes Mal, wenn sie den Hut absetzte –, und das auch deshalb, weil er sich davor fürchtete, wie sehr ihn das, was er erfuhr, selbst total fertigmachen würde. Natürlich hatte er vor allem ihre Privatsphäre respektieren wollen, aber er hatte sich ihren Erinnerungen auch nicht direkt aussetzen wollen. Er hatte gehofft, wenn er das Ganze aus ihrem eigenen Mund hörte, wäre es irgendwie erträglicher, als wenn er es ungefiltert ihren Gedanken entnahm. *Ein Irrtum.*

Denn es waren gar nicht die Ereignisse selbst, die er am schmerzhaftesten empfand, sondern vielmehr die Art und Weise, wie Scarlett mit sich ringen musste, um das Erlebte in Worte zu fassen. Sie war wie ein zerbrochener Krug, der die Geschichte ausgoß. Nein, nicht einfach nur zerbrochen. Ein zerbrochener Krug mit scharfen Kanten, an denen sie sich beim Ausgießen nicht nur selbst Wunden zufügte, sondern auch ihm.

»Ich habe ihn an der Straße zurückgelassen«, sagte sie. »Ich habe ihn im Sonnenschein am Straßenrand stehen lassen und bin in die Stadt zurückgegangen, um das Gepäck zu holen. Dort haben sie mich geschnappt. Sie haben mich geschnappt, verprügelt und in den Käfig gesteckt. Sie haben mich die ganze Nacht da drin sitzen lassen. Ich habe ihnen von Thomas erzählt. Es wäre für mich in Ordnung gewesen, wenn sie ihn zu mir gesteckt hätten. Ich habe sie gebeten, ihn zu holen. Aber sie wollten es nicht tun. Sie haben mich eingesperrt und sind gegangen. Ich habe mich ans Gitter gestellt und nach ihm gerufen. Die ganze Nacht über rief ich und hoffte, dass er mich hört. Gegen

Morgen hatte ich keine Stimme mehr. Ich habe mich hingesetzt und gewartet. Irgendwann hat mir einer von der Stadtwache etwas zu essen gebracht und mir erzählt, was passiert war. Am Abend davor hatte eine Gruppe Bürger das Gesetz in die eigene Hand genommen. Sie haben Thomas zu den Strafpfählen hinter den Getreidefeldern gebracht, ihn dort festgebunden und seinem Schicksal überlassen.«

»Aber warum?« Albert erkannte seine eigene Stimme kaum. »Warum haben sie einem Kind so etwas angetan?«

»Wegen seiner Haarfarbe? Seiner Augenfarbe? Weil er irgendwas gesagt hat, das ihnen nicht passte? Weil er klein war und lästig und sie genervt hat? Ich weiß es nicht, Albert. Ich weiß es einfach nicht.« Inzwischen saß sie fast gänzlich im Schatten. Das fahle Licht, das durchs Fenster fiel, malte nur noch einen schmalen Halbmond auf ihr Gesicht. »Auf jeden Fall hat der Milizionär die Käfigtür aufgeschlossen, um mir das Essen reinzureichen. Das hätte er lieber bleiben lassen. Ich habe ihn niedergeschlagen, ihm Pistole und Messer abgenommen und bin geflohen. Das Stadttor war noch geschlossen. Ein Mann wollte mich packen. Ich habe ihn erschossen. Dann bin ich über die Mauer geklettert. Ich bin über die Felder gerannt, mitten durch den reifen Weizen. Ein Bauer hat versucht, mich aufzuhalten. Ich weiß nicht, wer er war. Vielleicht hatte er überhaupt nichts mit Thomas und der ganzen Sache zu tun. Ich habe auch ihn erschossen. Dann bin ich zu den Pfählen gekommen. Den Pfählen hinter den Feldern. Die Bewohner dieser Stadt hatten drei davon aufgestellt – zwei hohe, mit Ketten weit oben, und einen kleineren, bei dem die Fesseln weiter unten angebracht waren. Und die Handschellen an dem niedrigeren Pfahl …«

Albert wartete.

»Er war nicht da«, sagte Scarlett. »Thomas war nicht mehr da. Die Handschellen waren leer. Während ich im Käfig saß, ist etwas aus dem Wald gekommen und hat Thomas geholt.« Sie räusperte sich. »Das war's«, sagte sie dann. »Mehr gibt es nicht zu erzählen.«

Albert rührte sich immer noch nicht. Er war es ihr schuldig, erstarrt und wie betäubt zu sein, denn mehr hatte er nicht zu geben.

Durchs Fenster kam lautes Gelächter. Jemand begrüßte den bevorstehenden Abend mit ausgelassenem Getrommel.

»Man kann nie wissen«, sagte Albert schließlich. »Es besteht immerhin die Möglichkeit, dass …«

»*Nein!*« Der Hut bewegte sich. Sie blickte im Dunkeln zu ihm hinüber. »Sag es nicht. Sag es *bloß* nicht. Es gibt keine andere Möglichkeit und damit Schluss.«

»Ja.«

»Niemand hatte die Handschellen aufgeschlossen. Ein wildes Tier muss ihn geholt haben. Punkt.« Sie pustete sich ein paar Haarsträhnen aus dem Gesicht. »Was ich danach gemacht habe«, fuhr sie fort, »weiß ich nicht mehr. Wahrscheinlich bin ich eine Zeit lang durch den Wald geirrt und habe meinen Bruder gesucht. Ich war wie von Sinnen, bin selbst zum Tier geworden. Ich bin in Löcher gekrochen, habe mich durchs Gebüsch gezwängt, bin durch Bäche gewatet und über schroffe Felsen geklettert … *nichts*. Ich habe meine Stiefel verloren und mir die Kleider zerrissen. Ich hatte nur noch Lumpen am Leib und war voller Blut und Dreck. Ich bin von Dorf zu Dorf gezogen, von Stadt zu Stadt, habe gekämpft und geklaut. Ich kann mich kaum noch daran erinnern. Schließlich bin ich in Stow gelandet, und dort hat mich die Bruderschaft der Hand aufgelesen. Sie haben mich bei sich aufgenommen und mir das Leben gerettet, Albert. Man mag von Soames und Teach halten, was man will, aber sie haben mich damals gerettet. Sie haben mich aufgepäppelt und dafür gesorgt, dass ich wieder ein Ziel im Leben hatte. Das hat eine Weile vorgehalten.« Als sie die Achseln zuckte, klirrten ihre Ketten. »Und jetzt bin ich hier.«

»Ich wünschte, ich hätte damals für dich da sein können«, sagte Albert.

»*Ich* wünschte«, gab Scarlett zurück, »dass ich damals ein Gewehr gehabt hätte, noch einmal in die Stadt zurückgegangen wäre und sie allesamt abgeknallt hätte. Die Feiglinge, die mir meinen kleinen Bruder genommen haben.«

Schweigen.

»Danke, dass du es mir erzählt hast«, sagte Albert dann.

»Schon gut.«

»Ich weiß das zu schätzen.«

»Wie gesagt, das meiste war dir garantiert nicht neu. Du musst gewusst haben, dass ich Thomas verloren habe.«

Albert seufzte und drehte sich mühsam halb um, um sie richtig anzusehen. Wie klein sie aussah, so zusammengekauert dort in der Ecke. Wie wenig noch von ihr übrig war ... Ohne das spöttische Grinsen, die Pistole, die Großspurigkeit ... ohne die endlose Wildnis rings um sie her, die sie durchstreifen, mit der sie eins werden konnte, war sie jetzt, am Ende, ganz klein. Er setzte sich ein bisschen bequemer hin.

»Nein«, erwiderte er dann leise, »ich habe es nicht gewusst. Jedenfalls nicht richtig. Das musst du mir glauben. Ich habe nur ein paar Bruchstücke aufgeschnappt ... ein paar zufällige Bilder und Gefühle ... wie Fotos, die im Dunkeln schweben ... aber ich habe nie aktiv danach Ausschau gehalten, ich schwör's. Ich habe nur ab und zu etwas aufgeschnappt. Es ist *überhaupt* nicht damit zu vergleichen, die Geschichte von dir selbst zu hören. Erst damit ist sie für mich wirklich geworden. Eigentlich habe ich sie jetzt zum ersten Mal gehört.«

Er wartete wieder.

»Von mir aus«, sagte sie schließlich. »Ist ja auch egal.«

»Scarlett …«

»Was?«

»Dir fällt *bestimmt* etwas ein, wie wir hier wegkommen. Wenn du scharf nachdenkst, fällt dir immer etwas ein.«

»Ja. Klar.«

Albert hatte Kopfschmerzen. Es fühlte sich an, als würde seine Kopfhaut gegen die Innenseite des grässlichen Eisenhelms pochen. Er spürte Wut in sich aufsteigen, Wut darüber, was dem Mädchen Scarlett damals zugestoßen war, und Wut darüber, was die junge Frau Scarlett jetzt in diese schreckliche Lage gebracht hatte. Reden war eine Methode, sich abzulenken, die Wut womöglich zu zerstreuen.

»Noch etwas«, fuhr er fort. »Es ist nicht deine Schuld. Schuld ist der Pate der Stadt, schuld sind die Leute, die dich in den Käfig gesteckt haben … und die, die dir deinen Bruder weggenommen haben.«

Sie lachte bitter auf. »Schuld verteilt sich überall, wie der brennende Regen. Sie trifft alles und jeden. Und ganz gewiss auch mich.«

»Du warst noch ein Kind, genau wie Thomas«, widersprach Albert.

»Das ist keine Entschuldigung.«

»Sie haben dich daran gehindert, zu ihm zurückzugehen.«

»Aber ich habe ihn allein gelassen.«

»Sie mussten dich einsperren, damit du nicht zu ihm zurückkehrst, und sogar *das* hat dich nicht aufgehalten. Du bist ausgebrochen! Du hast dir den Weg freigekämpft! Du bist zu ihm zurückgelaufen –«

»Ich habe ihn *allein gelassen*«, sagte sie. »Ich habe ihn allein am Straßenrand stehen lassen, und ich bin einfach gegangen und habe ihn nie wiedergesehen.«

»Du darfst dir keine Vorwürfe machen.«

Ihre Ketten klirrten wild, als würde sie im Dunkeln einen Kampf mit sich selbst ausfechten.

»Mir Vorwürfe zu machen, ist alles, was ich noch tun kann, Albert.«

Kapitel 19

Sogar tief im Gebäudeinneren hörte man die Menge lärmen. Der ausgelassene Tumult drang durch Schichten aus Ziegeln und Stein bis in die unterirdischen Gänge, durch die Scarlett und Albert zur Hinrichtung geführt wurden. Es war ein unablässiges, trügerisch leises Summen, das vom Geklirr der Ketten und den schweren Schritten der Wachen beinahe übertönt wurde. Doch Scarlett war klar, dass der Lärm, sobald sie endlich ins Freie kämen – sobald sie unterhalb des Schafotts auf den Platz hinaustreten würden – , sie wie eine Riesenfaust treffen würde. Es würde so laut sein, dass einem davon schwindlig werden und die Ohren bluten konnten. Dann noch Ruhe zu bewahren und klar zu denken, würde nicht leicht sein.

Zwei Wachen vorneweg, zwei hinter ihnen, zwei auf jeder Seite. Die Männer sahen allesamt aus, als hätte man sie nach ihrer Größe und Breite und ganz allgemein danach, wie gut ihre Silhouette das Licht verdunkeln konnte, ausgesucht. Sie blieben so dicht an Scarlett dran, dass sie sich keinen Zentimeter wegbewegen konnte, egal in welche Richtung. Ihr blieb nur, geradeaus weiterzuschlurfen, immer hinter Albert her. Sie sah seinen schaukelnden Helm, die trotzige, aufrechte Haltung, mit der er dem Tod entgegenging. *Armer Albert!* Wenn ihn die Schlimme

Angst jetzt überkam, würde der Helm seine Kräfte binden und ihm nur zusätzliche Schmerzen verursachen.

Niemand sagte etwas. Die Wachen taten ungerührt ihre Arbeit. Die Zeremonie hatte bereits begonnen, und es gab nur ein einziges mögliches Ende. Sie durchquerten schweigend die Gänge, bis sie an eine Steintreppe kamen, die nach oben in die Dunkelheit führte. Hier hielt die Formation an. Unversehens schlug der Lärm von draußen über ihnen zusammen. Ein rötlicher Lichtschein ergoss sich die Stufen herab und ließ sie alle aussehen, wie in Blut gebadet.

»Wie aufregend«, sagte Albert.

Eine Tür wurde geschlossen und sperrte das Licht wieder aus. Der Zeremonienmeister kam geschäftig die Treppe herabgeeilt, ein Klemmbrett in der Hand.

»Wo bleibt ihr denn!«, schnaufte er. »Zu spät zur eigenen Hinrichtung zu kommen, gehört sich nicht!«

Scarlett funkelte ihn über die Schultern der vor ihr stehenden Wachen böse an. »Nächstes Mal beeilen wir uns.«

»Sie fangen gerade mit den Tänzen an, aber die Leute werden ungeduldig. Ich muss euch rausbringen, ehe sie den Galgen stürmen!« Er holte eine riesige Taschenuhr heraus. »Wo steckt denn die andere? Hoffentlich hat es keinen Zwischenfall gegeben! Ich gehe mal nachsehen …«

Er hastete an ihnen vorbei. Die Wachen um Scarlett blieben, wo sie waren, wirkten nun aber eine Spur entspannter und ließen ihr ein bisschen mehr Freiraum. Albert drehte sich zu ihr herum.

»Welche andere? Wen meint er damit?«

»Keine Ahnung. Ich dachte auch, wir sind nur zu zweit.« Sie musterte ihn. »Alles in Ordnung?«

»Alles bestens, den Umständen entsprechend.« Er wirkte tatsächlich erstaunlich gelassen. »Und bei dir?«

»Mir geht's auch super.«

»Vorhin in der Zelle hast du eine Weile meditiert, oder?«

»Gut beobachtet. Hat geholfen. Obwohl ich meinen Gebetsteppich vermisst habe.«

»Das Meditieren … es ist mir immer komisch vorgekommen, dass dir Soames und Teach so etwas beigebracht haben sollen. Wie man Banken ausraubt oder jemandem die Kehle durchschneidet oder unbeteiligte Passanten niederschießt, das schon … aber *Meditation*?« Er zuckte die Achseln. »Anscheinend gehört das mit zum Gesamtprogramm.«

Scarlett schnaubte verächtlich. »Den Gebetsteppich haben mir doch nicht Soames und Teach gegeben. Ich habe ihn von jemand anderem.«

»Von wem denn? Einem Einbrecher? Einem Betrüger? Einem anderen Ganoven? Ich bin ganz Ohr.«

»Nicht *alle* meiner früheren Bekannten sind Gesetzlose«, gab Scarlett zurück. »Ich erzähl's dir ein andermal, wenn wir nicht gerade kurz vor der Hinrichtung stehen.«

»Hast recht. Vielleicht ist jetzt ein unpassender Zeitpunkt.« Albert schob sich unauffällig näher heran. »Hör zu. Sobald wir im Freien sind und alle durchdrehen, müssen wir rausfinden, wo Mallory den Laster abgestellt hat. Er muss irgendwo ganz in der Nähe sein, so viel habe ich noch mitgekriegt, als er mich hergebracht hat. Nicht weit davon befindet sich ein hohes Minarett.

»Ein Minarett …«, wiederholte Scarlett. »Alles klar.«

»Wir brauchen den Laster, um nach Stow zu kommen und Joe und Ettie zu befreien. Soames rückt die beiden nur raus, wenn er glaubt, dass wir die Ware dabeihaben. Das müssen wir unbedingt einkalkulieren.«

Scarlett sah ihn an. »Ist gut. Der Laster ... ich sehe mich nach ihm um. Kein Problem.«

Es war besser so. Mit seinem hirnrissigen Optimismus schirmte sich Albert von allem ab, was ihnen bevorstand. Scarlett war froh darüber. Hoffentlich hielt er das bis zum Ende durch. Was sie selbst betraf ... Seltsamerweise ging es auch ihr nicht mal schlecht. Als sie Albert von Thomas erzählt hatte, war eine Last von ihr abgefallen. Es tat gut, sich jemandem anvertraut zu haben. So geriet ihr kleiner Bruder nicht ganz in Vergessenheit. All die Jahre war sie der einzige Mensch auf der Welt gewesen, der wusste, dass es ihn gegeben hatte. Jetzt waren es immerhin zwei Menschen – wenn auch nur für kurze Zeit.

Im Gang entstand Aufregung. Die Wachen schwenkten zur Seite, als hingen sie an Scharnieren, und gaben den Blick auf den Zeremonienmeister frei. Vor ihm her trottete eine kleine Gestalt mit kurz geschorenen grauen Haaren, schwarzer Lederkluft und silberverzierten Stiefeln. Scarlett traute ihren Augen nicht. Neben den bulligen Milizionären wirkte die Händlerin Sal Qin noch winziger als seinerzeit im *Wolfskopf*. Die Ereignisse hatten sie zusätzlich schrumpfen lassen. Ihre vormals leuchtenden Augen blickten jetzt stumpf, ihr ohnehin schon faltiges Gesicht hatte sich in eine Landschaft aus Runzeln und Kratern verwandelt. Ihre zierlichen Hände waren gefesselt. Sie wurde unsanft zu Scarlett und Albert hinübergeschubst, dann schloss sich die Phalanx der Wachen wieder.

»Sal!«, rief Albert. »Was machst *du* denn hier?«

Der faltige Mund der Händlerin verzog sich säuerlich. »Jedenfalls stehe ich nicht an für einen Logenplatz, falls du das meinst. Ich werde auch gehängt.«

»Aber warum?«, fragte Scarlett erstaunt. »Wegen der Sache in Ashtown?«

»Ganz recht. Dieser grässliche Grünschnabel mit dem zu großen Mantel hat mich geschnappt, und hier bin ich nun.«

Albert machte runde Augen. »Das tut mir wirklich leid. Und richtig fair ist es auch nicht, finde ich.«

»Ganz meine Meinung. Ich habe euch lediglich in einem Gasthaus einen harmlosen Vorschlag unterbreitet. Und soweit ich weiß, seid ihr beiden Trottel nicht mal drauf eingegangen!«

»Es war ein bisschen komplizierter«, entgegnete Scarlett. »Aber wenn es dich tröstet – wir haben *tatsächlich* eine Wagenladung Fundstücke abgegriffen. Deine ursprüngliche Idee war also gut.«

»Immerhin ein Trost«, erwiderte Sal Qin grimmig. »Da lohnt sich die Hinrichtung wenigstens. Dass ich jetzt für meine Taten hängen muss, stört mich gar nicht so – eher, dass sich niemand dafür interessieren wird. Dieser nervtötende Zeremonienmeister hat mir erzählt, dass ich nicht die Hauptattraktion bin. Während ich mein Leben aushauche, sind aller Augen auf *euch* gerichtet.«

»Keine Sorge, Sal.« Albert beugte sich vor und raunte verschwörerisch: »Noch ist nicht alles verloren. Und weißt du, warum? Weil du dich in Gesellschaft der berüchtigten Scarlett McCain befindest, einer Meisterin der Taktik und Finten! Zweifellos verpasst sie gerade einem genialen Fluchtplan den allerletzten Schliff. Achte mal auf den Gesichtsausdruck unter ihrer Schminke – siehst du die unverhohlene Durchtriebenheit in ihrem Blick?«

Die Händlerin betrachtete Scarlett skeptisch. Scarlett selbst war bewusst, dass in ihrem Blick lediglich hilflose Wut zu lesen war, doch ein Pfiff vom oberen Ende der Treppe bewahrte sie vor eventuellen Nachfragen. Der Zeremonienmeister gab den Wachen ein Zeichen, worauf sie sich wieder in Bewegung setzten. Scarlett, Albert und Sal Qin wurden die Treppe hinaufgeschoben. Ein paar Sekunden stolperten sie durch undurchdringliche Dunkelheit, während das Lärmen der Menge dumpf grollte wie das Knurren eines Raubtiers. Dann ließ ein roter Spalt die Tür erahnen. Sie schwang auf. Ein strudelnder Rauchschwall, ein heiß-kalter Luftzug. Orkanartiger Lärm drosch auf Scarletts Ohren ein. Sie sah Albert und Sal Qin zurücktaumeln, als wären sie an Deck eines schlingernden Schiffs. Sie selbst stellte sich breitbeinig hin und biss die Zähne zusammen – nein, sie würde sich nicht einschüchtern lassen! Im nächsten Augenblick würgte die Treppe die ganze Truppe aus und spie sie auf ein Holzpodest.

Scarlett war schon einmal in Milton Keynes gewesen, nämlich als sie die Möglichkeiten eines Überfalls auf die hiesige Bank erkundet hatte. Letztlich hatte sie sich dagegen entschieden. Der Ort war zu gut gesichert, an jeder Straßenecke standen wachsame Milizionäre und Glaubenshaus-Agenten herum. Allerdings hatte sie die Gelegenheit genutzt, die Pilgerstätten auf dem geweihten Gelände des Glaubenshauses zu besichtigen. Wider Willen war sie von ihrer Größe und Pracht beeindruckt gewesen. Vielleicht war sie damals sogar über den Marktplatz geschlendert, hatte seine leere Weite überquert … Wenn dem so war, fiel es ihr schwer, die Erinnerung daran mit dem in Einklang zu bringen, was ihr jetzt geboten wurde. Eine überwältigende Masse aus Farben, Geräuschen und Bewegungen, die wogte wie ein Binnenmeer. Rechts und links erhoben sich Glaubenshaus-Gebäude wie erleuchtete Klippen. Blinkende Lichterketten hingen zwischen den Säulen der Vorbauten und zogen sich im Zickzack über Ziergiebel. Der Himmel war einfach nur schwarz, aber am Boden schienen lauter Sterne zu funkeln, weil an unzähligen Pfosten Laternen aufgehängt waren. Auf dem ganzen Platz schimmerten die Markisen von Marktbuden wie Glühwürmchen. Dort gab es Amüsements aller Art, von Andenkenständen über Imbissbuden und Bonbonverkäufer bis hin zu Bierzelten und Sklavenhändlern. Dazwischen drängten sich dunkel die Einwohner der Hauptstadt aller Glaubenshäuser und genossen die vielfältigen Freuden, die eine öffentliche Hinrichtung zu bieten hatte.

Das Podest, auf dem Scarlett stand, befand sich am Rand des Platzes hinter einem Bierzelt, wo sich Fässer und Müllsäcke stapelten. Von dort aus führte ein schmaler Holzsteg zu einer dreiteiligen Bühne, die mittig vor dem Hauptglaubenshaus errichtet worden war. Dort thronte der eigentliche Mittelpunkt des Festes, ein schlanker, weißer, ungewöhnlich hoher Galgen, der sogar das Vordach des dahinterstehenden Gebäudes überragte. Scarlett musste zugeben, dass die Zimmerleute ganze Arbeit geleistet hatten. Der dicke, senkrechte Vierkantpfosten stand in der Mitte, der gewaltige Längsbalken endete in einem T-förmigen Querbalken. Davon baumelten zwei dicke weiße Stricke herab, deren Schlingen von Scheinwerfern angeleuchtet waren. Noch hingen die Schlingen bequem in Kopfhöhe, doch die anderen Enden der Stricke waren an Eisenringen auf dem Bretterboden festgeknotet. Eine Schar kräftiger Männer stand bereit, um die Verurteilten zum gegebenen Zeitpunkt hochzuziehen, sodass Scarletts und Alberts letzte Zuckungen überall auf dem Platz gut zu verfolgen sein dürften.

Doch das war nur die Hauptattraktion. Links davon stand ein kleineres Gerüst mit einer Falltür unter der Schlinge, vermutlich der Galgen für Sal Qin. Rechts brannte in einem großen, runden Eisentrog ein hoher Scheiterhaufen aus Reisig und warf einen unheilverkündenden Widerschein über die Szenerie. Darüber waren die Planken angebracht, von denen man die Gezeichneten in die Flammen stoßen würde. Ein Stück weiter weg gab es eine zweite Bühne, auf der sich eine Schar Tänzer ekstatisch im Scheinwerferlicht bewegte. Scarlett zerrte reflexartig an ihren Handfesseln. Sie merkte, dass Albert sie ansah. Seine aufgerissenen dunklen Augen stachen aus dem grellweiß geschminkten Gesicht hervor. Sie grinste zynisch. »Der Junge mit der Mütze hatte recht«, sagte sie. »Die Vorstellung wird der Knaller.«

Ihre Ankunft war nicht unbemerkt geblieben. Die am nächsten stehenden Zuschauer jubelten begeistert und prosteten den Verurteilten mit ihren Biergläsern zu. In einem mit Kordeln abgetrennten Bereich neben der Bühne brachen derweil Männer mit bloßem Oberkörper in dramatisches Getrommel aus, was wiederum die Tänzer zu neuen Höchstleistungen anspornte. Aus dem Feuertrog loderten Flammen empor, und auf der gegenüberliegenden Seite des Platzes bahnte sich nun ein Lastwagen seinen Weg durch die Zuschauer. Die Ladefläche war mit einer Plane verhüllt. Die Menge teilte sich johlend, das Podest bebte.

»Der ganze Aufwand nur für uns beide?« Albert schüttelte staunend den Kopf. »Das wäre doch nicht nötig gewesen.«

Sal Qin schielte zu Scarlett hinüber. »Wie läuft's mit deinem genialen Fluchtplan?«

»Ist noch in Arbeit.«

»Dann halt dich ran.«

In Wahrheit sah Scarlett nur eine einzige Möglichkeit. Ihre Hände waren vor dem Körper gefesselt, aber die Finger konnte sie frei bewegen. Um sie herum standen ein Dutzend mit Revolvern und Schlagstöcken bewaffnete Männer, die nur darauf warteten, sie zum Galgen zu führen … Wenn sie Glück hatte, konnte sie vielleicht einen oder zwei davon mit Tritten aus dem Weg befördern und einem dritten die Schusswaffe entwinden. Dann würde es interessant werden, wenn auch nur kurz. Denn sie wären von tausend weiteren feindlich gesinnten Menschen umringt und immer noch mitten auf dem Platz …

Es war ein armseliger, selbstmörderischer Plan, aber besser als nichts. Und etwas anderes fiel ihr nicht ein.

Jetzt erklomm eine flinke Gestalt in einem wehenden, langen Mantel die Stufen zur Bühne. Agent Mallory hatte sich ihnen angeschlossen: dunkel, attraktiv und lächelnd wie immer. Er schüttelte dem Zeremonienmeister die Hand und wechselte ein paar Worte mit ihm. Dann wandte er sich Scarlett zu, die sofort fieberhaft versuchte, an etwas anderes zu denken als an das, was sie eigentlich beschäftigte.

»Gut, dass ich den grässlichen Eisenreif aus deinem Hut entfernt habe«, sagte Mallory schmunzelnd und nickte dem Anführer der Wachmannschaft zu. »Sorg dafür, dass das Mädchen immer vor euch geht, und richte die ganze Zeit eine Pistole auf ihren Rücken. Lass sie auf *keinen* Fall in die Nähe deiner Leute. Hast du mich verstanden?«

»Ja, Sir. Sollen wir mit dem Jungen genauso verfahren?«

Der Agent tätschelte liebevoll Alberts Helm. »Nein. *Sie* ist die Gefährliche.« Als er Scarlett wieder ansah, wurden seine Augen plötzlich ganz groß. »*Das* ist aber gar kein netter Gedanke, Miss McCain. Würden Sie das wirklich tun wollen?«

»Ich schätze schon«, erwiderte Scarlett. »Und eines schönen Tages werde ich das auch.«

Der Agent lachte. »Darauf freue ich mich schon. Also gut, Sergeant, sobald die Gezeichneten eingetroffen sind, marschieren wir los. Und falls es Probleme gibt, bin ich ja auch noch da.«

Das Getrommel ertönte weiter. Der Lastwagen hatte das Podest neben dem Feuertrog erreicht. Paten kletterten auf die Ladefläche und zogen mit geübten Handgriffen die Plane herunter. Drei Käfige auf Rädern kamen zum Vorschein. In jedem kauerte eine magere, weißliche Gestalt. Das Johlen der Menge steigerte sich zu einem sich vor Hass und Abscheu überbordenden Gebrüll.

Der Zeremonienmeister schnippte mit den Fingern, und die Wachen stapften los. Scarlett spürte, wie ihr ein Pistolenlauf gegen die Nieren gedrückt wurde. Sie überquerten den Steg in Richtung Schafott. Dabei waren sie zunächst im Halbdunkeln, weil die Scheinwerfer auf den Dächern der Glaubenshaus-Gebäude gerade auf etwas anderes gerichtet waren.

»Die Choreografie ist echt gelungen«, sagte Albert anerkennend. »Alle schauen zu den Tänzern rüber. Was ist da bloß los?«

Auf der separaten Bühne vor den Käfigen mit den Gezeichneten hüpfte eine in grellen Farben kostümierte Tanztruppe vor einer Kulisse aus schlampig angemalten Papphäusern herum.

»Als wäre der Abend nicht schon schlimm genug«, stöhnte Scarlett. »Ein Glaubenshaus-Mysterienspiel!«

»Ui, das klingt spannend.«

»Von wegen. Es erzählt davon, wie die Paten die Verbliebenen Städte gerettet haben. Wart's ab – gleich kommt eine total bescheuerte Imitation der Großen Verheerung.«

Wie aufs Stichwort wurden hinter der Bühne ein paar Feuerwerksraketen abgeschossen. Die Menge jubelte entzückt. Die

Papphäuser kippten um, aus den Kulissen kamen Pappmaschee-Steinbrocken geflogen. Die Darsteller duckten sich in übertriebenem Entsetzen. Ja, es war das Gleiche wie immer – eine stilisierte Schilderung der Großen Verheerung, gefolgt von einer Aufführung der chaotischen Zeit des Großen Sterbens und der Grenzkriege, wobei die Tänzer hungern, kämpfen und dramatische Tode erleiden würden. Anschließend sprangen jedes Mal Männer in hautengen weißen Trikots auf die Bühne. Sie verkörperten die Gezeichneten im Ödland. Ihnen folgten die schnurrbärtigen ersten Glaubenshaus-Missionare, die in den halb zerstörten Städten Recht und Ordnung wiederherstellten ... Scarlett wandte sich ab. Sie hatte solche Aufführungen schon Dutzende Male gesehen und konnte ihnen nichts abgewinnen – selbst dann nicht, wenn sie *nicht* gerade zum Galgen geführt wurde.

Stattdessen konzentrierte sie sich auf sich selbst, atmete tief und gleichmäßig, als säße sie wieder auf ihrem Gebetsteppich. Sie blendete den Tumult aus und wandte sich wichtigeren Dingen zu, zum Beispiel den seidenen Fäden, an denen ihr Leben und die von Albert und Sal Qin hingen. Sie sortierte sie, ordnete sie neu, suchte nach einem Ausweg, einer letzten Chance ...

Doch als sie sich umschaute, entdeckte sie nichts, was ihnen hätte helfen können. Sie sah nur den Galgen mit dem tödlich weißen Doppelbalken, der sich vor dem schwarzen Himmel abzeichnete. Und ihre Handfesseln. Und die bewaffneten Wachen, Mallory, die hohen Gebäude, die jede Hoffnung auf Flucht zunichtemachten ... Und ringsum, so weit das Auge reichte, die tosende, ausgelassene Bosheit der Menge.

Wegrennen zu wollen, wäre sinnlos. Sobald sie von der Bühne sprang, würde die Menge sie entweder in Stücke reißen oder überwältigen und zum Galgen zurückzerren. Ein Tritt in den

Magen des am nächsten stehenden Wachsoldaten würde zum gleichen Ergebnis führen.

Gab es einen anderen Ausweg?

Ihr wollte keiner einfallen.

Als sie an dem kleineren Hinrichtungspodest vorbeikamen, wurde Sal Qin von ihnen abgesondert. Ein hagerer Herr in grauem Anzug trat vor. Es war der Mann, der zuvor in der Zelle Scarletts Maße genommen hatte. Mit zuvorkommenden Gesten sorgte er dafür, dass Sal sich auf die Falltür stellte, dann begab er sich eilig zu Albert und Scarlett.

»Da und dort, wenn ich bitten darf …« Er deutete auf zwei große blaue Klebebandkreuze auf den Brettern. »Die Stricke sollen direkt vor Ihnen hängen. Ja, genau so. Leider muss ich Ihnen den Hut abnehmen, Miss, aber ich warte bis zum letzten Augenblick damit, versprochen. Sie behalten Ihren Eisenhelm natürlich auf, mein Herr. Ich habe ihn beim Durchmesser Ihrer Schlinge berücksichtigt, wie Sie feststellen werden …

So plapperte er weiter. Auch der Zeremonienmeister war wieder dazugekommen und tat geschäftig. Agent Mallory hatte sich an den Rand des Geschehens begeben und wartete dort in einer Haltung höflichen Interesses. Scarlett befolgte die Anweisungen und blickte durch das Oval aus weißlichem Hanf. Verstohlen schielte sie zu Albert hinüber.

Mittlerweile war die Bedeutsamkeit des Augenblicks doch durch seinen Selbstschutz gedrungen. Er schaute sich nach allen Seiten um, ließ die Schultern hängen und machte ein bekümmertes Gesicht.

»Hey, Scarlett«, sagte er.

»Hey.«

»Ich hätte nie gedacht, dass ich so was mal erlebe.«

»Hab keine Angst. Es geht ganz schnell. Das ist das einzig Gute daran.«

»Die arme Sal! Und wir sind auch arm dran! Und die drei Gezeichneten … siehst du, wie sie vor den Flammen zurückschrecken und sich an die Käfigwände drücken …? Sie besitzen eindeutig genug Verstand, um zu wissen, welches Los ihnen bevorsteht! Sogar sie tun mir leid.«

Scarlett seufzte. »Das geht dann doch ein *bisschen* zu weit. Aber es freut mich, dass du immer noch der Alte bist, Albert. Naiv, einfältig, freundlich …«

»Das stimmt nicht, Scarlett. So bin ich gar nicht. Gerade eben bin ich nämlich wütend. Stinkwütend. Ich glaube, ich war überhaupt noch *nie* so wütend.«

»Das tut mir leid.«

»Ich zittere vor Wut. Die Kopfschmerzen … die Schlimme Angst … ich kriege kaum Luft.«

Scarlett betrachtete den Helm, der seine Kräfte bändigte. Wirklich schade, dass er diese Wut nicht früher heraufbeschworen hatte … »Versuch, nicht dran zu denken«, sagte sie. »Es ist ja gleich vorbei.«

Albert setzte noch etwas hinzu, aber sie konnte ihn nicht verstehen, weil gegenüber das Mysterienspiel seinen dramatischen Höhepunkt erreichte.

Die schnurrbärtigen Paten auf der Bühne beendeten ihren Siegestanz, neue Pappdeckelstädte klappten aus dem Boden auf, das Getrommel steigerte sich zur Raserei … Die Scheinwerfer erloschen. Die Trommeln verstummten. Der dunkle Platz trieb auf einer Welle erwartungsvollen Raunens dahin, nur von den Flammen im Feuertrog und den Lichtpunkten der vereinzelten Laternen erleuchtet.

Dann wurde es wieder hell. Die Scheinwerferkegel glitten über das Schafott und richteten sich auf das Outlaw-Duo Scarlett und Browne, das vor seinen Schlingen stand. Eine wahre Sturmflut aus Lärm erhob sich und brandete gegen die beiden an. Scarlett blickte auf die verzerrten Gesichter der Meute hinab, sie nahm die Schreie, die Rufe, den Blutdurst und die gespannte Erwartung in sich auf. Gegenstände wurden auf das Podest geworfen. Etwas traf ihre Schläfe.

»Hast du das gehört, Albert?«, rief sie. »Ein paar von denen jubeln uns zu! Anscheinend haben wir zumindest ein paar Fans hier.«

Keine Reaktion. Albert stand reglos und mit gesenktem Kopf da, aller Kampfgeist schien ihn verlassen zu haben. Dann warf er den Kopf auf einmal wild hin und her. Es war ein mitleiderregender Anblick, vor allem mit dem abscheulichen Helm. Scarlett konnte nicht hinsehen. Die Trommler gingen zu einem rhythmischen Takt über, erst langsam, dann immer schneller und lauter. Die Menge verstummte. Jetzt kam der beste Teil – der Höhepunkt der Nacht.

Der höfliche Henker schob sich heran. Zuerst widmete er sich Sal Qin, die in ihrer Lederjacke und den silberverzierten Stiefeln einem verkleideten Kind glich. Wie klein sie war. Wie riesig die Schlinge, die ihr der Mann um den Hals legte.

Anschließend kam er zu Scarlett. Behutsam, fast entschuldigend, nahm er ihr den Hut ab. Als er ihr die Schlinge umlegte, johlte die Menge vor Begeisterung.

Der Henker huschte weiter. Scarlett sah aus dem Augenwinkel, wie er sich Albert näherte. Der Ärmste schüttelte immer noch den Kopf wie ein nasser Hund. Die Zuschauer lachten ihn aus und bewarfen ihn weiter. Albert taumelte, blickte aber nicht auf.

Scarlett biss die Zähne zusammen und richtete den Blick in die Dunkelheit – weg von dem Henker, weg von dem Mann an Sal Qins Falltür, weg von den je drei kräftigen Schergen, die sie und Albert flankierten und die Hände schon an den Stricken hatten. Sie warteten nur noch auf ein Zeichen. Scarlett spürte, wie sich ihre Schlinge leicht straffte.

Sie blendete die Umgebung aus – die Schlinge, Albert, Qin, die tobende Menge. Sie holte tief Luft. Es war in Ordnung. Es war gut so. Sie hatte immer gewusst, dass der größte Fehler ihres Lebens eines Tages aufgehoben werden würde, dass sie wieder durch das Stadttor und zu der Zugbrücke über dem Graben voller Fische laufen würde, zurück zu der hohen, dunklen Kiefer und der sonnenbeschienenen Landstraße, dorthin, wo ihr Bruder auf sie wartete. Es war gut so. Es war jetzt einfach so weit. *Sie konnte schon den Sonnenschein auf den Steinen und dem Gras sehen, das Flimmern der Hitze über dem Weg zur Straße …*

Sie blickte lächelnd ins Licht.

Ein dumpfes Poltern. Etwas rollte über den Bretterboden und stieß gegen ihre Füße.

Die Straße war leer, das Sonnenlicht erlosch. Scarlett sah nach unten. Vor ihren Füßen trudelte ein Eisenhelm aus.

Sie drehte sich um. Die Zeit stand still. Albert verharrte mit gesenktem Kopf vor seiner Schlinge. Er schüttelte sich nicht mehr, sondern stand reglos und gespannt wie eine Bogensehne da. Seine vom Helm befreiten Haare sträubten sich wie ein pechschwarzer Stern stachlig nach allen Seiten.

So einen Ausdruck in seinem Gesicht hatte Scarlett noch nie gesehen.

Er hob den Kopf. Die Fesseln um seine Handgelenke zerrissen.

Dann reckte er die Arme in die Höhe.

Kapitel 20

Albert ließ es einfach zu. Diesmal hielt er sich nicht zurück. *Scarlett, ihr Bruder, Sal Qin, sogar die armen todgeweihten Gezeichneten* … er konzentrierte sich völlig auf ihr Leid und fachte damit seinen Zorn an.

Er dachte weder an sich noch an die Folgen. Wozu auch? Sie würden sowieso alle sterben. Das war ja das Schöne daran. Alles war plötzlich ganz einfach, wenn man unter einem Galgenstrick stand. Und der Eisenhelm hatte ihm sogar dabei geholfen. Er hatte den Druck so lange unter Verschluss gehalten, bis Albert das Ding im letzten Augenblick abwerfen und die Schlimme Angst ihre maximale Wirkung entfalten konnte.

Alles ging so schnell, dass er selbst kaum mitbekam, was geschah, aber es war ihm schlicht egal. Er ließ seine Kraft in alle Richtungen explodieren, und sie fegte alles beiseite, was ihr im Weg war.

Als Erstes rissen seine Handfesseln, dann traf es jene, die um ihn herumstanden. Der Herr im grauen Anzug wurde im selben Augenblick weggeschleudert, als er mit diskret gekrümmtem Zeigefinger das Zeichen zum Beginn der Hinrichtungen gab. Der Zeremonienmeister flog in hohem Bogen ins Publikum, sein kostbares Klemmbrett noch in der Hand. Die Wachen, die

Alberts Strick gehalten hatten, wirbelten umher wie welke Blätter im Sturm. Sogar Agent Mallory, der betont lässig am Rand der Bühne gestanden hatte, kam kaum dazu, die Hand zu heben, ehe ihn die Kraft erfasste, ihm den Mantel über den Kopf wehte und ihn davontrug. Erst flog er mitten durch die Flammen im Feuertrog, prallte dann gegen die Seitenwand des Lasters, wo er eine rußige Delle hinterließ, und wirbelte schließlich kokelnd quer über den Marktplatz.

Albert bekam von alldem nichts mit. Er stand mit hochgereckten Armen und geballten Fäusten da und ließ seiner Wut freien Lauf.

Sie krachte gegen den wuchtigen Galgen hinter ihm und ließ das untere Ende splittern.

Sie fachte die Flammen im Feuertrog gewaltig an und ließ sie über der schreienden Menge zusammenschlagen.

Sie ließ die drei Käfige mit den Gezeichneten über die Bretter schlittern.

Albert stand da – ohne etwas zu sehen, und völlig ungerührt – und ließ die Kraft aus sich herausströmen.

Die Käfige kippten von der Bühne und schlugen auf dem Platz auf. Die Gitterstäbe zerbrachen, drei magere, weißliche Gestalten schlüpften heraus, setzten heulend über die Köpfe der direkt danebenstehenden Schaulustigen hinweg und hetzten durch die Menge, in die ebenfalls Bewegung kam. Manche Leute kämpften gegen die Flammen, andere gerieten beim Anblick der Gezeichneten in Panik und ergriffen kopflos die Flucht. Der entfesselte Mob trampelte die Imbissbuden nieder, Spirituskocher flogen durch die Luft, umstürzende Laternen fielen auf Planen, Feuer züngelte empor. Dann standen die Buden selbst in Flammen.

Die Bretter unter Alberts Füßen knackten. Hinter ihm brach der Galgenmast wie ein morscher Ast entzwei, kippte nach hinten weg, krachte gegen den Giebel des Glaubenshauses und verkeilte sich dort. Ein Strick vom Querbalken peitschte wie ein Kuhschwanz durch die Luft, und die Schlinge erwischte Albert an der Wange. Der stechende Schmerz holte ihn in die Gegenwart zurück. Er zuckte zusammen und taumelte. Der Kraftstrom war unterbrochen, die Schlimme Angst erstarb.

Lichter kreiselten vor seinen Augen. Er war leer und ausgelaugt … Auf einmal merkte er, dass er kniete und irgendwer in seiner Nähe laut und drastisch fluchte.

Mit äußerster Willensanstrengung zwang er sich zur Konzentration. Die Bühne war in der Mitte auseinandergebrochen. Der Galgen lehnte schief an dem Gebäude dahinter, das obere Ende ragte in die Dunkelheit. Der zweite, niedrigere war gar nicht mehr da. Vor der zerstörten Bühne erstreckte sich ein leeres Rund, gesäumt von brennenden Buden und dahingestreckten Zuschauern – an dessen Rändern stob die panisch kreischende Menge immer noch in alle Richtungen davon.

Die Flüche wurden noch lauter und derber. Jemand hievte sich über die geborstene Kante der Bühne herauf.

»Scarlett?«

Eine kleine Gestalt richtete sich auf. Graue Haare, silberverzierte Stiefel. Es war Sal Qin.

»Jetzt weiß ich, warum ich ausgerechnet *euch* anheuern wollte«, sagte sie. »Ich muss zugeben, das war eindrucksvoll, auch wenn du mir das Genick fast noch schneller gebrochen hättest als die Schlinge. Zum Glück sind alle meine Fesseln gerissen, als du mich über den halben Platz befördert hast.

Albert hatte Mühe, ihr geistig zu folgen. »Wo ist Scarlett?«

»In Anglia? In Wessex? In den Brandgebieten? Du hast uns alle ganz schön durcheinandergewirbelt.«

Jähe Angst vertrieb seine Benommenheit. »Das ist nicht gut … Wir müssen sie suchen.«

»Wir müssen vor allem eins – schleunigst hier verduften.« Sal Qin lief über das Podest, wo diverse Gegenstände – Schuhe, Messer, Schlagstöcke, Pistolen, Bowlerhüte – die Stellen bezeichneten, wo die Wachen gestanden hatten. Sie hob etliche Waffen auf und bot auch Albert eine an. »Pistole gefällig?«

»Danke, für mich nicht.«

»Nein … so was hast du wahrscheinlich nicht nötig.«

Von oben ertönte eine matte Stimme. »Wenn ihr mit eurem Gequatsche fertig seid, kann mich dann bitte mal jemand hier runterholen?«

Albert hob den Blick und schaute an dem schräg stehenden Galgen entlang. Scarlett hing festgekrallt sieben Meter über dem Boden an dem Querbalken. Weil ihre Hände noch gefesselt waren, hatte sie keinen rechten Halt. Unter ihrer Haarpracht schaukelte der Strick lustig hin und her – und ihr Hals steckte immer noch in der Schlinge.

Albert entschlüpfte ein Schreckenslaut. Doch als er aufstehen wollte, gehorchten ihm seine Beine nicht, geradeso, als gehörten sie jemand anderem. »Ich komme!«, rief er. »Augenblickchen noch. Mir ist ein bisschen schwindlig.«

»Mir bleibt kein Augenblickchen mehr! Ich rutsche ab!«

»Halt dich fest –« Er kam auf die Füße und wankte tapfer los.

»Ich mache das«, sagte Sal Qin.

Er zögerte. »Wirklich?«

»Na klar.«

»Echt nett von dir.«

Scarlett sackte wieder ein Stück tiefer, Hals und Stimme wurden hörbar abgeschnürt. »Einigt euch«, krächzte sie. »Egal wer. Und bloß keine Eile.«

»Wenn du gestattest …« Sal Qin nahm ein Messer zwischen die Zähne, lief zu dem schräg stehenden Balken und kletterte erstaunlich gelenkig daran hoch. Bei Scarlett angekommen, schnitt sie erst den Strick um ihren Hals und dann den um ihre Handgelenke durch. Dann machte sie wieder kehrt. Scarlett bekam den Balken richtig zu fassen, hing noch kurz wie ein Klammeraffe daran und hangelte sich dann so weit nach unten, bis sie sich auf die Bühne fallen lassen konnte.

»Danke, Sal.« Scarlett schnappte sich zwei Pistolen und ein Messer und verstaute alles in ihrem Gürtel. »Dir auch, Albert.« Sie strich sich eine Haarsträhne aus dem Gesicht, wobei sie die weiße Schminke verschmierte, und blickte in die Dunkelheit und ins Feuer hinaus. »Alles klar. Und jetzt?«

Sal Qin überprüfte die Patronen in ihrer Schusswaffe. »Wir fechten unser heldenhaftes letztes Gefecht.«

»Kommt gar nicht infrage. Da findet sich ein anderer Ausweg. Wie stehts mit dir, Albert?«

Albert hatte den Blick über den Platz schweifen lassen. Die Menschenmassen schwappten gegen die Hausfassaden am Rand, versuchten, durch die Tore zu entkommen. Weiße Gestalten huschten durch die Dunkelheit, fielen Leute an und rissen sie zu Boden. Hier und da wurden ungezielte Schüsse abgefeuert. Die Gezeichneten duckten sich und huschten weiter. Inzwischen waren auch ein paar Milizionäre wieder zur Besinnung gekommen und hielten auf die Galgenbühne zu – ganze Reihen von Männern mit Bowlerhüten rückten zwischen brennenden Buden und schiefen Laternenpfählen an. Ein Trupp war aus dem

Keller des Glaubenshauses heraufgekommen und sammelte sich am Ende des Holzstegs.

»Mir geht's von Sekunde zu Sekunde besser«, antwortete Albert. »Aber wir sitzen in der Falle.«

»Irrtum. Noch nicht.« Scarlett zückte eine Pistole und feuerte auf eine Milizionärin, die auf die Bühne geklettert war. Die Frau drehte sich einmal um die eigene Achse und kippte wieder herunter. »Aber wir müssen hier weg«, setzte Scarlett hinzu. »Die Stadtwache ist nicht unsere einzige Sorge.«

Albert folgte ihrem Blick, doch er wusste auch so, was sie meinte. Richtig – ein ganzes Stück hinter dem lodernden Feuertrog und den zertrampelten Buden kam ein schmaler junger Mann in einem brennenden Mantel angehumpelt.

»Er darf uns nicht zu nahekommen«, sagte Albert.

Sal Qin schnitt eine Grimasse. »Logisch. Aber wo sollen wir hin?«

»Du hast uns den Weg doch schon gezeigt.« Scarlett zeigte auf den umgestürzten Galgen. »Von dort aus fliehen wir über die Dächer. Sal – du kletterst als Erste hoch. Ich helfe Albert. Er ist nicht nur geschwächt, sondern von Natur aus tollpatschig. Wenn du oben bist, gibst du uns Feuerschutz.«

Albert hatte keine Ahnung, was Sal Qin für eine Vergangenheit hatte, aber riskante Situationen waren ihr eindeutig nicht fremd. Sie diskutierte nicht und erhob keine Einwände. Sie drehte sich einfach um, war mit einem Satz auf dem schrägen Galgenmast und lief ihn hinauf. Als Nächster war Albert an der Reihe. Auch er diskutierte oder widersprach nicht – viel weiter reichte sein Tatendrang aber nicht. Seufzend setzte er einen Fuß auf den Balken, breitete die Arme aus, blickte irgendwohin vor sich und machte ein paar zaghafte Schritte.

»Sehr gut, Albert«, hörte er Scarlett dicht hinter sich sagen. »Ich bin da. Entspann dich einfach. Und kümmere dich nicht um das Geballer.«

Was ohnehin Alberts allgemeiner Einstellung entsprach. Und jetzt profitierte er womöglich davon, dass ihn der Ausbruch der Schlimmen Angst so betäubt hatte, denn er empfand so gut wie keine Furcht. Ja, die Milizionäre am Boden schossen jetzt auf sie. Ja, der Balken war steil, rutschig und mitnichten so breit, wie ihm lieb gewesen wäre. Ja, wenn er abstürzte, würde er sich sämtliche Knochen brechen … Aber irgendwie gelang es ihm, das alles nicht an sich herankommen zu lassen. Er tappte einfach weiter.

Sal Qin hatte bereits das Vordach über dem Eingang zum Glaubenshaus erreicht. Sie kletterte auf den dreieckigen Giebel und entschwand seinen Blicken. Doch schon im nächsten Augenblick tauchte ihr Pistolenlauf dort auf und sie eröffnete das Feuer. Die Kugeln der Milizionäre pfiffen an Alberts Nase vorbei und bohrten sich in den Balken. Seine Ohren verrieten ihm, dass Scarlett das Feuer erwiderte, das Vibrieren unter seinen Füßen deutete darauf hin, dass sie sich dabei mit kleinen Hüpfern um sich selbst drehte und die Gegner systematisch erledigte.

Albert ignorierte auch das, setzte einen Fuß vor den anderen, balancierte einfach weiter … Erstaunlich schnell hatte er die Stelle erreicht, wo sich der Querbalken seitlich an dem Säulenvorbau verkeilt hatte. Es gelang ihm, sich über ein niedriges Sims zu hieven und sich aufs Ziegeldach des Portikus fallen zu lassen. Rasch richtete er sich wieder auf und wandte sich um.

Da kam auch schon Scarlett. Sie ging rückwärts und schoss beidhändig, war aber noch ziemlich weit unten, eine schwarze

Silhouette vor den Flammen des Feuertrogs. Mündungsfeuer perforierte die Nacht. Die Milizionäre rückten immer näher. Albert sah Menschen am Boden liegen. Verwundete versuchten, sich kriechend in Sicherheit zu bringen …

Und ein schlanker junger Mann im qualmenden Mantel stand schon fast unter dem Galgen.

Ein markerschütterndes Quietschen. Der Galgen schrammte über den Giebel. Etwas drückte dagegen – eine übernatürliche Kraft schob ihn weg.

Albert streckte die Hand aus. »Schnell, Scarlett!«

Sie hatte die Erschütterung gespürt und die Gefahr sofort erkannt. Sie drehte sich um, machte noch zwei lange Sätze … Dann rutschte der Pfosten unter ihr weg. Sie stieß sich mit einem letzten gewaltigen Satz ab, flog mit fuchtelnden Armen, wehender Jacke, ausgestreckter Hand durch die Luft –

Albert packte sie am Handgelenk, stemmte sich mit aller Kraft gegen ihr Gewicht und zerrte sie zu sich hoch. Der Galgenmast hatte sich vom Vorbau gelöst und donnerte krachend zu Boden. Scarlett landete peinlicherweise direkt auf Albert. Sie war überraschend schwer. Ihre Haare streiften sein Gesicht.

Im nächsten Augenblick war sie wieder auf den Beinen und zog ihn hoch. »Alles in Ordnung, Albert?«

»Ja. Obwohl … ich glaube, ich habe mir das Knie aufgeschürft …«

»Amputiert wird später. Jetzt müssen wir weiter. Mallory ist zuzutrauen, dass er den ganzen Vorbau einreißt. Sal – wir müssen aufs Hauptdach. Na komm, Albert. Das schaffst du. Es ist nicht hoch.«

Ausnahmsweise schwindelte sie ihn nicht an. Der Rand des Dachs war nur ein kleines Stück höher als das Sims, auf dem sie standen. Die einzelnen Gebäude waren komfortabel miteinander verbunden, ein Fallrohr und mehrere Fensterbretter boten zusätzlichen Halt. Außerdem waren sie hier außer Schussweite von unten. Dank dieser günstigen Umstände bewältigte Albert den Aufstieg vergleichsweise mühelos. Er trat Sal Qin nur einmal auf die Hand und Scarlett nur zweimal ins Gesicht, dann war er oben.

Dort stellte er fest, dass sie nicht die Einzigen waren, die über die Dächer zu entkommen versuchten. Eine magere weiße Gestalt erklomm den angrenzenden Gebäudeflügel, bohrte mit gefletschten Zähnen Fingernägel und Fußklauen in die Ritzen zwischen den Steinen. Die Haare flatterten im hellen Mondlicht. Als der Gezeichnete kurz den Kopf wandte, spürte Albert, wie sein Blick ihn streifte. Dann schwang sich das unheimliche Wesen über den Dachfirst und war verschwunden. Jetzt spürte Albert etwas anderes, nämlich dass ihn Scarlett von hinten ungeduldig in den Rücken pikte. Er kletterte weiter bis aufs Dach und ließ das Chaos auf dem Platz hinter sich.

* * *

Vor ihnen erstreckten sich die Gebäude des Glaubenshaus-Komplexes. Die Dächer waren das reinste Labyrinth. Dieser Umstand erhöhte zwar ihre Chance, nicht entdeckt zu werden, erschwerte es aber gleichzeitig, den Lastwagen zu finden. Eine ganze Weile irrten sie durch eine halbdunkle Landschaft aus schiefen Ebenen und hielten nach dem Minarett Ausschau, das Albert bei seiner Ankunft hier gesehen hatte. Sie kletterten steile Ziegelflächen hinauf und hinunter, balancierten über schmale Firste, kamen an reihenweise Schornsteinen, Türmen und Türmchen vorbei. Sie überquerten überdachte Laufgänge, blickten auf verlassene Fußpfade, Sackgassen und Straßen hinab. Sie hörten Pfiffe, Geheul und auch Schüsse, doch die Geräusche schienen sich immer weiter zu entfernen. Nur einmal bekamen sie einen gehörigen Schreck, als Sal Qin einen Vogelschwarm aufscheuchte. Die Vögel flatterten vom Dach auf, als hätten die Ziegel plötzlich Flügel bekommen. Scarlett änderte sofort die Richtung.

»Wir müssen aufpassen«, sagte sie warnend. »Bestimmt ist uns der Agent schon auf den Fersen.«

Schließlich kamen sie in einen abgelegenen Bereich des Geländes mit größtenteils flachen Dächern. Ein einzelnes Minarett ragte als Silhouette über ihnen auf. Der Hof darunter war von hohen Gebäuden, dunklen Fenstern und Stille umgeben. Auf einer Seite stand etwas Massiges, Buckliges im Halbdunkel. Der Geschützturm auf dem Dach zeigte irgendwohin ins Leere.

Albert stieß Scarlett an. »Der Lastwagen!«

»Hab ich gesehen.«

»Er scheint unbewacht zu sein.«

»Stimmt. Sehr verlockend.« Sie trommelte mit den Fingern auf die Dachziegel. »Vielleicht *zu* verlockend?«

»Nein.«

»Gut. Kurze Verschnaufpause, dann machen wir uns an den Abstieg.«

Sie hockten sich zwischen die Schornsteine. Albert lehnte sich an das Mauerwerk. Ihm war von der Schlimmen Angst noch ein bisschen schlecht, aber wenigstens fühlte er sich nicht mehr so schwach. Hinter ihnen stiegen weiße Rauchsäulen auf, ferne Schüsse und Schreie waren zu vernehmen.

»Anscheinend haben sie die Gezeichneten noch nicht wieder eingefangen«, sagte Sal Qin. »Die Paten dürften noch eine Weile beschäftigt sein.« Sie huschte die nächstbeste Dachschräge hinauf und spähte über den First.

»Für eine ehrbare Händlerin scheint sich Sal mit solchen Situationen gut auszukennen«, sagte Albert.

Scarlett lud eine ihrer beiden Pistolen nach. Ihr Gesicht war mit weißer Schminke, Schießpulver und Blut verschmiert. Albert vermutete, dass er selbst nicht viel besser aussah.

»Sal hat sich wacker geschlagen«, erwiderte Scarlett, »aber *du* warst echt der Hammer. Ich meine, wie du den Helm abgeworfen hast und so. Zwar erst in der alleralllerletzten Sekunde, aber immerhin.«

Er nickte. »Ich wollte warten, bis ich richtig wütend bin.«

»Ach so?« Sie zuckte die Achseln. »Ich glaube, da schätzt du dich falsch ein. Ich glaube, die Schlimme Angst ist immer für dich da, jederzeit, egal, wann du sie brauchst.« Sie legte die Pistole weg und nahm sich die andere vor. »Aber ich will mich nicht streiten. Woher hast du eigentlich gewusst, dass du den Helm abschütteln kannst? Hast du einfach gemerkt, dass er lockerer saß?«

»Nein, er war schon eine ganze Weile zerbrochen. Unser Freund, der Agent, war daran schuld. Als er mich verhört hat.«

Scarlett hielt inne. »Wie bitte?! *Mallory* hat den Helm zerbrochen? Mit Absicht?«

»Nein. Ich habe ihn wohl dazu provoziert. Ich war unhöflich, gefühllos und brutal unsensibel. Ich habe mir einfach vorgestellt, ich wäre du. Hat geklappt. Er wurde stinksauer und hat mir, wie man so schön sagt, ordentlich eins übergebraten.« Albert gestattet sich ein leises, heiseres Auflachen. »Als er meinen Kopf mehrfach gegen die Wand geschlagen hat, ist die Rückseite des Helms aufgeplatzt, und mir wurde klar, dass ich ihn loswerden konnte.«

Er sah zu, wie Scarlett diese Information sacken ließ, und wartete darauf, dass sie ihn beglückwünschen würde.

»Moment mal!«, sagte sie. »Du hast *die ganze Zeit* gewusst, dass du den Helm loswerden kannst? Dass wir es schaffen können zu fliehen? Und du hast es nicht für nötig gehalten, mir Bescheid zu sagen?«

Er grinste sie bestätigend an. »Richtig. Und das war auch gut so. Auf die Art haben wir glaubhaft gewirkt.«

»Glaubhaft? Du mieser kleiner Drillwurm! Ich dachte wirklich, wir müssen sterben! Ich hatte sogar schon den Kopf in der Schlinge!«

»Es ging nicht anders«, verteidigte sich Albert. »Überleg doch mal! Mallory hätte deine Gedanken gelesen. Wenn du das mit dem Helm die letzten drei Stunden über gewusst hättest, hätte er es auch mitgekriegt. Er hätte den Helm reparieren lassen, wir wären alle drei gehängt worden, und du hättest dich furchtbar mies gefühlt.« Er unterbrach sich. »Vielleicht nicht unbedingt in dieser Reihenfolge.«

»Komischerweise habe ich mich *trotzdem* mies gefühlt, weil ich dachte, dass es jetzt vorbei ist«, knurrte Scarlett. »Ich war so überzeugt davon, dass ich –« Plötzlich fiel ihr die Kinnlade herunter. »Herrje, ich hab dir das mit Thomas und so weiter erzählt!«

Stille. Dann erwiderte Albert: »Bitte bereu das nicht, Scarlett. Egal, wie es dir damit geht, bereu es nicht.«

Sie schüttelte nur stumm den Kopf.

»Scarlett …?« Er berührte ihre Hand.

Scarletts Augen wurden schmal, ihre Züge hart. Sie hob die Pistole, schwenkte den Lauf in seine Richtung und betätigte wortlos den Abzug. Das Krachen war ohrenbetäubend. Albert taumelte entsetzt zurück, fuchtelte mit den Armen, betastete panisch seine Brust.

»Scarlett – *Warum …?!*«

Sie verdrehte die Augen. »Stell dich nicht so an, bei Shiva. Dir ist nichts passiert.« Sie zeigte auf etwas hinter ihm. »*Darum.*«

Albert wandte den Kopf. Er hatte keine Ahnung, wo der Gezeichnete auf einmal hergekommen sein mochte. Gehört hatte er ihn jedenfalls nicht. Vielleicht war er einfach die Mauer heraufgeklettert. Jetzt hockte er einen guten Meter hinter Albert an der Dachkante. Der Mond schimmerte auf seiner weißen Haut, auf den gelben Zähnen, auf dem Blut, das aus dem Einschussloch dicht unter seiner Schulter quoll. Er wühlte in der Wunde herum, wankte einen Schritt zurück, verlor den Halt und stürzte ab. Albert hörte ihn gegen etwas prallen. Ziegel schepperten, als der Gezeichnete über ein tiefer gelegenes Dach rutschte, bis er schließlich unten im Hof aufschlug.

Albert schluckte. Als er nach unten schaute, sah er den Gezeichneten reglos daliegen. »Glaubst du, er ist tot?«

Scarletts Blick war kalt. »Keine Ahnung. Die Biester sind nicht so leicht totzukriegen.«

Sal Qin kam zu ihnen heruntergeschlittert. »Was zum Teufel war das?«

»Das kann ich dir sagen.« Scarlett steckte die Pistole weg, strich sich das Haar aus dem Gesicht und stand auf. »Das war das letzte Arschloch, das sich mir heute Abend in den Weg gestellt hat. Albert – auf jetzt! Sal – wir müssen noch mal klettern. Wir steigen in den Lastwagen da unten und fahren die ganze Nacht durch bis nach Stow. Und niemand – kein Milizionär, kein Gezeichneter, kein Pate und auch nicht dieser verdammte Agent – wird uns aufhalten. In Stow finden wir raus, wo Joe und

Ettie stecken, und befreien sie aus den Klauen von Soames und Teach und ihrer verfluchten Bruderschaft, und zwar, bevor der Wecker um zwölf klingelt. Danach verdrücken wir uns irgendwohin, wo uns keiner findet. Dort bade ich ausgiebig, esse was und schlafe mindestens eine Woche durch. So sieht's aus. Noch Fragen?«

Dröhnendes Schweigen.

»Nö«, sagte Albert dann.

Sal Qin kratzte sich das Kinn. »Ich könnte mich besser drauf einstellen, wenn ich wüsste, wer all diese Leute sind.«

V. HIGH NOON

Für ihre Nachmittagsmeditation hatte die alte Frau ein trockenes Fleckchen auf dem Gehweg gewählt, dort, wo die Hauptstraße zwischen dem Waschhaus und den Fahrradständern einen scharfen Knick nach rechts machte. Dienstags schloss das Waschhaus schon nach dem Mittagessen. Darum waren nur noch wenige Leute auf der Straße, und sie war niemandem im Weg. Außerdem war direkt gegenüber die Kneipe *Zur Ziege*, sodass sie in den doppelten Genuss einerseits der Grilldüfte aus dem Garten und andererseits der Münzen kam, die ihr die Gäste beim Hinein- und Hinausgehen hinwarfen. Das Beste war aber, dass die Stelle sowohl sonnig als auch windgeschützt war. Zwischen fünfzehn und achtzehn Uhr sammelte sich das Sonnenlicht an der Mauer hinter ihr und wärmte den Gebetsteppich behaglich an. Insgesamt hatte die alte Frau üppigem Essen, alkoholischen Getränken, eleganter Kleidung und anderen weltlichen Freuden abgeschworen. Sonnenschein war der einzige Luxus, den sie sich gönnte.

Sie hatte sich im Schneidersitz niedergelassen und den Umhang um sich gezogen, damit ihr nicht kalt wurde. Die Kapuze war zurückgeschlagen, und sie beugte sich vor, damit die Sonne auf ihre langen weißen Haare und das gebräunte, wettergegerbte Gesicht fiel. Jetzt, mitten im Frühling, war es schon so warm, dass sie keine zusätzliche Decke mehr brauchte, und sie fühlte sich recht wohl. Die erste Stunde meditierte sie ungestört. Ihr Geist wanderte weit über die Stadt und die Wildnis hinaus, bis zu den Eisenbergen und zum Trümmermeer. Sie streunte mit den Wölfen durch den Wald und flog mit den Krähen über die Steilhänge. Und als sich eine Wolke vor die Sonne schob und die Kühle auf den Händen ihre Vision unterbrach, lagen in ihrem vorher leeren Napf vier Münzen.

Als sie eben die vorüberziehenden Wolken betrachtete, die die Hausdächer erst gelb, dann grau, dann blau und schließlich wieder gelb aussehen ließen, vernahm sie ein Stück weiter weg auf der Hauptstraße einen sonderbaren Aufruhr. Er schien aus dem Schmuckhändlerviertel zu kommen. Das Splittern von Glas, wütende Rufe, das aufgeregte Läuten einer Handglocke … Sie schenkte dem Lärm keine große Beachtung. Wahrscheinlich nur wieder eins dieser albernen Glaubenstag-Rituale, um die sie sich schon lange nicht mehr scherte.

Irgendwann verzog sich der Tumult in Richtung Stadttor. Die alte Frau war froh über die neuerliche Ruhe. Um achtzehn Uhr würden im Glaubenshaus die Glocken läuten und die Gläubigen zu ihren jeweiligen Gottesdiensten rufen. Dann wurde es immer ziemlich voll. Die angesehenen, wohlgenährten Bürger der Stadt paradierten im Feierabendstaat durch die Straßen: die Männer mit Anzügen und Bowlerhüten, die Damen mit nachgezogenen Augenbrauen und schwarzem Obsidianschmuck. Sehen und gesehen werden, lautete die Devise.

Doch noch war zum Glück alles friedlich. Die alte Frau versenkte sich wieder in ihre Meditation.

Sie war kurz davor, eine höhere Stufe der Erleuchtung zu erreichen, als etwas um sich Schlagendes, derb Fluchendes neben ihr auf den Gebetsteppich plumpste. Ehe die alte Frau reagieren konnte, wurde sie grob beiseitegeschubst. Mit einem leisen Aufschrei kippte sie zur Seite und fing sich mit dem Ellbogen ab. Weil ihre Beine noch übereinandergeschlagen waren, schwebte ihr Hinterteil halb in der Luft. In dieser ungewohnten Position machte sie die Augen wieder auf und nahm verdutzt ihre neue Gefährtin zur Kenntnis.

Ein rothaariges Mädchen hatte sich neben ihr niedergelassen und saß jetzt mit einer Pobacke auf dem Gebetsteppich und mit der anderen daneben. Sie bestand überwiegend aus mageren Armen, knochigen Beinen und einer finsteren Miene. Eins ihrer eckigen Knie stieß gegen den Napf, sodass die Münzen herauskullerten, ein Stiefeltritt traf die Ersatzdecke der alten Frau. Das Mädchen war ganz in Schwarz gekleidet und trug einen zylinderförmigen Lederbehälter um den Hals. Eine kleine lederne Schultertasche ließ sie mit leisem Klirren zwischen ihre Beine fallen und setzte sich dann im Schneidersitz hin. Die alte Frau erhaschte einen kurzen Blick auf einen Gürtel, in dem mehrere Messer, diverse undefinierbare Werkzeuge sowie eine glänzende Pistole steckten …

Im nächsten Augenblick hatte sich das Mädchen die Ersatzdecke geschnappt und so über sich geworfen, dass ihr Kopf unter der improvisierten Kapuze verborgen war.

Sekunden später vernahm die alte Frau die schweren Schritte von Nagelstiefeln. Sie blickte die Hauptstraße entlang. Männer mit Bowlerhüten kamen rasch näher, dunkle Silhouetten vor der Sonne.

»Du sagst nichts!«, zischte es unter der Decke hervor. »Kein Wort! Sonst knalle ich dich ab. Ich habe die Pistole unter der Decke auf dich gerichtet.«

Die alte Frau gab keinen Mucks von sich, sondern setzte sich nur wieder richtig hin. Das Mädchen rutschte leise vor sich hin fluchend noch ein bisschen hin und her und beugte dann den Kopf unter der übergeworfenen Decke wie in tiefer Versunkenheit. Nur eine blasse Hand kam zum Vorschein und warf eine Münze in den Lederbehälter. Die Hand wurde zurückgezogen, und nichts rührte sich mehr.

Die polternden Schritte kamen näher. Drei Männer von der Stadtwache, die Hüte weit in den Nacken geschoben und mit gezückten Pistolen, trabten in lässigem Laufschritt vorbei. Als sie an dem Gebetsteppich vorbeikamen, hielten sie nicht an, sondern bogen um die Ecke und waren verschwunden.

Die alte Frau kratzte sich an der Augenbraue. »Die kommen wieder«, sagte sie.

Das Mädchen neben ihr rührte sich immer noch nicht, erwiderte aber: »Klappe halten, hab ich gesagt. Ich habe die Knarre noch nicht wieder weggesteckt.«

»Hast du jemanden umgebracht?«

»Nein.«

»Dann war's wohl ein Raubüberfall.«

Ganz kurz kam das schmale Gesicht zum Vorschein, im Schatten der Decke weiß wie ein Geisterdachs. Grüne Augen funkelten die alte Frau an. Hinter der Biegung hatten die Schritte der Männer angehalten, und man hörte, dass sie sich stritten.

»Lege die Hände lieber *so* in den Schoß«, sagte die alte Frau. »Die Handflächen nach oben, damit das Böse aus dir entweichen kann. Was in deinem Fall eine Weile dauern könnte.«

Ein finsterer Blick unter der Decke hervor. »Spar dir deine verkackten Ratschläge.«

»Anders als die meisten anderen Dinge auf dieser Welt sind meine Ratschläge umsonst. Du kannst sie nach Belieben annehmen oder ignorieren.«

»Mach ich.«

»Gut.« Die alte Frau breitete die Arme aus wie ein unternehmungslustiger Meeresvogel auf einem mit Guano verkrusteten Felsvorsprung. »Und jetzt beweg deinen knochigen Hintern ein Stück rüber, damit ich auch ein bisschen Sonne abkriege. Sonst schreie ich so laut, dass dir das Ohrenschmalz rausfliegt und die Stadtwache eins, zwei, fix wieder hier ist – Pistole hin oder her.«

Ein kurzes Zögern. Dann rutschte das Mädchen tatsächlich ein Stück beiseite. Man hörte den Verfolgungstrupp kehrtmachen.

Als die Männer wieder auftauchten, hatten sie gerötete Gesichter. Von Lässigkeit keine Spur mehr. Sie sprachen Passanten an, hämmerten an Haustüren, stellten dem Wirt der *Ziege* scharfe Fragen. Das Mädchen blickte nicht auf, schielte aber verstohlen zu der alten Frau hinüber, um ihre Haltung nachzuahmen. Ihre Handflächen zeigten jetzt nach oben.

Ein Milizionär näherte sich dem Teppich. »Wir sind auf der Suche nach einer flüchtigen Person«, sagte er.

Als kehre ihr Geist vom anderen Ende der Welt zurück, stieß die alte Frau einen tiefen Seufzer aus und hob den Kopf. »Ihr verfolgt einen Flüchtigen? Wer ist der Mann?«

»Es soll kein Mann sein, sondern ein Mädchen. Obwohl es sich der Beschreibung nach genauso gut um ein wildes Tier aus den schwarzen Sümpfen handeln könnte. Eine bösartige, glutäugige Harpyie mit struppigen Haaren und spitzen Zähnen, die gerade eben in Bob Barnetts Schmuckladen sechs Tektit-Ohrringe gestohlen hat. Sie ist über die Dächer entkommen, dann hat sie sich auf die Straße fallen lassen wie eine Ladung Pferdeäpfel. Hast du sie vielleicht gesehen?«

»Mein Geist war woanders, aber ich glaube, ich habe gehört, wie jemand in Richtung Park gelaufen ist.«

»Da waren wir schon. Hat deine Begleiterin jemanden gesehen?«

»Das glaube ich eher nicht.«

»Darf ich sie fragen?«

»Sie befindet sich im Zustand tiefster Versenkung, aber es hätte auch sonst keinen Zweck. Sie ist nämlich taubstumm.«

»Dann kann sie uns wohl nicht weiterhelfen …« Ein gewisser Abscheu schwang in seiner Stimme mit. »Ich respektiere deinen Gebetsteppich, aber sie soll lieber aufpassen, dass die Paten nicht Wind von ihren Beschädigungen bekommen …« Nach einer kurzen Pause lüftete er den Hut und eilte seinen Kollegen nach, die die Suche bereits fortsetzten.

Die beiden vermummten Gestalten schwiegen eine Weile.

»Warum haben sie uns nicht verhört?«, kam es dann unter der Ersatzdecke hervor.

»Weil man ihnen im Gegensatz zu *dir* beigebracht hat, dass dieser Teppich geweihter Grund und Boden ist.«

Das Mädchen schnaubte verächtlich. »So ein Quatsch. Ich habe den ollen Lappen ja direkt vor der Nase. Da ist Dreck drauf, zermatschter Kuchenteig, Kekskrümel und kleine braune Klümpchen, bei denen es sich hoffentlich bloß um Rosinen handelt.«

»Du siehst alles und weißt doch nichts. Diese Männer haben wenigstens Grundsätze. Beispielsweise legen sie Wert auf Höflichkeit. Auf Anstand und Respekt gegenüber anderen und ihrem Besitz.«

Das Schnauben wiederholte sich, diesmal lauter. »Schön blöd. *Ich* habe keine Grundsätze. Ich glaube an gar nichts!«

»Die Kasse um deinen Hals spricht eine andere Sprache«, konterte die alte Frau. »Wofür ist die?«

»Fürs Fluchen.«

»Nicht für Diebstahl oder Gewaltanwendung? Nicht für den Fall, dass du eine fromme Mystikerin bei der Verrichtung ihrer Andacht misshandelst?«

»Fürs Fluchen.«

»Aha.« Die alte Frau setzte sich bequemer hin. »Dann wirf lieber noch eine Münze rein.«

»Mach ich.«

»Du hast vorhin *verkackt* gesagt.«

»Weiß ich! *Bei Shiva!*«

»*Ha!* Macht zwei Münzen.«

»Herrje, warum nicht gleich drei?« Das Mädchen ließ die Münzen mit flinken, geübten Fingern in den Schlitz gleiten, spähte unter der Decke hervor und die Straße hinunter. »Hauptsache, die Typen sind weg. Und ich mache mich auch gleich vom Acker. Dann muss ich mir dein Gequatsche nicht mehr anhören.«

Darauf ging die alte Frau nicht ein. Sie atmete nur tief durch. Ihre kleinen Hände waren runzlig und so braun wie abgestandener Tee. Sie lagen mit nach oben gekehrten Handflächen in ihrem Schoß, und die zerschlissenen Falten des Umhangs darum herum glichen den Blütenblättern einer achtlos weggeworfenen Blume. Eine große schwarze Fliege landete auf einer knochigen Ausbuchtung, vermutlich einem Knie, und krabbelte von dort aus weiter. Sie hüpfte auf einen Finger und fing an, sich zu putzen. Die alte Frau rührte sich nicht.

»Anscheinend gehörst du zu diesen Schwachköpfen, die alles Lebendige achten«, sagte das Mädchen nach einer Weile. »Egal, wie eklig und verkommen es ist.«

»Die Fliege da, meinst du?« Die alte Frau seufzte. »Nein. Ich würde das kleine Mistvieh bedenkenlos zerquetschen, aber dafür müsste ich mich bewegen, und das würde mich bei meinen Betrachtungen stören. Womöglich käme ich sogar in Versuchung, die Fliege zu verspeisen – ich habe nämlich seit zwei Tagen nichts mehr in den Magen gekriegt –, aber ich kann mir lebhaft vorstellen, wo sie schon überall gesessen hat. Zum Beispiel in der Gosse, nicht weit von da, wo du herkommst. Insofern toleriere ich sie als vorübergehendes Ärgernis. So wie dich auch.«

Wieder schnaubte das Mädchen verächtlich. Dann schwiegen alle drei wieder, die beiden Frauen und die Fliege. Irgendwann schwirrte die Fliege davon. Das Mädchen machte Anstalten, es ihr gleichzutun, wirkte aber nicht sehr entschlossen. In der Sonne war es warm und auf dem zerschlissenen Teppich saß es sich überraschend gut. Es war schön, mal nicht vor irgendetwas davonlaufen zu müssen.

»Und wie lebt es sich so als Diebin?«, erkundigte sich die alte Frau.

»Geht so.«

»Ich stelle es mir ziemlich anstrengend vor.«

»Besser als das, was davor war.«

»Schwarze Schmucksteine von den Tektitfeldern – Sternenstaub aus der Zeit der Großen Verheerung … Was hast du damit vor? Willst du den Schmuck tragen?«

»Pah! Ich bringe ihn meinen Bossen. Die zahlen gut. Bei allen Göttern! Was war *das* denn für ein Geräusch?«

Die alte Frau lachte in sich hinein. »Ich kann genauso gut schnauben wie du. Sogar noch lauter und länger, wenn ich etwas richtig Amüsantes höre. Das heißt, du bist die Dumme, die Kopf und Kragen riskiert, während irgendwelche skrupellosen Männer den Gewinn einstreichen? Toll.«

»Immerhin habe ich eine einträgliche Anstellung«, erwiderte das Mädchen nach einer kurzen Pause. »Ich hab's im Leben zu was gebracht. Ich muss nicht hungern oder Fliegen essen.«

»Erzähl mir nichts. Klar isst du Fliegen.«

Keine Reaktion. Sie saßen nebeneinander auf dem Gebetsteppich. Als die Handwerker Feierabend machten und die Feldarbeiter zurückkehrten, belebte sich die Straße. Eine Münze trudelte in den Napf.

Die alte Frau spürte, dass das Schweigen ihrer Sitznachbarin etwas Gereiztes, Angespanntes bekam. Als das Mädchen schließlich wieder den Mund aufmachte, klang ihre Stimme tatsächlich belegt, als würde ihr jemand einen Dolch an die Kehle drücken. »Halt mir keine Moralpredigten, du alte Heuchlerin! Der ganze Blödsinn über Fliegen … Kann ja sein, dass ich mich ausnutzen lasse, aber dafür bist *du* eine Marionette der Glaubenshäuser. Ich sollte dich einfach über den Haufen schießen und Schluss.«

Die alte Frau blickte achselzuckend nach links und rechts. »Was habe ich mit den Glaubenshäusern zu schaffen, bitte sehr? Oder siehst du hier irgendwelche Paten, die sich zu mir in den Rinnstein gesellen?«

»Das hat nichts zu sagen! Du lebst in der Stadt, und die Glaubenshäuser herrschen über alle Städte. Wenn sie dich nicht dulden würden, würden sie dich hinaus auf den Verbrecheranger schleifen und dort den Wölfen zum Fraß überlassen.«

Diesmal zögerte die alte Frau kurz mit ihrer Erwiderung. »In gewisser Hinsicht hast du recht«, sagte sie dann. »Die Paten missbilligen meine Lebensweise zwar, dulden mich aber. Schließlich wird in ihren Glaubenshäusern auch Meditation gelehrt – Meditation und die demütige Verehrung einer ganzen Schar schillernder Gottheiten. Da können sie schlecht etwas dagegen haben, dass ich dergleichen praktiziere. Allerdings wäre es ihnen lieber, wenn ich es auf dem Gelände des Glaubenshauses täte. Und so ordentlich und reinlich, wie sie es gern hätten, bin ich auch nicht …« Sie hob dankend die Hand, als ein Kind einen Penny in ihren Napf warf. »Sei gesegnet, Schätzchen, sei gesegnet! Trotzdem«, fuhr sie fort, »bin ich ganz und gar von ihnen unabhängig. Möchtest du mein Geheimnis hören, wie ich das hinkriege?«

Das Mädchen zuckte unter der Decke die Achseln. »Meinetwegen.«

»Das Geheimnis ist der Teppich. An seinen Fransen endet der Einfluss der Paten. Wenn ich darauf sitze, bin ich woanders. Mein Geist hebt ab und schweift ungehindert durch die Sieben Königreiche, überquert die Brandgebiete und das Meer …« Sie lächelte. Ihre Zähne waren überraschend gesund und perlweiß. »Auf diese Weise entkomme ich den Paten. Und den anderen Städtern auch – der gehässigen Neugier der Frauen, der bierseligen Prahlerei der Männer. Ich entfliehe den Einschränkungen meines dummen alten Körpers sowie meinen charakterlichen Unvollkommenheiten. Und davon gibt es einige, das kannst du mir glauben. Wenn ich auf diesem Teppich sitze, bin ich frei wie ein Vogel. Auch du bist momentan nicht mehr in dieser Stadt. Spürst du es nicht?«

»Nein.«

»Dann schließ noch mal die Augen.«

Obwohl die alte Frau das Gesicht des Mädchens unter der Decke nicht erkennen konnte, legte ihre Reglosigkeit nahe, dass sie der Aufforderung nachkam. Jedenfalls fünf Sekunden lang.

Dann schnaubte sie: »Das ist mir echt zu blöd! Bleib mir bloß weg mit so was!«

»Warum sitzt du dann noch hier?«

»Na ja … weil so viele Leute unterwegs sind. Ich warte lieber noch kurz, bis ich abhaue.«

»Was das angeht, so ist es gleich achtzehn Uhr. Dann ist hier *richtig* was los. Wenn du wirklich wegwillst, dann solltest du sofort gehen. Oder du bleibst noch ein Weilchen bei mir. Ich kann dir die eine oder andere Technik beibringen, Pfade, die zu Erleuchtung und Freiheit führen.«

»Dafür willst du doch bestimmt etwas haben. Eine Bezahlung oder so.«

»Keine Bezahlung. Deine Gesellschaft ist mir Lohn genug.«

»Pfff! *Jetzt* lügst du!« Das Mädchen versuchte, sich in Zynismus zu retten, blieb aber sitzen. »Und auf so einem Teppich kann man allem entfliehen?«, fragte sie nach einer Pause.

»Allem und jedem.«

Es folgte ein längeres Schweigen. Da auch Geduld zu den Techniken gehörte, in denen die alte Frau geübt war, schmunzelte sie nur und schloss die Augen. Sie ließ die Sonne ihre heilende Wirkung an dem verwundeten Mädchen entfalten. Die alte Frau musste nicht unter die Decke schauen, um zu wissen, dass in der Seele des Mädchens ein Loch war. Groß genug, dass eine Faust hineinpasste, oder ein Herz. Weder die Sonne noch der Teppich und auch alle Meditationskunst der Welt nicht konnten dieses Loch schließen, aber vielleicht konnten sie es im Lauf der Zeit verdecken.

Erst als die alte Frau schon fast eingedöst war, hörte sie, wie das Mädchen aufstand. »Und?«, fragte sie, ohne die Augen zu öffnen.

»Ich muss gewissen Leuten gewisse Schmuckstücke bringen. Aber wenn das stimmt, was du sagst …«

»Komm wieder, wenn du so weit bist. Ich werde hier sein.«

Kapitel 21

Schon aus mehreren Meilen Entfernung erblickte Albert das Städtchen Stow, das sich weiß und rot auf dem Hügel erhob. Die Sonne glitzerte auf den Ziegeldächern. Am Horizont hinter der Stadt erstreckten sich die bewaldeten Anhöhen der Wildnis von Wessex, doch die Sicherheitszone rings um den Hügel war ein einziges Meer erntereifer Felder. Männer und Frauen arbeiteten mit gesenkten Köpfen und blitzenden Sensen in Reihen gelb leuchtenden Weizens, und kaum jemand blickte auf, als ein Lastwagen auf der schnurgeraden weißen Straße vorüberbrauste, ohne sein Tempo zu drosseln. Scarlett und Albert waren fast die ganze Nacht und den gesamten Vormittag durchgefahren und hatten ihr Ziel so gut wie erreicht.

In einem Fach im Führerhaus hatte Albert ein Fernglas gefunden, das er jetzt auf die Stadt richtete. Die Straße führte zu dem baufälligen Stadttor hinauf. Er sah die Überreste der alten Schutzmauern – mehrere Ringe aus wuchtigen Feldsteinen, von denen viele den Hügel hinunter in das dichte Gestrüpp aus Kreuzdornbüschen gerollt waren. Er sah Taubenschläge, Spitzdächer, nur von der langen Reihe Zypressen auf dem Hügelkamm überragt, und im Süden die bunt zusammengewürfelten Baracken der Elendsunterkünfte. Den Nordhang hinauf erstreckte sich die verwinkelte Speicherstadt, über der eine gedrungene schwarze Kuppel thronte. Albert justierte das Fernglas und stellte sich die Rieseneulen vor, die darin hausten.

»Da oben ist der Glockenturm«, sagte er.

»Wie spät?« Scarlett saß am Steuer und nahm den Blick nicht von der Straße.

»Kurz nach elf. Wir haben noch eine knappe Stunde.«

»Sehr schön. In zwanzig Minuten sind wir da. Wie kommst du voran, Sal?«, fragte sie dann über die Schulter. »Sieh doch mal nach, ob sie fertig ist, Albert.«

Er kletterte durch die Luke in den halbdunklen Frachtraum. Sal Qin kniete dort, wo die Drahtkäfige standen, vor einem Stapel Kisten. Gerade schaufelte sie eine letzte Ladung Erde und Kies in die oberste. Als Albert näher kam, klopfte sie alles fest und schloss den Deckel, dann stand sie mit zufriedener Miene auf.

»Besser krieg ich's nicht hin«, sagte sie. »Glaubst du, sie fallen drauf rein?«

Albert betrachtete die Kisten. *Von außen* sahen sie unverdächtig aus. Es waren die Originalkisten aus der Grube in Ashtown. Eine jede war mit dem Glaubenshaus-Kreis versehen, und schön schwer waren sie jetzt auch. Schade nur, dass sie keine Ausgrabungsfunde enthielten. Als sie den Laster am Abend zuvor in Milton Keynes entdeckt hatten, war er wie erwartet leer gewesen – bis auf sieben unbenutzte Kisten, die die Paten nicht weiter beachtet hatten. Die waren jetzt voll, nachdem Scarlett, Albert und Sal am frühen Morgen neben der Straße einen Haufen Steine und Erde aufgeladen hatten. Sieben überzeugend wirkende Kisten … Nicht besonders viele für so ein großes Fahrzeug, aber hoffentlich genug, um durchgelassen zu werden.

Genug, um Soames und Teach zu täuschen. Genug, um in das Gebäude vorzudringen.

Solange niemand einen Blick *in* die Kisten warf …

»Hauptsache, die Brüder am Eingang fallen drauf rein«, erwiderte Albert. »Dafür müsste es reichen.«

Sal Qin wischte sich die Hände an einem Lappen ab. Sie sah skeptisch aus. »Ich finde euren Plan verflixt riskant. Zu viele Unbekannte. Zu viel, was schiefgehen kann.«

»Scarlett meint, es wird schon klappen.«

»Mhm. Ich bin deiner Scarlett bis jetzt erst zweimal begegnet, und beim zweiten Mal wäre ich um ein Haar gehängt worden. Also nimm's mir nicht übel, wenn ich jetzt noch keinen Freudentanz aufführe. Und wenn es so weit ist, dass die Kisten geöffnet werden?«

Albert schaute zu der größten Kiste hinüber. Sie war besonders lang und stabil und mit einem großen Vorhängeschloss versehen. Außerdem stand sie ein Stück abseits. »Dann ist sowieso alles egal.«

Beide kletterten wieder ins Führerhaus. Scarlett saß noch in der gleichen Haltung da. Sie hatte sich die Haare mit einer Kordel zurückgebunden. Das helle Sonnenlicht war gnadenlos. Es zeigte ihre Blutergüsse, die zerrissene Kleidung und auch die rote Strieme am Hals, wo sich die Galgenschlinge zugezogen hatte. Es ließ aber auch ihre grünen Augen kühl und entschlossen funkeln.

»So weit alles klar, Sal?«, fragte sie. »Bist du mit unserem Plan zufrieden?«

Die kleine Händlerin schob sich auf den Beifahrersitz und nahm die Ledertasche, die dort gestanden hatte, auf den Schoß. »*Zufrieden* wäre übertrieben. Euer Plan ist so irre wie eine

Schlammratte, und ich bin ziemlich sicher, dass ich keinen von euch jemals wiedersehe.«

»Ein bisschen Lob tut doch immer gut«, gab Scarlett grinsend zurück.

»Vergesst nicht – ich bin eurem Mr Teach schon begegnet«, entgegnete Sal Qin. »Der Typ riecht nach Gewalttätigkeit.«

»Ich hab's nie geschafft, ihn beim Fechten zu besiegen«, räumte Scarlett ein. »Und Schießen kann er *fast* so gut wie ich. Aber das spielt jetzt keine Rolle, denn wir begeben uns ja unbewaffnet in ihr Hauptquartier. Hast du die Tasche mit den Waffen?«

»Hab ich.«

»Gut. Vielen Dank, Sal. Vorausgesetzt, wir sterben keines unschönen Todes, treffen wir uns nachher auf dem Friedhof vor der Stadt.«

»Ja, ja, ich weiß. Auf dem Friedhof unter den Zypressen zwischen den fluchbeladenen Gräbern …« Sal Qin schüttelte seufzend den Kopf. »Warum können wir uns nicht einfach in einem netten Café verabreden?«

»Weil in Cafés zu viele andere Leute sind. Zwischen den Gräbern ist es schön ruhig«, antwortete Albert.

»Tja, das werdet ihr ja bald genießen können – auf die eine oder andere Art.« Sal blickte auf ihre Armbanduhr. »Ich besorge dann alles, was ihr für den Rückweg haben wolltet, *falls* ich es auf dem Markt bekomme. Um eins bin ich auf dem Friedhof und warte, solange es geht. Am besten lasst ihr mich hier schon raus.«

Inzwischen führte die Straße zwischen den Überresten ausrangierter Maschinen und großen Haufen gesprenkelter Steine hindurch. Das Stadttor weiter oben stand offen. Albert konnte schon die Wäsche erkennen, die zwischen den Häusern auf der Leine flatterte. Oben auf dem Turm der Bruderschaft drehte sich träge ein eiserner Wetterhahn.

Scarlett trat auf die Bremse, und der Laster hielt am Straßenrand. Sal Qin nahm die Waffentasche, stieg aus und salutierte noch einmal ironisch. Dann rumpelte der Laster weiter, die geschwungene Hügelflanke hinauf. Albert warf einen Blick in den Seitenspiegel. Sal war nur noch eine winzige Gestalt, die zu Fuß hinter ihnen herstapfte.

Das weit offene Stadttor von Stow hing schief in den Angeln und war von einem früheren Brand teils schwarz verkohlt. Wäre Albert für Gruselgeschichten empfänglich gewesen, hätte er vielleicht an das gierig aufgerissene Maul eines Dämons gedacht. Zum Glück machte er sich nichts aus solchen Märchen.

In den Wachhäuschen rechts und links der Straße suchten unrasierte Posten Schutz vor der sengenden Sonne. Als sie die Glaubenshaussymbole auf dem Laster sahen, winkten sie ihn durch. Der Laster erreichte den höchsten Punkt des Hügels. An der letzten Straßenbiegung drehte sich Albert noch einmal nach der Ebene um, die sie überquert hatten, nach dem hellen Band der Straße, das im Dunst verschwamm.

Dort war nichts zu sehen. Niemand verfolgte sie.

»Dir ist klar, dass er noch kommt, oder, Scarlett?«

Sie fuhr langsamer. Kinder mit schmutzigen Gesichtern und Körben voller Obst wanderten von den Feldern zum Tor hinauf. Scarlett hielt mit laufendem Motor an und ließ sie vorbei. »Erst mal muss er in Milton Keynes die Ordnung wiederherstellen«, sagte sie. »Gestern Abend war der Teufel los. Wahrscheinlich geht es dort immer noch drunter und drüber.«

»Damit wird er sich nicht aufhalten. Er hat deine Gedanken

oft genug gelesen, um über Joe und Ettie Bescheid zu wissen. Er weiß, dass wir nach Stow wollen. Bestimmt ist er uns längst auf den Fersen.«

Nach einem Blick auf die Uhr betätigte Scarlett die Hupe. Die letzten Kinder stoben kreischend aus dem Weg. »Dann bringen wir die Sache lieber so schnell wie möglich hinter uns«, sagte sie.

»Es ist nur so, Scarlett … nach dem Vorfall auf dem Marktplatz bin ich fix und fertig. Wenn er jetzt auftaucht –«

Sie streckte die Hand aus und tätschelte seinen Arm. »Du hast das total super gemacht. Ich verlange so was nicht gleich wieder von dir, keine Sorge. Sobald wir Joe und Ettie befreit haben, hauen wir einfach ab. *Bevor* er hier eintrifft.«

Sie rumpelten unter dem baufälligen Torbogen hindurch. Eine kopfsteingepflasterte Straße führte zu einem belebten Marktplatz, doch Scarlett bog nach rechts in eine schmalere, unbefestigte Straße ein. Sie ließen die Wohnhäuser hinter sich und fuhren zwischen Werkstätten und Lagerschuppen hindurch. Hinter einer hohen Mauer lag eine Brauerei. Albert musste an die Gefängnismauer um den Park von Stonemoor denken, hinter der er seine abgeschottete Kindheit zugebracht hatte.

»Du hast übrigens richtig vermutet, was Mallory betrifft«, sagte er leise. »Er war auch in Stonemoor.«

Scarlett nickte. Ihr typisches schiefes Lächeln umspielte ihren Mundwinkel. »Ja, das passt. Du und er – ihr seid euch in manchem ähnlich. Und ich meine damit nicht nur eure Gabe.«

Albert verzog das Gesicht. »Keine Ahnung, was du damit sagen willst. Er und ich sind grundverschieden.«

»Findest du?«

»Auf jeden Fall! Sein feiner Anzug und dieser bescheuerte Mantel, die alberne gegelte Frisur …«

»Ich rede nicht von seinem *Aussehen*, Albert. Ich rede von seiner Persönlichkeit, seinem Charakter.«

»Jede Wette, dass er sogar irgendein scheußliches Parfüm benutzt und – *wie bitte?!* Wie kannst du so was sagen! Er ist hinterhältig und mordlüstern und eiskalt und total skrupellos und –«

»Weiß ich alles. Aber hinter der aalglatten Angeberfassade ist er wie du – irgendwie nicht von dieser Welt. Obwohl … nicht *ganz* wie du. Als ich dich damals im Bus entdeckt habe, dachte ich erst, du wärst krank. Als würde ein Fieber in dir brennen. In Mallory brennt etwas Ähnliches, aber ich glaube, bei ihm lässt es nie nach.«

Albert dachte schweigend darüber nach. »Du hast mich von meinem Fieber geheilt«, erwiderte er schließlich.

»Und du hast meinen Hals aus der Galgenschlinge gezogen, insofern sind wir quitt. Wie spät?«

»Elf Uhr sechsundzwanzig. Langsam wird es *ein bisschen* knapp.«

»Von daher«, entgegnete Scarlett McCain, »ist es gut, dass wir gleich da sind.«

* * *

Die Straße machte eine Biegung, führte aber noch ein Stück weiter bergauf. Oben angekommen, verlief sie schnurgerade zwischen einer Ansammlung von Lagerhäusern hindurch und endete unvermittelt in einer Sackgasse, an deren Ende eine hohe Backsteinmauer aufragte. Die Mauer hatte nur eine einzige, rechteckige Öffnung. Die war groß genug, dass ein Bus hindurchpasste, und mit einem Eisentor verschlossen. Scarlett fuhr im Schritttempo darauf zu.

Als Albert den Kopf in den Nacken legte, sah er hinter der Mauer die bekleckerte schwarze Kuppel des Eulenturms. Vor einer Woche minus fünfundzwanzig Minuten war er von hier aus nach Norden und nach Ashtown aufgebrochen. Jetzt waren sie wieder am Hauptquartier der Bruderschaft, und irgendwo dort drin war Etties Uhr beinahe abgelaufen.

Der Laster kam vor dem Tor zum Stehen. Scarlett stellte den Motor aus, der aufgewirbelte Staub legte sich. Auf einem hölzernen Laufgang ein Stück über der Straße saß ein Mann im Schaukelstuhl und las eine Flugschrift. Er war von teigiger, formloser Statur und hatte ein Gesicht wie eine Spätkartoffel. Er trug ein weißes Hemd und eine graue Hose, die Tweedjacke hing über der Armlehne des sanft vor und zurück schaukelnden Stuhls. An der Hand, die das Blatt hielt, war der kleine Finger an der Wurzel abgetrennt. Neben ihm hing ein Sprachrohr aus schwarzem Horn an einem kleinen, in die Mauer eingelassenen Gitter. Auf der Treppe, die zu seinem Platz hochführte, standen außerdem eine Thermosflasche und eine leere Schüssel.

Der Mann warf einen gleichgültigen Blick auf den Lastwagen und widmete sich wieder seiner Lektüre.

»Das ist der Wachposten.« Scarlett holte einen Kaugummi aus der Hosentasche, wickelte ihn aus und steckte ihn in den Mund. »An dem müssen wir vorbei.«

Albert musterte den Mann. »Das dürfte nicht schwer sein.«

Im selben Augenblick beugte sich der Posten vor und sagte etwas in das Sprachrohr. Sogleich öffnete sich in der Mauer eine Tür, aus der nacheinander sechs Männer heraustraten, allesamt groß und breit wie Schränke. Sie trugen schwarze Schlapphüte und Dreitagebärte, knallenge weiße Hemden, die aussahen, als wären sie auf die muskulösen Oberkörper gemalt, Pistolengurte, die mit Waffen aller erdenklichen Form und Größe gespickt waren, sowie klobige Stahlkappenstiefel. Der größte von ihnen musste sich tief bücken, um durch die Tür zu passen, der Kleinste hätte Albert mühelos unter den Arm klemmen können, was er vermutlich sogar mit Freuden getan hätte. Ihre Augen waren Eissplitter, die schwieligen Hände verharrten über den Pistolengriffen. Sie bauten sich nebeneinander auf und blickten auf den Lastwagen herab. Der Posten im Schaukelstuhl lehnte sich wieder zurück.

Albert schluckte. »*Äh* … vielleicht wird es doch ein *bisschen* schwieriger.«

»Sehe ich auch so. Das ist unser Empfangskomitee«, stimmte ihm Scarlett zu. »Aber egal. Bringen wir's hinter uns.«

Sie stiegen aus. Die Sonne stand hoch am Himmel. Unter den Dachkanten der Lagerhäuser sammelten sich tiefe Schatten, ganze Schwärme schwarzer Vögel pickten im Rinnstein. Abgesehen davon war auf der langen, verlassenen Straße kein Lebenszeichen zu erkennen. Albert schloss die Beifahrertür hinter sich und warf einen Blick über die Schulter. Sie standen fast am höchsten Punkt von ganz Stow. Von hier aus konnte man meilenweit über die Schornsteine und weit über die Stadtgrenze hinaus blicken. Von Osten her wehte ein Wind und strich in silbrigen Wellen durch die Getreidefelder. Die Straße, auf der sie gekommen waren, war ein weißer Faden, der in der blauen Ferne verschwamm.

Albert spürte einen leisen Kopfschmerz, der eben noch nicht da gewesen war.

Sein Blick war auf die ferne Straße gerichtet.

»Albert«, sagte Scarlett.

Der Wachposten schaukelte lässig in seinem Stuhl, neben sich die stummen Revolverhelden. Er tat so, als würde er lesen, doch er wartete nur, bis Scarlett näher gekommen war. Erst dann geruhte er, sie zur Kenntnis zu nehmen.

»Hallo, Walt.« Scarlett nickte erst ihm und dann den sechs anderen zu. »Hallo, Jungs.«

Schädel und Kinn des Postens waren mit weißlichen Stoppeln bedeckt. Hätte man ihm den Kopf abgenommen und umgedreht wieder aufgesetzt, hätte das keinen großen Unterschied gemacht, dachte Albert unwillkürlich. Er musterte Scarlett mit kleinen dunklen Augen. »Hast dir ganz schön Zeit gelassen, Mädel«, sagte er dann.

Scarlett kaute unbeeindruckt auf ihrem Kaugummi. »Jetzt sind wir ja da, oder? Wir haben das Gewünschte dabei. Lass uns rein, damit wir es ihnen zeigen können.«

»Hast es wohl eilig, was?« Der Posten zog eine Taschenuhr an der Kette heraus und warf einen flüchtigen Blick darauf. »Oje – eure Frist ist bald um.«

»Dann lass uns rein«, gab Scarlett zurück. »Wir haben den Auftrag erledigt und sind pünktlich zurück. Ganz einfach.«

»Ihr seht nicht aus, als wäre es *so* einfach gewesen«, erwiderte der Posten und ließ den Blick demonstrativ über Scarletts und Alberts blutverschmierte Gesichter und zerfetzten Sachen wandern.

»Nicht so einfach, wie dir die Nase zu brechen, stimmt«, sagte Scarlett.

Sein Blick wurde kalt, er schaukelte langsamer. »In deiner momentanen Lage solltest du nicht derart mit mir reden, McCain. All die Jahre, als du Soames' kleiner Liebling warst, hast du mir die kalte Schulter gezeigt. Du hast die Nase immer ganz hoch getragen – und jetzt? Stehst du hier und bettelst, dass ich dich reinlasse. Ich hätte nicht übel Lust, die Frist verstreichen zu lassen.«

»Tu, was du nicht lassen kannst, Walt«, entgegnete Scarlett. »Wenn meine Freunde sterben, steige ich sofort in den Laster und brause mit sämtlichen Schätzen aus grauer Vorzeit wieder davon. Und Soames und Teach gehen leer aus. Was glaubst du, was sie dann mit dir machen?«

»Wir können dich auch einfach gleich hier abknallen«, gab der Posten finster zurück. »Das wäre am allereinfachsten.«

»Wenn der Boss das so angeordnet hat, nur zu.«

Stille trat ein, nur unterbrochen vom Quietschen des Schaukelstuhls. Albert war sich so gut wie sicher, dass man sie durchlassen würde. Hätten die Männer sie erschießen wollen, hätten sie es längst getan. Doch es war schon fast Mittag. Er malte sich aus, wie Joe und Ettie in den Raum unter der großen Kuppel gebracht wurden, er dachte an die nach oben hin im Dunkeln verschwindenden Ketten, an das aufgeregte Flattern der Eulen ... Ob es nun an der angespannten Situation lag oder nicht, seine Kopfschmerzen verschlimmerten sich jedenfalls. Er spürte ein pochendes Stechen hinter einem Auge. Wahrscheinlich war es bloß eine Nachwirkung der Schlimmen Angst, aber –

Er hob ruckartig den Kopf.

Ganz kurz hatte er gespürt, wie etwas versuchte, in seine Gedanken einzudringen.

Oben auf dem Laufgang kam der Schaukelstuhl zum Stillstand. Der Wachposten zuckte die Achseln, als wiese er jede Verantwortung für die Absurditäten dieser Welt von sich. »Na schön, McCain. Sie warten schon auf euch. Aber wir lassen euch natürlich nicht ohne die übliche Prozedur rein. Keine Schusswaffen, keine Messer, keine sonstigen bösen Überraschungen. Das verstehst du doch sicher. Wir durchsuchen euch beide und das Fahrzeug.« Auf sein Fingerschnipsen hin traten zwei seiner Leute vor. »Arme hoch.«

Albert stand still und schweigend da, während er und Scarlett nach Waffen abgetastet wurden. Er trug eine möglichst ausdruckslose Miene zur Schau, aber sein Herz klopfte zum Zerspringen. Er konnte sich kaum noch beherrschen, wollte sich bewegen, wollte losrennen – um Ettie zu befreien, ja –, aber auch, um anschließend weiterzurennen, weiter und immer weiter, nur weg von dem jungen Mann, der ihn so hartnäckig verfolgte. Er war so erschöpft! So geschwächt! Er konnte Mallory nicht gegenübertreten. Er *konnte* es nicht. Er hatte einfach nicht die Kraft dazu.

Er sah verstohlen zu Scarlett hinüber. Sie bot ein Musterbild an Gleichmut, kaute Kaugummi und blickte ausdruckslos vor sich hin, während einer der bulligen Brüder sie von oben bis unten betatschte wie ein zutraulicher Bär. Auch sie war erschöpft, war von dem, was sie beide durchgemacht hatten, völlig zerschlagen! Albert war bewusst, welchen Tribut die letzten Tage von ihr gefordert hatten. Und doch strahlte sie wie so oft nichts anderes als trotziges Selbstbewusstsein aus. Das Funkeln ihrer Augen, das rhythmische Mahlen ihres Kiefers, die provozierende Lässigkeit ihrer Haltung – sie weigerte sich schlichtweg, irgendwelche Schwächen zuzugeben. Allein dadurch, wie sie dastand, trotzte sie der Welt und ihren Schrecken – und während Albert sie beobachtete, spürte er, wie sich sein Herzschlag beruhigte, seine eigene Haltung sich straffte. Er biss die Zähne zusammen und ließ den Blick wieder zur Straße wandern.

Nachdem die Brüder Scarlett und Albert ergebnislos gefilzt hatten, nahmen sie sich den Lastwagen vor. Sie entdeckten die Munition im Geschützturm und beschlagnahmten sie, Schränke und Fächer wurden durchwühlt. Nur die Kisten blieben unberührt. Die übernahm Walt persönlich. Er stemmte sich aus seinem Schaukelstuhl und ging, gefolgt von Scarlett und Albert, nach hinten, um die Fracht zu kontrollieren.

»Ist das alles?«, fragte er. »Sind ja nicht grade viele Kisten.«

»Dafür ist der Inhalt umso kostbarer«, erwiderte Scarlett lachend. »Antike, fluchbeladene Fundstücke aus der Begrabenen Stadt, die von Generationen unserer unglückseligen Vorfahren gefertigt wurden.«

Der Posten rieb sich das Stoppelkinn. »Das behauptest *du*. Am besten sehe ich mir das selber an.«

»Nur zu. Such dir eine Kiste aus.«

»Die große da drüben mit dem Vorhängeschloss.«

»Ich kann sie gern öffnen, aber ich warne dich – der Inhalt ist nicht nur fluchbeladen, sondern auch sehr empfindlich. Womöglich zerfällt er im Sonnenlicht zu Staub. Auf die Art haben wir leider schon etliche unschätzbar wertvolle Funde eingebüßt. Wobei dir Mr Soames bestimmt nicht böse ist, wenn du hier vor seiner Tür einen weiteren Schatz ruinierst. Vorsicht ist bekanntlich besser als Nachsicht.«

Der Mann betrachtete die Kiste unschlüssig.

»Na los, schau rein!«, forderte ihn Scarlett auf. »Wahrscheinlich zerbröselt das Ganze, aber das macht ja nichts! Soames und Teach sind garantiert nicht sauer.«

Wechselnde Gefühle zeichneten sich auf dem Gesicht des Mannes ab – Neugier, Skepsis, Vorsicht, Furcht. Seine Hand schwebte über dem Vorhängeschloss. Albert wartete. Etties Uhr tickte.

»Meinetwegen«, sagte er schließlich. »Fahrt rein. Hoffentlich geben sich die Bosse mit dieser kläglichen Ausbeute zufrieden. Für mich sieht das wie ein Haufen Schrott aus.«

»Danke, Walt. Gütig und großzügig wie immer.« Scarlett strahlte ihn an. Er drehte sich um und stapfte davon. Dann schloss sie sorgfältig die Tür der Ladefläche und ging nach vorn zum Führerhaus.

Albert blieb, wo er war. Ihn fröstelte auf einmal, als hätte sich ein Wolkenfetzen vor die Sonne geschoben. Was war das nur? Der sonderbare Kopfschmerz, dieses sich immer weiter ausbreitende Kribbeln …

Der Wachposten war auf den Laufgang zurückgekehrt und gab seinen Leuten ein Zeichen. Einer von ihnen sprach in das schwarze Rohr, gab einen Befehl durch. Dann wurde das Eisentor in der Ziegelmauer schwerfällig und scheppernd hochgezogen.

Scarlett stand neben dem Führerhaus. »Mach schon, Albert. Steig ein.«

»Komme.« Er tat einen Schritt – und schrie auf. Ein jäher Schmerz durchzuckte seinen Kopf, ein bohrendes Stechen. Da war etwas … *jemand* … Fremdes in seinem Kopf. Verzweifelt drückte er die Hände gegen die Stirn und krümmte sich.

Der Schmerz ließ nach. Albert atmete auf und vergrub das Gesicht in den Händen.

»Albert?« Scarlett stand neben ihm.

Die Durchfahrt war offen. Der Wachposten hatte es sich wieder in seinem Schaukelstuhl gemütlich gemacht. »Auf geht's«, rief er. »Mr Soames wartet.«

Albert hob langsam den Kopf, drehte sich um und sah nach Osten. Dort draußen, auf der Straße zwischen den sonnenbeschienenen Feldern vor den Mauern von Stow, wirbelte eine kleine weiße Staubwolke heran.

Scarlett sah sie auch. »Ist das –?«

»Ja. Das ist er.«

»Soames wartet«, wiederholte der Posten.

Albert zögerte nicht länger. Die Entscheidung war ganz einfach, und eigentlich hatte er sie schon gefällt. In zehn Minuten würde die Staubwolke in Stow eintreffen. Damit blieb ihnen nicht genug Zeit, um bei der Bruderschaft das zu erledigen, weshalb sie gekommen waren. Eine andere Lösung fiel ihm nicht ein. Er strich sich entschlossen das Haar aus dem Gesicht, als könnte er damit zugleich seine Erschöpfung wegwischen. »Fahr du den Laster rein, Scarlett«, sagte er. »Ich komme gleich nach. Muss nur noch kurz was erledigen.« Dem Wachposten rief er zu: »Sie kommt ohne mich, Walt. Ich bleibe draußen.«

»Moment mal …« Scarlett drehte sich zu Walt und den teilnahmslosen Wachen um und hob die Hand. »Kleinen Augenblick«, sagte sie und wandte sich wieder Albert zu. »Nein, Albert. Nein. Du kannst auf keinen Fall –«

»Es ist doch ganz einfach«, fiel er ihr ins Wort. »Du holst Joe und Ettie raus und gibst Soames, was er verlangt. Ich halte unseren Freund auf und komme anschließend nach.«

Sie sah erst ihn an und dann wieder die kleine Staubwolke, die wie ein Pfeil durch die Felder sauste. In ihrer Wange zuckte ein Muskel, und sie kniff die Lippen zu einem weißen Strich zusammen.

Er lächelte sie an.

»Es muss sein, Scarlett. Es geht nicht anders.«

»Und du kommst ganz bestimmt nach?«

»Ja.«

»Und wie willst du das hinkriegen?«

»Ich schaffe das schon. Alles wird gut.«

»Quatsch!«, sagte Scarlett energisch. »Ich bleibe bei dir. Allein wirst du nicht mit ihm fertig.«

Er nahm ihre Hand. »Die Zeit ist fast abgelaufen, das hast du selbst gesagt. Wie lange haben wir noch – zehn Minuten? Bitte fahr jetzt da rein. Tu's für Joe und Ettie. Ganz einfach.«

»So einfach wie euer Ausflug in die Begrabene Stadt?«, rief der Wachposten zu ihnen herunter. »Fahr endlich! Das Tor ist offen.«

»Albert –«

»Du *musst* da rein.«

Sie sahen einander an.

»Wollt ihr euch noch einen Abschiedskuss geben?«, rief der Posten spöttisch. »Tut euch keinen Zwang an! Jeder wie er will.« Er lehnte sich grinsend zurück.

Scarlett zog ihre Hand wieder weg. »Nur dass du's weißt – ich halte das für eine total hirnverbrannte Idee.« Sie warf dem Posten einen giftigen Blick zu, stieg in den Laster und knallte die Tür zu. »Die Vorstellung ist zu Ende, Walt. Ich fahre allein. Jetzt.«

»Du sollst durch die Lagerhalle direkt in den Uhrensaal fahren. Dort wirst du schon erwartet. Den Weg kennst du ja.«

»Drück Ettie von mir«, sagte Albert.

Sie sah ihn finster an mit ihrem aschfahlen Gesicht unter dem zerzausten Haar. »Wozu? Du kannst sie nachher selber drücken.«

Doch Albert hatte sich schon wieder zur Straße umgedreht.

Kapitel 22

Als Scarlett den Laster durch das Tor lenkte, gab es einen kurzen Augenblick, in dem das emotionale Ziehen von vorn und von hinten gleich stark war. In diesem Augenblick, als das Führerhaus halb im Dunkeln und halb in der Sonne lag, mit Joe und Ettie vor ihr und Albert hinter ihr, spürte sie, wie sich ihr Herz durch das zweifache Zerren in einem schrecklichen Schwebezustand befand. Sie kam sich vor wie auf einem straff gespannten Seil und als schnitte zugleich ein Draht mitten durch sie hindurch. Der Schmerz war durchdringend und heftig.

Aber auch gleich wieder vorbei. Der Lastwagen rollte weiter und in die dämmrige Lagerhalle hinein. Albert blieb zurück. Ein grimmig blickender Bruder betätigte einen Wandschalter, und das Eisentor senkte sich ratternd, schottete das Gelände von der Straße ab. Das Seil war durchtrennt. Scarlett konnte nicht mehr umkehren, und der innere Druck ließ ein bisschen nach. Die Entscheidung war gefallen, und damit war klar, wie es weiterging. Sie nahm den Fuß vom Gas und rollte im Schritttempo durch die leere, elektrisch beleuchtete Halle. Männer winkten sie weiter.

Ja, sie kannte den Weg, auch wenn sie ihn noch nie gefahren war. Das Labyrinth aus alten Fabrikgebäuden und Lagerhäusern war Heimstatt und Hauptquartier der Bruderschaft der Hand, ein Miniaturkönigreich der Gesetzlosigkeit, über das Soames und Teach herrschten. Im Vorbeifahren erblickte Scarlett die wohlbekannten Räume, von denen jeder seinem ganz eigenen Zweck diente. Rechts die weiß getünchten Trainingsräume, wo die Männer boxten, sich im Ringkampf maßen und den Umgang mit Degen, Würgeschlingen und Messern erlernten. Links kam der Durchgang zum Schießstand in Sicht, wo Scarlett seinerzeit versucht hatte, ihre Vergangenheit einfach wegzuballern. Dann bog der Laster auch schon im rechten Winkel zur Haupthalle ab, durchquerte die baufälligen Bereiche mit ihren eingestürzten Wänden und halbzerstörten Räumen, den vielen verschiedenen Vorhängeschlössern und Safes zum Üben, wo man jeden erdenklichen Raubzug planen und im Voraus durchspielen konnte. Es folgten die Schlafsäle (und irgendwo die kleine Kammer, in der sie die ersten schrecklichen Nächte geschlafen und ihre Wut und ihre Schuldgefühle herausgeschrien hatte), dahinter Speisesaal und Kartenraum. Schließlich der Gang zu Soames' Büroräumen, wo man sie damals verhört, aufgenommen und willkommen geheißen hatte …

Erinnerungen waberten wie Gespenster vor den Fenstern des Führerhauses. Scarlett beachtete sie nicht, blickte eisern geradeaus. Weiter vorn zeichnete sich in den staubigen Bahnen aus Sonnenlicht, die durch die hoch oben gelegenen Fenster hereinfielen, der Eingang zum Uhrensaal ab. Die Flügeltür stand offen. Scarlett sah auf die Uhr. Fünf vor zwölf – schon fast Mittag. Sie spürte, wie sich an ihrer Schläfe ein Schweißtropfen bildete und ihr erst über den Wangenknochen und dann über den Kiefer rann. Gereizt wischte sie ihn weg. *So was* konnte sie jetzt wirklich nicht gebrauchen. Es war Zeit für eine letzte Auseinandersetzung. Jetzt hing alles davon ab, wie überzeugend sie wirkte.

Und sie musste es allein hinkriegen.

Ohne Albert fühlte sie sich merkwürdig nackt und unvollständig, fast so wie damals, als sie vor vielen Jahren hergekommen war. *Albert* … Sie stellte sich vor, wie er draußen auf der Straße stand und wartete. Wie erschöpft er war, wie ausgelaugt … Er war noch wehrloser als sie selbst. Doch auch er hatte seine Entscheidung getroffen. Dann dachte sie an denjenigen, auf den er wartete – an Mallorys Fähigkeiten, daran, wie skrupellos er die Aufträge der Glaubenshäuser ausführte, an seine furchterregende Gabe … Und Albert musste sich ihm stellen, ohne dass sie ihm beistand.

So viele Trennungen.

Plötzlich packte Scarlett die blanke Wut. Wut auf das, wozu sie andauernd gezwungen wurde. Doch sie riss sich zusammen, gab wieder Gas und rollte durch die offene Tür in den Uhrensaal.

Walt hatte recht gehabt. Alle waren versammelt und warteten auf sie.

* * *

Am gegenüberliegenden Ende des Saals, unter den erleuchteten Bogenlampen und vor dem Schreibtisch und der Uhrenwand, hatte sich eine kleine Gruppe eingefunden. Sie machte den Eindruck, als wäre sie sorgsam arrangiert worden – was, so wie Scarlett Soames kannte, gut möglich war. Er selbst saß ausnahmsweise nicht hinter seinem Schreibtisch, sondern sein fahrbarer Ledersessel war in der Nähe der Ketten und Seile geparkt, die sich wie die Stängel obszöner Pflanzen aus der dunklen Mitte der großen Halle erhoben. Joe und Ettie befanden sich dicht neben ihm, und neben *ihnen* wiederum – bedrohlich nahe – stand Teach in seinem Flickenmantel, den Degen locker in der Hand.

Scarlett rauschte in flottem Tempo durch die Halle und schwenkte den Laster erst im letzten Augenblick herum, legte den Rückwärtsgang ein und fuhr so an die vier Gestalten heran, dass sie auf die Tür zum Laderaum blickten. Anschließend stellte sie den Motor ab. In der jäh eintretenden Stille spuckte sie ihren Kaugummi aus, kramte den letzten Streifen aus der Tasche, faltete ihn zusammen und schob ihn in den Mund. Dann stieg sie aus.

Der Laster stand genau richtig. Die Gruppe wartete wie ein kleines erwartungsvolles Publikum im Halbkreis vor den Lastertüren. Scarlett ging an der Längsseite des Wagens vorbei auf die Wartenden zu und prägte sich dabei alles ein, was sich als überlebenswichtig erweisen konnte.

Vier weitere Brüder, die ihr vorher nicht aufgefallen waren, hatten sich entlang der Wand aufgebaut. Es waren Teachs Leibwächter, die Gesichter im Schatten ihrer flachen Schirmmützen verborgen. Auch ohne sie zu durchsuchen, wusste Scarlett, dass sie auf sämtliche Gliedmaßen verteilt ein ganzes Waffenarsenal bei sich trugen. Wenn es zum Kampf kam, würden sie die Waffen wirkungsvoll einzusetzen wissen.

Der Lampenschein fiel auf Teachs kahlen Kopf und Soames' breite Schultern. Teach wirkte auf unheilvolle Weise entspannt. Abgesehen von seinem Degen (der auf jeden Fall mehr als ausreichend war) trug er noch eine Pistole am Gürtel. Bei Soames konnte Scarlett keine Waffe oder dergleichen erkennen. Heute hatte er einen dunkelbraunen Anzug mit senfgelben Nadelstreifen und gelbem Einstecktuch gewählt. Seine fleischigen Hände ruhten auf den feisten Schenkeln. Auf einem ausladenden Knie stand ein kleiner, mit weißen und gelben Blumen verzierter Wecker.

Beide Zeiger standen fast auf der Zwölf.

»Mr Soames, Mr Teach.« Scarlett trat beschwingt in das beleuchtete Amphitheater und lächelte in die Runde.

»Du hast dich schon immer darauf verstanden, einen eindrucksvollen Auftritt hinzulegen, meine Liebe«, entgegnete Mr Soames.

»Stimmt.« Scarlett wandte sich von ihm ab. »Hallo, Ettie«, sagte sie. »Geht's dir gut?«

Die Kleine strahlte sie an. Sie wirkte weder überrascht noch verängstigt und schien sich einfach nur zu freuen, Scarlett wiederzusehen. Sie sah auch genauso aus wie vor Kurzem im *Wolfskopf*. Höchstens waren ihre Haare noch ein bisschen zerzauster, das Kleid noch schmutziger und zerschlissener. Zwischen verstreuten Papierbögen und einem Becher voller Stifte saß sie auf dem Boden und malte.

Anders als bei seiner Enkelin hatten die Strapazen der vergangenen Woche bei Joe ihre Spuren hinterlassen. War er gebeugter als vorher? Waren die Falten in seinem Gesicht tiefer geworden? Doch er ballte die knotigen Hände zu Fäusten und funkelte die Männer ringsum mit trotzig gerecktem knochigen Kinn an. Scarlett ging das Herz auf, als sie ihn so ruhig und würdevoll dastehen sah.

»Hallo, Joe«, sagte sie. »Ich hab's rechtzeitig geschafft.«

Der alte Mann nickte feierlich. »Daran habe ich nie gezweifelt.«

Sie lächelte ihn an.

»Auch wenn ich immer gesagt habe, dass du garantiert auf den letzten Drücker kommst.«

Scarlett räusperte sich. »*Äh* … na ja … wir wurden unterwegs ein paarmal aufgehalten.«

»*Aufgehalten?!*« Der alte Mann blähte die Nasenflügel, seine Augenbrauen sträubten sich. »Schau mal auf den Wecker! Es ist zwei Minuten vor zwölf! Viel knapper geht's ja wohl kaum!«

»Stimmt. Da hast du recht. Aber ich habe mein Bestes gegeben.«

»Dein Bestes war nicht gut genug! Diese Banditen haben mich schon für die Eulen fertiggemacht! Den ganzen Vormittag lang. Sie haben mich gewogen, mein Hemd mit Fleischsaft getränkt und sogar schon eine Kette für mich ausgesucht!«

»Das tut mir sehr leid, Joe«, entgegnete Scarlett, »aber jetzt bin ich ja da und hole euch raus.«

»Das will ich hoffen. Schließlich ist es *deine* Schuld, dass wir überhaupt hier gelandet sind.«

Scarletts Grinsen erlosch. »Jetzt komm mal runter, du alter Geier –«

Aus Soames' Sessel ertönte ein tiefes, dröhnendes Lachen, und seine dichten goldblonden Locken tanzten vor Vergnügen. »Ach ja, Familien! Immer wieder eine Herausforderung. Ich bin bloß froh, meine liebe Scarlett, dass du einen Ersatz für die Familie gefunden hast, die du verloren hast. Dieser abscheuliche alte Mann mag nicht jedermanns Fall sein, aber die Kleine ist wirklich entzückend.« Der Hemdkragen spannte sich über wulstigen Speckfalten, als er den großen rosigen Kopf in Etties Richtung neigte. »Wir beide haben uns wunderbar unterhalten. Natürlich nicht im herkömmlichen Sinn. Es war viel interessanter. Sie kommuniziert mit Bleistiftstrichen, mit Farbklecksen, mit dem Schwung und der Stärke einer Linie! Aber das wisst ihr ja sicher alles.« Soames' kleine, im Fett fast versunkene Augen blitzten hinter der goldgerahmten Brille auf. »Kurz gesagt, es wird mir schwerfallen, mich von der kleinen Ettie zu trennen. Doch die Zeit des Abschieds ist gekommen. Uns bleibt nur die Entscheidung, wie wir diesen gestalten. Womit wir bei *dir* wären, meine liebe Scarlett.«

Genauso einen blumigen, wortreichen Empfang hatte Scarlett erwartet. Sie nutzte die Atempause, um sich noch einmal die Positionen ihrer Gegner klarzumachen. Soames und Teach im inneren Kreis, die vier anderen Brüder weiter außen. Oben in der Kuppel lauerten die Eulen, darunter hingen die Kettenzüge. Und hinter Scarlett: der Laderaum des Lastwagens. Von den vier Leibwächtern abgesehen, war alles in unmittelbarer Reichweite. Besser ging es nicht. Was nicht heißen sollte, dass es dadurch *gut* war, aber es hätte auch deutlich schlechter sein können.

»Richtig«, sagte sie. »Aber bevor wir anfangen … wollen Sie den Wecker nicht ausstellen, Mr Soames? Wie Sie sehen, bin ich ja hier.«

Mr Soames lächelte vage. Er erwiderte nichts, sondern schaute nur auf sein Knie, wo der Wecker in diesem Moment losklingelte, wie durch Soames' Blick ausgelöst. Der Wecker tanzte zitternd über den breiten Oberschenkel und gab dabei ein blechernes Schrillen von sich. Es war ein seltsam unangenehmes Geräusch, und das verrückte Tänzchen des Zeitmessers hatte etwas Unheimliches. Scarlett, Joe, Ettie und sogar Mr Teach schauten fasziniert zu. Es war, als würde man den letzten Zuckungen eines tollwütigen kleinen Wesens beiwohnen. Man verspürte unwillkürlich den Drang, es von seinem Elend zu erlösen, indem man es mit einem Knüppel oder sonst wie zum Schweigen brachte.

Dann betätigte Mr Soames mit dem dicken Zeigefinger einen Hebel. Das Schrillen verstummte.

Er lächelte in die Runde. »Punkt zwölf Uhr mittags.«

Über ihren Köpfen raschelte es hektisch, ungeduldige Eulenrufe ertönten.

»Die Vögel wissen auch Bescheid«, ließ sich Mr Teach zum ersten Mal vernehmen. Seine Glatze glänzte im Schein der Bogenlampen weiß wie ein Totenschädel. Er blickte nach oben in den dunklen Glockenturm. »Sie wissen genau, was so ein Weckerklingeln bedeutet. Was danach passiert. Es weckt ihre Blutgier. Manchmal fallen sie sogar übereinander her.«

Scarlett ergriff wieder das Wort. »Ein Glück, denn mehr kriegen die Viecher heute nicht zu futtern. Als das Ding geklingelt hat, war ich schon hier.«

»Das ist die Wahrheit!«, rief Joe. »Ich kann es bezeugen.« Er klatschte in die Hände. »Ihr könnt Ettie und mich jetzt freilassen und alles andere ohne uns besprechen. Bleiben Sie ruhig sitzen, Soames. Wir finden allein raus.«

Doch als er sich zum Gehen wandte, hatte er sofort Teachs Degen an der Kehle. Soames beugte sich in seinem Rollstuhl vor, sein wuchtiger Oberkörper warf einen ausladenden Schatten. »Ja, du warst rechtzeitig hier, meine liebe Scarlett, aber was hast du uns mitgebracht? *Das* haben wir noch nicht geklärt. Du hast uns noch nichts aus der Begrabenen Stadt ausgehändigt, so wie wir es vor einer Woche ausgemacht haben. Und zwölf Uhr mittags ist leider schon um.« Er lächelte schief. »Somit ist es immer noch offen, wie diese Angelegenheit letztendlich ausgeht, meine Liebe.«

Scarlett erwiderte das Lächeln. »Und ich dachte schon, Sie würden ausnahmsweise mal fair sein.«

»Tja, das hängt *ganz* davon ab, was da drin ist.« Soames deutete mit ausholender Geste auf den Lastwagen. »Vielleicht verzeihen wir dir ja gleich deinen Verrat. Vielleicht zieht ihr in wenigen Minuten alle fröhlich eures Weges, nachdem euch Mr Teach mit Küssen und Glückwünschen verabschiedet hat.«

»Den letzten Teil würde ich lieber überspringen«, brummte Joe.

»*Oder* es kommt ganz anders«, fuhr Soames unbeirrt fort. »Wer weiß? Möchten Sie noch etwas ergänzen, Teach?«

»Allerdings.« Zu Mr Teachs Marotten gehörte, dass er seinen Degen, hatte er ihn einmal gezogen, nicht stillhalten konnte. Die rasiermesserscharfe Klinge glitt hin und her, kleine, präzise Bewegungen, als wollte sie schon einmal üben, jemandem das Herz zu durchbohren oder die Kehle durchzuschneiden. Auch jetzt zuckte die Klinge unruhig, wogegen der Mann selbst reglos wie Stein dastand. »Ich hätte eine Frage«, sagte er. »Wo ist der Junge?« Er sah Scarlett an. »Wo ist Albert Browne?«

Scarlett machte eine unbestimmte Handbewegung. »Albert? Der wartet draußen.«

»Warum?«

»Ein Entgegenkommen unsererseits. Wie Sie wissen, besitzt er gewisse … Fähigkeiten. Ich wollte nicht, dass Sie sich irgendwie von uns bedroht fühlen, schon gar nicht in diesem … heiklen Augenblick. Darum ist Albert ausgestiegen, und ich bin unbewaffnet gekommen.«

»Ich glaube dir kein Wort«, sagte Teach.

»Fragen Sie Walt. Albert ist wirklich draußen.«

In Soames' massige Gestalt kam Bewegung. Er schien mit einem Mal ungeduldig zu werden und blickte Scarlett über den Rand seiner Brille an. »Wenn du Walt, den Wachposten, meinst – den fragen wir jetzt bestimmt *nicht*. Außerdem interessiert uns der Inhalt dieses Lastwagens entschieden mehr als der Verbleib des Jungen. Wart ihr in Ashtown?«

»Wie Sie sehen.«

»Seid ihr in die Grabungsstätte eingebrochen?«

»Allerdings. Und wir haben die besten Stücke, die wir finden konnten, mitgehen lassen.«

»Ausgezeichnet!« Soames schnalzte zufrieden mit der Zunge und lehnte sich wieder zurück. »Ich muss zugeben, dass ich ein bisschen aufgeregt bin. Jetzt wird's spannend, stimmt's, Joe? Ganz großes Theater! Schwenken Sie die Fähnchen, Mr Teach, lassen Sie den Trommelwirbel ertönen. Die Bühne gehört dir, meine liebe Scarlett.«

Im Lauf der letzten Jahre hatte Scarlett beträchtliche Erfahrung darin erworben, wie man beschränkten, leichtgläubigen Städtern in sämtlichen Sieben Königreichen vorgeblich wertvolle Reliquien andrehte. Sie hatte die Kunst erlernt, ein Pokerface aufzusetzen und unter allen Umständen ein unbekümmertes Selbstbewusstsein zur Schau zu tragen. Die Situation hier war zwar ein bisschen anders – immerhin stand deutlich mehr auf dem Spiel –, aber *so* völlig anders auch wieder nicht. Darum blendete sie, als sie nun auf den Lastwagen zuging, die brutale Realität aus, nämlich die, dass keine der Kisten im Frachtraum etwas auch nur ansatzweise Begehrenswertes enthielt. Erde, Steine und allerhand Abfall vom Straßenrand, mehr war nicht drin – mit einer Ausnahme.

Sie spürte Joes bohrenden Blick im Nacken, spürte, dass Teach sie argwöhnisch beobachtete und auch Soames die kleinen Augen auf sie geheftet hielt.

Jetzt war Schauspieltalent gefragt. Scarlett öffnete mit dramatischer Geste den Riegel an den Laderaumtüren, riss sie weit auf und machte einen großen Schritt zur Seite.

Stille. Mr Teach pfiff langgezogen durch die Zähne, Mr Soames ruhte unbeweglich wie ein Berg auf seinem Stuhl.

»Ach du Scheiße!«, sagte Joe.

Scarlett warf einen Blick in den Frachtraum. Sie musste zugeben, dass die sieben Kisten im Drahtkäfig nicht so eindrucksvoll aussahen, wie sie gehofft hatte, schon gar nicht, nachdem sie dank der schwungvollen Fahrmanöver in der Halle durcheinandergerutscht waren. Nur die größte, schwerste Kiste stand noch an Ort und Stelle gleich hinter der Tür. Wenigstens war keins der Behältnisse aufgegangen. Das war schon mal was.

»Also«, sagte Soames gedehnt, »entweder schwitze ich vor lauter Vorfreude so, dass meine Brille angelaufen ist, oder dieser Laster ist halb leer. Was sagen Sie, Teach?«

»Nicht mal halb leer, Soames. Höchstes zu einem Drittel voll.«

»Und wie lautete die Abmachung?«

»Eine Lastwagenladung der erlesensten Schätze, die die Begrabene Stadt zu bieten hat.«

»Ganz recht.« Soames' großer Kopf war noch rosiger geworden. Er zog das Einstecktuch aus der Brusttasche und betupfte damit diverse Partien seines Gesichts. »Scarlett Josephine McCain«, begann er dann, »als du vor vielen Jahren zu uns kamst, warst du in großer Not. Machen wir uns nichts vor – du warst eine lebende Tote. Nur noch eine Woche, nur noch *ein Tag*, und du wärst entweder in einem Graben ertrunken oder auf dem Marktplatz gehängt worden. Wir haben dich bei uns aufgenommen, erinnerst du dich? Wir haben uns um dein leibliches Wohl gekümmert, wir haben uns um dein seelisches Wohl gekümmert. Wir haben dir Fertigkeiten beigebracht, die noch heute dein Überleben gewährleisten. Kannst du mir in die Augen sehen und mir wahrheitsgemäß versichern, dass dieses klägliche Häufchen zerschrammter Kisten einen solchen Aufwand rechtfertigt?«

Um ehrlich zu sein, konnte Scarlett das nicht, aber sie rang sich ein Lächeln ab. »Ach, die Anzahl der Kisten ist doch nicht so wichtig«, entgegnete sie leichthin. »Auf den Inhalt kommt es an. Und der besteht aus den wertvollsten Funden der Ashtown-Grube! Schaurige Gerätschaften aus alter Zeit, wundersamerweise erhalten und rostfrei! Sie werden über die Qualität staunen und angesichts des Wissens, das die Fundstücke sicherlich bergen, erschauern!« Sie legte den Kopf schief und deutete auf die größte Kiste.

Soames zuckte zusammen. »Wirf mir gefälligst keine Schmachtblicke zu, junge Dame! Davon wird mir übel.«

»Ganz Ihrer Meinung«, stimmte Teach ihm zu. »Als würde ein Wolf mit einem flirten. Und wie ein Hausierer brauchst du dich auch nicht aufzuführen. Wir sind keine Schwachköpfe, die vor einem Glaubenshaus Schlange stehen und sich von schönen Worten einlullen lassen.«

»Dann überzeugen Sie sich doch einfach selbst, dass ich die Wahrheit sage«, gab Scarlett unbeirrt zurück.

Im selben Augenblick war ein Geräusch unbestimmten Ursprungs zu vernehmen. Der Boden des Uhrensaals erbebte. Staubflocken rieselten wie schwarzer Schnee aus der Kuppel des Glockenturms.

Soames und Teach wechselten einen Blick. »Irgendetwas geht da draußen vor«, sagte Teach.

»Ich habe nicht die *leiseste* Ahnung, was das sein könnte«, sagte Scarlett mit einem flauen Gefühl im Magen. *Albert* ... Sie fuhr sich mit der Zunge über die trockenen Lippen.

Teach kniff misstrauisch die Augen zusammen. Er bohrte die Degenspitze in den Boden und stützte sich lässig auf den Griff. »Du willst uns doch nicht etwa reinlegen, oder, Mädel?«

»Wie käme ich dazu?«

»Dir ist alles zuzutrauen! Und deinem Freund da draußen auch. Der Junge führt nichts Gutes im Schilde.«

»Das hat nichts mit mir zu tun.«

»Hoffentlich«, sagte Soames. Aller Anschein von guter Laune war so lautlos von ihm abgefallen, wie die Staubflocken von der Decke schwebten. »Unsere Leute sehen gleich mal nach … Und *wir* hier haben genug geplaudert. Mr Teach, stellen Sie sich bitte neben Joe und Ettie. Wenn Scarlett die erste Kiste öffnet und der Inhalt nicht zu unserer Zufriedenheit ausfällt, seien Sie so gut und bringen den alten Mann um. Wenn es sich mit der zweiten Kiste ebenso verhält, machen Sie mit dem kleinen Mädchen kurzen Prozess. Anschließend werfen wir sie den Eulen vor und Scarlett begleitet sie nach oben in den Turm. Dann fang mal an, meine Liebe.«

»Mit Vergnügen.« Scarlett vermied es wohlweislich, Ettie anzusehen, doch als sie kurz Joes Blick auffing, sah sie die Verzweiflung darin. Sie drehte sich zu dem offenen Laderaum um, streckte die Hand nach der größten Kiste aus – und zog sie wieder zurück.

Teach hatte es beobachtet. »Warum machst du die größte nicht zuerst auf?«

»Weil sie den wertvollstes Gegenstand enthält. Den kostbarsten und seltensten. Den wollte ich mir bis zum Schluss aufheben.«

»Abgelehnt. Diese Kiste zuerst.«

Mit einer Andeutung von Widerstreben zerrte Scarlett die Kiste zu sich heran und über die Ladekante, sodass sie kippte. Sie war sehr schwer. Scarlett ließ das vordere Ende auf den Boden gleiten, sodass die Kiste jetzt zum Schreibtisch zeigend schräg am Laster lehnte.

Ganz sicher war sie nicht, doch sie glaubte, ein leises Scharren zu hören, eine kaum wahrnehmbare Vibration aus dem Inneren. Wegen der tickenden Uhren an der Wand und der summenden Bogenlampen vernahmen jedoch weder Soames und Teach noch sonst jemand das Geräusch.

Soames trommelte ungeduldig mit den Fingern auf sein Knie. »Was ist? Jetzt zeig schon!«

»Ich glaub ja nicht, dass da irgendwas drin ist«, brummte Teach.

»O doch, da ist etwas drin«, gab Scarlett zurück. »Das können Sie mir ruhig glauben.«

Der Deckel der langen schmalen Kiste hatte einen Griff, damit man ihn leichter abnehmen konnte. Der Griff war mit einem Vorhängeschloss gesichert. Scarlett kramte einen Schlüssel aus der Hosentasche, öffnete das Schloss, nahm es ab und ließ es auf den Boden fallen.

Dann packte sie den Griff und blickte in die Runde ihrer Freunde und Todfeinde.

Soames beugte sich mit offenem Mund erwartungsvoll vor.

Teach hielt Joe von hinten den Degen an den Hals.

Joe stand hager und unbewegt da.

Und Ettie? Ettie hielt im Malen inne und lächelte Scarlett an, den Buntstift in der kleinen rundlichen Faust.

Scarlett zwinkerte ihr zu.

Dann öffnete sie die Kiste.

Kapitel 23

Einfach stehen bleiben. Draußen stehen bleiben, während sie hineinfuhr. Es war mit das Schwerste, was Albert je hatte tun müssen. Das anschließende Warten-dass-der-Tod-zu-ihm-kam war vergleichsweise leicht.

Er stand am Ende der Straße, im Schatten der Mauer, und hörte, wie hinter ihm das Metalltor scheppernd wieder heruntergelassen wurde. Es krachte mit brutaler Endgültigkeit auf den Boden und schnitt ihn von Scarlett und seinen Freunden ab. Genau so hatte Albert es gewollt: Es machte die Sache für ihn einfacher.

Er betrachtete die Lagerhäuser auf beiden Seiten der Straße. Sie waren weder baufällig noch verwahrlost, aber sie waren krank – die Fenster waren schmutzig, die Farben verblasst. Überhaupt wirkte die ganze Stadt Stow abgespannt und müde. Albert musste unwillkürlich an die Gesichter in den Anstaltsräumen von Stonemoor denken. Niemand ließ sich auf der Straße blicken. Die sechs Bewaffneten hatten sich wieder ins Innere des Gebäudes zurückgezogen, nur der Wachposten in seinem Schaukelstuhl war noch da. Zumindest *ihm* schien es gut zu gehen. Er goss gerade aus der Thermosflasche eine gelbliche Suppe in seine Schüssel.

Albert schaute wieder über die Dächer der Stadt hinweg. Die Staubwolke zwischen den Feldern hatte sich in ein schwarzes Auto verwandelt, das auf den Hügel zubrauste. Ein Stück unterhalb des Tores verschwand es aus seinem Blickfeld. In fünf Minuten würde es da sei.

»Wem gehören diese alten Fabrikgebäude, Walt?«, fragte Albert.

Der Mann hatte einen Löffel aus der Tasche gezogen und stocherte damit in der Schüssel herum, als sei er über deren Inhalt erstaunt. »Na uns«, antwortete er. »Der Bruderschaft. Das sind Lagerräume und so.«

»Ist da jemand drin?«

»Nicht um diese Zeit. Das Morgengrauen ist für unsere Jungs die Geisterstunde. Da kommen sie nach Hause und gehen ins Bett.«

Albert nickte bedächtig. »Gut so. Ich treffe mich nämlich gleich mit jemandem. Hier auf der Straße. Vielleicht wollen Sie lieber reingehen. Oder sonst wohin, möglichst weit weg von hier.«

»Ist wohl ein vertrauliches Gespräch?« Der Mann schlürfte einen Löffel Suppe.

»So ähnlich.«

Der Mann nickte und salutierte mit dem Löffel. »In dem Fall werde ich selbstverständlich meinen Posten verlassen, mich nach drinnen verdrücken und Mr Soames' Tor unbewacht lassen, damit du ungestört dein Schwätzchen halten kannst. Gar kein Problem. Mach ich doch gern für dich, unbekannter junger Mann. Lass dir ruhig Zeit.«

Albert sah ihn an. »Wirklich?«

»Bei Shivas Schwester! Natürlich nicht! Was stimmt mit dir nicht? Verstehst du keine Ironie?«

»Nicht so richtig.« Albert lächelte verlegen. »Ehrlich gesagt konnte ich mit Ironie noch nie viel anfangen.«

Er trat vom Gehweg herunter ins volle Sonnenlicht und entfernte sich ein paar Meter vom Eingang. Dabei spürte er wieder, dass etwas in sein Bewusstsein eindrang. Es bewegte sich tastend, stöberte in seinen Gedanken wie ein hungriger Hund, der zwischen Mülltonnen herumschnüffelt. Und es wurde drängender. Albert versuchte gar nicht erst, es zu verscheuchen – er wusste, was es vorhatte. Es ortete ihn, wollte seine Absichten ergründen. Gut so. Er wollte aufgespürt werden.

Hinter ihm widmete sich der Posten wieder seiner Suppe. Man hörte den Löffel schaben, dann setzte das rhythmische Quietschen des Schaukelstuhls ein. Albert stand in Turnschuhen auf der staubigen Straße und ließ die Arme locker herabhängen.

Schatten sammelten sich in den Eingängen der Gebäude wie Schaulustige. Die Vogelschwärme waren von den Dächern verschwunden. Alles war verlassen. Kleine Staubwirbel tanzten in der Sonne, als tobten unsichtbare Kinder über die Straße.

Das Tasten in seinen Gedanken hörte urplötzlich auf. Es hatte sich vergewissert, dass er nicht weggehen würde, und zog sich zurück. Albert war wieder allein. Er dachte an Scarlett. Er stellte sich vor, wie sie im Hauptquartier ihrer Feinde den Uhrensaal betrat. Erneut spürte er den Drang, ihr zu folgen, ihr zur Seite zu stehen, wie es sich für einen richtigen Gefährten gehörte.

Doch dafür war es jetzt zu spät.

Der lange schwarze Wagen bog am anderen Ende der Straße um die Ecke. Er näherte sich vom Stadttor her und schien in der Mittagshitze zu flimmern und zu verschwimmen, als wolle er sich nicht auf eine endgültige Form festlegen. Die Hitze erstickte auch das Motorengeräusch. Das Auto fuhr schnell, bremste erst spät ab und kam zwei Gebäude weiter weg schlingernd zum Stehen. Schwarz und glänzend stand es auf der Straße, Staub stieg von den Reifen auf.

Albert wartete. Hinter ihm knarrte und quietschte der Schaukelstuhl des Wachpostens.

Agent Mallory stieg aus. Auch seine Silhouette flackerte und flirrte in der Hitze, zerfiel erst in zwei Teile, dann in drei, und setzte sich dann wieder zusammen. Er hatte nicht selbst am Steuer gesessen, dafür war er zu wichtig. Er warf die hintere Seitentür zu und ging ein paar Schritte. Dann fiel ihm offenbar etwas ein, denn er blieb stehen, machte kehrt und sprach durch das heruntergelassene Fenster mit dem Fahrer. Der warf sofort den Motor wieder an, wendete und fuhr zurück.

Der junge Mann stand allein mitten auf der Straße.

Albert und er musterten einander über den langen Asphaltstreifen hinweg. Der Agent schien die Ereignisse des vergangenen Abends ohne erkennbare Blessuren überstanden zu haben, nur sein Mantel war voller Brandlöcher, der Saum angesengt. Der leichte Wind wehte ihm die Haare ins Gesicht und ließ einen Mantelzipfel flattern.

Albert zupfte seinen Pullover zurecht und zog sich die Hose hoch. Irgendwann würde er sich einen Gürtel zulegen müssen. Er ließ die Finger spielen und lächelte schief.

»Da wären wir also«, sagte er.

Mallory kniff die Augen zusammen, legte die Hand ans Ohr und erwiderte etwas, das Albert nicht verstand.

»Wie bitte?«, fragte er.

»Ich habe nicht gehört, was du gesagt hast.«

»Ach so.«

Der Wachposten blickte von seiner Suppe auf. »Vielleicht gehst du ein Stück näher ran.«

Albert straffte sich und schritt langsam auf Mallory zu. Der Agent hatte sich auch ohne fremden Rat in Bewegung gesetzt und kam seinerseits näher.

Als nur noch zehn Meter sie trennten, blieben beide stehen.

»Schon besser«, sagte Mallory.

Seit ihrer Unterredung in der Zelle war es das erste Mal, dass ihn Albert richtig betrachten konnte. Und er musste zugeben, dass Scarlett recht hatte. Es war, als stünde man vor einem gesprungenen Spiegel. Mallory hatte etwas an sich, das Albert wiedererkannte, obwohl es ihn zurückschrecken ließ. Es war aber nicht der zu große Mantel oder das pomadisierte Haar, auch nicht das unbeeindruckte Grinsen, das nie aus dem Gesicht verschwand. Es waren die Augen. In ihnen brannte ein Feuer, das Albert nur allzu vertraut war. Es war ihm vertraut, weil es auch in ihm schlummerte.

Die Jahre in Stonemoor hatten dieses Feuer erzeugt – die Experimente, die Strafen, die Scham und die Schuldgefühle, die man ihnen eingeredet hatte. Das alles war Vergangenheit, doch das Feuer war geblieben, denn es brauchte keine Nahrung von außen. Es nährte sich aus sich selbst, aus Alberts Zorn und seinen inneren Qualen. Schon oft hatte er versucht, die Flammen in seinem Inneren zu ersticken, doch sie waren in Gestalt der Schlimmen Angst immer wieder aufgelodert. Mallory dagegen hatte sein Feuer im Griff. Er fütterte und schürte es und erfreute sich an seiner Hitze. Nach außen hin gab er sich unangreifbar und eiskalt, doch die Glut im Kerker seiner Selbstbeherrschung hatte sich ausgebreitet und jeden Quadratzentimeter seiner Persönlichkeit eingenommen. Das Feuer hatte alle Sanftheit, Leichtigkeit und Großzügigkeit verzehrt, die einst in ihm gewesen sein mochten.

Albert empfand großes Mitleid mit ihm.

»Das mit deinem Mantel tut mir leid«, sagte er. »Wie ich sehe, ist er ein bisschen angekokelt.«

»Es ist auch noch mein bester«, entgegnete Mallory grinsend. »Aber ich werde es überleben. Ich gebe zu, du hast mich gestern Abend ganz schön überrascht. Das mit dem Helm war ein echt guter Trick. Darauf war ich nicht gefasst. Und danach … das hätte ich dir nicht zugetraut.«

Albert nickte. »Ich bereue, dass ich so ein Chaos angerichtet habe. Hoffentlich ist inzwischen alles vorbei.«

»Von wegen!« Mallorys Lächeln verflüchtigte sich. »Wir haben die Panik niedergeschlagen und die Brände gelöscht, und zwei Gezeichnete liegen tot auf dem Platz. Der dritte konnte fliehen, aber den finden wir noch. Trotzdem hat sich die Lage keineswegs beruhigt. Das Problem ist, dass die Leute grundsätzlich beschränkt sind, Albert. Das ist dir vielleicht auch schon aufgefallen. Wären die Zuschauer nicht kopflos wie die Schafe durcheinandergerannt, hätte sich der Schaden in Grenzen gehalten – und ich hätte euch zu fassen gekriegt, bevor ihr über die Dächer entkommen konntet. Und jetzt sind die Bürger natürlich aufgebracht. Ihre Wut richtet sich genauso gegen den Hohen Rat wie gegen euch. Sie machen *uns* für den Vorfall verantwortlich.« Er schüttelte den Kopf. »Wirklich erstaunlich, wie viel Ärger zwei egoistische kleine Outlaws verursachen können.«

»Ihr hättet uns ja in Ruhe lassen können«, entgegnete Albert.

»Dafür macht ihr zu viel Scherereien.« Der junge Mann zupfte mit blassen Fingern seine Mantelaufschläge zurecht. »Hör zu. Wir wissen beide, wie das hier ausgeht, aber bevor du anfängst zu jammern und zu betteln, will ich ehrlich zu dir sein. Ich kann dich nicht noch einmal davonkommen lassen.«

Albert sah ihn groß an. »Bevor ich *womit* anfange?«

»Mit Jammern und Betteln. Damit, um dein Leben zu flehen. In der Zelle in Milton Keynes habe ich dir eine Chance gegeben. Aber das ist jetzt vorbei. Nach dem, was du gestern Abend veranstaltet hast, kannst du einen Waffenstillstand mit dem Hohen Rat vergessen. Du darfst natürlich auf die Knie fallen und die vierzehn Himmel um Gnade anrufen, aber das wird dir nicht mehr helfen. Tut mir leid.«

»Ich *will* überhaupt niemanden um Gnade anrufen«, gab Albert zurück.

»Nicht?« Mallory deutete auf die Straße und die Gebäude ringsum. »Ich dachte nur, weil du nicht wie sonst Hals über Kopf das Weite gesucht hast …«

Albert hob die Hand. »Ich habe absichtlich auf dich gewartet. Ich möchte dir ein Angebot machen.«

Eine kurze Pause. Dann musste Mallory lachen. Seine Augen verengten sich amüsiert. »Ach, daher weht der Wind! Sehr schön. Schade, dass wir diesmal keine Obstschale haben. Aber von mir aus – ich höre. In zehn Minuten kommt der Fahrer zurück. Was hast du mir denn anzubieten, Albert Browne?«

»Ganz einfach. Ich finde, du solltest dich mit uns zusammentun.«

»Mit dir und Scarlett?« Mallory lachte wieder. »Ich fühle mich sehr geehrt, aber … bist du sicher, dass sie überhaupt noch am Leben ist? Ich habe vorhin deine Angst gespürt, als sie da drin verschwunden ist. Was glaubst du, wie es ihr inzwischen ergangen ist?«

Das hätte Albert selbst gern gewusst. Er spürte die lastende

Stille des Gebäudes kalt im Rücken. Bestimmt war Scarlett inzwischen bei Joe und Ettie, öffnete gerade den Frachtraum des Lasters, holte die Kisten heraus …

»Scarlett kommt schon klar«, sagte er. »In ein paar Minuten ist sie wieder draußen, ganz bestimmt.«

Der versengte Mantel wellte sich, als Mallory die Hände in den Taschen vergrub. Er wiegte sich leicht hin und her. Die Sonne spielte auf seinen blank geputzten Schuhen. »Mir gefällt dein Optimismus«, erwiderte er. »Ich persönlich glaube, dass sie längst tot ist. Aber noch mal zu deinem Angebot – ich soll also auch Bandit werden?«

»Es geht nicht um ein Leben als Outlaw. Es geht um Freiheit. Ich möchte, dass du frei leben kannst, ohne die Glaubenshäuser und die Städte.«

Der junge Mann nickte. »Ich kann mir denken, welche Art Freiheit du meinst: Regenwasser aus Pfützen trinken, mit deinesgleichen unter den Sternen kampieren, Schlammratten über dem Lagerfeuer braten. Ein sorgenfreies Leben voller Elend und Entbehrungen führen, fernab der Zivilisation. Tja, ehrlich gesagt, reizt mich das nicht besonders.«

»Schlammratten schmecken gar nicht mal so schlecht«, erwiderte Albert, »wenn man sie vorher häutet und gut wässert. Aber du hast nicht verstanden, worauf ich hinauswill, Mallory. Überleg doch mal, für wen du arbeitest. Du warst doch bei der Ratssitzung in Milton Keynes dabei. Du hast gehört, was der Ratsherr gesagt hat. Er hat *uns beide* als Abweichler bezeichnet. Wie hast du dich dabei denn gefühlt?«

Der Agent zuckte die schmalen Schultern. »Ich war stolz. Stolz, weil ich ein Abweichler *bin* – ein Abweichler, dem es gelungen ist, seine dunklen Triebe zu beherrschen. Als ich nach

Stonemoor kam, war ich ein Ungeheuer. Ich wurde umerzogen und neu geschaffen. Aus dem bösen Kind wurde ein besserer Mensch. Aber darüber haben wir uns ja bereits unterhalten, und du, mein Freund, hast die Gelegenheit ausgeschlagen, dich mit *mir* zusammenzutun. Zum Trost darf ich dir sagen, dass Stonemoor demnächst wieder einen Schwung vielversprechender junger Leute entlässt. Ich werde also nicht lange allein bleiben.«

Albert überlief es kalt. »Du meinst, noch mehr Kinder wie uns?«

»Wie *du* hoffentlich nicht! Mit ein wenig Glück werden sie zu geachteten Mitgliedern der Gesellschaft und schließen sich mir an. Dann können wir uns gemeinsam um alle Probleme kümmern, die unsere Städte heimsuchen. Gezeichnete, Abweichler … und Kriminelle wie der verpennte Bruder da oben.«

Er deutete über Alberts Schulter. Der Posten hatte aufgegessen, die Hände über dem Bauch gefaltet und den Kopf zurückgelegt. Er genoss die Mittagssonne. Die Augen waren ihm zugefallen, der Stuhl schaukelte sacht.

»Nicht *er* ist das Problem«, erwiderte Albert, »sondern du. Denn du machst dir etwas vor. Aus dir wird nie ein geachtetes Mitglied der Gesellschaft, begreifst du das denn nicht? Genau darum geht es doch. Die Paten verabscheuen und fürchten dich.«

»Das stimmt. Allerdings. Und zu Recht. Ich verabscheue und fürchte mich ja selbst.«

»Das kann nicht gesund sein! Nur darum erledigst du für sie die übelste Drecksarbeit, für die sie selbst zu schwach sind, und nur darum dulden sie dich! Aber sobald du ihnen nicht mehr nützlich bist, ist damit Schluss. Dann schicken sie dich zum Galgen, so wie mich.«

Der Mantelsaum des Agenten flatterte. Die Luft um ihn herum kräuselte sich. Zum ersten Mal zeigte sich Wut auf seinem Gesicht.

»Du weißt, dass ich recht habe«, sagte Albert.

»Unsinn.« Mallorys Ton war plötzlich scharf. »*Du* wurdest zum Galgen verurteilt, Albert, weil du ein Verbrecherleben führst. *Das* ist die Wahrheit, die du dir nicht eingestehen willst. Unsere Königreiche sind getrennt und zerfallen, die Obrigkeit muss für Recht und Ordnung sorgen. Denn was geschieht sonst? Sonst gedeihen überall Diebesbanden, die Städte bekämpfen einander, und die Gezeichneten überrennen alles. Solche wie du und ich haben in der Vergangenheit großes Unheil angerichtet. Die Aufgabe der Glaubenshäuser besteht darin, dafür zu sorgen, dass so etwas nicht wieder vorkommt. Gemeinsam mit ihnen habe ich diese Verantwortung auf mich genommen. Du nicht. Und deshalb stehen wir jetzt hier.«

Albert spürte, wie ihn eine Kraft streifte. Nicht besonders heftig, aber doch so, dass er einen Schritt zurückwich. Aber er holte tief Luft, richtete sich hoch auf und wehrte die Welle ab. »Und was ist mit eurer *anderen* Verantwortung?«, fragte er. »Der Verantwortung gegenüber euresgleichen, gegenüber den Schwachen und Wehrlosen, den hilflosen Kindern, denen, die aus den Städten verbannt werden?«

Mallory lachte verächtlich auf. »Für *die* sind wir nicht verantwortlich! Um zu überleben, brauchen wir eine *starke* Gesellschaft. Beschädigte und Abweichler haben darin keinen Platz. Sie müssen erbarmungslos ausgesondert und vertrieben werden. Darum gibt es ja Käfige und Strafpfähle. Eine altbewährte Tradition, die dazu beiträgt, dass – Sag mal, *weinst* du etwa?« Er verzog das Gesicht. »Ja, du weinst!«

Alberts Blick war tatsächlich ein bisschen glasig geworden. Einen Augenblick lang war er woanders. Er saß wieder neben Scarlett in der Zelle und hörte ihre Geschichte. Er stand neben ihr in der Sonne und starrte auf die leeren Strafpfähle … Auf einmal empfand er überwältigendes Mitleid – nicht nur mit Scarlett und ihrem Bruder, sondern auch mit sich selbst und Mallory. Sie alle waren verlorene Kinder. Er holte tief Luft und wischte sich mit dem Pulloverärmel übers Gesicht. »Ich kann dir sagen, was passieren wird«, wandte er sich mit belegter Stimme wieder an Mallory. »Eines Tages kommen sie dich holen. Sobald sie keine Verwendung mehr für dich haben. Sie werden nachts kommen, unangekündigt, und sie werden viele sein. Du bist für sie der Feind unter dem eigenen Dach. Und dann kann dir auch deine Gabe nicht mehr helfen.«

Sie sahen einander an. Oben auf dem Laufgang hatte der Schaukelstuhl angehalten. Walt, der Wachposten, schnarchte leise.

»Na schön«, erwiderte Mallory schließlich. »War ein nettes Gespräch. Aber viel mehr gibt es nicht zu sagen, oder?«

Er hob den Zeigefinger. Ein gelber Stein erhob sich aus dem Straßenstaub, schwirrte wie ein Kolibri flink heran und knallte gegen Alberts Schläfe.

Albert schnappte nach Luft und wäre beinahe hingefallen. Als er sein Gesicht betastete, spürte er Blut.

»*Ich bitte dich!*«, sagte er eindringlich. »Wir müssen das nicht tun, Mallory.«

Der Agent schwieg und schaute auf die andere Seite der Straße. Eine Holzlatte, die an einem Lagerhaus gelehnt hatte, erwachte in bösartiger Absicht zum Leben. Sie schoss plötzlich vorwärts und wirbelte durch die sonnenhelle Luft. Albert ließ sich auf alle viere fallen. Die Latte zischte über seinen Kopf hinweg und grub sich in die Erde.

»Wir *müssen* das nicht tun.« Alberts Pullover war hochgerutscht. Er richtete sich leicht wacklig wieder auf und spuckte Staub aus, den er in den Mund bekommen hatte. »Wir beide sind nicht so verschieden. Du tust dir damit genauso weh wie mir.«

»Und *du* redest dummes Zeug«, erwiderte Mallory schroff. »Und wieso eigentlich *wir? Du* tust hier überhaupt nichts. Du hast alle deine Kräfte gestern Abend auf dem Henkersfest verbraucht. Du kannst von Glück reden, dass du deine Freunde nicht gleich mit umgebracht hast. Und jetzt hast du nichts mehr, womit du dich verteidigen könntest. Du hättest lernen sollen, deine Kräfte präzise einzuteilen – so wie ich.«

Fünf weitere Steine stiegen vom Straßenrand auf, schwebten ungeduldig bebend drei Meter über dem Boden. Albert betrachtete sie. Auch er konnte Steine mittels Gedankenkraft bewegen. So wie am Luftschacht der Grube von Ashtown, an jenem friedlichen Abend vor wenigen Tagen. Doch da war alles ruhig gewesen, auch er selbst. Jetzt dagegen …

»Blütenblätter schweben lassen kann jeder«, sagte Mallory spöttisch. »Mal überlegen … mit welchem Stein soll ich dir den Schädel einschlagen? *Ene, mene …*«

Albert biss die Zähne zusammen und strich sich die blutverklebten Locken aus dem Gesicht. Wut stieg in ihm auf, schoss wie ein Windstoß aus ihm heraus –

– und ließ die Mantelschöße des Agenten flattern und seine Haare sanft nach hinten wehen. Mallory geriet nicht mal ins Wanken. Er blickte zu Boden, wo sich kleine Staubwellen kraftlos an seinen Schuhen brachen. »Hat dieses Lüftchen etwas mit dir zu tun?«

»Könnte sein.«

»Also ehrlich! Was für eine lahme Vorstellung! Hättest du dich in Selbstdisziplin geübt, wärst du jetzt nicht derart schwach. Dann wärst du auch zu *so etwas* in der Lage.«

Die Steine sausten in schrägem Winkel heran, stießen auf Albert herab. Dem ersten konnte er noch ausweichen, doch die übrigen trafen ihn und ließen ihn vor Schmerz aufschreien. Instinktiv riss er seine Hand hoch. Ein kräftiger Wirbel traf das Kinn des Agenten, sodass sein Kopf nach hinten flog.

»Lass das!«, sagte Albert.

Mallory wich einen Schritt zurück und rieb sich den Nacken. »*Aua.* Das war schon besser, wenn auch immer noch ziemlich zaghaft. Na los, Mann, streng dich ein bisschen an!«

Er richtete den Blick auf ein Gebäude gegenüber und zeigte auf dessen Tür.

Verzweiflung überkam Albert. Zum Nachdenken war keine Zeit. »Hör auf damit, Mallory! Du und ich, wir sind gleich!«

»Dann beweise es mir.« Mühelos hob Mallory die Tür aus den Angeln und ließ sie waagerecht über die Straße schlittern. Albert parierte mit einer hektischen Handbewegung. Die Tür sauste an ihm vorbei und durchschlug die Ziegelwand auf der anderen Seite. Die Wand stürzte ein, ein Stück Dach rutschte seitlich weg. Ziegelsteine und Holzbalken polterten auf die Straße.

Der Wachposten auf dem Laufgang schreckte mit einem Schrei aus dem Schlaf, setzte sich im Schaukelstuhl auf und sah sich panisch um. Albert seinerseits betrachtete ungläubig seine Hand.

»Endlich kommen wir der Sache näher!«, rief Mallory ihm zu. »Das war cool abgewehrt. Wie hast du das gemacht?«

»Weiß ich selber nicht.«

»Das ist dein Problem. Du schreckst vor dem zurück, was du vermagst. Du verdrängst es. Mach es wie ich – entspann dich und akzeptiere deine dunkle Seite.«

Er schnippte mit den Fingern. Ein Balken löste sich aus dem Schutt und schoss auf Albert zu. Albert riss den Arm hoch. Der Balken vollführte eine Neunzig-Grad-Wende und nahm Kurs auf den Agenten. Mallory warf sich zur Seite. Der Balken sauste an ihm vorbei und bohrte sich wie ein Speer in den Straßenbelag.

Mallorys Augen leuchteten – er strahlte Albert förmlich an. »Du wirst immer besser! Die Grundlagen beherrscht du auf jeden Fall, auch wenn du dir immer noch zu viele Gedanken darüber machst! Aber das ist alles Kinderkram. Wie wär's mit etwas Raffinierterem?«

Sein Blick wanderte an Albert vorbei durch den aufgewirbelten Staub bis zu dem Posten hinüber, der sich auf Zehenspitzen davonstehlen wollte.

»Nicht!«, sagte Albert erschrocken. »Bitte tu das …«

Holz scharrte über Holz. Der Schaukelstuhl schoss über den Laufgang, rammte sich unter den Hintern des Postens, der vor Angst und Schmerz aufschrie, rutschte noch ein Stück weiter und erhob sich dann mitsamt dem Mann in die Luft.

»Bitte lass ihn wieder runter, Mallory!«

»Bei so was muss man sich *richtig* konzentrieren«, entgegnete Mallory. Der Schaukelstuhl schrammte haarscharf am Tor vorbei, flog eine Kurve und sauste auf Albert zu. »Na, kannst du ihn abfangen? Kannst du ihn zum Anhalten bringen? Kannst du ihn wohlbehalten landen lassen?«

Der Schaukelstuhl fegte dicht an Alberts Kopf vorbei. Er erhaschte einen kurzen Blick auf Walts verstörtes Gesicht, auf die um die Armlehnen geklammerten Hände. Mallory schnippte wieder mit den Fingern. Der Stuhl schoss nach oben über das nächstbeste Dach, dann stürzte er irgendwo dahinter ab. Man hörte einen dumpfen Aufschlag.

»Nein«, stellte Mallory lächelnd fest. »Anscheinend nicht.«

Albert stand reglos da. Kalter, weiß glühender Zorn stieg in ihm auf, fuhr ihm durch alle Gliedmaßen, durch Mark und Bein. Es war aber nicht wie sonst die Schlimme Angst, sondern eine eisige Entschlossenheit, die sich aus moralischem Abscheu speiste. Das war etwas Neues. Der Zorn war da, aber Albert selbst blieb trotzdem ganz ruhig. »Der Mann ist tot«, sagte er.

»Wahrscheinlich. Es sei denn, er ist an einer Wäscheleine hängen geblieben und in einer ausgeleierten Unterhose gelandet.«

»Du hast ihn umgebracht.«

»*Umgebracht?* Ach, komm schon! Er war einer von den Brüdern! Ein Dieb! Und selber ein Mörder. Hast du seine Gedanken nicht gelesen?«

»Nein.« Albert konnte kaum sprechen. »Ich kannte nur seinen Namen.«

Er wandte den Kopf, blickte dorthin, wo die Ziegel des eingestürzten Dachs auf der Erde lagen. Albert sah sie an und bewegte die Augen. Die Ziegel lösten sich erst vom Boden, dann sausten sie wie Geschosse auf den Agenten zu. Sie zerschellten zwar an der unsichtbaren Mauer, die Mallory umgab, aber er zuckte trotzdem zurück und war kurz in eine rötliche Staubwolke gehüllt. Der Staub legte sich. Der Agent stand wieder aufrecht da und klopfte sich den Mantel ab. Er blutete ein bisschen an der Stirn, wo ein Ziegelsplitter bis zu ihm durchgedrungen war. Er befühlte die Stelle und warf einen flüchtigen Blick auf seine Fingerkuppen.

»Nicht schlecht«, sagte er.

Albert hatte den Blick schon wieder auf die Straße gerichtet. Ganz ruhig und völlig leidenschaftslos versuchte er, sie in Bewegung zu versetzen. Der Belag brach auf, in der Straßenmitte bildete sich ein Riss wie auf einem frisch gebackenen Kuchen. Der Riss kroch rasch in Mallorys Richtung. Der Asphalt wölbte sich und löste sich vom Boden, und der Agent sprang beiseite, um nicht emporgetragen zu werden. Dabei stolperte er und fiel hin. Albert ging auf ihn zu und schälte den Asphalt vor sich wie eine Orangenschale vom Untergrund, bis er wie eine stumpfgraue Welle über dem Agenten aufragte.

Mallory setzte sich auf und entfesselte eine Kraftwelle. Sie zertrümmerte die Asphaltbahn und fegte Albert nach hinten. Obwohl er ebenfalls einen Schutzschild um sich errichtet hatte, wurde er sechs, sieben Meter zurückgeschleudert. Er prallte mit dem Rücken gegen die Wand des Bruderschaftsgebäudes und wurde in den Verputz gedrückt.

Er musste ein paarmal blinzeln, um wieder einigermaßen klar sehen zu können. Weiter hinten auf der Straße versuchten zwei seltsam verschwommene Agenten, wieder auf die Beine zu kommen. Ihre Gesichter waren blass und ungewöhnlich ernst, ihre Frisuren ruiniert. Sie richteten ihre schmutzigen Mantelärmel.

Albert schüttelte noch einmal den Kopf und sah wieder scharf. Dann löste er sich mit einem Ruck von der Mauer und landete auf dem Gehweg.

»Ich möchte mich bei dir bedanken, Mallory«, sagte er. »Du hast mir wunderbar gezeigt, wie man sich konzentriert. Ich glaube, jetzt habe ich es verstanden. Ich bin viel entspannter. Ich bin mit mir selbst im Reinen. Aber du hast auch einen entscheidenden Fehler gemacht.«

Er hob die Hand, und die Wand hinter ihm wölbte sich bedrohlich nach außen. »Ich wollte einem Zweikampf mit dir nicht aus dem Weg gehen, weil ich *schwach* bin. Ganz im Gegenteil. Meine Gabe ist zu *stark*, und du hast sie entfesselt. Und jetzt … jetzt musst du dir wohl etwas einfallen lassen.«

Er schnippte mit den Fingern. Metall ächzte, Ziegel splitterten. Albert schritt gelassen durch Schutt und Staub und zog dabei die gesamte Fassade des Gebäudes hinter sich her.

Kapitel 24

Noch während sie den Gezeichneten aus der Kiste befreite, hatte Scarlett keine Ahnung, wie es weitergehen sollte. In dieser Gleichung gab es zu viele Unbekannte – angefangen mit dem Gezeichneten selbst. In welche Richtung würde er aus der Kiste springen? Würde er überhaupt herausspringen? Die Gezeichneten waren für ihre Zähigkeit berüchtigt, aber dieser hier war bereits angeschossen worden, von einem hohen Dach gestürzt und zwölf Stunden lang in ein nicht allzu geräumiges Behältnis gezwängt gewesen. Gut möglich, dass diese Kombination seine unbändige Wildheit gedämpft hatte. Wenn er zögerte, ausrutschte oder einfach nur benommen liegen blieb, so wie am Abend zuvor, als Albert und sie ihn hastig in die Kiste gesperrt hatten, dann gab es mehr als genug Umstehende, die ihm ohne Weiteres den Garaus machen würden – und Joe, Ettie und Scarlett gleich mit.

Doch ihre Bedenken erwiesen sich als überflüssig. Es war fast so, als hätten sie das Ganze mit dem Gezeichneten geprobt. Kaum war der Deckel offen, geriet der Inhalt in explosiven Aufruhr. Mit hasserfülltem Kreischen schnellte die weißgliedrige Gestalt aus ihrem Gefängnis. Als der Gezeichnete vor sich Mr Soames' Rollstuhl erblickte, stürzte er sich mit gefletschten

Zähnen und ausgefahrenen Krallen auf den Insassen. Und zwar mit solchem Schwung, dass der Rollstuhl nach hinten davonsauste, gegen den Schreibtisch knallte und umkippte. Einen Sekundenbruchteil lang sah man zwei pralle, nadelgestreifte Schenkel unter dem Angreifer strampeln, doch alles ging so schnell, dass Soames nicht mal mehr schreien konnte.

Auch Scarlett hatte sich in Bewegung gesetzt – fast so flink wie der Gezeichnete. Allerdings schlug sie eine andere Richtung ein. Er hatte einen großen Satz gemacht – sie dagegen duckte sich tief und nutzte das allgemeine Entsetzen aus, das alle anderen lähmte. Ihr Ziel war Mr Teach. Ehe er reagieren und sich entscheiden konnte, ob er lieber Joe töten, Soames beistehen oder Scarletts Angriff abwehren sollte, hatte sie ihm schon den Kopf in den Magen gerammt. Sein Degen flog durch die Luft, Teach brach röchelnd unter Scarlett zusammen. Blitzschnell zog sie ihm die Pistole aus dem Gürtel und rollte sich von ihm weg. Mit der linken Hand fing sie den Degen auf. Jetzt hatte sie zwei Waffen. Sie war wieder auf den Beinen und drehte sich zu Joe um.

Man musste dem alten Mann lassen, dass er ebenfalls nicht untätig blieb. Gerade hob er Ettie auf und packte sie sich unter den Arm. Er sah Scarlett fragend an. »Zum Laster?«

»Du hast's erfasst.« Scarlett hob die Pistole und schoss auf einen der vier Leibwächter, der an der Wand des Uhrensaals stand und sie ins Visier genommen hatte. Teach krümmte sich immer noch keuchend am Boden. Doch als sie die Pistole senkte, um ihn zu erledigen, bebte der Raum auf einmal unter zwei gewaltigen Erschütterungen von außen. Der Fußboden schien wegzukippen, der ganze Hügel, auf dem das Gebäude stand, erzitterte. Scarlett verlor das Gleichgewicht und fiel auf die Knie. Uhren purzelten aus den Regalen, die drei Bogenlampen über

Soames' Schreibtisch stürzten um. Zwei gingen kaputt und erloschen, die dritte blieb unversehrt. Ihr Schein ergoss sich wie geschmolzene Butter über den Boden und ließ die Dunkelheit ringsum noch finsterer wirken. Scarlett hörte die Schreckensschreie der Männer, das Rattern und Klingeln zerbrochener Uhren und das Zuschnappen des Gezeichneten.

Sie rappelte sich auf und schwenkte den Pistolenlauf herum. Zu spät – Teach war weg. Joe torkelte mit Ettie in Richtung Lastwagen, Scarlett rannte hinterher. Das Gebäude bebte erneut unter kleineren Erschütterungen, der Eulenturm hoch über ihnen bekam einen Riss. Ein dünner Strahl Tageslicht fiel wie eine Lanze vom Rand der Kuppel herein, bohrte sich durch die körnige Dunkelheit und verlor sich auf halber Höhe an der Wand. Jetzt war auch das Innere des Turms undeutlich zu erkennen. Scarlett sah das obere Ende der Ketten matt schimmern – und ein Gitterwerk aus dicken Balken, auf denen riesige fahle Umrisse aufgescheucht mit den Flügeln schlugen und vor dem Licht zurückwichen.

Joe erreichte den Lastwagen. Scarlett lag mit gezücktem Degen und schussbereiter Pistole gleichauf.

An der gegenüberliegenden Seite des Saals hörte man jemanden wegrennen. Ein geduckter weißlicher Umriss sprang über eine umgekippte Bogenlampe und war nicht mehr zu sehen. Dann schrie jemand gellend.

Teach brüllte Befehle: »Türen abriegeln! Sofort! Sperrt das Monster ein!«

»Du musst fahren, Joe.« Scarlett riss den Wagenschlag auf. »Ich gebe uns von hinten Deckung. Halte auf die große Tür an der hinteren Wand zu, dort, wo der Lichtschein ist. Siehst du, welche Tür ich meine? Wenn sie versperrt ist, bretterst du einfach durch.«

Joe hatte die Arme um Ettie gelegt und schützte mit einer Hand ihren Kopf. »Das Erdbeben gerade –«, sagte er.

»Ich glaube, das war Albert.«

»Aber was –«

»Das wissen die Götter. Fahr einfach zum Ausgang – *falls* es dort noch nach draußen geht.«

Joe nickte und setzte Ettie auf den Beifahrersitz. Dann kletterte er hinters Steuer und inspizierte mit zusammengekniffenen Augen die Armaturen. Scarlett machte kehrt und lief nach hinten zum offenen Lastraum. Dabei wäre sie beinahe mit einem der Brüder zusammengestoßen. Er ging mit einem Stockdegen auf sie los, aber sie wich aus, und die Klinge bohrte sich tief in die Innenseite der Wagentür. Als sie ihm Teachs Degen ins Bein rammte, ging er aufheulend zu Boden.

Scarlett verpasste der Kiste, in der der Gezeichnete gesteckt hatte, einen Tritt und sprang auf die Ladefläche. »Fahr los, Joe!«, rief sie in Richtung Führerhaus.

»Ich hab noch nicht richtig raus, wie das alles hier funktioniert –«, schallte es zurück.

»Fahr einfach!«

Der Motor sprang stotternd an. Aus der Dunkelheit der Halle ertönte eine Salve unkontrollierter Schüsse – irgendwer ballerte in Todesangst um sich. Ein Mann stürmte durch den Raum und war im nächsten Augenblick wieder verschwunden. Scarlett hörte den Gezeichneten kreischen. Sie knallte eine der beiden Türen zu und hockte sich mit gezückter Pistole hinter die andere.

Der Motor tuckerte zwar, aber nur im Leerlauf.

»Was treibst du da, Joe?«, rief sie. »Spielst du an den Blinkern rum oder was? Wir müssen hier weg!«

Der Motor röhrte auf, der Lastwagen fuhr mit einem Ruck an. Scarlett suchte an der Tür Halt.

»Gut so! Weiter!«

Joe gab Gas, und sie schlingerten im Zickzack durch die Halle. Eine schlanke, kahlköpfige Gestalt löste sich aus der Dunkelheit, ihr Mantel flatterte wie Schattenfetzen. Der Mann hatte eine Pistole und gab sechs Schüsse ab. Die Kugeln prallten jaulend von der Tür ab, hinter der Scarlett stand, und hinterließen eine schnurgerade Linie aus kleinen Dellen. Scarlett erwiderte das Feuer, schoss aber nur ein einziges Mal. Teachs Bein knickte weg, er kippte rücklings um. Scarlett grinste flüchtig und machte sich daran, die zweite Tür zu schließen. Im selben Augenblick fuhr der Laster über ein Hindernis und schleuderte auf den beiden linken Reifen weiter. Vorn wurde knirschend geschaltet, der Motor heulte. Scarlett verlor das Gleichgewicht. Sie fiel nach hinten – und aus dem noch halb offenen Laderaum.

Sie landete unsanft auf dem Betonboden, rollte ein Stück weiter und blieb mit dem Gesicht nach unten liegen.

Rasch hob sie den Kopf und pustete sich das Haar aus den Augen. Joe hatte wieder beschleunigt. *Gut so.* Er nutzte seine Chance. Die Brüder waren noch dabei, den Ausgang ins Freie abzuriegeln. Der Laster scherte kurz aus, warf einen Bruder um und streifte einen zweiten – und war im nächsten Augenblick tatsächlich draußen. Die erschrockenen Männer warfen die Tür zu, dann hörte Scarlett, wie sie verriegelt wurde.

Schwerfällig kam sie wieder auf die Beine. Ihre Schulter pochte schmerzhaft, ihre Ohren klingelten, sie hatte Blut im Gesicht. Den Degen hatte sie verloren, aber die Pistole war noch da.

Na schön. Jetzt musste sie sich nur noch um sich kümmern.

Inzwischen waren sämtliche Türen verriegelt. Im Uhrensaal

war es sehr dunkel. Der Lichtstrahl aus der aufgerissenen Kuppel reichte nicht bis dorthin, wo Scarlett stand. Nur die umgestürzte Bogenlampe spendete zusätzliches Licht, doch sie lag ein ganzes Stück entfernt und ergoss ihren flackernden, ersterbenden Schein über den Boden. Scarlett erblickte ein Gewirr aus Kabeln ganz in der Nähe, außerdem die Kante von Soames' Stuhl, einen seiner Schuhe sowie einen dunkelroten Fleck, der sich auf dem Boden ausbreitete … Das war alles.

Sie stand reglos da und spitzte die Ohren. Es war warm. An der Wand tickten ein paar unversehrte Uhren. Im Dunkeln ächzte, schnaufte und scharrte es … man hörte es knurren und schmatzen, hörte sterbende Männer wimmern und röcheln. Es war wie im Magen eines riesigen Raubtiers.

Wobei das, was draußen vor sich ging, nicht *unbedingt* die bessere Alternative zu sein schien. Immer wieder rumste und dröhnte es so gewaltig, dass die ganze Kuppel wackelte. Fast hätte man glauben können, die Große Verheerung sei wieder ausgebrochen.

Scarlett verzog das Gesicht. Albert machte es seinem Gegner offenbar nicht leicht. Immerhin.

Aber wie kam sie selbst jetzt hier raus?

Sie warf die Haare zurück und fluchte leise vor sich hin, denn das half ihr meistens beim Nachdenken. Es klappte auch diesmal. Die Tür hinter dem Schreibtisch, die zu Soames' Privatgemächern führte, fiel ihr ein. Vielleicht hatten die Männer ja vergessen, sie ebenfalls abzuschließen.

Sie schlich geräuschlos durch die düstere Halle, doch das Erste, worauf sie stieß, war nicht die Tür, sondern Mr Teach. Er lag auf dem Rücken, unweit der Stelle, wo sie ihn angeschossen hatte. Hinter ihm ragte ein Haufen Schutt auf, der vermutlich aus der Kuppel stammte. Teachs Kopf lehnte an einem Ziegelstein. Die Schusswunde an seinem Oberschenkel blutete stark, die Flicken seines Mantels schimmerten feucht. Seine schwarzen Augen glitzerten im Dunkeln und blickten Scarlett entgegen.

Scarlett ging neben ihm in die Hocke – aber nicht zu dicht. Die Pistole hielt sie schussbereit gezückt.

»Tja«, sagte sie.

»Tja.« Wie Scarlett sprach auch Teach im Flüsterton, um nicht auf sich aufmerksam zu machen. Er hob mühsam den Kopf und schaute sich um. »Ich glaube, das Monster frisst gerade meine Kollegen, darum haben wir kurz Zeit. Wo ist mein Degen?«

»Hab ich verloren.«

»Wie bitte? Du hattest ihn doch höchstens zwei Minuten! Dann gib mir meine Pistole.«

»Warum sollte ich?«

»Damit ich mich erschießen kann, wenn mich dein Schoßtierchen entdeckt.«

»Geht leider nicht. Wie komme ich am besten aus diesem Saustall raus?«

Als Teach zynisch grinste, straffte sich die Haut über seinen Wangenknochen. »Gar nicht. Alle Türen sind verriegelt. Du sitzt in der Falle.«

»Erzählen Sie mir nichts. Für Situationen wie diese haben Sie und Soames bestimmt einen Notausgang.«

»Offen gestanden haben wir nie mit einer Situation wie *dieser* gerechnet. Ein lebendiger Gezeichneter, der in einer Kiste hier eingeschleust wird? Und gleichzeitig demoliert jemand unser Hauptquartier von außen? Du musst zugeben, dass so was nicht alltäglich ist.« Sein Husten ging in Röcheln über. »Ach, Scarlett … als Carswell dich vor all den Jahren hierhergebracht hat, wusste ich gleich, was in dir steckt«, sagte er. »Du warst ein abgerissenes, lädiertes Häufchen Elend, aber da war so viel Feuer in dir. So viel Einfallsreichtum. In diesem Punkt hast du meine Erwartungen sogar noch übertroffen.«

Der Boden bebte, von der Decke rieselte Staub. Draußen krachte es wieder, aber nicht so ohrenbetäubend laut wie vorher. Was immer dort geschehen mochte, ging dem Ende zu.

»Was in aller Welt *treibt* dein Freund da?«, sagte Teach. Er versuchte, sich aufzurichten, fiel aber wieder zurück. »Armer Soames. Er hatte keine Ahnung, wozu ihr beide fähig seid. Ich hab's ihm gesagt. Ich habe ihn gewarnt. Ich hätte schon neulich an der Kreuzung beim *Wolfskopf* kurzen Prozess mit euch machen sollen.«

»Ja. Stimmt.« Scarlett stand auf. »Na dann. Man sieht sich.«

Der dunkle Blick wanderte von ihrem Gesicht zu der Waffe in ihrer Hand. »Willst du mich denn nicht erschießen? Mach nicht den gleichen Fehler wie ich. Jetzt hast *du* die Chance, die Sache zu Ende zu bringen.«

Scarlett spähte in die Dunkelheit, wo etwas Ungeheuerliches zwischen den toten Männern umherhuschte. »Ich finde, ich habe die Sache ganz gut zu Ende gebracht. Außerdem bin ich nicht wie Sie. Deshalb lautet die Antwort: Nein.«

Der Mann lachte. »Du bist also noch nicht völlig abgebrüht! Das war schon *immer* deine Schwachstelle, Mädchen. Du warst von Anfang an zu nachgiebig – seit der Tragödie, die dich damals zu uns geführt hat.«

Scarlett sah zu dem flackernden Licht hinüber. Irgendwo dahinter war die Tür. Abgeschlossen oder nicht – sie musste es versuchen. Dummerweise wusste sie nicht, wo sich der Gezeichnete gerade befand … »Soames und Sie haben sich um mich gekümmert – auf Ihre Art«, entgegnete sie. »Darum lasse ich Sie jetzt am Leben. Das ist mein Abschiedsgeschenk.«

»Schönes Geschenk«, gab Teach zurück. »Erst verpasst du mir eine tödliche Schusswunde und dann lässt du mich wehrlos liegen, damit ich gefressen werde … Doch die gute Absicht zählt, insofern ist es in Ordnung. Ich habe aber auch ein Abschiedsgeschenk für dich.«

»Nicht nötig. Tschüss dann.«

»Oh, aber mein Geschenk ist Hoffnung. Sie betrifft deinen Bruder.«

Scarlett hatte sich schon in Bewegung gesetzt, doch jetzt blieb sie stehen. »Was?!«

»Thomas, hieß er nicht so? Der an einen Pfahl gebunden und gefressen wurde, weil ihn seine Schwester allein gelassen hatte.«

»Passen Sie auf, was Sie sagen.« Die Pistole lag schwer in Scarletts Hand. Sie drehte sich nicht zu Teach um.

Seine Stimme wurde schwächer. »Nicht sauer werden! Du hast mein volles Mitgefühl … Ich weiß nur zu gut, wie schwer Schuldgefühle wiegen können. Deine hatten dich schon fast umgebracht, als Carswell dich aufgelesen hat. Sie zerfressen dich immer noch, auch wenn du so kaltschnäuzig tust … Aber ich habe gute Neuigkeiten. Ich glaube nämlich nicht, dass dein Bruder von den wilden Tieren erwischt wurde.«

Scarletts Gesichtszüge entgleisten, zerliefen wie Tinte auf nassem Papier. »Sie lügen«, sagte sie tonlos, doch als sie einen saftigen Fluch hinterherschieben wollte, brachte sie ihn nicht heraus.

»Dann eben nicht. Geh schon.«

Sie hob die Waffe und drehte sich um. »Nein. Reden Sie. Ich gebe Ihnen fünf Sekunden.«

»Ach, *auf einmal* wirst du doch abgebrüht? Ausgezeichnet!

Schön, dass ich das noch erleben darf.« Teach lächelte schmerzverzerrt. »Ich glaube nämlich, dass du dich inzwischen in deinem Elend eingerichtet hast, Scarlett McCain. Du empfindest die Gewissheit, dass dein Bruder tot ist, irgendwie als tröstlich. Ich könnte dir diesen Trost nehmen, sodass du nie wieder ruhig schlafen kannst.«

»Noch zwei Sekunden.«

»Wobei es lediglich eine Vermutung ist. An der Grenze zu Wessex, wo dein Bruder verschwunden ist, sind oft Sklavenhändler auf der Suche nach Kindern unterwegs. Sie durchstreifen Cornwall, setzen über die Meerenge nach Wales über und bringen die Kinder in kleinen Booten zurück. Aber diese Raubzüge sind riskant, und die Männer sind faul. Sie nutzen gern andere Gelegenheiten, sich Ware für ihre Auktionen zu beschaffen. Was wäre einfacher, als sich Kinder von den Strafpfählen zu holen? Anschleichen, losbinden, in Käfige stecken und nichts wie weg? Niemand bekommt etwas mit, niemanden kümmert es. Die *Städte* wollen die Kinder nicht! Sie wollen ihren Tod! Die Sklavenhändler nehmen die Kinder mit und verkaufen sie irgendwo weit weg an Leute, denen ihre Beschädigungen oder Straftaten egal sind. Wenn ein Kind jung und kräftig ist und obendrein etwas Besonderes hat – zum Beispiel leuchtend rote Haare –, umso besser. Dann fristet es den Rest seines Lebens als Sklave in irgendeiner gottverlassenen Grenzstadt.«

Scarlett bewegte den Pistolenlauf keinen Millimeter. »Ich glaube Ihnen kein Wort. Das denken Sie sich alles bloß aus.«

»Ich hatte schon oft mit solchen Sklavenhändlern zu tun.«

»Aber Thomas … Sie können gar nicht wissen, was aus ihm geworden ist.«

»Natürlich nicht. Wie gesagt, es ist reine Spekulation.«

»Es waren Tiere«, sagte sie leise. »Wilde Tiere …«

»Möglich. Aber vielleicht hättest du deinen Bruder wiedergefunden, wenn du die nächste Sklavenauktion besucht hättest. Stattdessen hast du angefangen, dich quer durch Wessex zu trinken und zu prügeln.« Der kahle Kopf verschwand im Schatten, als Teach erstickt husten musste. »Ist natürlich nicht deine Schuld«, sagte er, als er wieder sprechen konnte. »Schließlich hat dir niemand davon erzählt.«

»*Sie* hätten es mir erzählen können«, erwiderte Scarlett. »Falls an diesem Schwachsinn tatsächlich etwas dran ist, was ich nicht glaube.«

»Warum hätte ausgerechnet ich das tun sollen? Du warst nützlich für uns. Deine Wut war sehr wertvoll für uns, deine Findigkeit, der Schmerz, aus dem du geschöpft hast.« Teach lachte leise und wischte sich den Mundwinkel. »In dir war es völlig leer. Du hattest weder Hoffnung noch Zweifel. Du hattest nur deine Gewissheit und deine Schuldgefühle. Und das hat dich stark gemacht, Scarlett! Eigentlich müsstest du dich bei mir bedanken.« Er holte mühsam Luft. »Aber dein Dank besteht offenbar darin, mich und mein Leben erbarmungslos zu vernichten.«

»Und Sie haben das die ganze Zeit gewusst?«

»*Gewusst* habe ich gar nichts. Es ist bloß eine Möglichkeit.«

»Sie haben es vermutet … und mir nichts davon gesagt?«

»Ich sage es dir jetzt. Ja, womöglich hättest du deinen Bruder wiedergefunden, wenn du hartnäckiger gesucht hättest. Aber du hast dich deiner Verzweiflung überlassen, und nun ist er verschollen.« *Schweigen.* »Das war mein Geschenk«, setzte Teach noch hinzu, »und meine Rache. Mehr habe ich nicht zu sagen.«

Scarlett sah ihn an. Sie hob die Hand und strich sich das Haar aus dem Gesicht. Teach zuckte zusammen. Vielleicht hatte er mit einem Schuss oder einem tödlichen Hieb gerechnet. Als keins von beidem folgte, gab er einen leisen, bekümmerten, fast enttäuschten Laut von sich. Unter sichtlichen Schmerzen stemmte er sich mit den Armen auf. Dann kroch er weg von ihr, weg vom Licht, in die Dunkelheit hinein. Eben war er noch da, im nächsten Augenblick war er nicht mehr zu sehen.

Scarlett bekam es kaum mit. Sie blieb, wo sie war, und starrte ins Leere.

Wenn du hartnäckiger gesucht hättest, hättest du deinen Bruder womöglich wiedergefunden.

Sie rührte sich nicht.

Irgendwo im Dunkeln raschelte etwas, dann hörte man jemanden erschrocken nach Luft schnappen, gefolgt von einem lang gezogenen, röchelnden Schrei. Anschließend wieder Stille. Kurz darauf ein Scharren und dumpfes Poltern. Die Geräusche setzten ganz in Scarletts Nähe ein und entfernten sich dann mit unnatürlicher Geschwindigkeit – etwas Schweres wurde quer durch die Halle geschleift.

Scarlett reagierte nicht. Sie stand nur da und ließ Teachs eisige Worte auf sich wirken. Sie sickerten in ihre Knochen und Sehnen, flossen um ihre vibrierende Lunge und weiter in ihr schlagendes Herz. Sie rieselten in alle Fasern ihres Seins und ließen sie gefrieren und splittern. Die Kälte durchdrang sie ganz und gar. Ihre Gedanken verlangsamten sich, ihr Blut wurde zäh, ihr Puls schwach und träge. Ihre Augen schlossen sich. Ihre Arme, ihre Beine, ihre Finger – alle ihre Gliedmaßen zuckten, als würden sie ihr den Dienst versagen.

In diesem Augenblick war sie dem Tod sehr nahe – still, allein und im Dunkeln. Sie brauchte den Gezeichneten nicht dazu, hätte sich aber auch nicht gewehrt, wenn er sie angefallen hätte.

Wahrscheinlich hätte sie auch das kaum mitbekommen. Sie war selbst nur noch ein Schatten unter Schatten. Aller Zorn, aller Schmerz, die kristallklare Gewissheit, dass sie Schuld auf sich geladen hatte – alles, was sie so lange aufrecht gehalten hatte, war auf einmal verflogen. Sogar das war ihr genommen worden.

Wenn du hartnäckiger gesucht hättest …

Von weiter weg ein Scheppern. Es hörte sich einerseits so dröhnend laut an, als würde irgendwo ein ganzes Gebäude einstürzen, aber auch hell und durchdringend, als würde eine Glocke läuten. Scarlett schlug die Augen wieder auf. Der Lärm hatte die Fäden, die sie noch mit der Welt verbanden, wieder in Schwingung versetzt. Sie dachte an Albert, Joe und Ettie, die alle drei in Lebensgefahr schwebten.

Erst holte sie tief und zittrig Luft, als würde sie sich von ihrem Gebetsteppich erheben oder aus tiefem Schlaf erwachen. Dann stand sie aufrecht und mit locker herabhängenden Armen da. Sie war wieder Scarlett McCain, ganz allein in der Dunkelheit. Sie lauschte, atmete, fing wieder an zu denken …

Sie huschte los.

Mit ein paar Schritten war sie um Soames' Schreibtisch herum. Der Fußboden war der reinste Uhrenfriedhof. Sie tastete sich bis zur Tür voran.

Mit angehaltenem Atem drückte sie die Klinke herunter …

Nein. Fehlanzeige. Die Tür war abgeschlossen und verriegelt. Hier ging es nicht nach draußen.

Irgendwo hinter ihr ertönte ein leises Geräusch. Scarlett widerstand dem Bedürfnis, wie angewurzelt stehen zu bleiben, sondern zwang sich dazu, sich langsam umzudrehen und auf das Geräusch zuzugehen. Mit steifbeinigen Trippelschritten erreichte sie den schützenden Schreibtisch, ging dahinter, ohne allzu schnelle Bewegungen zu riskieren, in die Hocke und wartete ab.

Sie hatte zwar Teachs Pistole, aber keine Ahnung, wie viele Kugeln noch drin waren. Nachzuschauen wäre zu gefährlich gewesen. Das Geräusch war verstummt. Sie drückte die Stirn ans Holz, zählte bis drei – und spähte hinter dem Schreibtisch hervor.

Sie sah das ausgefranste Lichtoval um die umgestürzte Bogenlampe. Sonst – nur Dunkelheit. Doch am äußersten Rand des Lichts kauerte etwas Langhaariges.

Sie hörte, wie es schnüffelte und mit den Zähnen klackerte.

Scarlett hielt den Atem an. Kalter Schweiß sammelte sich in ihrem Nacken.

Wenn sie sich nicht rührte, würde sich das Wesen vielleicht verziehen. Riechen konnte es sie bestimmt nicht – nicht auf diese Entfernung und nicht mit so viel Blut im Raum …

Der Umriss veränderte sich, die Gestalt beugte sich vor und setzte die dünnen Arme auf den Boden wie eine Spinne. Dann senkte das Wesen seine Nase. Es versuchte, Scarletts Witterung aufzunehmen, da war sich Scarlett so sicher, als hätte das Wesen zu ihr gesprochen. Sie drückte sich flach an die Schreibtischecke. Die Gestalt hielt inne. Auch Scarlett rührte sich nicht mehr.

Zweimal hintereinander wieder dieses Zähneklackern. Dann erneut Stille …

Und dann bewegte sich die Gestalt blitzschnell auf den Schreibtisch zu.

Scarlett sprang hoch und machte einen großen Satz über den Tisch hinweg. Als sie auf dem Boden aufkam, prallte etwas gegen die Seitenwand des Tisches. Sie rannte weiter, durch die Dunkelheit Richtung Saalmitte. Die Pistole hielt sie fest umklammert – Teachs Pistole mit ihrer unbekannten Anzahl Kugeln.

Hinter sich hörte sie flinke Bewegungen: das Klatschen nackter Fußsohlen, das Scharren von Krallen. Jetzt hätte sie schießen können – doch sie traute sich nicht, stehen zu bleiben … Beim Rennen bewegten sich ihre Schenkel wie Kolben auf und ab. Beinahe hätte sie sich damit die Waffe selbst aus der Hand geschlagen. Sie biss die Zähne zusammen. *Bleib stehen, verdammt noch mal!*

Sie fuhr herum, ließ sich auf ein Knie fallen, zielte blindlings und zog den Abzug durch. Im Mündungsfeuer der Waffe sah sie kurz ein weißes Gesicht, eine Wolke aus grauweißen Haaren, einen aufgerissenen, geifernden Mund mit spitzen Zähnen. Dann war alles wieder dunkel.

Sie gab zwei weitere Schüsse ab. Jedes Mal kam das Gesicht näher. Jedes Mal war es an einer anderen Stelle, denn das Wesen schlug wilde Haken. Nach der dritten Kugel verwandelte sich das Geräusch hastiger Schritte in ungleichmäßiges Tappen und Schlurfen. Der Gezeichnete heulte auf, etwas streifte Scarletts Stiefelspitze. Sie feuerte noch einmal – dann war die Pistole leer. Sie ließ die Waffe fallen, machte einen Satz nach hinten und prallte gegen ein Gewirr aus kalten, harten Strängen. Im ersten Augenblick glaubte sie, etwas Lebendiges wollte seine Fangarme um sie schlingen. Sie setzte schon zum Schrei an – dann begriff sie, worum es sich handelte.

Die Eulenketten.

Geräusche ganz in der Nähe. Scarlett packte eine Kette und zog sich Hand über Hand daran hoch. Ihre Bewegungen waren hektisch, denn sie sah in Gedanken vor sich, wie der Gezeichnete nach ihr schnappte. *Höher, höher, noch höher* … Schließlich hielt sie an, hing im Dunkeln und lauschte dem leisen Klirren der sacht hin und her schwingenden Kette.

Sonst: nichts.

Vielleicht hatte der letzte Schuss den Gezeichneten umgebracht.

Vielleicht war er tot oder verendete gerade.

Ein leises Scharren direkt unter ihr. Der Gezeichnete schleppte sich über den Boden zu den Ketten. Sie stellte sich vor, wie er zu ihr hochschaute.

Die Kette ruckte, als unsichtbare Hände sie zu fassen bekamen. Dann erbebte sie kaum merklich, als jemand daran emporkletterte.

Scarletts derber Fluch hallte in dem höhlenartigen Raum wider. Sie klemmte die Kette wieder fest zwischen die Stiefel und hievte sich weiter hinauf.

Je höher sie kam, desto wärmer wurde es. In der stickigen Luft hing ein beißender Gestank nach Vogeldreck und Federn. Immer noch war die Bogenlampe die einzige Lichtquelle, ein pulsierender Herzschlag tief unten in der Halle. Scarlett taten die Arme weh, ihr war abwechselnd heiß und kalt, und sie sah kaum etwas, weil ihr Schweiß in die Augen tropfte. Wenn sie zwischendurch nach unten schaute, blickte sie in die Augen ihres Verfolgers, der an der verdrehten Kette entlang zu ihr heraufstarrte. Über sich erkannte sie jetzt den großen schwarzen Flaschenzug, mit dem die Ketten hochgezogen wurden, und jenseits davon das Raster der Eulenbalken. Momentan regte sich dort nichts, doch Scarlett wusste: Die Stille war erwartungsvoll.

Tod über ihr, Tod unter ihr, und Dunkelheit ringsum.

Nun durchquerte sie den mit Staubflusen gesprenkelten Lichtstrahl, der durch die gespaltene Kuppel hereinfiel. Sie hatte kaum noch Kraft, doch die Kette schwankte immer heftiger, die Bewegungen unter ihr wurden immer entschlossener. Scarlett riss sich zusammen – und fand sich auf einmal dicht unter dem untersten Eulenbalken wieder.

Wenn sie den Arm ausstrecken würde, könnte sie sich hinaufziehen, doch sie zögerte. Der säuerliche Geruch war jetzt überwältigend. Unter ihr im Dunkeln klirrte es leise.

Krallen bohrten sich in ihre Stiefelsohle. Scarlett befreite sich mit einem Tritt und warf sich bäuchlings auf den Balken. Er war ungefähr dreißig Zentimeter breit und mit einer dicken Schicht aus weichem weißem Vogeldreck überzogen. Ihre Beine baumelten im Leeren. Sie schwang sie mit einem verzweifelten Ruck ganz über den Balken, bis sie schließlich rittlings darauf saß. Die Kette unter ihr schaukelte wild hin und her. Auch der Balken erbebte, als etwas Großes flügelschlagend näher gehüpft kam. Scarlett kam schwankend auf die Füße und balancierte tastend dem Licht entgegen, das durch den Spalt oben in der Kuppel fiel.

Die Kette schepperte lauter. Eine Gestalt stieß sich davon ab und landete auf allen vieren hinter Scarlett, richtete sich aber sofort auf und humpelte hinter ihr her. Ein weißer haarloser Arm streckte sich nach ihr aus, eine Hand mit gesplitterten Fingernägeln griff nach ihrem Nacken.

Etwas Weißes, Größeres, Flinkeres kam hinter dem Gezeichneten angehüpft, stieß blitzschnell mit dem Schnabel zu und packte seinen Kopf. Der Gezeichnete wurde in die Höhe gerissen. Das Weiße machte hüpfend kehrt – und im nächsten Augenblick ertönten von überall her Kreischen und schaurige *Huhu*-Rufe. Die Dunkelheit verwandelte sich in einen wüsten Tumult aus flatternden, kreisenden grauen Schemen. Scarlett nahm sich nicht die Zeit zuzuschauen, sondern tappte weiter auf die Helligkeit zu.

Wo der Balken endete, klaffte eine Wunde aus geborstenem Holz und geschwärzten Ziegeln in der Hülle der Kuppel. Mit letzter Kraft warf sich Scarlett gegen die Öffnung. Holzsplitter bohrten sich in ihre Hände, ihre Kleidung blieb an zerbrochenen Ziegeln hängen.

Dann empfing sie wohlige Wärme, Sonnenschein blendete sie. Scarlett zog und zerrte, spannte verzweifelt alle Muskeln an … und fiel fast besinnungslos aus der Dunkelheit hinaus ins Licht.

* * *

Es war eine Welt aus Staub und Stille. Die schwarze Wölbung der Kuppel glich einem Schiffsbug, der von weißen Wolken umgeben war. Eine dichte, weiche Staubschicht wirbelte über Scarlett hinweg und dämpfte das Licht, sodass die Sonne über ihr einer essigbraunen, runden Scheibe glich. Scarlett rollte sich von der Öffnung weg und ließ sich gegen das geschwärzte Blei fallen, spürte die narbige, trockene Oberfläche im Rücken und hielt den Arm schützend über die Augen. Die Sicht war nicht besonders gut. Die Schornsteine und Dachfirste der Stadt ragten aus dem Dunst wie Klippen im Meer, und die Felder dahinter waren kaum mehr als gelbblaue Schlieren.

Scarlett blieb an die Kuppel gelehnt reglos liegen. Nach einer Weile brannte sich die Sonne durch den Staub, erwärmte das Bleidach und ergoss sich über ihre Haut. Sie rappelte sich hoch, ließ sich auf dem höchsten Punkt des Dachs nieder und blickte auf ein Bild der Verwüstung hinab.

Die Umgebung war kaum wiederzuerkennen.

Die alten Fabrikgebäude des Hauptquartiers der Bruderschaft waren teilweise eingestürzt.

Besonders ein Bereich in der Nähe der Durchfahrt war völlig weggefegt. Was von den Dächern noch erhalten war, hing verdächtig durch, als wären die Balken in der Mittagshitze geschmolzen. Geschwärzte Eisenträger ragten ins Nichts, ein paar unversehrte Mauerteile lagen wie Messerrücken in dem wirbelnden Staub. Auch etliche angrenzende Lagerhäuser hatten gewaltig etwas abbekommen. Mehrere gewaltige Schutthaufen ergossen sich wie Schlammlawinen auf die Straße vor dem Eisentor der Bruderschaft.

Alles war sehr still. Der Rauch hatte sich gleich einem Leichentuch über die Stadt gelegt. Trotzdem regte sich hier und da Leben, wenn auch nur spärlich. Mitten auf der Straße sah sie den Lastwagen aus der Begrabenen Stadt umgekippt zwischen verstreuten Ziegeln und anderen Trümmern liegen. Und neben dem Laster standen …

Neben dem Laster standen auf einem schuttfreien Stück Boden ein Kind und ein Mann. Sie hielten sich aufrecht und wirkten unversehrt. Sie fassten einander an der Hand.

Und da war noch jemand. Eine Gestalt, die auf die beiden zukam.

Eine schlanke, schlaksige Gestalt.

Sie bewegte sich langsam und leicht humpelnd von den Ruinen der Gebäude weg. Scarlett beugte sich vor. Auf den ersten Blick war sie sich nicht ganz sicher. Sie sah immer noch nicht wieder klar, und das Ganze war zu weit weg, um den schwarzen Lockenschopf, den ausgeleierten Pullover und die albernen weißen Turnschuhe, die immer aussahen, als wären sie ihm zu groß, richtig zu erkennen. Doch sie *glaubte,* das alles zu sehen.

Da breitete das Kind die Arme aus und lief auf den Ankömmling zu. *Jetzt* war sich Scarlett sicher.

»Verdammt noch mal, Albert!«, sagte sie. »Du hast es echt geschafft.«

Damit ließ sie sich wieder auf das Bleidach sinken. Um weiterzufluchen, fehlte ihr die Kraft. Das musste warten, bis sie herausgefunden hatte, wie sie von hier oben wieder herunterkam.

Kapitel 25

An diesem Morgen wurden in der Küche des *Wolfskopfs* Gänseeier gebrutzelt. Als das Frühstück serviert wurde, füllte sich der Schankraum mit dem Duft von Schinkenspeck, Haferbrei und frisch geschleudertem wilden Honig. Gail Belcher schenkte hinter dem Tresen großzügig Kaffee ein, während die Kellnerinnen mit Körbchen voller geröstetem Sauerteigbrot und Schüsseln mit Blaubeermarmelade zwischen den Sitzecken hin und her eilten. Albert beobachtete das Geschehen von der Bank am Fenster aus. Frühstück war seine Lieblingstageszeit.

Er hatte keine konkrete Vorstellung davon, wie das Leben nach dem Tod aussah, aber wenn er würde wetten müssen, hätte er auf etwas Ähnliches wie diese Frühstücksszenerie getippt. Um diese frühe Stunde waren die Gäste gewaschen, noch nüchtern und gesellig. Niemand fing Streit an. Kaufleute saßen neben Sektenanhängern, Sektenanhänger saßen neben Pelzhändlern, Pelzhändler neben Froschfängern und Austernfischern aus Anglia. Durch die Sprossenfenster strahlte die Sonne herein, unter den niedrigen schwarzen Deckenbalken herrschte angeregtes, aber zivilisiertes Geplauder. Dieses zerbrechliche Gemeinschaftsgefühl konnte man gar nicht genug wertschätzen, fand Albert. Vor ihm standen Toast und Honig, im Rücken hatte er einen Stapel violetter Kissen. Er hatte ganz vorzüglich in einem Federbett geschlafen, niemand trachtete ihm nach dem Leben. Auf die Austernfischer am Nebentisch hätte er verzichten können, aber alles andere war einfach wunderbar.

Das Allerbeste war natürlich, dass seine Freunde auch hier waren.

An einem Tisch ganz in der Nähe spielten Joe und Sal Qin zum krönenden Abschluss des Frühstücks eine Partie Karten. Es war ein lebhaftes, grobes Spiel, das darin zu bestehen schien, dass beide Spieler Karten vom Stapel des Gegners klauten und sich die eigenen unter wüsten Beschimpfungen zurückholten. Beide schummelten gleichermaßen dreist. Sal zog gerade zwei Karten aus dem Jackenärmel, und aus Joes hinterer Hosentasche lugten mindestens drei Stück. Albert freute sich über den Anblick. Der Rückweg zum *Wolfskopf* war anstrengend gewesen, und alle hatten mehrere Tage gebraucht, um sich zu erholen. Zumindest Joe und Sal schienen zu alter Form zurückgefunden zu haben. Und was Ettie anging –

Als hätte er sie gerufen, erschien plötzlich neben ihm auf der Sitzbank eine kleine blonde Gestalt. Das Mädchen hatte drei Buntstifte im Mund und ein Blatt Papier in der pummligen Hand. Hand und Papier wurden Albert schwungvoll unter die Nase gehalten.

»Ist das für mich? Danke! Wie schön!«

Das Gewirr miteinander verwobener Linien sah heute besonders fröhlich aus, die Farben waren so bunt und lebendig wie die Atmosphäre ringsum. Albert lehnte das Bild gegen den Kaffeebecher und tätschelte der Kleinen den Kopf. Seit ihrer Befreiung hatte er Ettie beobachtet, weil er befürchtete, das Erlebte könnte bei ihr Spuren hinterlassen haben. Doch wie immer war sie wundersamerweise davon unberührt geblieben. Sie war eben eine Frohnatur. Im *Wolfskopf* hatten sie alle ins Herz geschlossen. Die Pelzhändler schenkten ihr Reste von Otterfell, die Austernfischer hübsche Muscheln, und sogar die alte Mags Belcher in ihrem Schaukelstuhl am Kamin steckte ihr Süßigkeiten zu. Auch Albert war zunehmend von Ettie fasziniert. Still und unscheinbar, wie sie war, konnte man viel von ihr lernen.

»Na, können wir dich zu einem Spielchen verleiten, Albert?« Joe hatte sich auf seinem Stuhl umgedreht. Für einen nicht mehr jungen Mann, der erst kürzlich entführt und mit dem Tod durch fleischfressende Eulen bedroht worden war, der einen Lastwagen durch ein einstürzendes Gebäude gelenkt hatte, ihn umgekippt und anschließend seine Enkelin aus dem Wrack gezogen hatte, war er in erstaunlich guter Verfassung. »Ich schlage *Klapper die Schlange* oder *Säbel und Schwert* vor. Sal ist bei beidem eine Niete.«

Sal Qin stopfte ihre Pfeife mit getrocknetem Heidekraut. »Ha – das sagt der Richtige!«, schnaubte sie.

»Nein danke«, erwiderte Albert lachend. »Ich warte auf Scarlett.«

»Ist sie denn noch nicht da?« Joe ließ den Blick über die benachbarten Sitzecken gleiten. »Sie hat so viele blaue Flecken, dass man sie vor den lila Kissen gar nicht sehen würde.«

»Bestimmt ist sie noch oben in ihrem Zimmer und schläft oder meditiert«, sagte Albert.

»In letzter Zeit kriegt man sie gar nicht mehr von diesem Teppich runter«, erwiderte der alte Mann brummig. »Wir bekommen sie ja kaum noch zu Gesicht.«

»Ist das ein Wunder?« Sal Qin entzündete ein Streichholz an ihrer Stiefelsohle und hielt es an den Pfeifenkopf. »Das arme

Mädel hat 'ne Menge durchgemacht. Sie hat es ganz allein mit einem Gezeichneten, einem Schwarm blutdürstiger Eulen und einer Gangsterbande aufgenommen. Und dann hat ein Freund von ihr die halbe Stadt in die Luft gesprengt! Das muss erst mal wegmeditiert werden.«

»Ich habe bloß ein paar Lagerhäuser zerstört, Sal«, widersprach Albert energisch, »*nicht* die halbe Stadt.«

»*Ooh* – das ist natürlich ein Riesenunterschied. Entschuldige bitte, dass ich so schamlos übertrieben habe.«

Joe mischte sich wieder ein. »Wie ich Scarlett kenne, ist sie bald wieder putzmunter und sorgt landauf, landab für Unruhe. Die jüngste Prüfung dürfte sich zweifellos zu all den anderen traumatischen Erfahrungen gesellen, die sie zu der liebenswerten Pazifistin machen, die wir so mögen.« Er mischte den Kartenstapel durch. »Aber zurück zum Wesentlichen. Du bist für *Klapperschlange*, Sal?«

Die kleine Händlerin nickte. »Meinetwegen. Aber dann zieh dich warm an!« Sie blies einen würzig duftenden Rauchring in die Luft. »Wenn Scarlett irgendwann runterkommt, Albert, sag ihr doch bitte, dass ich mich gern mit ihr drüber unterhalten würde, wie es jetzt weitergeht. Eine knappe Woche ist um, und euch beiden scheint es wieder gut zu gehen. Ich will euch nicht drängen, aber ihr seid mir noch einen Gefallen schuldig.« Sie zwinkerte ihm zu und widmete sich wieder ihren Karten.

Albert lehnte sich neben Ettie in die Kissen und biss nachdenklich in einen Toast. Er musste zugeben, dass Sal recht hatte. Sie waren ihr noch einen Gefallen schuldig – vielleicht sogar einen doppelten. Zum einen waren Scarlett und er dafür verantwortlich, dass jetzt nach Sal gesucht wurde und ihr Steckbrief in allen südlichen Königreichen hing. Zweitens hatten sie nur ihr zu verdanken, dass sie überhaupt wieder im *Wolfskopf* angekommen waren. Weder er noch Scarlett waren in der Verfassung gewesen, ihre Flucht aus Stow zu organisieren. Vielmehr hatte Sal sie nach ihrem Wiedersehen auf dem Friedhof aus der rauchenden Stadt hinausgeschleust. Sal hatte den Inhalt von Scarletts Waffentasche verkauft, um die Busfahrt zu bezahlen. Sal hatte mit den Grenzposten verhandelt und sie alle auf einer letzten, kräftezehrenden Wanderung durch das Marschland geführt.

Euch beiden scheint es wieder gut zu gehen … Besser als bei ihrer Ankunft im Gasthaus auf jeden Fall. Da war Albert zu Tode erschöpft gewesen und Scarlett hatte kaum noch laufen und kein Wort mehr herausbringen können. Wie üblich hatte der *Wolfskopf* rasch Wunder gewirkt. Gail Belchers herzliche Begrüßung hatte ihnen gutgetan, und ihre Habseligkeiten hatten in den einfachen, aber gemütlichen Zimmern bereitgelegen, als wären sie nie weggewesen. Trotzdem hatten sie die ersten paar Tage fast nur geschlafen.

Und wie ging es ihm jetzt, nach einer Woche? Körperlich hatte er sich erholt. Seelisch … schwer zu sagen. Der Zweikampf mit Mallory steckte ihm in den Knochen – fast so, als wäre er noch nicht ausgefochten.

Wenn er die Augen schloss, sah er immer noch Gebäude einstürzen, den Straßenbelag aufplatzen, Ziegelsteine wie Vögel durch die Luft fliegen … Er sah, wie Dächer aus ihren Verankerungen gerissen wurden, wie massive Hauswände zusammenbrachen, erlebte von Neuem den nicht enden wollenden Schlagabtausch, bei dem er und sein Widersacher sich lauernd umkreisten. Mal verloren sie sich vor lauter Qualm und Staub aus den Augen, dann wieder kamen sie einander so nah, dass sie sich die Hände hätten reichen können. Es war ein nicht enden wollender Tanz, ein Spiel aus Angriff und Rückzug, aus spontanen Aktionen und überlegten Finten. Schwere Gegenstände wurden geworfen und zerschmettert, die Bruchstücke wieder hochgehoben und erneut geschleudert. Ein Spiel, bei dem sie die Welt wie Knetmasse formten, ein Spiel, bei dem für Albert die einzige Konstante sein dunkles Spiegelbild war, sein Schatten, die Gestalt im zerfetzten Mantel – ein immer verzweifelteres Geschöpf …

Dann war er urplötzlich allein gewesen. Nur ein gewaltiger Schutthaufen bezeichnete die Stelle, wo Mallory eben noch gestanden hatte. Rauchende Betontrümmer, Reste zerbrochenen Mauerwerks … Ein paar kleinere Brocken kullerten von dem Berg herunter. Albert sah ihnen nach, bis sie liegen blieben, und auch dann ließ er sie nicht aus den Augen, während die Stille in seinen Ohren dröhnte …

»Na, träumst du wieder?«, fragte jemand.

Albert machte die Augen auf. Vor ihm stand Scarlett mit einem Frühstückstablett. Ihre Blutergüsse verblassten schon, die Schnittwunden verheilten gut. Nach Stow war sie ganz grau im Gesicht und so abwesend gewesen, als hätte sie dort etwas verloren. Blass und mager war sie immer noch, aber ihr Blick wirkte wieder klar, und sie grinste ihn an. Das vertraute grüne Funkeln war in ihre Augen zurückgekehrt.

»Wir rauben ja gerade kein Glaubenshaus aus, also darf ich träumen, so viel ich Lust habe«, erwiderte er. »Aber du hast recht. Ich war woanders. Setzt du dich zu uns?«

»Gern. Hey, Ettie. Schönes Bild.«

Mit vorsichtigen, noch ein wenig steifen Bewegungen nahm sie gegenüber dem kleinen Mädchen Platz. Ihre feuchten Haare fielen ungebändigt auf die Schultern. Sie aß einen Löffel Haferbrei. Albert goss ihr Kaffee ein.

»Wie geht's dir?«, fragte er.

»Hervorragend. Aber was zum Teufel treiben Sal und Joe da drüben?«

»Sie spielen *Klapper die Schlange*. Da geht es ein bisschen lebhaft zu.«

»Das kann man wohl sagen. Sie hat ihm eben eine Karte aus der Hose gezogen. Aber ist es nicht ein bisschen früh für ein Spielchen?«

»Ich weiß gar nicht, ob die beiden überhaupt geschlafen haben.«

Scarlett zog die Augenbrauen hoch. »Für zwei so alte Knacker verstehen sie sich erstaunlich gut. Glaubst du, Sal ist deswegen noch hier? Wegen Joe?« Sie beugte sich vor und fügte gedämpft hinzu: »Wirf doch mal einen Blick in ihre geheimsten Gedanken!«

»Kommt nicht infrage. Dann vergeht mir bestimmt der Appetit. Außerdem hat Sal vorhin gesagt, dass sie unseretwegen noch hier ist. Weil wir ihr noch einen Gefallen schulden.«

»Da muss sie sich gedulden. Jetzt ist Schluss mit den lächerlichen Raubzügen, Albert! Wir haben die Bruderschaft vernichtet! Wir sind aus Milton Keynes ausgebrochen! Wir haben die Begrabene Stadt geplündert und Warwick zerstört. Wir haben eine Schneise der Verwüstung durch mehrere Königreiche gezogen! Das soll uns erst mal einer nachmachen. Das können sich die Balladenschreiber mal ganz tief in ihre Hinrichtungs-Sonderausgaben stecken!« Scarlett fuchtelte mit dem breiverklebten Löffel. »Jetzt wird erst mal gar nichts erledigt – für niemanden. Das berüchtigte Duo Scarlett & Browne muss sich verdammt noch mal ausruhen.«

»Du bist ja richtig gut drauf«, stellte Albert fest.

»Stimmt. Futtern, Ratzen, Schrammen verarzten. Wirkt immer. Siehst du den bärtigen Torfbauern drüben an der Bar? Den habe ich gestern beim Armdrücken besiegt.«

»Bravo. Ich habe gestern mit Ettie Domino gespielt und verloren.«

»Tja, dann ist ja wieder alles beim Alten.« Sie grinste. »Ich muss sagen, du hast dich bei deinem Duell mit Mallory erstaunlich wacker geschlagen. Alles ist noch dran. Ich hatte mit mindestens einem Zeh weniger gerechnet.«

Albert betrachtete seine zerschrammten Hände, seinen zerrissenen Pullover und die zerfetzten Hosenbeine. Auch seine Turnschuhe hatten schon bessere Tage gesehen. »Stimmt«, sagte er, »im Großen und Ganzen geht es mir gut. Was ich vor allem *dir* zu verdanken habe, Scarlett. Du hast mir so oft gesagt, ich soll meiner Gabe freien Lauf lassen – und du hattest recht. In Stow habe ich endlich nicht mehr dagegen angekämpft. Ich habe nicht mehr gegen *mich* angekämpft. Das hat mir sehr geholfen.«

»Freut mich.« Wie immer zeigte sie kein großes Interesse an Dingen, die bereits Vergangenheit waren. Sie kratzte die Breischüssel aus und machte sich über das Rührei her. Albert trank einen Schluck Kaffee.

»Um Mallory ist es schade«, fuhr er fort. »Er hat in Stonemoor eine Menge durchgemacht. Ich habe noch versucht, ihn zur Vernunft zu bringen, aber dann ist die Situation ein bisschen außer Kontrolle geraten.«

»Ein bisschen.«

»Ja.«

»Glaubst du, er ist tot?«

»Keine Ahnung … Irgendwann habe ich ihn nicht mehr gesehen, weil so viele Häuser auf ihn draufgekracht sind. Falls er noch lebt, braucht man auf jeden Fall eine sehr große Schaufel, um ihn wieder auszubuddeln« Albert zuckte die Achseln. »Aber da er noch nicht hier aufgetaucht ist …«

»Mir soll's recht sein.« Scarlett war vollauf mit ihrem Rührei beschäftigt. War jetzt der richtige Zeitpunkt, ihr von seinem Entschluss zu erzählen? Immerhin hatte sie gute Laune, sodass es eher unwahrscheinlich war, dass sie ihn boxte, würgte oder mit der eiverschmierten Gabel in die Nase pikte. Aber völlig ausgeschlossen war es nicht. Und Armdrücken mit bärtigen Torfbauern hin oder her – *so* erholt, wie sie behauptete, kam sie ihm nicht vor. Sie hatte dunkle Ringe unter den Augen, und seit sie vom Glockenturm der Bruderschaft heruntergekommen war, wirkte sie irgendwie verstört. Aber wenn nicht jetzt, wann dann? Das Muster aus blauen und grünen Linien, das Ettie gerade malte, hatte etwas Friedliches und machte ihm Mut.

»Apropos Mallory«, begann er, »da ist noch etwas, worüber ich gern mit dir reden würde, Scarlett. Selbst *wenn* er tot sein sollte, ist die Sache noch nicht ausgestanden. Er hat mir erzählt, dass es in Stonemoor noch mehr Kinder mit so starken Gaben wie meiner gibt. Die Glaubenshäuser experimentieren immer noch mit ihnen herum, verbiegen sie, indoktrinieren sie … Über kurz oder lang werden sie auf die Welt losgelassen.« Er sah aus dem Fenster und holte tief Luft. »Mir ist klar geworden, dass ich die ganze Zeit meine eigene Vergangenheit verdrängt habe. Damit meine ich Stonemoor, klar, aber auch, wo ich herkomme und wer ich *eigentlich* bin … Ich muss mich endlich damit beschäftigen. Ich muss mehr darüber herausfinden. Soll heißen, ich habe einen Entschluss gefasst, der mir nicht leichtgefallen ist und der –« Als Scarlett plötzlich die Hand ausstreckte, zuckte er zusammen. »Brauchst du den Löffel da?«

»Nein, das Salz.«

»Ach so. Ich bin bloß erschrocken, weil ich weiß, was du mit Löffeln anrichten kannst.« Er räusperte sich. »Wo war ich? Irgendwie habe ich den Faden verloren.«

»Frag mich nicht. Ich habe gar nicht richtig zugehört. Aber ich mache dir einen Vorschlag. Wenn ich aufgegessen habe, gehen wir mal raus.« Sie ließ den Blick durch den vollen Schankraum schweifen, über Joe und Sal, die immer noch Karten spielten, und auch über Ettie, die stumm und eifrig vor sich hin kritzelte. »Ich muss dir nämlich auch etwas erzählen. Aber lieber draußen.«

* * *

Vor dem *Wolfskopf* strahlte ein goldener Morgen. Die Sonne stand noch tief, das Moor schien in roten Flammen aufzugehen. Zwei von Gails Töchtern putzten vor dem Schuppen die Fahrräder der Gäste. Ihre Stimmen hallten rau und fröhlich durch die saubere, warme Luft.

Albert und Scarlett setzten sich auf eine Bank etwas abseits des gepflasterten Hofs. Von dort hatte man einen schönen Blick auf die tiefer liegenden Wiesen, wo Hühner und Gänse im Gras pickten. Scarlett setzte sich an eine Stelle, die von den frühen Sonnenstrahlen erreicht wurde, stellte die Füße auf die Bank, schlang die Arme um die angezogenen Knie und ließ den Blick über die Marschlandschaft wandern. Im Licht der Morgensonne leuchteten die Locken, die ihr übers Gesicht fielen, tiefrot. Albert, der neben ihr saß, fand, dass sie fast wie neugeboren aussah. Der sanfte Schein machte die Löcher und Risse in ihrer Kleidung beinahe unsichtbar. Die Erschöpfung, die Blessuren, alle Spuren der vergangenen Strapazen und Misshandlungen waren wie weggezaubert.

»Worum geht's denn?«, fragte er.

»Um Thomas.« Sie wartete seine Reaktion nicht ab, sondern fuhr fast überstürzt fort: »Dort in Stow, ganz zum Schluss, hat mir Teach etwas über meinen Bruder erzählt. Ich weiß nicht, ob ich es glauben soll und ob es etwas zu bedeuten hat, aber …« Sie sah ihn an. »Ich wüsste gern, was du davon hältst, Albert. Ich will, dass du es auch weißt.«

Sie berichtete ihm alles, und er saß leicht vorgebeugt da und beobachtete ihr Gesicht. Als sie in der Zelle des Glaubenshauses zum ersten Mal über Thomas gesprochen hatte, war er starr vor Entsetzen gewesen. Jetzt war er auf andere Art voll konzentriert. Weil Scarlett ruhig und überlegt sprach, blieb auch er selbst ganz ruhig. Der Frieden im *Wolfskopf* war mit ihm, der Frieden dieses sonnigen Morgens. Er hatte ein eigentümliches Gefühl im Magen und spürte, wie sich ein Grinsen auf sein Gesicht stahl. Er wollte es aber noch nicht zulassen, weil er nicht richtig einschätzen konnte, wie Scarlett zumute war. Darum saß er nur schweigend da, bis sie zu Ende erzählt hatte. Durch das Fenster des Schankraums hörte man, wie sich Joe und Sal beim Kartenspielen ankeiften. Draußen im Moor flog ein Reiher aus dem Schilf auf und flatterte unbeholfen davon.

»In gewisser Weise hat sich nichts geändert«, sagte Scarlett. »Von Sklavenhändlern entführt? Das ist jetzt lange her. Seit damals kann alles Mögliche passiert sein. Und Teach kann sich natürlich auch irren – oder er hat gelogen.«

Albert nickte. »Wohl wahr.«

»Trotzdem …«, fuhr sie fort, »meinst du nicht … könnte es nicht sein, dass eine winzige Chance besteht, dass –« Sie unterbrach sich und suchte seinen Blick.

Es hatte keinen Zweck. Nein, er konnte nicht derjenige sein, der es aussprach. Er erwiderte ihren Blick und wartete ab.

Scarlett sah ihn weiter unverwandt an.

»Was glaubst *du* denn?«, fragte er schließlich.

Sie seufzte schwer. »Ich glaube, es könnte sein. Aber wenn … dann ist er irgendwo weit weg.«

Mit einem Mal durchströmte Albert überwältigende Freude. Sie stieg genauso unaufhaltsam in ihm auf wie die Schlimme Angst. Sie kam aus seinem Bauch, breitete sich durch die Brust in Arme und Hände aus, in sein Gesicht, seine Augen, sein Lächeln.

Er warf sich zur Seite wie ein ungeschickter junger Tiger, zog Scarlett zu sich heran, schlang die Arme um sie und drückte sie, so fest er konnte. Sie war so verblüfft, dass sie mehrere Sekunden brauchte, um sich freizukämpfen.

»*Aua!*«, knurrte sie. »Lass mich los, um Shivas willen! Ich hatte jede Menge kleine blaue Flecken und jetzt bin ich ein einziger großer Bluterguss! Was sollte das denn?«

»Weil du das eben gesagt hast.« Er grinste sie an. »*Es könnte sein*. Wegen dieser drei Worte. Das ist alles.«

Ihre Miene schien sich kaum merklich aufzuhellen. »Viel ist das ja gerade nicht«, gab sie zurück.

»Aber es ist auch nicht nichts.«

»Stimmt«, sagte Scarlett McCain.

Sie saßen in einträchtigem Schweigen nebeneinander.

Langsam und bedächtig erhob sich die Sonne über das Marschland.

Die Welt um die Bank herum war hell und flach und weitete sich unaufhaltsam. Genau darum mochte Albert diese Tageszeit besonders gern: Jeder Morgen war voller unbekannter Möglichkeiten.

»Also *ich* würde vorschlagen«, sagte Scarlett nach einer ganzen Weile, »dass wir uns zur Abwechslung den Südwesten vornehmen. Die Glaubenshäuser fahnden bestimmt nach uns, und wenn wir mal ganz woanders hingehen, sind wir ihnen einen Schritt voraus. Außerdem weiß ich von Gail, dass dort ein paar große Sklavenmärkte abgehalten werden. Da könnten wir uns mal umschauen. Vielleicht finden wir jemanden, der sich noch an früher getätigte Geschäfte erinnert – oder wir *bringen* denjenigen dazu, sich zu erinnern.«

Scarlett grinste so breit, dass man ihre Backenzähne sah, und wie nur sie es konnte.

Albert nickte bedächtig. Seine Finger kribbelten immer noch vor Aufregung. »Gute Idee. Bestimmt gibt es so *einige* Methoden, um dem Gedächtnis eines Sklavenhändlers auf die Sprünge zu helfen. Und gegen ein paar Banküberfälle hätte ich auch nichts einzuwenden«, fuhr er fort. »Bloß, damit wir nicht aus der Übung kommen. Glaubenshäuser zum Plündern gibt es im Südwesten garantiert auch, und vielleicht entdecken wir noch *andere* spannende Orte … Der Südwesten ist eine hochinteressante Gegend.«

»Ist dein Stonemoor nicht auch dort?«

»Ich glaube ja.«

»Umso besser. Dann schauen wir auch da mal vorbei.« Sie boxte ihn gegen die Schulter. »Komm ja nicht auf die Idee, allein loszuziehen, Albert Browne! Dieser ganze Quatsch über deine Vergangenheit und dass du rausfinden musst, wer du bist …

Wenn du die Sache allein in Angriff nimmst, fällst du bloß im Handumdrehen ins nächstbeste Loch oder verirrst dich oder sonst was in der Art. Wenn du das unbedingt machen musst, komme ich mit. Wir sind ein Team und erledigen alles gemeinsam: Sklavenhändler, Stonemoor *und* ein zweites Frühstück.«

»Hast du etwa *immer noch* Hunger?!«

Sie sprang von der Bank auf. »Ich bin halb verhungert und du auch. Los, komm.«

Gemeinsam kehrten sie in den *Wolfskopf* zurück. Unterwegs musste Albert daran denken, dass Scarlett seine Gedanken offenbar genauso gut kannte wie er ihre. Es störte ihn nicht. Draußen vor dem Schuppen funkelten ihre Räder in der Sonne. Ettie saß auf den Stufen zum Gasthaus und malte. Albert und Scarlett blieben nicht lange unentdeckt. Freudig quietschend kam das kleine Mädchen über den Hof auf sie zugerannt.

Jonathan Stroud wurde in Bedford geboren. Er arbeitete zunächst als Lektor. Nachdem er seine ersten eigenen Kinderbücher veröffentlicht hatte, beschloss er, sich ganz dem Schreiben zu widmen. Er wohnt mit seiner Frau Gina und den gemeinsamen Kindern Isabelle, Arthur und Louis in der Nähe von London. Berühmt wurde er durch seine weltweite Bestseller-Tetralogie um den scharfzüngigen Dschinn Bartimäus.

Von Jonathan Stroud sind bei cbj erschienen:

Scarlett & Browne – Die Outlaws (Band 1; 31548)
Lockwood & Co. – Die Seufzende Wendeltreppe (Band 1; 40309)
Lockwood & Co. – Der Wispernde Schädel (Band 2; 40344)
Lockwood & Co. – Die Raunende Maske (Band 3; 40362)
Lockwood & Co. – Das Flammende Phantom (Band 4; 31263)
Lockwood & Co. – Das Grauenvolle Grab (Band 5; 31291)
Lockwood & Co. – Der Verfluchte Dolch (Short-Story; 23450)
Bartimäus – Das Amulett von Samarkand (Band 1; 21695)
Bartimäus – Das Auge des Golem (Band 2; 21853)
Bartimäus – Die Pforte des Magiers (Band 3; 21957)
Bartimäus – Der Ring des Salomo (Band 4; 22303)
Die Spur ins Schattenland (22597)
Die Eisfestung (02353)
Valley – Das Tal der Wächter (02520)

DIE ÜBERSETZER

Katharina Orgaß, Jahrgang 1963, lebt in Berlin und übersetzt seit 1997 Kinder- und Jugendbücher. Als Kind ist sie selbst gern in Bücherwelten eingetaucht. Heute macht es ihr Freude, bei der Arbeit an Formulierungen zu tüfteln, um Texte für ihre jungen Leserinnen und Leser in eine sowohl klare als auch fantasievolle Sprache zu übertragen.

Gerald Jung studierte Germanistik, Amerikanistik und Anglistik, und übersetzt seit vielen Jahren Kinder- und Jugendliteratur und Belletristik. Zu seinem Übersetzungswerk gehören u. a. AutorInnen wie Joyce Carol Oates, Jeffery Deaver, Ray Bradbury, Terry Pratchett, Mary E. Pearson und Jonathan Stroud. Seit einigen Jahren übernimmt er auch Übersetzungen im Bereich Kino- und TV-Filme. In seiner Freizeit beschäftigt er sich mit Literatur, Kino, Musik, Geschichte und Motorradfahren.